蛛丝马迹

[英]埃莉诺·戴莫特（Elanor Dymott）／著
王　沙／译

EVERY CONTACT LEAVES A TRACE

重庆出版集团　重庆出版社

Every contact leaves a trace by Elanor Dymott

版贸核渝字(2013)第 64 号

图书在版编目(CIP)数据

蛛丝马迹 /(英)戴莫特著.王沙译.—重庆: 重庆出版社, 2014.4
书名原文: Every contact leaves a trace
ISBN 978-7-229-07516-3

Ⅰ.①蛛… Ⅱ.①戴… ②王… Ⅲ.①推理小说—英国—现代
Ⅳ.①I561.45

中国版本图书馆 CIP 数据核字(2014)第 017977 号

蛛丝马迹
ZHUSIMAJI
[英]埃莉诺·戴莫特 著 王 沙 译

出 版 人:罗小卫
责任编辑:陈渝生
责任校对:胡 琳
封面设计:重庆出版集团技术设计有限公司·王芳甜

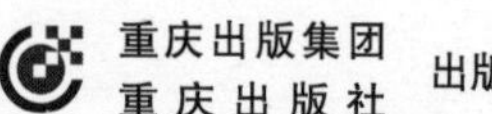

出版

重庆长江二路 205 号 邮政编码:400016 http://www.cqph.com
自贡兴华印务有限公司印刷
重庆出版集团图书发行有限公司发行
E-MAIL:fxchu@cqph.com 邮购电话:023-68809452
全国新华书店经销

开本:889mm×1194 mm 1/32 印张:12 字数: 305 千
2014 年 4 月第 1 版 2014 年 4 月第 1 次印刷
ISBN 978-7-229-07516-3
定价:32.00 元

如有印装质量问题,请向本集团图书发行有限公司调换:023-68706683

Prologue

序幕

2007年12月21日
星期五清晨

伦敦

如果你想要我谈谈我的妻子，一开始，我想我会告诉你，我对她的了解也不多。

或者至少可以这样说，并没有我想象的那么了解。

接着，我会告诉你，用一句话可以总结：我带着相机走进一间暗房，然后带出来的却是一张我从未见过的女人的照片。

也许正是因为这闪烁其词，似懂非懂的感觉，当别人问起我这个问题的时候，总是觉得有些难回答，不知该从何处谈起。

直到这一刻，她已死了整整半年。那个中秋之夜，月亮升起，照着牛津大学伍斯特学院的花园，一大片平坦的土地，当你顺着花园一直往下走到湖边，会发现一座通往管家花园的桥，我就是在右手边的某个地方发现了她的尸体。这个地方同牛津其他地方一样，美得绝对是个很好的出生地，我想它同样是一个离开世界的好地方。就在这里，她的头被石头不断地敲打，身子从湖中拖上岸，衣裙上沾满了杂草和泥渣，也许她低着头蹲在草地上正回忆着过去，头却被狠狠地撞了六七次，每一次撞击都让她的脸不断贴近这片草地，直到不再挣扎。这傍晚的湿润空气中，一切希冀的事物都已不在。

我想她本不会介意在死去时如此靠近泥土。但如果能选择的话，她肯定会选择另一种方式离开。那片草地非常温润，即便弄脏了她的裙子，也不会令她生厌。她不拘小节，无论自己穿着多么漂亮，也不在意随地而坐，甚至如果她愿意，她绝对会毫不犹豫跪在泥土上。这就是在理查德的婚礼上，我所看到的她，而那时也正是她同意做我妻子的前夜。

Part 1

第一部分

2007 年11月30日
星 期 五 深 夜

伦 敦

一

要说理查德和我是最好的朋友，这一点都不夸张，但理查德可能并不这么认为。如果不是最好的，那也绝对是最老的朋友。从我们初到牛津，导师组织了几小时的茶水会，这是我们第一次见面，自此便成为朋友。我想深刻印在人们脑子里的总是这些初始的会面。现在努力回想在那个秋季学期开始时认识的朋友们，感受到的都是第一次见面握手时对方手掌的力量。

“法学，” 我们站在查尔斯·哈顿的客厅时，他这样说道，“仅会让那些毫无准备的人失望，而对于期望自己成功的人，就必须如你们期望的一样去努力。也许你们中有人会误认为真正有挑战的工作正等着你。甚至也许你们中还有很多人抱着这样的幻想，以为能进入这里，便终于拥有了享受的权利。我可以非常确定地告诉你这样的想法简直是大错特错，也是完全不顾后果的想法。这便是我想给大家说的。烤饼在大家身后，窗边有茶，请大家享用。”

如果这番演说让我有种想躲进窗帘后不再露面的冲动，对理查德的影响却截然相反。他走上前，与哈顿激烈地辩论了一番，内容则是哈顿曾在《时代》杂志上发表过的一篇文章。接下来的三年里，我和理查德研究搭档，每当他与哈顿辩论起来的时候，我总站在一旁看着。这样的情况时常发生。最终，我们却达成一致，按照哈顿的建议去做。于是乎之后的每个早晨，去上课之前，我们总是一起在大厅愉快地享用早餐，中午又一起在系里吃午餐。下午，回到学院，我们在那栋旧图书馆里一起学习到晚餐铃响起。休息时，我们也一起在大学食堂喝喝茶，在湖边散散步，当然还有我们与哈顿周五下午一如既往的讨论会。直到每天晚餐过后，我们才会分开。理查德最开始就说要成为博学的人，每晚八点，他会再次回到图书馆，从阅读莎士比亚的所有作品开始，按年代的顺序，直到读完英国文学架上的全部书籍，当然偶尔有人喊他去酒吧消遣。在他读书的时候，我在学校就餐区的小酒馆，给别人倒酒、开酒瓶，倒是能挣些钱，我用这种方式消遣孤独。我工作的几周内，无意中总能听到些平日听不到的谈话，见到些各色各样的场面，认识了大部分经常光顾的人，但都只能叫出名字。

到第三年末时，理查德决定留下来做一些研究工作，而我直接去了法律学校，其实我曾怀疑他留下来是因为他还没有阅读到英国文学书架上的20世纪的文学作品。当我在伦敦认证成为初级律师的时候，他也来到了伦敦，成为了中殿律师学院的一名见习律师。头几年，我的工作都是些单纯而简单的诉讼，于是我们的生活又有了许多的交集，要么是因为我的公司给他介绍案子，要么我们在皇家法庭的走廊碰面，便一起约着喝酒。但是随着我工作不断地谈判交易、起草合同等复杂的事务越来越多，我们见面的时间便也越来越少。但至少每个月，我们还是有机会一起吃午饭。在我的印象里，我们从未在工作上有过什么激烈竞争，总是显得彬彬有礼。从在哈顿茶宴上我成为他们辩论的观众那一刻开始，就意味着我们在职业发展道路上，会完全不同。有趣的是，工作中我们无从竞争，便在那些

午餐中有了些许竞争，订餐位时总想着能超越对方上次订的餐厅档次，订酒时也总是拿出自己最大的经济实力。不过有一次轮到我订餐位时，我实在无法忍受这种奇怪的情绪，而想取消之前订下的餐馆，带他去伦敦吃猪肝和熏肉。本来这一切即将成真，可是那时他遇到了露辛达，露辛达要他注意自己的体重问题，于是这个想法就不了了之了。

理查德给我说决定健身锻炼的时候，距离他开始接触并沉迷英国文学已有十年之久，这十年间他的兴趣除了书还是书，可是对于他这个新的想法我毫不惊讶，他半年后便成功控制了体重。我再见到他是在巴黎的一个周末聚会上，露辛达想要他在塞舌尔群岛求婚。当见到他那棕褐色的皮肤和他瘦身后的腰围时，我在宾馆大厅里不敢与他相认。他告诉我说，露辛达几乎准备好了婚礼的所有细节，而他其实是带着一丝不情愿的。在两年后的夏天，一个湿润八月的下午他们走进了圣殿教堂，举行了婚礼。一直以来，我们两个其实没什么女人缘，他这次迅速脱单令我非常惊讶。因为早前露辛达就决定由理查德的弟弟来当伴郎，于是也就没我什么事情。

婚礼当天，早上天气太热，湿热的空气实在让我无法迅速着装打扮好，也就没了什么时间从我位于伊斯林顿的公寓走到圣殿教堂，等我到教堂的时候，已迟到很久了。庆幸的是，赶上了露辛达婚纱裙摆拖进教堂的最后一刻，可是伴娘迅速从门槛上拿起裙摆并关上门，我便不好进去了。我在门外站了几分钟，一直想着如果我打开门，跟在后面，会不会显得太高调。最后，我还是没这样做，闲逛到教堂另一边，躺在内殿的草地上晒太阳。再过大约一个小时后，我想着该去中殿的玫瑰园举行的酒会上露个脸，要是早些去的话，说不定会撞上理查德和露辛达从教堂出来，实在太冒险了。

我不知道自己是什么时候睡着的，当我睁开眼看表时，发现我已睡过头了，略微有些沮丧。当我赶到中殿的时候，酒会已近结束。跟平常的宴会也没有两样，浓妆打扮的客人们或因为口渴，或因为某些情绪不断地喝着香槟；阳光下的点心被晒得有些发蔫儿；孩子们渐渐开始觉得有些无聊，便吵闹起来。每个人都筋疲力尽，但除了露辛达。

几乎就在一瞬间，她出现在我的身旁，想要知道我怎么找到牧师和唱诗班的。“他们表现得真是太棒了，不是吗?”她说这句话时，感激的眼泪似乎要夺眶而出。我正要走过给自己想好的路线时，理查德出现在她身后，“真是惭愧，今天太忙了都没留心到你，该死的你到底跑哪去了？也不过来打个招呼。”“理查德，亲爱的，别这样。”露辛达抢说道。“别打断我们，怎么不去看看你母亲是否需要些什么?”她告诉我不要理会理查德，因为他自从知道自己成为了最年轻的王室法律顾问，就一直狂妄自信。

她补充道，要给我介绍她上学时期的朋友，理查德已经向那位女士介绍过我了，露辛达想我可能会喜欢，希望我不要介意把她的座位安排在了我的对面。“我想你一定会喜欢的，真的，我相信。”露辛达抓着我的前臂，说得飞快，我努力跟上她的语速。她又接着说道，“她真的很聪明，最近，她一讲学术的词汇就让我觉得简直就是种折磨。但她真的很可爱，也很诚实。跟她谈谈诗吧，那是她最喜欢的。对，只要你跟她说诗人，你就会感觉很棒的。”然后她会心一笑，说她本会继续问我最近在做什么案子，但理查德一早告诉她了，她很难理解法律中过于复杂的部分，所以她也就没打算问了。想想，如果我是

她，我也会因为不能忍受宴会上那些特定的问题，而故意回避的。然后，她笑了，我也笑了。

我时常回顾那晚，怎么会那么奇怪，我没有像平常参加婚礼一样，遵循安排好的座位就座。也许是因为那天太热，或是因为香槟，或者是因为我与露辛达尴尬的谈话。不过，无论如何，我还是在到达大厅口时，看着一群人积聚在公告板前看自己的座位，穿过他们的肩头，花上足够的时候，找寻自己的名字，然后走进衣帽间，在脸上扑些水。所以当我动身寻找座位时，我只知道坐在我对面的也许是露辛达的同学。当我走进时，找到远处为我准备的那个空位时，正好看到我对面女人离去的背影，正是露辛达觉得我会喜欢的那个女人。不得不承认，我仔细地看了一遍。她不高，我想这也是为什么她穿了一双极高的高跟鞋吧，裙子紧贴着身体，身材清晰可见。她的头发，又长又黑，当我走过她身边时，她将头发轻捋至一边，背部露出来，几近全部裸露，裙子开口至腰部。这时，她转而为走上地毯的新人们鼓掌，我刚好到自己的座位，只好等会儿再观察她的脸部。我不再看她的背部，而是将目光移至她附着布料的下半身，并停留在那儿。

掌声一停，坐我右边的女人便开始向我介绍自己。与此同时，我侧身穿过桌子，握住露辛达朋友的手，似乎有一种久违的意识在我胸口蔓延，告诉我我正在看的这个人是谁。“瑞秋·卡达尼。”她微笑着说道。有那么一刻，我想她是没有认出我，忘记我了，我对她而已，不过是个完完全全陌生的人。但后来，她笑起来了，虽不大，但从她的笑里，我理解她是在和我玩某种游戏，所以，就像多年来养成的习惯一样，当她这样的时候，我也和她一样，回笑并答道，“亚历克斯。亚历克斯·彼得森。”但我一直没放开她的手，直到她把手从我手中抽回。

我还没来得及说其他的，坐在她左边的男子便提议重新安排我们的座位顺序。坐我右边的女士，是他的妻子，他没明白为什么不让他们夫妻坐在一起。“小姐，你介意吗？你叫什么名字？瑞秋。你介意吗，瑞秋？”他顺势将手放在了瑞秋的背部，一直盯着她。“我希望我的公主坐我旁边，我相信你能理解的。”我低头一看，看见那妇人怀孕了，然后我便回头望着她丈夫。他身材几乎宽度和高度一样，头发剃近头皮，三个手指上都戴着戒指。当我准备有所行动时，理查德却突然出现在我的身旁，“不好意思，先生，没来得及给你解释。”理查德看着对面的瑞秋，来到我们桌边，然后看了看那个孕妇和她的丈夫。“那两个人，”他小声对我说，嘴里带着酒气，“是露辛达的远房亲戚。不要怪我，露辛达制作的座位安排表，这个男的有些古怪，还有她——”他看着瑞秋，瑞秋已坐到我旁边了。“不好意思，应该早点说的。”

理查德便走了，我和瑞秋就听着艾德里安，就是那个戴着戒指的男人，向服务员要她的名字。当服务员从桌子对面靠过来给我倒酒时，他又问了一遍，边转向妻子，抚摸着妻子的肚子说，“要让她们感觉到尊重，就是知道她们的名字，公主，你说是不是？”

这晚，最糟的部分怕是接下来发生的事。在他莫名其妙地告诉我们他认识桌上所有的人之后，又小声地告诉我们他们每个人都能赚得丰厚的资产。艾德里安拿出他的钥匙，开始说起他的车，向我们展示钥匙上的小饰物。之后又拿起桌上的菜

单，读起背面的关于这个大厅的历史来。当服务员回来时，他不断地叫着服务员的名字。当瑞秋向服务员说“谢谢，不需要土豆了”的时候，他还向服务员强调，是瑞秋很害羞，实际上她还想要些土豆的。然后向瑞秋说，如果不注意饮食，将会长不高的。瑞秋什么都没有说，直到服务员走开，她站起来，将盘里的土豆全部倒在艾德里安的盘子里。他呆了一阵，马上转向他妻子，并耳语了些什么。瑞秋靠向我，手轻轻放在了我的大腿上，说道，“他是不是太饥渴了？”当她说这话时，我感觉到她的嘴唇都要贴到我的耳朵了，而我自己跌进了她身上迷人的香味里。

我缓过神还没来得及回复，艾德里安突然提高了音调，我感觉他和妻子似乎有了些分歧，并且分歧马上要升级了的感觉，瑞秋放在我大腿上的手也一点点地开始攒紧。但很快，他的“公主”便结束了这场争吵，他妻子拿起艾德里安的手放在自己的肚子上，并互相摩擦了下鼻子，说道，“你不想要我生气吧，对吗？”这时，瑞秋给我俩都倒了些酒，并举起了她的杯子，转过头不想让他两夫妻听到，小声说道，“这就是去他妈的可怕的婚姻啊，放心吧，我不会叫你擦鼻子的。”她边说边淡淡地笑了，然后转回身去喝光了酒杯里的酒。

伴郎站起来，用勺子敲打自己杯子，我知道，让我感觉不舒服的婚礼过程要开始了。像我预料到的一样，理查德的弟弟说过一段话后，露辛达的父亲便接着开始了他煽情的演讲，只是之后理查德的讲话却带给了我惊喜。他不像平常一样夸夸其谈，也完全没有流露出露辛达之前叫我不要在意的狂妄自信。尽管起初我怀疑是因为他喝了本不应该喝的太多的酒而又想控制局面才有了这一番带给我惊喜的话，但听他说话的声音和不匀称的气息至少我能感受到他的紧张，温柔和幸福溢于言表。他转向露辛达，旁若无人地盯着她，眼里只有她，在上帝面前宣誓他的爱，谢谢她允许他用自己的方式爱她。然后他看着我们所有人，以开母亲玩笑的方式结束了这场仪式，显然他又变回了他自己了。这时，露辛达的脸静下来了，并转向她父亲耳语起来。

艾德里安夫妇在祝酒后，立即离开了。我和瑞秋站在一起，什么话也没说，等到桌子被移至房间两侧时，她感叹道，“多么可怕的夫妇啊。”之后，她略带抱歉地表示要离开一会儿，马上就回来。“我保证。”当她走时，轻握住我的手说。当然，她没有回来，最后我意识到，她已经走了。看完理查德和露辛达跳完第一支舞，我便开始想着找个合适的时候离开，这样的场合实在有点不自在。我就那样站着，脑袋里还寻思着也许机会来了，为新人的第一支舞而响起的掌声渐渐落下，我感觉到有人在我身后。我想回头，可是人群在攒动，大家都从各个方向走出来开始邀请自己的舞伴。等我转过身，发现我身后是瑞秋，我迟疑了一秒，也伸出手发出邀请，就这样我们开始跳起舞来。我微微低下头就能再次闻到了她的味道。我的手便也不自觉地在她裸露的背部来回移动着。尴尬地是，我发现自己几乎马上就有了反应，她好像也是的。因为太过于慌张，反而握她更紧，离得更近，感觉她好像在笑。她将头埋入我的胸膛，想试着掩饰笑声，但我感觉到她颤抖的整个身体。她越笑，我的反应就越强烈。她握住我的手说，“我们出去透下气吧？”她把我带出了大厅，走进夜里，一路上她都挨着我，走在

我前面，我想，没有人能想到发生了什么。

我们围绕着大厅跑，她偶尔回过头对我笑，又不好意思地转过去，一路牵着的手都没放开，就这样跑过了台阶，通过一个门，她一把揪住了我的衣领拉我走进了玫瑰花园。在这里，她吻了我，拉开了我的拉链，手放进我身体里，便开始抚摸我。然后把我拉至花园的更深处，看到一个长凳，她轻轻地推我坐下，她便跪在我双腿前面的草地上，然后站起来，把我拉起来，抱了我一会儿。

“走吧，爱哭鬼，带你回家。”过了一会儿，她说。她带我走出玫瑰花园，边弯腰看着裙子说，“哦，天啊，看我这血红色的裙子，被我弄得满是草汁。”

二

夜晚，黑暗了无边际，就像黏稠的墨汁迅速在天空散开似的。这种氛围，总是能引起我的回忆，倍感孤独。黑夜真是一天中我最讨厌的时候了。每晚，我都会梦到瑞秋，几乎梦境中再也不会出现任何其他的事情。我很理解，这种情况太正常了，虽然我本该期待过了这么久，能少梦几次瑞秋的，或者也能梦些其他什么的，又或者在梦里，我能听到些什么。自从瑞秋去世后，我的梦都是安静的，毫无对白。

最经常出现在我梦中的便是我找到她尸体的那晚。对此，我并不感到奇怪。让我感到奇怪的是，我梦到的并不是我跑向她，找到她的画面，而是发生在那之后的一个短暂插曲：护工报警后，第一个警察到了，我恍惚地坐在草地上，心不在焉地听着警察的提问，看着另一个警察救助瑞秋的画面。我看过去，见他抬头，大声喊出数字，又低头，将自己的脸压到瑞秋的脸上，再次抬起头，大声喊出数字，一遍一遍不断重复。这时，我意识到我身旁的警察在大声喊我，因为我一直没有回答他的问题，于是转向他，专心听他的问题。直到渐渐听不到另一个警察大喊出数字的声音时，我也就回答了一两个问题。我意识到，救助已经停止了，大家陷入沉默。

我听到他对着手中的无线电设备说，取消救护车。我开始

声嘶力竭地喊，质问警察为什么要放弃救援。警察拉住了我的胳膊冷静地说，“没有必要了，先生，我们正在请法医。”我还是不甘心，“为什么？凭什么？请继续救援！”他的眼神离开了我，回答说，“先生，来确认死亡。”这时，另一个警察已经开始在瑞秋身旁围绕着一圈东西，看起来像极短的白色栅栏，但是布做的。看到他这样做，我想起了我父亲为了让我妈妈觉得很温暖，在康沃尔郡的每个夏天都会将栅栏敲进沙地而围起来的防风带。这时，我意识到，再也见不到瑞秋了，再也见不到了。我绝望地一步一步地挪向她，嘴里大喊着“住手，让我再看看她”，却感觉自己的脚沉重得无法移动。沉重、痛苦、黑暗笼罩着我，笼罩着死亡，身旁的警察抓着我，边用手铐铐住我的双手，边轻声说，如果我继续阻碍工作他将逮捕我。

这些在我的梦中，没有任何声音，没有大喊大叫。我只看得到我们的嘴唇在动，我知道我们在说什么，但是什么都听不到。不是沉默，而是声音的缺失。

梦继续着。我离开围在瑞秋周围的栅栏，背对着，盯着这片草地。脑海里浮现出另一幕，那是十五年前一个十月的早晨，我认识她的那一刻。是的，在理查德婚礼上，当我们看着对方时，我们已经认识多年，也许可以这样说，在这中间有一段相当长的空白，直到我们在露辛达的婚礼座位安排下，在中殿律师学院大厅的那晚，我们又再次认识了对方。

在梦里，有个带着扩音器的男人，站在树下，对着我们喊:脚步轻点，小心点，动作快点。梦里只能见到他把扩音器放到嘴边，看着我们在树前排成纵队。另一个男人站在他旁边，俯身对着照相机。一个奔跑着的身影出现在他们身后，是一个女孩，我们的目光都被她吸引而不是相机。

就这样，梦结束了。

梦中，我说我想起的那一刻，可以说是我最初认识瑞秋的那一刻。所以，如果有人问我妻子死前，我认识她多久了，我会从那一刻开始算起。但事实上，我得说，我对她的了解就如同其他人所了解的她一样：她就是那种大家都有所耳闻的人。1992年的秋天，理查德、瑞秋还有我，一起进入牛津大学，这对于我来说是一件非常值得骄傲的事情。就是在我和理查德非常骄傲地等待着拍照留念的时候，她很主动地介绍了自己，并跑向我们身旁的高大的梧桐树，和我们一起合影。

那天早晨，风吹着树枝轻敲过我房间的窗户。那时开学还不到一两天，我被安排在纳菲尔德楼的一个房间。纳菲尔德楼是上世纪三十年代的建筑，面朝主院的南部，独立杵在花园里。里面房间非常狭小，门檐很低，进门有一个狭窄的铁床，床的另一边是桌子，感觉床和窗子形成了一个壁龛，里面刚好塞着一张桌子。从屋檐上延伸下来的窗户，向天空打开，所以我坐在桌边的时候，望向窗外，可以看到整个草坪，一直延伸到湖边，中间点缀着几棵大树，如同夜晚微风吹拂的海面上摇曳的船只。房间的另一尾端，也有一个窗户，朝下看，便也可看到湖面。转过身，另一面墙边，有一个小洗漱盆，上面挂着一面镜子。

我到大学的那一天，门房的信箱里就有一封我的信，信上在我的姓氏后面冠上了“绅士”二字，这还是第一次。我从签名开始看起，给我写信的是教英文文学的高级教师和研究员哈利·加德纳先生，信中说，着深色装于早上八点到纳菲尔德楼

前的草地上，这样就能在去参加在谢尔豆尼安剧院举行的入学仪式之前，先一起拍张照片。信上解释说，这是行程安排。让我们在那么早的时候去到草坪，是因为拍照时，要按照高矮顺序，避免不必要的受伤等。

而那天早晨，因为窗下的笑声和金属的叮当声，我几乎是早上六点就醒了。我记得自己很奇怪，很紧张。以前承诺自己不管怎么样，每天都要去大厅吃早饭，而那天早晨，我只给自己泡了一碗燕麦片，在充满着蒸汽的浴室里完成了我的早餐。之后，我的脸涨得通红，站在镜子前，整理着自己略有些明显的二手的白色领结，不断地告诉自己，我要是有的话，肯定会希望是条新的。弄好之后，转过身，向窗外看去。

树叶在动，湖面上笼罩着一层薄雾，慢慢延伸至草坪，看到一群学生嬉笑谈论着慢慢集合在了楼右边的树周围。不知怎的，我突然并不想成为他们其中一个，不想去考虑要以一个什么样的开场白去融入人群，想到这里就不想走下楼梯了。感觉要是自己能和自己的书待在房子里，应该也会挺好的。甚至有一种感觉，我会这样度过我在伍斯特的所有时光:站在远处看着大家。一定程度上，后来也确实变成这样了。现在想起来，站在远处看着大家，大概也是我人生大部分时候的选择，如同那个十月早晨的选择一样，站在事情的边缘上，选择了远离人群，不想要成为他们中的一员。我感觉我人生的大部分，其实就是从理查德婚礼的那晚到瑞秋去世的那晚之间的那些时光，那些我和瑞秋在一起的时光，并被她爱着的时光。

最终我还是走出去了，哈利·加德纳，这个我已有所了解的给我寄信的人正拿着一个扩音器在整理队伍，开始按照高矮顺序组队。我边走过去，边向一些已经在哈顿茶会上认识的部分同学点头致意，当然也包括理查德，然后我们便一起到树前排起了队。这时薄雾已经散去，哈利站在照相机旁，像摄像师一样，举起手，开始倒数，这一刻，我们将永远地被捕获进了照相机。

就在那时，她出现了，从主院里通往草坪的小路上跑出来。她边跑边喊，“等等!请等等我，天啊，实在不好意思，我去错草坪了!”听到这里，大家都笑了，应该说整个队伍都笑了，因为她跑向我们时，一边向上拉她黑白相间的长袜子，一边用夹子把头发绑在脑后，就这样手忙脚乱地高喊着。

她就是我的妻子，她确实有这样的能力，能无意识地让整群人哄笑起来。这时，她自己也笑了起来，边尖声说道，“我走错了，真的!我以为是在主院的草地上，但发现没有一个人，然后经过森斯伯瑞楼，去了操场，所以不得不又沿着原路折回来，而且……”

“小姐，”摄像师说道，“安静下来，小姐，站在那儿，微笑，就可以了。一——”因为瑞秋身材比较娇小，站在第一排的中间，刚好是我的正前方，当她走过来的时候，摄像师大喊，“二——”这时，摄像师又不得不停下来，因为瑞秋又开始弄她头发上的另一个夹子。她握住身后的所有黑发，在空中摆弄，长而乌黑的发打到了我的脸上，我的双眼完全不能睁开。实在忍不住，大喊了出来。

“哦，天啊，太不好意思了!”她边说，边转过身，手顺势放在了我的胳膊上，扑面而来的是她身上的香水味。“太不好意思了!你还好吗？今天早上，真是被弄得彻底无望了。”“我没事，”揉了揉眼睛，我尴尬地说，“我没事。”“哦，天啊，你是不是有事？”她还是不放心，看着我问道，“不好意思，可以帮我拿一

下这个吗?”她递给我一条黑丝巾，向前俯下身子，整了整衣领，竖起衣领，在她整理衬衫时，我都能看到她没有穿胸罩。可以看出胸部很小，乳头很挺，也很黑。这时，她站直了身子，转过头，说了句“谢谢”，然后拿走丝巾，在衣领下方打了个半结，拉了下她的长袍，才转过身去。“一——二——三!”这时，照相才算完了。

直到第二年末，瑞秋和我都没有过如此亲密的接触了。那天，我俩不约而同地在学校里为即将到来的暑假而熬夜时无意间发现了对方，才意外地有了新的交集。我曾以为，即便相机快门“咔嚓”一声短暂结束，也并不代表我俩的初见就这样没了后文，我臆想着我们会有更愉快的交谈，谈谈诗或是刚来学校的见闻什么的。不过照相完后，瑞秋立即消失在人群里了，我不自在地一个人站在队伍里，还在疑惑她去哪儿了，苦恼着为什么自己不拍拍她的肩然后留下一个好的开场白呢，为什么她都没有等我和她一起走呢，或者她根本没注意我，我是这么想的。发现她没有等我一起去参加开学典礼时，我觉得自己愚蠢得有些可爱了。

之后理查德告诉我说，和她在一起走的都是些英格兰学生，这就可以想明白，为什么他们总是这么吵闹了。“作为自然注意力的研究者，”查理德接着说道，用一种我即将就要习惯的语气向我解释，“在伍斯特，他们待多久，学校将会为其服务多久，无论他们愿不愿意承认对我们有兴趣。相反，我们将不需要想是不是对他们有兴趣。这样的情况将会保持十年左右，直到他们意识到世界上其他人，并不认为他们多么有吸引力时，他们才会开始走向我们，渐渐抛弃他们的优越感，并最终与我们结婚。”

“为什么?”我问他，“为什么是我们?”

“因为到那时，”他答道，“我们将会成为非常有钱的人。”

不像理查德那么偏激，我还是愿意发现他们的有趣点，发现在那个十月的早晨，同瑞秋一同离去的人群的有趣点。那群人比我们都要吵闹，感觉世界上只有他们，而没有其他人似的。就我理解起来，他们也没有作出多少成绩。整个冬天，如果他们走到了图书馆的附近，那里就完全不像是可以坐在桌边读书的地方，就是一个室外的公共场所。他们总是高谈阔论，有的时候，我都不能集中精神，只好带着书回到房里看。夏季学期来临的时候，我和理查德在湖边散步时，总是能见到他们，看起来，他们好像什么都没有做，那么悠闲，就在草坪上躺一个下午，抽着烟，互相传阅着小说，有时还辩论或者是讨论小说的情节，这样也不用为了应付加德纳而不得不读每一本小说。

我总是说他们是一群人，但其实很快他们就各自组成了小团体，瑞秋他们就只有三个人。另外两个人就是瑞秋的课程研究同伴:矮小带点柔弱的北方人，名字好像叫安东尼·特里斯克，另一个女孩是美国的，茜茜·克雷格，有着非常洁白的牙齿，是大学船只俱乐部的舵手。

但我就只对瑞秋非常感兴趣。一是因为在我们照相的时候，她狼狈跑向我们，引起了我们所有人的注目，但是除开这个，还发生了很多其他的事情；她总是能吸引大家的注意力。她的相貌也总是能成为巴特利酒吧里的谈资，因为大家都喜欢拿她当笑料，大家都说她是“好笑的笨蛋”，她当然是不喜欢这

个外号的。

我第一次听到别人用这个词形容瑞秋，是我们头年希拉里学期（英国和爱尔兰一些大学的冬季学期，通常从每年的一月至三月）的头几天晚上。那晚，理查德还令我特别惊讶，居然没有在图书馆读文学作品，而是来到了酒吧，而且还喝多了，一直与邻座聊天。他邻座名字叫菲利普·唐雷，一直声称自己要在打烊前，用酒淹尽悲伤。好像唐雷在那晚之前，信心满满地以为自己和瑞秋还是大有希望的，特别是瑞秋喊他离开她与茜茜共享的那间套房的时候。

这时，理查德喝了口酒，嘴巴都抿成了一个倒“U”，说出了那个词——好笑的笨蛋。“说说看，故事后来怎样了?”“这就是整个事情。如果我是你的话，这话不是应该私下说吗?”唐雷说。我记得那晚还有安东尼，他整晚都在桌边读小说，听到这儿，抬头看着理查德，眉头紧锁。一定是有什么让他困惑的事情，而且肯定那晚，他对理查德的行为是非常不满的。“像瑞秋那样的女人，”理查德还继续说下去，完全没有注意到安东尼已经放下书，径直向他走过来，“最终得到的都是他们看似想要的，不管自己喜不喜欢。”这时，他又拿起自己手中的酒，还在空中用酒杯比画配合自己说话，音量还不断提高。“如果她还以这种方式对周围的男人，最终无论发生什么样的事情，大家也都不会同情她的，我敢——”

安东尼突然推了他的头一下，他才闭上自己的嘴巴。理查德直接从凳子上摔了下来，肯定不是因为安东尼推了他的头，而是喝多了。他摔下去的时候，手还刚好打到吧台，酒杯也飞了出去，直接砸到墙上，搞得整屋人都开始起哄，这一切看起来有些夸张了。理查德自己从地板上爬起来，边说，“我不打架，非常抱歉。”边掸自己裤子上的灰，还摸着自己刚被打的头。“哼，我不会谈论女人的是非，至少在她们不在场的时候，我不会谈论她们的。”安东尼边搓手边说，“我认为，这不是同学能做出来的事情。”“看着，安东尼，你和我都知道，我们不是同学。”理查德甚至都微笑起来了。我都能感觉得到，他有些得意，“她今天放你鸽子了吗？所以你今天才一直一个人的吧!我们不都有点被拒绝了的意思吗？你那可爱的美国朋友到哪儿去了呢？说不定正和她搞得火热呢!”我回过头看安东尼，他居然平静得不作任何回应，涵养真算是高到了一定的境界。他转身直接走过桌子，收起自己桌上的东西，来到吧台，放了些钱在我这个酒保面前说，“杯子钱，不好意思，兄弟。”然后径直走了出去，留下理查德和唐雷一阵沉默。我开始打扫残局，并给哈顿写一份事件发生始末的报告。作为院长，他热衷于处理这些事情。

过了很久大家都还经常谈起这件事，直到我们知道了她是个孤儿后，我们对瑞秋才有些同情。我遇到的大部分同学差不多都失去了父母一方，也包括我，在来牛津之后不久，我母亲就去世了。但是像她这样失去双亲的情况还给她增添了神秘感，让大家想要去了解她。听说在她小时候，父母就过世了，一直都是教母带大的。因为教母是艺术品经销商，大部分时间都在意大利，所以在切尔西的房子都是由瑞秋管着，这个故事不胫而走，大家都知道了。“教母艾薇”，这是瑞秋在酒吧给安东尼和茜茜说的，绝不仅是“我的教母”或者是“艾薇”，两者总是同时存在的。当我在牛津的时候，我发现自己有时都希望自己有个“教母

艾薇”，我想每个人都希望有个永远支持自己的人在远处，还不是自己的父母，一个会在我们需要的时候，照顾我们，给我们大房子住，寄给我们零花钱的人。

不止一次，我听说瑞秋在自己教母艾薇的房子里举办周末派对，房子特别高，有独立的楼梯，而且奢侈到还有男仆。瑞秋会给每个派对冠名，这里面还有些流传出来的故事。搞动物主题派对的时候，大家都被要求穿上奇装异服，瑞秋则以猫人现身，出现在楼梯口，她身上喷满了黑漆，只穿了高跟鞋，脸上还贴了胡须，腰间用一条丝带裹着一条女士长围巾，让它看起来像是挂在了尾骨上。因为这些故事，我都是从理查德那听来的，而理查德又是从唐雷那听来的，我一直都没有当真过。她就是这样的女人，就是人们会在她身上编些故事的女人。

作为一个大学肄业生，我只见过那栋房子一次。那是在我第二年的秋季学期末，有天我在门房里见到了一个包裹，因为实在太大，信箱都容不下，我注意到瑞秋的名字在包裹上，于是仔细看了下。我就是这样知道瑞秋在切尔西的地址的，我没有刻意去记那个地址，却怎么也无法从脑海中抹掉。我觉得，上面的街道名称，很有可能是我熟悉的。在那学期末，我走到斯隆广场时，突然想起来我在彼得琼斯和父亲一起过圣诞节，他订了一张电热毯和一个床垫罩之类的东西，又不想付邮费。我发现在拿回这些东西，赶上回牛津的火车前，说不定还有些时间，于是我就逛了那条街。

当我到那条街的时候，空无一人，天色渐黑，我走在路上，甚至感觉脚上开始结霜了。那栋房子比我想象的要小得多，简直可以说是非常小的小别墅。完全不是我想象中有很多台阶，也许门上还有一个狮子头作为门锁。在我眼前的是一条小道，像个盒子竖起的篱笆似的，很短，我几乎不用一两步就走完了。窗帘紧闭，房间亮着灯，门前的地上也亮着灯。看上去，整栋房子在夜色中静静闪耀着。我把自己的东西放在过道上，手放在门上，想知道是教母艾薇在里面还是瑞秋在里面，甚至也许根本就没有人，而是邻居每天都来关上窗帘，通过定时器控制灯光。突然，我看到有人从楼上的窗户看着我，我迅速拿起包裹，径直就走了，头都没有回一下。

三

如果我知道在湖边的那晚是我最后一次见瑞秋，我想在最后关头，我一定会挣扎一下的。挣脱拉着我的那个人，跑向她，守在在她身边，紧紧地抱着她，把头埋进她的脖子深处，我现在想做这一切，却已不可能了。我一直认为，我们还是会在某个时刻相遇的。这不是说，我们真的还会在一起，我比谁都清楚，特别是那晚，甚至后面的几个星期，我都知道，她已经死了。但是我不能明白，当我被赶出草坪前几分钟，为什么她的人生会结束在这样的情节里？

最后是教母艾薇第二天早上去确认了瑞秋的尸体，那时候我还在被收押中。警察最后处理现场时，我还因为处于过度恍惚中，觉得这一切像一场梦，或许梦醒了就好了，所以最后都不肯去见她。听说他们曾试图想要重新整理一下瑞秋的尸体，但是因为伤得实在太严重，在完成她头上的整理工作后，依旧有些模糊。

那晚，当我被那个该死的警察带出大学校门时，就只回头看了一眼，一眼而已。现在想想，那一眼竟是最后的隔世相望。而找到瑞秋的那片区域，全都封锁起来了。越来越多的人朝着警戒线走过来，背着包，拿着泛光灯，甚至是梯子，一队警察身着白色西装排着整齐的队伍，走过草坪，整齐得像一个人似的向湖边走过来，每个人都挥舞着一个火炬，在草地上来回地走着，就感觉是某种外星登陆艇来到了地球上。我看到那个门卫站在树下，和之前待在瑞秋身后的警察说着什么，他就那样坐在草地上，双手抱头，警察也就坐在他的旁边。现在我知道他当时给警察说什么了，关于这个是我律师告诉我的。那晚现场的所有人的情况，我也了解了，有的是律师说的，有的是当事人自己说的，有些是从大学里面的门口和路口的摄像头中知道的，有些是从我衣服上的血迹中知道的，有些是从湖中沾有一点点瑞秋皮肤的石头上知道的。有些故事相互交叉着，能串起来，但有的完全零碎，毫无头绪。

至于那个门卫对警察说的是，他一直都很疑惑，我们没有出现在学校的摄像头中。他说他听到我们站在他的门卫室外，跟哈利道别，说了很多感谢的话，谢谢哈利为我们准备的晚餐什么的。他还听到我们说一直都很想知道在贵宾席就餐是什么感觉，而这顿之后，我们终于知道了，并赞美哈利多么多么好，准备了多好的食物啊，酒啊，很高兴我们还能被应邀回来。为了确保我们不再溜回来，门卫决定稍微早点巡逻。

我记得那晚，我们到那儿参加晚宴的时候，在门卫处报到，要在一本校友来访者的簿子上签名，门卫还问我们是不是要在这儿过夜，我们说不会的。“好吧，那你们要在午夜前离开。不要到处乱晃，不然我会把你们轰出去的。有的时候，校友回校喜欢到处逛逛。”他继续说，“他们过来就被怀旧情绪影响，流连忘返，直到凌晨三四点，想起自己还要上班，才意识到睡在这边的草地上一点都不舒服，还是回家睡在床上的好。”他说他总是在湖边草地上发现那些本来想重温学生时代的老校友们，有的时候不得不把他们赶出去。我斩钉截铁地回答，“当

然，我们不会的。”我确实相信自己不会的，而且瑞秋也是这样想的。

门卫给警察说，到点的时候，他还觉得自己要去巡查一下，确定我们是否离开了，因为他没有看到我们离开的身影。他从门卫室出发，在壁龛那转身后，向右走去，经过教堂的门口，直接向主院北面的门廊走去，只是他一直都没有看到坐在图书馆楼梯阴影中的我，我在那儿等着瑞秋回来。

之前，瑞秋的手放在我手臂上，突然对我说，“要不，你等我会儿。”本来，我整晚的安排是，晚餐过后，就出那道小门，直接到博蒙特街，然后一起走回酒店。“我就是想在我们离开这里之前，再去湖边看看，看看月色下的湖面。不，不要跟过来。在这里等我会儿就可以了，我喜欢这样，一个人晚上漫步在湖边。”我们商量了几分钟，差点为此争执起来。我说，她并不是一直都是一个人的，现在很多时候都是我和她一起的，质问她怎么能忘记自己，难道不可以像那年夏天的夜晚，再一起去湖边散步吗？但是，最后当然是她走了，留下我一个人看着墙上的通知栏。我从头至尾看完了两次通知栏中的通知后，我都觉得自己很累了。转过身，朝门卫室对面的门口看去，爬上旧图书馆的梯子上，刚好可以俯瞰到整个主院。随后我直接溜到了梯子的下面，坐在冰冷的石头地板上，倚着栏杆，抱着自己的头，闭上眼睛，就打起瞌睡了，肯定是晚餐时喝多了酒。

从门卫那里听来的故事是，等我猛然惊醒的时候，看了看四周，还在疑惑为什么瑞秋还没有回来时，门卫已经检查了去果园的路，位于湖北边的学生公寓，正准备去沿原路返回自己的小屋。我自己慢慢站起来，伸了伸懒腰，还打着哈欠，希望瑞秋没有把我一个人忘在这里，自己回去了，而我似乎也想放弃等待，同她做一样的事情先回酒店算了。其实，我知道，我不仅很疑惑为什么她要一个人去，还因为她不想和我一路而有点伤心。我在想这些的时候，门卫他正绕到操场边。回来一路，他都四处检查，是否能看到我们，包括树底下、沟渠边、低矮的树枝下，还弯腰轻声嘘走了他早就已经打扰到的鹅群。

那时，我听到了一些动静。我还在考虑是不是要离开这块阴暗的角落，去看看瑞秋到底回去没有。突然就听到了瑞秋的尖叫声。我直接跳了几级楼梯，开始跑，而思绪却异常的宁静。肯定发生了什么，我认识瑞秋以来，她从没这样叫过，我的直觉和意识告诉我，一定是瑞秋在尖叫。我跑得越来越快，几乎是以我无法达到的速度，以至于在下主院的梯子上，有点重心不稳，眼镜都落了。准备去捡的时候，却又不小心踢得更远，趴在地上，笨手笨脚，像个老人似的找自己的眼镜。可能是因为太害怕了，内心又觉得有点兴奋，甚至发现在瑞秋的惊叫声中，有种快乐安心的情绪。突然觉得，我们之间的情愫已经到了这种地步。这一路，我都在想这些。抄了近路，这会比门卫跑得快，直接从主院南边的小屋里穿过去，跑过第一道门，直接踩到草坪上，冲了过去。

突然，我看到她在远处，躺在湖边一棵梧桐树脚下的草地上。我下意识地擦了擦自己的眼镜，才发现刚刚眼镜掉了，一直都看不清。乍一看过去，像是她双手从两边压在头下，凝视着天上的月亮，感觉什么都没有发生。要么就是我想象的尖叫声，要么就是我太兴奋了，直觉也不那么准确了，总之，看上去，是我误会了。如果有尖叫声的话，那也许也是学校墙外街那边传过来的，还是一个我完全陌生的人传过来的。我还怕她觉得我有点神经，一直跑过来救她。但我突然觉得很生气，她

把我一个人丢下，自己享受这浪漫的场景，躺在大学的草地上，欣赏月色，明天肯定还要抱怨，草地弄脏了自己的裙子。

但当我走近时，我却发现，她不是躺在草地上享受着月色，而是脸朝下，膝盖蜷缩在了身子的下面，手臂张开着，看起来像是在祷告。但是头却陷入了地里面。看到这时，我又快速跑了起来，跑到她身边时，月光下，看到她湿湿的头发乱飞着，我跪在她身边，摸着她的头发，嘴里喊着“瑞秋，瑞秋”，但是她却什么也没回我。我举起双手时，却发现满手都是红色，再看到她，到处都是血，整个背部全都是血，头部还在渗血。我不断地摇晃着她，呼吸困难，连她的名字都已经喊不出来，只是乱吼，不断地吼。轻轻地靠过去，靠在她的身上，抱着她，她身子已经僵硬，就这样坐着，我不断地发抖，整个身子都在发抖。我把一只手，放在她额头下，另一只手放在背上，想要让她抬起来头，避免再流血，但我却怎么也做不到。这也是门卫发现我们时，我的动作：跪在地上，用手撑着瑞秋的头。

四

第二天晚上，我从警察局被放出来了，但我在接下来的两个星期内，随时接受调查，而且出国也要告知警察局。现在我知道，之所以耽搁释放我，是因为在湖边，没有安全摄像头拍到我，而且那时我准备离开图书馆楼梯下的阴影处时，门卫也不在门卫室内。直到哈利被询问后，警察都还是不能找到任何一个见我离开的人。无论是尖叫声前，还是尖叫声后，都没有人能确定我的“作案时间”。安装在学校门口内的摄像头记录下了我和瑞秋与哈利道别准备离开的样子。在稍后一个门的摄像头，又看到我们互相亲吻，然后两人走了不同的方向。而门卫还给出了他在那晚午夜听到尖叫声的准确时间，而我又无法自证我一直都待在了图书馆的楼梯上，是在听到了那尖叫声，才跑向瑞秋的尸体的。所以我就肯定有时间，在门卫发现树下的我们之前，我离开图书馆，然后跑向湖边，杀了瑞秋。

在我被捕后，在警察局检查时，搜去了我身上所有的东西，但是我要求给教母艾薇打个电话，那时她好像不在家，我又拨通了她的手机，却也关机了。后来，我想早上再作打算了。那晚，我躺在牢室里的床上，期待着瑞秋也和我一起睡着，甚至我真的以为，她会在某一刻出现在我的身边，给我道歉，给我解释这一切。告诉我，沾在我那被警察拿走的衣服上

的血迹是别人的，我之前握在手中的头也是别人的头，不是她的。我确定，我被关押是没有什么正式程序的，而且我肯定也只会当几个小时的嫌疑人。当值律师在见我之后，告诉我在审问中，能说什么不能说什么，还劝我说，我应该好好休息下。警察告诉我说，不着急，在他们传我审问之前，还有很多事情要做。虽然每隔十分钟，就会有从走廊上闪过来的灯光照一照我，我还是像他们劝我的一样，睡了。直到八点的时候，他们给了我一些吃的，告诉我说我已经睡了很长时间了。

在第一次审问中，我没受什么苦，尽管时间相当长。在侦探们问问题时，我得表现出来非常顺从的态度，我想在他们进审问室之前，肯定就已经下好结论了，审问只是显示他们的谨慎而已。虽然我旁边的当值律师，非常年轻，穿着靓丽，脸红红的，感觉刚从睡梦中醒来，也许还是有点兴奋，感觉毫无经验可言，我都丝毫不担心。我在法律学校的时候，就知道了，警察都是一个德行，只是不断地搜集信息，或者也可以说搜集故事，我的故事只会成为这些故事中的一个而已。我很清楚，他们实际知道的很少，而且我很确定几个小时后，当事实慢慢确定下来后，会有证据证明，他们对我作出的假设并非属实。

我不断地告诉又复述着我的故事，还要不断地避开他们的诡计和陷阱，弄得自己有些麻木，只觉得有股冷气灌入了胸口，这一刻，心里才第一次开始疑惑瑞秋死去时的姿势。不知怎么回事，我出现了种幻觉，好像我们都在假装着一切，我们只是玩了一个游戏，每个人都有自己的角色，直到有人把门打开，告诉我们，我们可以停止了，她被发现了，游戏结束。可是这一切都没有发生。回忆起在那场谋杀之后，我在牛津度过的每一天，总感觉自己在其他某个地方，又感觉自己的认知能力被冻结，以至于脑子都不能跟上身边发生的一切，也不能看到、听到、理解身边发生的一切。

后来的几天，我的意识才渐渐清楚起来，当然现在也特别清晰。感觉冥冥之中有人或事在给我回放摄像头里所拍到的，当出现重点场景时，我便开始有了很多疑惑，这种感觉本来应该是早就有的。我开始觉得不舒服，并不是因为那天的第二次审问。因为很快，就有人给我提供了无罪释放的证据，如果我也给出一样的答案，那我就可以即刻释放。不过一定还有不对劲的事情，说不定警察正在调查的东西能让他们有足够的理由打我。我不能表现出一丝的不安和困惑，尽管这才是任何一个处在我这样情形下的人应有的情绪，我想肯定很快就会有人比我更应该有这种情绪的。但是我越想那场谋杀，越想那之后我度过的日子，那种当时不安的感觉就越明显。

第二次审问一开始，我就知道，除了我上次的故事，肯定他们又已经搜集到了一些别人的故事。那天白天和晚上所有那栋楼里忙碌的人们的故事都肯定被搜集了起来，被拆分，又串在一起，用来发现真相，测出准确的作案时间。我能想到，在他们把案发现场封锁后，那里肯定堆满了人，警察就会开始不断地敲开大家的门，不断地问问题，甚至会跪在草地上，仔细地，小心地检查每一寸草，或者是潜到湖底去寻找任何有关的线索。现在审问室里他们知道的那些不是我的故事，就是通过他们在我们酒店里搜到的，在我们伦敦住所里搜到的东西和故事交织在一起的。我都能感觉到，审问我的那个人，试图把他们已下的结论丢给我，像喂宠物似的，然后检测出我的答案与他所想知道的是相反的，用这种方式，让我自己说出是自己犯下的罪行。他还真弄出了几个非常真实的故事，劝我说我的回

忆真的出错了。

而我对每个问题都回答得很简洁。他们告诉我说，他们是不会告诉我已经审问了哪些人，在接下来的日子里，还将询问些什么人，甚至都不会告诉我他们已经逮捕了哪些人。他们也不会告诉我怎么处理的瑞秋的尸体，被带到哪里去了，是不是除开头部，还有其他地方受伤了。那一刻，我知道我会永远找不到答案的时候，只有上帝知道我有多渴望知道这些问题的答案。于是我自己问出了口，“我就想知道，有人和她待在一起吗？就这点。就想知道她那晚在哪儿，她是自己离开的，还是有人陪着？”其实在这次审问之前，我一个人待在牢室里的时候，我就想清楚了，她可能已躺在城市另一端的某个小屋子里，等待着被解剖、称重、测量、拍照，然后每一部分都还会被送上无标记的货车，再去测量一遍。

审问的人并没有直接回答我的问题，但在他们走后，讨论分析了我的答案后又回来了。那时差不多已经接近傍晚时分了，他们的立场好像发生了改变，比较倾向我了。尽管只有一点点，但是足够让我相信，也许有可能，到我两周关押结束时，我不再会是他们的首要嫌疑人，而有可能成为主要证人。

从律师告诉我的和哈利第二天早上告诉我的来看，我能被释放，肯定是要感谢哈利的。就在他跟我和瑞秋道别之后，我们正准备走出那道小门的时候，也就是差不多同一时间，他也从另一个方向走回自己的房间，他告诉我们说，他要回去收拾些东西，不然的话，还可以送我们去路边拦个出租车，一起回他伍德斯托克路的房子，所以我们只好自己走回圣吉尔斯路的酒店了。但是，在他正要回屋的时候，他突然改变了自己的主意，跟在了我们的后面，但是是看不到我们的，他直接去老图书馆了。好像是在席间，瑞秋问了他一个问题，而他没有答上来，而瑞秋觉得有些惊讶，还有哈利不知道的问题，哈利觉得挺尴尬的。哈利对这个也有点敏感，又不愿意作无根据的假设，于是他想要直接去图书馆找问题的答案，还想着能直接把答案写在卡片上，放到我们的酒店，这样，瑞秋起床吃早饭的时候，就可以看到问题的答案。律师告诉我，瑞秋问的是一个有关于诗人的问题。那晚，我没有听到瑞秋问哈利问题而他没有答上的事，整个晚上，我都一直被坐我另一边的女人拉着讲话，她告诉我等我接下来去纽约的时候，应该去些什么地方，在去之前，应该先看些什么。无论瑞秋的问题是什么，都极大地触动了哈利，让他想找到答案。他站在图书馆里窗边的桌子旁，手中拿着他想要找答案的图书时，正好就在我的上方。那时，瑞秋已经劝服我，一个人去湖边了，留我在等她。

哈利站在窗边找答案的时候，不经意间，目光转到了窗户外，看到了主院里发生的一切。他看到了一个长得像瑞秋的女人，迅速地从大厅跑下去，一直沿着位于主院南边别墅前的小路跑。尽管他告诉警察的是“像瑞秋的女人”，但是他没有想到，这已经代表了一切，绝非巧合，能让警察有点相信我的话了。

那一排十六世纪的别墅，灰色和玫瑰红覆盖的外墙，有些许褪色了。但是那被涂来涂去的划船蜉蝣还一直刻在了门口上方，最后那一栋就是哈顿曾经每个周五下午教授我和理查德的地方，在他那里的课程都是在一楼上的，而他自己就住在别墅的上面一层。那里也是他所认为的客厅，每年他都在那里给新

来的本科生举行欢迎茶会，也是我和理查德第一次见面的地方。打开会客室的法国式大门，看到的是一直被大学里人们津津乐道的秘密花园。坐在与一楼同高度的角度上看，这个小花园像是悬浮在了门拱上面，花园里的内壁都像是排列整齐的门，里面是各种棚子，可以供园丁们放置各种需要用的割草机和农作农具。所以进入花园的路，要么就是从客厅打开那扇法国式大门，要么就是沿墙边的一排梯子爬上去，然后从花床下面跑上来。跑过主院的一条路就经过哈顿的别墅，跑到那里时，你可以选择向右转，然后继续围绕着主院走，也可以突然左转，然后进入到那条秘密花园下的通道。

哈利从图书馆窗口看下去，看到了那个他认为是瑞秋的女人到了哈顿的别墅时，直接左转，进入了那条通道。要是她在路的另一头右转，继续走的话，很快就会走到月色朦胧的湖边。

哈利看到的第二件事是那个门卫在图书馆下面的壁龛下出现了。门卫站在主院的北边阶梯上看着自己，擤了擤鼻子，似乎察觉到了什么，回头看了看墙上的钟，刚好哈利就站在了那下面。哈利说，门卫的这个动作让他不自觉地拿出了自己口袋里的手表，发现是十一点四十二分，非常精确。他又继续读了几分钟书。当他再抬头看时，那个男的消失在了六号楼梯，这也是他向警察说的路线。这条路会把他带到果园，然后到湖的北边的学生公寓。哈利注意到那时是十一点五十五分，正是他找到了瑞秋关于诗人的问题的答案，走出图书馆的时候。他经过了我身边，我那时双手抱头坐在了楼梯上，他听到了我的鼾声，知道我已经睡着了，他想我可能是在等不知道去向的瑞秋回来。他没有喊醒我，直接离开了壁龛，沿着门卫走过的路，直接走向他要去收拾的在五号楼梯的那个屋子。

哈利听到那声尖叫的时候，他正沿着北边阶梯走在半路上。他立即转头，感觉尖叫声是从湖边穿过主院传过来的。他站在原地一动不动地站着，也没想着要走。然后他就看到了我，像疯了似的跑出壁龛，还在梯子那儿跌了一跤。他看到了我摔倒，我的眼镜掉下来，看到了我又前倾摔到了地上，跌跌撞撞地寻找我的眼镜后，慢跑起来，穿过了主院南边的那条路。他说，我捡起眼镜，戴上它们的时候，动作减慢下来，其实是在跳着跑，跟优美的潜水动作一样，这样就感觉我并没有停下来。

这时，他才注意到他右边的视野中也出现了一个身影一闪而过。他转过去看到这个身影从哈顿那个秘密花园下的通道处跑过。身影非常小，也许是个女人或者是个十几岁的男孩子。穿着深颜色的衣服，头巾紧紧地系在头上，挡住了脸。因为这头巾，也因为他以飞快的速度向我飞奔过来，影子与身子感觉已经分开了似的，像短跑运动员一样，非常快。他没有看到任何一个面部特征，也就无从描述了。他说那小身影跑得极快，等到他到主院头，经过我身边时，我正好摔到地上，正努力挣扎着起来，所以完全没有注意到他，等我起来继续跑时，他已经到了楼梯最上面，消失在夜色中了。警察告诉律师说，要是我没有掉眼镜，不用想，我也能像哈利一样，看到那个经过我身边的那个黑影了。但是结果，我完全没有意识到有这回事。

在第二次审问中途，警察们就开始把焦点放在了哈利看到的那个黑影上了。我想在那个时候，要是我稍微警觉一些，稍微清醒些，在意周围发生的一切，也许我给警察说，这样调查是不好的，用这种方法是会阻止自己发现新线索的。但最后，我什么都没有说，而且在之后的几个星期里，我还一直告诉自

已，要相信我的律师，这个黑影只是他们所有调查中的一小部分而已，他们是不会被这种感性的直觉误导的。

好像警察也已经调查了所有在瑞秋谋杀案前后四十八小时内进出大学的人，都被排除了，每一个出入口安装的摄像头所拍的视频都已经被仔细检查过，进行了详细的记录，工作非常仔细认真。据我的律师说，只有一两个视频里的一两个地方有些问题。在学年结束的时候，门卫室总是比平常要忙些的，这么多人聚在这么小的地方，意味着总有些至今都还不明身份的人待在里面的。让警察比较满意的是，他们能从这些视频中知道发生的一切，而且每个人进进出出都不能走别的路，只有这条路。

律师告诉我，根据五年前的一个重建计划，除了这些安装了摄像头的进出口，再也没有其他路径能进来学校，墙的高度都增高了，威慑力也增强了，金属长钉和玻璃碎片在墙上都到处可见。任何一个想不走这些正道进入学校的都会留下自己的足迹和线索。唯一的缺口就是那条沿着湖西南岸的小路，直接连着沟渠，那个界限就是直接由树木和树篱形成的，后面只有一个低砖墙。但是想要从瑞秋的尸体那儿跑到这条路来，首先就会碰到从另一个相反方向走来的门卫，再者就是，必须跳下墙，直接跳到沟渠里。

我现在还一直疑惑当时那个下午自己为什会那么迟钝，而犯了一个如此大的错误。之后的几个月里，警察一直不能找到哈利那晚看到的那个黑影，尽管他们一直保证说，只是时间的问题，我还是忍不住开始怀疑他们成功的可能性很小。我认为自己不是一个可以有接受这种不确定性的心态的人。其实，最近几个星期，我已经开始没什么胃口了。我不止一两次觉得，要是那天下午，我说了些什么话，事情也许就完全不一样了。鉴于我目前的处境和总是被告知真相的情况，有些胡思乱想其实是非常正常的，但是我不应该一直允许自己这样想，这样想都是因为不肯面对现实，但又不可避免地告诉自己已经是个失去妻子的人了。

在快到审问尾声的时候，我还是非常坚持自己的回忆，说我真的没有看到那个黑影。于是我被带到了另外一个房间，给我看了摄像头拍下的画面，那个戴着头巾的影子，把头低得很深。他伸出手，打开了那扇小门，就在这同时，外面街头的摄像头拍到了一群学生回学校，其中有些在校门口改变了主意，继续往外面走了，要么因为醉意，要么犹豫到底回不回学校，站在炫目的街灯下，他们完全没有注意到群中这个身材极小的人。五分钟后，这群学生又出现在了格洛斯特格林广场西北角的摄像头中，位于大学校门口的斜对面。而那个戴着面罩的影子再也没出现在他们中间了。

那天下午，我按顺序细看了那些视频几遍，但是我还是没有怀疑这个影子不存在。在看了几遍视频之后，我甚至有种奇怪的感觉，我之前在哪里见过这个黑影，那个哈利描述的一直跑着的黑影，从大学摄像头里消失的黑影，我似乎在哪里见过。我不能再这样想了，因为也许换做其他人，处在我这个位置，被告知一个自己没印象的事情无数遍，还放了视频，也许真的会开始相信，会觉得自己真的经历过，看到过。

但是无论怎样，我都不会怀疑自己的回忆出了错。我不仅没有感觉到有任何人在梯子那儿经过我的身旁，甚至没有感觉到有任何一个人。但是我也无从得知，为什么哈利要说这样一个故事，总之，我感觉很不安。他还强调说，整个过程不会超

过三十秒。警察也反复强调说，一个人从秘密花园下的小路跑到主院上面，然后上梯子，是完全可以在这个时间内完成的。

我本科时期学习的关于证据搜集的法律知识已经忘记得差不多了，最多就剩下零星一点，但是我还是非常清楚：原则上，证人肉眼所见，还是得百分之百接受的。但是我也知道，一个头脑清晰的人说他白天在合理距离内看到的一系列事情也是可以被推翻的，只要律师稍微用点力，用一个非常小的理由辩说即可。

要是我被带到法庭上，想向陪审团证明我发现瑞秋尸体的那晚，真的是一个人待在主院里，又同时证明我真的没有注意到那个奔跑的黑影，那么，我能非常肯定，陪审团对我证词的真实度一定会大打折扣的。

警察们已经尽可能地将现场重现了。我也只能说出我自己看到的，关于其他的，我真的不能违背原则。那些他们在瑞秋死后的第二天早晨带走的人，那些跑步者，图书馆的时钟，图书馆内坐在窗边的人，还有那些摄像头能看到的地方，他们都已经询问检查过了，他们差不多又重现了一遍当时"逼真"的版本，以防有任何没有发现但有用的线索。

哈利在瑞秋死后的那个夏天，告诉我，那晚当月亮升起时，天空如大家所描述的一样清澈，他就坐在房间里，看着下面发生的一切，就感觉是观看演员上舞台一样。看到了一个女人走下别墅前的台阶，然后听到一声尖叫，接着看到一个男人自己摔在了梯子下，跌跌撞撞。同时，还有一个蒙面的短跑运动员似的黑影从主院另一端跑过，就在之前那个摔倒的男人找眼镜的时候，他跑过另一边的台阶。他说他总是情不自禁地去回忆这一切，觉得这一切真实得可怕，这些事情感觉毫无误差，就像自己一遍又一遍地重新经历一样。

警察也完全相信这个故事。我律师告诉我，他们甚至都找了我的眼镜供应商来检查我的眼镜。尽管如此，尽管我知道我已经没有理由不相信这个事了，但我发现自己还是很难接受这个摆在我眼前的故事。

因为实在不愿相信这个故事，让我今晚想起了我父亲在康沃尔经历的类似的一个小故事。有那么一会儿，我都被这段回忆逗乐了，但就一小会儿。一想到这段回忆肯定是发生在父亲和我们在一起的最后几个暑假里，说不定还是父亲不跟我和母亲一起生活之前的最后一个暑假，就不觉得那么好笑了。

回忆又把我带到那个暑假，那天傍晚时分，天气非常冷了，我的手指尖都冻紫了。八岁的我，知道爸爸妈妈马上就要说“这是最后一遍游泳了，游玩之后，就回别墅喝些茶，然后泡个澡”，但是又希望爸妈永远都不要说出口，这样的话，我们就可以一直在外面待到晚上。这样一来，我们甚至可以在岩石上睡觉，旁边生堆火取暖。

我朋友罗比也来和我们一起度假了，爸妈经不起我的纠缠，也想到我确实需要个玩伴，一起玩耍，而且罗比来了，也能给他俩更多的空间。罗比比我小一岁，身材比我矮小，他也发现自己的手指尖已经冻紫了，我们一起装作不知道自己的手指变色，因为要是妈妈发现，肯定会吓得尖叫起来，马上就不准玩耍，得回家了。最后妈妈还是说出了“还给你们游最后一圈的机会”的话，我们也实在是受不了，太冷了，于是说“愿意在岸上看着爸爸游”。我们和其他别墅里的孩子一起站在岸

上，他们早就已经擦干身子，穿好衣服了，准备爬上岸回家喝茶了，但他们也跟各自的爸爸妈妈说想要在岸上继续看彼得森博士游泳，所以我们一群孩子站在岸边光是看着都很起劲。

人都是这样，一旦有了人捧场，就更想要展示自己，我爸爸也是。因为有了观众，便更加卖力了，就像是即将要得奖的运动员似的，把毛巾绕在了自己的脖子上，手握紧拳头，不断地上下挥舞着手臂，像是在展示自己的肌肉。当他这样炫耀的时候，岸边的我们都高兴得手舞足蹈，我妈妈本想要拍张照片的，实在是因为太有画面感太逗人了，都没法定焦，一直没拍上。

最后他丢下自己的毛巾，大步走到了今天我们玩了一整天俯冲的地方，那里像是一个潮汐形成的池子边缘，被一圈岩石包围，里面的海水都不能排出来。这时，潮汐过来了，淹没了岩石圈，水越来越深，湍急的旋涡看上去深藏暗涌，海和这个潮汐池子的边界线越来越不清晰，我们几个孩子觉得特别兴奋，但也很害怕。我爸爸挥了挥手臂之后，就俯身冲进了这个完美的潮汐池中，划入了海里。突然，他的头就从水里冒了出来，大声抱怨着，“我的天啊，乔吉，好冷啊。”并大笑着。我妈妈还回应他说，“亲爱的，别在孩子面前丢脸了。”然后，他突然快速地直游了回来。这之后发生的一切，绝对不是我爸爸所期待的，但我们都看到了，我妈妈也都看到了。

海水从他侧面击出层层浪花，直逼他游到了潮汐池的中间位置，但是当我们看到了另一个东西的时候，孩子们突然就停止了舞动，双脚直接“砰”的一声落到了地上，手立马捂住了嘴巴。我们的笑声，欢呼声都戛然而止，只听到我妈妈在大喊着，“天哪，天哪。”我们看到了一头公海豹的身影，长约两米五，周长约有一米的公海豹在颤抖，从水中猛跳起来，越过了我爸爸的头部。我爸爸的头部差不多被水流淹没了一半，他拼命地往回游着。就在那一瞬间，公海豹直接朝我爸爸游了过来，爸爸在水下来了个优美的转身，开始拼命地往他跳水的地方游，速度几乎是他平时游泳的两倍。我们也开始往他那边跑去，以为他上岸的时候还有些害怕。

但是他上岸后，没有看我们，只是低头捡起自己的毛巾，擦擦自己的头发，然后才抬头笑了笑，当他看到我们脸都变得苍白，激动欢快地尖叫着，而妈妈满眼是泪的时候，才开始感觉有些疑惑。当我们镇定下来，告诉他我们所看到的一切时，他又笑了起来，说“别傻了，那里什么都没有”。但我们都好奇地继续问，“那为什么你突然就转身游回来了呢？”他一直回答，“我已经游够了，况且水里实在太冷了。”他边说还边拍着自己的耳朵，像是要把水倒出来。他又重复着说，“我已经游够了，所以你们两个也游够了吧，别冻坏了身子，我们一起回去喝茶吧。”但我妈妈还继续问，“那为什么你要游那么快呢？”“因为我饿了。”他边穿衣服，边回答。一边走回去，还一边说，“我本该看到的，真的，但什么都没有。”尽管路上一直都有人想要和他说说那只公海豹。

见证了这个事的人们回来后，开始不断地传着这个故事，最后唯一的焦点和疑问辩论点都落在了，当公海豹跃出水面的时候，有没有发出叫声。我们都一致同意，它跳出水面后，甩了甩它的头，张开了它的下颌。然后看了看水中的我的爸爸，然后闭上了下颌。这之后我们的观点就有了点分歧，那就是到底有没有在闭上下颌的时候大叫一声呢？但是爸爸一直强调说，整个故事都是捏造的。之后我们全家在和罗比结束晚餐

后，一起烤火的时候，还给他重演了一遍这个事件。我和罗比轮流演爸爸，然后妈妈就演那头公海豹，并做解说，我爸甚至还说出了我们都在撒谎的话。在我爸早早地回房间睡觉后，留下我们三个一直等着壁炉里的火熄灭，我也成了反对公海豹在闭上下颌时发出叫声的那一拨人。我还把头都撞到了地毯上，就像我爸到水下转身似的，还一直抱怨说，我爸爸有点太过分了，说我和妈妈在撒谎。我妈妈还反驳说，"我们说的都是亲眼看到的，别人也是这样说的，怎么能说我们是撒谎呢?"

从海边回去，我们得驱车几个小时。爸妈都以为我在车上睡着了，但我听到我爸对我妈说，他似乎在那个时候感觉到了什么东西，也许是水突然变深了，也许是因为他转身，突然游得比他平时还要快的原因。但他突然又没说了，还补充道，他再也不想谈论这件事了。这时，我挪了挪身子，我爸看了我一眼，他们都意识到我是醒着的，再也没有在我面前谈论过这件事了。

回忆完这些，特别是在想起最后那个暑假发生的故事，我爸爸在那之后，就再也没有和我妈妈还有我一起回过康沃尔了，心中便只留下了一片空虚。

再回到我的第二次审问。因为这次审问。我前一个晚上精神都高度集中，感觉一直没有睡好，白天发生的事情让我有些不安定，但最后还是勉强睡着了，因为哈利寄来的信件一直都放在旁边的桌子上，这封信就像是安神剂似的。夜的后半段我开始陷入深度失眠，突然我听到了公寓里发出了一声响声，好像是从阳台上，又好像是从屋檐上传来的。我的心竟荒谬得加速跳动起来，当我想到是哈利告诉警察事情的原委，我才有可能被释放出来时，我的呼吸才慢慢放松下来。我再次闭上双眼，尽量舒缓下来，再次把摄像头所拍到的再在脑海中重放一遍，这让我好像回忆起了什么。于是在释放后的第二天，我从酒店打了个电话到学校，想要联系哈利。

我以为这个电话是无法接通的，因为那天是周六，而这又是我能找到的唯一的他的号码。我告诉我自己，我打这通电话，是因为我真的想要亲自从他口中听到他所见到的。但是当我一听到他接起电话，一听到他的声音，我就有了另外的想法，他是和我一起同瑞秋度过了她生命中最后几小时的人，我一定要见见他。

没想到电话接通得特别快，他大声地说着“喂”，好像是在说“你终于打过来了”。但当他意识到是谁打过来的时候，还是有点小震惊，从他的语气中，也可以听出他特别不好意思。他告诉我说，他已经知道我妻子死去的消息了，而且也不知道怎样表达哀思，从他语气中，感觉出他很想要我感受到他对我失去妻子有多么的抱歉。他解释说，门卫告诉他说有个他期待的人打电话来了，只说“是以前的学生，没有给我名字”。我问他，能否与他见一面。他有些犹豫，感觉这似乎在他的意料之外，表现出很惊讶，他说：“当然，如果要见的话，碰巧我现在就有时间，我想你肯定愿意我到你那儿去。”没过多久，他就过来了，为了避开那些坐在大厅楼梯口的媒体记者们，我们就坐在宾馆凸窗旁的扶手椅上，边喝咖啡，边聊着发生在前夜的一些事情。

我昨晚躺在床上，意识却非常清醒，回忆起瑞秋死去时的那晚，回忆起哈利说的那个故事，回忆起我的律师后来几个星

期给我说的，好似有一种从未有过的感觉，想要挣开这所有的回忆，我顿时觉得胃抽搐得厉害，喉咙处阵阵发凉，那股感觉就在我胸膛里来回穿梭。

其实，就是那么一个很微小的细节触动了我。哈利告诉警察说，他从图书馆回他屋子的路上，走到主院北边阶梯的时候，听到了湖边传来的尖叫声，一听到这声尖叫，便停下了脚步，完全没有像我一样冲向那个可能的方向。这个细节在我们第二天早上的谈话中也被提及了，不过就是顺便说了一下。我也没有细问他，很快我们就聊到了其他的话题上，因为我实在是想全方位地了解整个事情的真相。

但昨晚睡不着，我再次回忆起我们谈话的整个过程，他的话竟越来越清晰，就像他是躺在我的身边，睡在瑞秋的枕头上给我说的一样。他告诉我说，他之所以完全停下脚步是因为太害怕了。我告诉他我以为那声尖叫是瑞秋，尽管之前从未听到她发出过那样的尖叫，我还是毫不犹豫地冲过去了。哈利却回应我说当时“吓得半死”，“并不是我不想动，你也能明白的，实在是太害怕了，吓得都要瘫了。”

位于城市中心的大学校园中听到这么一声尖叫，其实是并不少见的。如果听到这样一声尖叫，我想一个稍微有些敏感的人都会觉得好奇，甚至有的还会惊慌。除非这声尖叫有什么特殊性，或者是听到这声尖叫的人处于一种特殊的情境下，不然我是不能理解哈利的反应的。他承认在那个时候，他头脑一片空白，已经不知道瑞秋去了湖边。要不就是他像我一样，已经知道这一声尖叫来自自己熟知的人，那么说明他早就已经预知到了，潜意识里已经知道了这声尖叫发生的可能性，不然为什么这声尖叫会使他这么害怕？

五

很有可能我把昨晚想到的赋予了过多的意义，特别是在哈利的话上面。要是我意识到这些故事的关联性后还能安稳地睡上一觉，那就太不现实了。我知道，第二天早上我去上班的话，不会像往常一样平淡无奇的，但即便如此，我也很难控制自己的意识不去这样想，因为我真的很想知道事情的真相。

我自己把自己带入了这种地步，正是由于我两天前的那个决定，我昨天带上了之前办公室里那一盒子我已经清理好的东西，打个出租车就回家了。尽管我这样做了，但是我知道哈顿会说这是个会给自己带来麻烦的决定:我职业生涯中，第一次违背了公司里我的工作伙伴的意愿。

在瑞秋死后的几个月里，我发现工作场所似乎就是一个庇护所，是一个我可以不用想那些复杂而伤感的问题，只需要做安排的事情就可以了，而不用考虑其他正当的逃避理由。当然我也没有立即回到工作岗位，尽管在瑞秋死后的第一个早晨，回家后，我本想要去的，但是我没去。

周二午饭时分，我给前辈打了个电话并说明了我想回去的意愿。他很直白地告诉我一个事实，从现在开始，我肯定是不会有什么顾客合同的。关于这点，我心里很清楚在我还处于保释期的时候，是不可能有的。虽然我有些伤感和不情愿，但我

最终接受了这个事实，说我只是想和我的同事们在一起工作一段时间，直到那些媒体记者不再这么热衷于我的事。我头脑非常清醒，我必须在那里，我必须做些事情，无论他们需要我做什么。我必须忙起来。

记得我准备好去工作的时候，已经是周三的早上了。穿好西装，系好领带，拿起包、钥匙、钱包和手机，准备打开我公寓的前门。当我想让自己走出门的那一刻，我竟感到恶心，双腿突然彻底无力，瞬间就瘫倒在了地板上，低垂着头，双手捂脸。那一刻，我感觉自己是遇到了跨不过去的坎儿，难以让自己面对其他人了。

之后的两个星期，我一直待在家里，等待着回到牛津参加第三次审讯，也就是在那次审讯后，我被无罪保释成功。在这期间，有个侦探偶尔来过我的公寓，想要问些瑞秋的事情，有的时候还带些信件让我看看是不是能给他们提供些线索，有的时候又是些照片，问我是不是认识那些人，是否了解照片中发生的事情。除了这些，再也没有人来过我的公寓了。

我告诉那些想问我问题，可是我却更想问他们问题的人，现在，我只想一个人待着。我曾有一两次想出门，但却发现异常困难。不仅仅是因为每天活得没有目的，出门也没有方向，而且我竟觉得自己有种难以置信的奇怪的脆弱感。我心中的悲伤似乎涌到了一个极致，以至于当我沿着沟渠走的时候，我甚至出现幻觉，感觉有人在踢我，在打我。第二天当我再次尝试着在那儿走的时候，被打的感觉已不存在了，但却真实地感受到一种害怕被攻击的感觉。当我通过下面第一座桥的那个路口时，我不由自主地回头，真实地感受到有个人在另一端等着攻击我。

我放弃了散步，便回家在阳台上度过了几个小时。不断地挖着盆栽，重新种些植物，再除下草，重新绑好倒下的茉莉花，并且扫了扫那些板子上的泥土，把我自己弄乱的这一切又打扫干净。当已经没有什么事情做的时候，我又爬上床，终于被全身的疲倦感给淹没了。接下来的日子里，除了睡，我几乎没做其他事情。

在那些夜晚，睡不着的时候，我会披上羽绒服，偷偷走上阳台，就坐着那样看着天空，想念瑞秋，想念那段我们一起度过的日子，直到夜色越来越黑，渐渐感觉到凉意的时候，我又躺回床上。大多数的时候，我都是躺在床上，就睁着眼睛想她一整晚，想着警察怎样将她的身子解剖成碎片，连同我的一起，怎样把他们所发现的理顺，再次检查，然后找到结果。他们对瑞秋的了解甚至比我还多。那些夜晚，我是多么希望她在，多么希望她就躺在我身边，听着我告诉她发生在我身边的这些事，这样当我哭着睡去的时候，她才能抱住我。

回到工作岗位，其实是一种逃避。我尽可能地投入到我们在做的那些案子中去。因为紧张感、焦虑感和价值大到荒谬的工作，足以让我不再去回想公寓里的那跌入深渊的两个星期。我身边的人也似乎都很知趣，不约而同的谁也不提起之前的事。当我从牛津回来后，收到了很多的卡片和信件，心里很感激，但是我仍不觉得自己会跟他们敞开心情去叙述这件事情。

当然，他们比我更乐意接受我这样的做法。在我第一天进入办公室的那一刻开始，就能感觉他们的安慰已经到了嘴边，但没说出口。他们的沉默，让我感觉到在我离开的这一段时间，什么也没有发生一样。我也不会看任何新闻，读任何报纸。那些为了跟上世界的节奏，必须知道的信息，我的秘书会

在每天我进办公室之前为我筛选好，放在我的桌上。就是用这种不闻不问不提及的方法，我暂时控制住了内心极强的情绪。我不想也不敢去理会这个世界发生的一些与之有关的事情，甚至它们离我越远越好，这让我感觉自己就是一个北极探险家，健步走过一个冰冷的荒野，离那些报道我故事的报纸相距数十万英里。其余的时间，我都是在认真地工作，就像自己是一台冷冰冰的机器一样，很少有强烈的情感，除了因为事情不顺利，或是有人做事没达到我的标准的时候，有些许愤怒和沮丧。

我多么想关掉我耳朵的接收器，如果这一切可以供我自己控制的话，思想的接收器也要一并关掉。因为我知道一切是不可避免的，一些关于瑞秋死亡的消息还是会传到我的耳朵里，每当发生这样的事情的时候，我总是会在工作上表现出漫不经心，开始犯些错误。我很惊讶也很恼羞自己这差劲的表现。我身边有很多人都是拼命地工作，为了想要给上司留下一个好印象，他们不仅能有预见性地找出工作中可能出现的小纰漏，甚至能超出能力地去重新分配精力做更多计划外的事情。而这一切却让我充满了无力感。

之后在八月的某一天，具体地说也就是瑞秋葬礼的一周后，我不想再这么不明朗地生活和工作，感觉自己不能再忽略以前犯过的错误，应该要开始振作起来。

我试着重新去认识我的工作。在客户文件夹里有封过时的信，是附在一张绿色的纸上面的，左上角还有我的签名，当我注意到这个东西的时候，我都有些怀疑，我会不会不记得有这个东西的存在。直到律师看着我，似乎在告诉我，关于文件夹里的工作，需要我的支持。相对于我这段时间处理的小规模的和解案例，我整个这一年度营业额的贡献也在相对减少，意味着为了这可预见的未来，在文件中我得为过去所发生的这一切写封道歉信，而且要影响我的酬金。

直到一个月以前，就像以前每年一样，我又再次被要求填写这样一张表格，通知我们保险公司的潜在赔偿责任，因为我们的过失，公司向第三方寻求赔偿。信件还附有表格，要求我列出所有我以前犯过的或者是感觉犯过的错误和纰漏，或者是怀疑别人犯过的错误。当我坐在桌边，准备开始写我的名字那一刻，感觉自己要坦白一切似的。本身错误都是很小的，但是我再也不能假装这些错误与潜在的后果没关系，而是得认识到每个细节决定了成败。

在考虑到我犯的都是一些小错的时候，我的工作伙伴们都比较宽容我，所以他们在写他报告的时候，都会美化一下我的处境。经过公司共同协商之后，作出了妥协，在我接受去看心理医生的情况下，我才被承保人同意继续留在单位工作。我的悲伤是很能让大家理解的，但是确实不可置疑地影响了我的工作。这样的决定也很平常，我愿意接受一系列的治疗，如果能找到安抚我心绪或是让我安然度过这段黯然日子的方法就再好不过了，当然这样安排也是为了避免我在工作上再出现什么失误。

不过，治疗师似乎没能达到我所希望的，他很遗憾只能做到这一步了。在我参加完周三的治疗后，我就决定再也不见这个男的了，这个被认为能解决我问题的人。在我做完这个决定后，我才知道哈顿预测我工作的情况比我自己预测的要准确得多了。

我昨天早上做的第一件事就是见我的高级合伙人，面对面地告诉他我目前的状况。当我看到两个小时之前通知我们开会

的那封信的时候，我就知道这意味着什么。当然，信上说，如果对着一个完全陌生的人能敞开心扉，可能会对我的悲伤起到治疗作用，而且我的工作伙伴也很赞同这样做，所以他们直接这样安排了。同样地，我得尊重他的职位。

那件事情发生了才五个月，他还是希望我能感觉到他的敏感情绪，他也会一直观察我和同事一起工作时的状态。而且毫无疑问，在我哀悼期间，他很期待我能够比我看起来更好，能够处理更多的问题。值得欣慰的是，是我自己愿意这么快就回来工作的，更加值得注意的是，我进入工作的状态比大家所想的快了很多。最近几周，从我与潜在客户关系的反馈表中，可以明显看出我的行为过失已经可以不用过多考虑了。我必须要能理解虽然不会因为单个特殊事件来定义我与客户的关系，但是他们会考虑到所有可能的因素。如果有问题的话，他们会让我妥协：我可以保留我的股权，但是我必须同意马上休假，但长短还是可以商量的，不过不得少于三个月。在那期间，我可以做任何我想做的事情来进行康复治疗，直到能够回来正常地工作。回来的时候，要能够完全胜任合伙人的职责，恢复到与原来相当的专业标准。

这就是为什么今天，我能够花这么多时间从瑞秋房间的桌子这儿俯看下面的河流，而不是在圣保罗大教堂的圆顶上，从办公室窗边往外看。等到夜幕降临的时候，我意识到自己有多么不开心，我孤独、悲伤、无所适从。我居然都不知道该如何度过接下来的三个月，这好像是我成年以来第一次面对要一个人来规划超过一个星期的放假时间，而且一切可能快乐度过的方式都不存在了。我可能会坐地铁去汉普斯特德，然后走在希斯街上，尽管我不知道自己在没了瑞秋的情况下，能不能做这些事情。听说也有一些展览可以看，也可以去博物馆参观。我已经不记得自己有多久没有去过电影院了，这也可以试试。我也可能会离开伦敦，去海边玩，或者去到更远的地方旅游，就像很多人一样，忘掉过去，或者说埋葬过去。其实不过就是改变了一段时间的环境而已。我想就从周末开始吧，这之前不知道理查德和露辛达邀请过我多少次去他们家了。

虽然这么多想法，但其实我可能什么都不会做，而是接受昨天我收到的返校的邀请。其实真是一个很奇怪的巧合，是哈利寄给我的邀请，肯定是与我周二写给他的明信片有关。我那天写信告诉他在我心理医生住的那个广场上的树叶的颜色，没错，信里面只提到了树叶的颜色而已。其实很多时候我都词穷，不知道该给哈利写些什么，就像以前他在那个暑假末离开我们之后，我每次给他写信都不知道写什么一样。尽管其实每次我都很想告诉他自他离开后，我生活里发生的每一件事情，想要告诉他走在房间里期待着他回来的感觉，想要告诉他他已经被原谅了，一切都已经忘记了。那天也是，我不知道给哈利写些什么，于是想到了那个广场。在那之后的周三早上，我坐在那儿等着我的最后一次治疗，在我走的时候，我看到了房子的那面墙，我想回去得再写点，更正一下我之前描述的错误。

因为到得有点早，我便在广场上漫步，广场的角落上有一张落满树叶的长椅，我轻轻拂开树叶坐在长椅上等着他。一小会儿过后，有个小男孩儿拿着气球走过我身旁，气球在他身前较低的位置，他走起来步子也有点奇怪，后来我发现原来气球里装满了水。我回想着，好像认识这个男孩儿。我记得上周，我同样坐在这个长椅上等的时候，也看到了他。他可能不到十二岁，长着一张不寻常的脸，眼睛有些开，头发很长，但一点

也不令人讨厌，甚至觉得有些艺术家气质。当他的眼神与我交汇时，我甚至能看到他眼里的光亮和聪慧。当他带着气球消失在人群里时，我才闭上双眼。当我再次睁开眼睛时，他又再次跑过我身旁。头发和T恤都已经湿透，甩甩手都能从指尖和手臂上甩出水。我想他肯定是去打架了，在广场周围的某个地方和别人一起打了一场水战。再次出现时，他的身边多了个朋友，从长相看上去，他的朋友要比他小，比他还要调皮，他们在大笑着，感觉非常兴奋。这次他拿的气球要大得多，水也比之前那个要满。他边走边转着头，看着长椅上或吸烟的人们，或打电话的人们，或就像我一样，仅仅只是观看那些人。

每个人都开始关注起了这两个男孩子，盯着他们制作的水炸弹。有小部分人看着他们大笑，有些人皱着眉头，收起东西放进包里，便起身离开广场了。在这一刻，我感觉有一丝不舒服，因为我突然觉得，要是我湿漉漉地敲响我心理医生的门肯定会很奇怪的，更何况待会儿还要坐在他那挂满衣架的走廊里的凳子上，看着对面的靠在楼梯边的用线挂满了各种小羊毛衫和照片的儿童车。想到这，我觉得画面感实在不太美。

男孩子们就站在我前面的过道上，背对着站着，就像在准备一场搏斗。然后他们朝相反的方向走了六七步，还大声数着数字，然后他们便停了下来，转过身面对面站着。我想，那个调皮的小男孩儿肯定是牺牲了自己做个练习的靶子。突然，他大喊了一声:“开始吧!”长发男孩瞬间跪在地上，把气球弄得差不多快接近地面的地方，再往空中一掷，然后自己迅速移动到气球的正下方，等到气球落下来的时候，让它刚好落在他头上，这样全身湿了个透。他朋友叉着腰大笑着，都笑弯了腰，还不断地鼓着掌。后来他们一起笑着，朝我这个方向跑过来，然后就消失了。在他们走后，我才意识到，他们消失的那个方向原来有个音乐台。我第一次见到这个长发男孩时，他围绕着跑的那个东西闪烁着白光，从我前面的广场中心传来声音的那个木质的体积又大的东西。

坐在长椅上，看着广场中央的音乐台，我自顾自地想着，这个东西竟然出现在那儿，该是有多么奇怪啊。我想一会儿和心理医生聊天，我会先说这些我看到的东西的。如果他问我，为什么我觉得广场中央的音乐台奇怪，首先我会告诉他我在晚餐过后坐在瑞秋房间的桌边看到几次苍鹭飞过我们家阳台的事情，然后那些苍鹭便在夕阳中朝下面的沟渠飞去，后来我写了一张明信片给哈利说关于广场上的落叶的事情，还有关于我真希望在那个广场上看到一个音乐台，而我却惊奇地发现没有那样的音乐台。最后，我会告诉他我每次坐在长椅上等待的时候，每次走过广场的时候，一定都看到了这个东西，可是直到那个早晨，我才注意到它是音乐台。

但最后，我们的谈话根本就不是以这个开头的。我发现，每次我去见他之前，他都会准备好一切，但是等到他走过那条走廊，关上门，坐在桌前的那张椅子上，然后把他的椅子转到我的身边，我的背正好靠着书架了。“所以”，他每次都是以这个词开头，然后我就完全不知道该说些什么，我头脑一片空白。所有的思绪，想法和画面都交织在一起，过分的紧张又让我觉得每个东西都该先说出来，一个比一个重要，最后却导致我什么都无法说出口，一片空白。我们就相视一笑，他扬起了一下眉毛，眼睛里充满了期待，我的眼神里却满是绝望地期待他能问我个问题，好让我知道如何开头。最后他也提了个问题，但是我还是认输了，只好老实承认我真的不知如何开始。

“说说你的家族历史吧。”他说。

“你希望我从多久开始说起呢？从哪里开始说起呢？”我心里满是恐慌，觉得自己回答的完全不是他想要的，完全不会提供任何他想要的信息。我觉得要我说些他想要知道的东西估计不可能了，其实我很想要说说心里的悲伤，说说我有时早上是怎么醒来的，怎么忘记瑞秋已经死去的事实的，而意识到真正的事实后又有何感觉。而他只是耸了耸肩，于是我就开始说起了我长大的汉普郡里的一个老牧师，因为一次下梯子时不小心摔断了腿，后来做了外科手术，成了我爸的病人。然后他又问我有没有什么兄弟姐妹，我回答说没有，但是又突然想起我八岁时的朋友，还一起经历了那次事故的罗比。

但是我什么都没有说，因为我想的全是瑞秋，想着这个和我一起生活过的女人，想着迄今为止，我们的每一次谈话，头脑里满是我们第一次见面的画面，她被杀的那个晚上，和她在一起时的自己，甚至想着想着会觉得其实我几乎不了解她，但是有时又会觉得她好像是唯一曾爱过我的人。

医生在我身后关上门之后，我便长叹一口气，也转身离开了。就在那一刻，我意识到自己是不可能再继续这样的谈话了，所以我决定再也不来了。当我到了广场另一边，朝上看，居然看到了“埃克塞特广场”几个大字就印在了一块白板子上，板子被钉在了一栋房子前面。想起在给哈利的明信片里，告诉了他一个跟这个完全不一样的名字，还是一个我自己乱取的名字，我把见过的几个街道的名字混到一起。要是他真的想要在伦敦地图上去寻找这样一个地方的话，那么这样一个中央有音乐台子的广场肯定是找不到的。

哈利之前就邀请过我。当我坐在桌子前的时候，突然想起，除了在瑞秋的葬礼上见了哈利，自我释放的那天早晨，他来酒店我们一起喝咖啡后，我再也没有见过他。在瑞秋被杀和我回伦敦中间这段日子，我见了太多的人，但要是有人问我，都是些谁来了，我肯定答不上来。瑞秋的朋友总是会突然出现，然后问有什么需要帮忙的，几乎都是想要知道有什么是他们能做的，像是为我去超市购物，或者是代替我去找殡仪馆谈。他们会让这原本悲伤的事有些缓和，但是终究是为他们自己，是为了安慰他们自己在看到这一切之后心里的悲伤，甚至有些是想借悲伤来逃避发生在他们身上的其他的事情。

有一些人的突然到访让我很是吃惊，甚至这些人我都没怎么见过，所以有时候我都会疑惑我到底认不认识他们。有个周六下午，就是我被释放后的第二天，我和一个出现在酒店里的女的谈了很久，才发现其实她是个记者，根本就不是瑞秋的朋友。

理查德和露辛达正是在那之后进了酒店，因为这个，自顾自地当起了我的发言人，开始完全接管我，告诉我不要和除他们以外的任何人交流。理查德还发了火，但感觉怒火发错了地方，他站在酒店大堂的楼梯口，与酒店经理谈论酒店安保安排问题。他还说，我接下来在这个酒店的日子里，安保问题很有讨论的必要。而露辛达就和我一起回到我的房间，还为刚刚理查德的失礼道歉。

“你知道的，他有多在乎你这个朋友，不管他说什么。”露辛达还继续说了会儿，她说理查德没当皇家律师了，尽管在他这个年龄就能当上皇家律师是闻所未闻的事情，但这还是令他

有些烦扰。最近他还一直说要在纽约律师界谋个职位，然后离开这里，像露辛达这几年来说的“离开这鬼地方”一样。然后她突然意识到，我并没有真的在听，她轻轻地走过来，坐在床上我的身边，紧紧地抓着我的手握了一会儿，然后便哭了，劝我也离开这儿。

当理查德回到屋里，说他要带我出去走会儿，让露辛达回房间休息，还告诉我不要担心，我绝对不会是一个人的，他们会一直陪在我身边的。那晚，在我们三个一起用完酒店的客房套餐后，他们便离开了我的房间，留我一个人。就在那时，我发现理查德忘记带他的报纸了，我拿起报纸想要去还给他们，却注意到下面还有一本书——《关于死和死亡，关于悲和悲伤》类似一个这样的名字，才意识到他们今天所做的一切都是故意在安慰我。直到我下个周二离开伦敦的时候，他们一直在酒店陪着我。其实我心里还是很感激他们能这样帮助我，尽管我从未读过那本书。

之后出现的便是艾薇了。在那个周三晚上，我在警察局打她电话时，并未联系上她。第二天早上我一醒来，便又打了一次。当她接起电话后，我才知道，原来她已经在牛津了。她说：“就这个周末，在阿什莫尔博物馆，一个筹资人准备了美酒，还邀请了很多客人，所以就来了。”让我吃惊的是，她告诉我之前瑞秋也知道她在牛津，她们在周四早上通电话时，刚好讲到这个事情。艾薇还邀请我们去参加布朗家准备的鸡尾酒会再去伍斯特吃晚饭，但是瑞秋说要和我商量，后来发了短信说我不愿意去。

“顺便问一下，她最近过得好吗？昨天她打过来的时候，感觉不怎么好。和我一起喝杯茶吗？这是你打电话来的目的吧。

你知道的，不需要两个人都过来的。”

然后我就告诉了她所有的事情。她什么都没说，一点儿都没有，我感受不到她的任何情绪。我听到她沉默了一阵，然后我说，在我被释放之前，可能需要她给我拿些衣服和鞋子过来，然后我便给她列出了所有她需要做的事情。直到我在电话里说再见，她都没有说一句话。我挂了电话，也不知道她到底有没有听到我说的。但是后来她还是出现在了警察局，差不多是在我已经被告知可以保释的时候。我没有期待她能如别人一样地对待我，走到我跟前，抱着我，或者是把我的手放在她手心里。但是我想，她至少会看看我吧。

然而，当她走进来，关上身后的门，就站在那个地方，开始笨拙地翻动了她的手提包，看着地板上她带的那个大帆布袋，直到做完这一切后，她拿出夹克衫里的手机，然后又放了回去，才看到坐在房间另一边的我正在注视着她。开始的时候，我几乎不能看到她脸上的任何表情，不知道她在找什么，感觉她什么都没想。但是当她拿下脸上的太阳眼镜，我发现了她眼睛里的血丝，发现了她下巴在抖动。她把地板上的大帆布袋推给我，“这是你要的所有衣服。”我正张嘴准备说，但是她马上把双手放在胸前，掌心朝外地拒绝我，“我觉得我们在这种场合还是不要说话了。亚历克斯，情况太复杂了，对吗？我们就用邮件联系吧，我想对现在的我们是最好的方式。”然后她便走了，离开了我。

我穿上她带来的衣服，然后签了一些在我离开警局前，必须签的表格，就从后门出去了，还是坐的一辆无牌号的车回到酒店。当我回到房间的时候，就发现这里早已经被警察搜查过了，衣柜门大开着，我们的一些东西也不见了，跟之前警察警

告我的一模一样。我坐在床边，看到了在出事前我们准备和哈利一起吃饭那天，丢在枕头上的一张卡片，什么都变了只有它还依旧摆在那里。卡片告诉我那天的天气是晴天，因为上面提醒酒店可以提供自行车给我们出门野餐。我把它捡起来，放进了我的衣服口袋里。然后拿出艾薇给我带的那个大帆布袋，底朝天地倒了出来，想看看除了衣服，她是不是还给我带了其他的东西。一张A4大小的信封随着衣服飘落在床上，里面有艾薇写的一张便条，一些照片和一个小信封，里面是瑞秋写给教母的信。我把照片放在一边，拿起便条看了起来。

亚历克斯，我写信给你，是因为我觉得面对面的时候，我们是无法交流的。你也很累，我想这也不是我想要的。你知道我从未喜欢过你，也不认为瑞秋应该和你结婚。甚至完全不能相信，她居然嫁给了你。我知道你也不在意我的想法。但是瑞秋喜欢你，我想毫无疑问你也是的，实际上，她是非常地爱你。我给你的是她去年在你们婚礼后寄给我的信件，也许有你想知道的内容。我想你会喜欢那些相片的，很抱歉在这之前没有寄给你。我们之间肯定还有很多事要安排，但是我还是希望现在我们用邮件交流。我相信我们之后不久会当面说话的，但是现在我还不能做到。

艾薇

我把所有东西都放进箱子里，然后泡了个澡，在浴缸里躺了几个小时。我把水调得非常热，这样当我进去的时候，才会觉得皮肤的痛盖过了心里的痛。我把头埋进水里又出来，感觉自己的脸在灼烧，闭上双眼，假装自己是做了一场梦，这一切都没有发生，没一个是真实的。我就那样躺着，直到我发现自己睡着了，水已经完全冰冷了。我想那晚，我应该没有做任何一件事情，就打了个电话给理查德要他帮我给我的高级合伙人说明一下目前的情况。然后我叫了一份客房套餐，吃完就爬上了床。

之后的几天，每天都感觉是一样的。理查德带我到处走走，露辛达就陪我坐在房间里，他们两个轮流与我一起见那些我不得不见的人。露辛达还整理出我所要处理的所有事情，收集电话号码、地址并制作清单。我还偷听到她给理查德说我在酒馆还是点了很多咖啡。周二早上，还听到她说，“亲爱的，我在我们婚礼后，就再没做过这么多事情。做得很好吧!我想我肯定对这些很在行，你觉得呢?”她是对的，她真的很在行。到那天的中午时分，我自己感觉到，继续待在牛津，我也是无法得到任何消息的。于是，我就告别离开了。

在我开车的时候，我又想起了艾薇。想起来那天她拿下眼镜，我看到她的眼睛的那一刻，不过她总是戴着那副太阳眼镜的。回忆起来，自我认识她，见她的时候只有一两次她是没有戴太阳眼镜的。但我总感觉眼镜对她那小巧得像是被裁剪了的脸来说太大了，头发短碎披在身后，下巴也很尖，前额的大部分都被修剪成锋利角度的刘海遮住，以至于右脸颊都被遮了上面部分。那天她还选择穿了红色衣服，想想那天我们见面的情形，感觉红色并不适合，但是这也是她一直以来的打扮。

我曾经问过瑞秋一次，艾薇对颜色的偏爱，到底每次我们看到的是同一件夹克，还是她有很多件一样款式的。那是一种血色丝绸的布料，看起来很厚，有些棉絮在中间，上面缝制着充满东方色彩的神秘图案。衣服笨拙地搭在她的肩膀上，感觉

在她身体上来回挪动着，以至于我从不确定她的身材到底是怎么样子的。这本来应该是我能确定的事情，只要我曾经和她有过任何形式的拥抱，一小会儿就行。她的夹克的袖口是有特殊设计的，看上去比肩膀处要宽得多，袖口有一部分重新挽上来形成了一个大的袖口，直到手肘处下方的一两英寸，这样看上去，她的手腕和前臂就形成了一只鸟的样子，这倒是可以显得手臂非常细小。这样的小手臂总让我觉得在她的那些夹克里面是一副纤瘦的身材，但是我又不能确定。

瑞秋完全忽略了我问关于艾薇的夹克的问题。她就一直笑，说她无法理解为什么我会对这个感兴趣，然后她就换了话题。如果不是我有意说起她的教母，她是不会愿意谈起艾薇的，即使谈起了也是不情愿的。

“我想你什么时候还是应该见她一面。”有天早晨，我们两个躺在被子里，在讨论应该邀请谁来我们婚礼的时候，她说。最后我们都同意谁都不请，但是总之都得要个见证人，理查德和露辛达肯定会愿意做这件事的，其他人也会愿意的。

我用手上下轻轻抚摸着她的背说道，“你不觉得艾薇应该来吗?”

她却说，“很好，再用力一点，再往下面一点就更好了。”

“回答我的问题，”我说，“不要岔开话题。”

“什么问题?”她又再问一遍，拿起我的手，穿过身子，直接放在了她两腿之间。

“艾薇就像针一样。告诉我究竟是为什么你不想要她来你自己的婚礼。”

但最后她还是又岔开了我，直到后来，她才说，“我想你还是见见她比较好。”只是那个时候，我都不记得她在说谁了，然后又问了她在说什么。

“艾薇，”她说，“亲戚艾薇。一起吃个晚饭什么的。但我们还是可以邀请理查德和露辛达。这样可以减小点影响。”

最后我们真的邀请她了。我们的订婚宴在几周后如期举行，瑞秋给我说了无数的理由以拒绝打电话邀请艾薇，最后没办法就只有我亲自做这件事情了。电话响了一遍又一遍，直到响得我都不记得是在给谁打电话时才被接起来。突然的声音变化也让我吓了一跳。一接起来便又被挂了，剩我一个人傻傻地听着电话的嘟嘟声。我立即又回了过去，这次立马就被接了起来。一个女人的声音传过来:“你好。”就再也没有任何回应了，感觉我这电话打得很不受欢迎。

我那天晚上就告诉瑞秋这个事情了，瑞秋说这跟谁打的电话和打电话之前发生了什么毫无关系，她就是这样一个人，她就是这样接电话的。

在我告诉她想要邀请她出来吃个饭的时候，她说，“应该吧，我的意思是要去。亚历克斯，当然要去。你再给我通知就可以了。就这样吧，很抱歉，现在我没时间了，我得去工作了。如果你再打过来，我也不会接的，你不会打过来了吧？不是说我出去了，也不是我不想跟别人说话。就是不接，好嘛?”

“好的，再见。艾薇。期待我们见面。”

“好的。”她又说了一遍，说得如之前一样直接。我还没来得及告诉她在哪里，什么时候见面，甚至是我们为什么要见面，她就直接挂掉电话了。到了晚上的时候，我只好问瑞秋是不是可以发邮件告诉她。

最后事实是，瑞秋也没有告诉她我们为了什么庆祝。那个庆祝会结束之后，她才告诉我的。她不想发邮件告诉她，于是

就打电话过去通知她的。结果艾薇说她很忙，没有时间说电话，是因为什么聚会无所谓，不管是什么，她都会来的，一定会来的。她是最后一个到我们开庆祝会的餐馆的。她来的时候，其他宾客已经到了半个多小时了。瑞秋有点着急，每隔几分钟就检查一次手机信息，只要有人来，就看一次门口。当我问她怎么了的时候，还非常不耐烦地回答我，自我们认识以来，这样说话还是第一次。

“我们真不应该邀请她的。是吧？真是太不礼貌了，你难道不这样认为吗？别告诉我她应该来。”

“瑞秋——”我试图打断她，但是她还是继续抱怨着，“你总是给别人找理由，是吧？总是去看别人好的一面，但是你知道吗，亚历克斯，有些人是没有好的一面的。”

“好了，好了。”我回应道，顺势把手放在了她的手背上。

她却推开我，转过身去找露辛达了。我也只好去找理查德，就在瑞秋向我抱怨的时候，理查德走开了。我发现他在阳台上抽烟，我想走过去找他。这一路上我意识到，这个晚会还没有开始大家就已经解散了。

“还是有点疯狂三人组的意味？”他拍着我的背对我说。“瑞秋——”他继续说道，边点头，嘴巴抿成了一个倒U形。每次他试图严肃的时候，都会做这个动作。他还打算继续说什么的，但是却屏住了呼吸，什么都没说了，笑了笑，又拍了拍我的背。然后我们便开始讨论酒单，谈论在晚餐结束后，我们去干点什么。

正当我们一起回到桌边的时候，看到有个女人走进了餐馆。我看她的第一眼，我就知道她是艾薇。让我惊讶的是瑞秋看到她就立刻起身，跑向她并拥抱了她。而且还拥抱了比我想象的还要长的一段时间，感觉很奇怪，就像她们是互相举起了对方。过了一会儿，我才反应过来，这像是瑞秋会干的。然后艾薇便松开了，开始抱怨她的外套有些皱痕，感觉没挂好，还问是不是这边衣柜里有挂衣服的。她突然说这个，我感觉有些奇怪。除了她们的身材和她们头发的颜色，她们几乎完全不一样。

那晚的大部分时间，都看不出是个订婚晚宴。露辛达和理查德一直都聊着他们希望买的房子，他们的蜜月计划，还说了其他夫妻在野生动物园的客房是如何的好，但是又很可怕，可至少他们在桑给巴尔岛有自己的海滩，他们可以有些自己的时间。露辛达和瑞秋一起交流了过去老校友的情况，我想瑞秋用比较温和的方式掩饰了她内心的漠不关心。而理查德说他要去参加一个美国方面的电话会议，便也出门了。

直到晚餐快结束的时候，我算了算，艾薇没有说几句话。我们都吃完甜点后，我开始有些微醺。当觉得这一切差不多可以结束的时候，我听到有个人突然问了一个关于艾薇的工作问题，我想肯定是露辛达问的。她回答说，最近她在牛津做一个项目的顾问，是一个和小金库有关的项目，小金库被阿什莫尔博物馆买下，现在需要被修复。她说已经拖延了很久了，因为一直都在和日本政府争吵该用什么材料来修缮小金库。我都不能跟上她说的，也许是我本来就不想跟上，所以我就提出想要她多给我们讲讲那个小金库。她说是个用于婚礼的小金库，其实很小，但是它的来龙去脉很却很有价值。它是怎么被一个神秘的意大利家族买下，后来又卖给博物馆的。“最开始是属于意大利人的，当然这是财富的象征，所以那些商人，特别是旅行中的商人很想要得到它，然后作为礼物什么的。作为一个结婚

礼物或者是定情信物之类的。”

我已经没在听艾薇说什么了，还在犹豫是不是应该在这个时候说上一两句关于瑞秋的话，说说这个晚餐是为我们订婚准备的。这时，露辛达站起来说:“哦，我都差点忘了!这么好的时光我们都一直在聊天，要不我们走之前玩个游戏?”

“天啊，”艾薇说，“不要这么无聊了。如果这样的话，我就先走了。”

“噢，拜托!”露辛达说道，还双手合住，“我们一定要玩的。”

“不，我不会玩的，露辛达。我不想玩游戏，我想我也应该走了。现在有点晚了，我明天在牛津还有一个演讲。”艾薇说道。

露辛达坐了下来，“拜托，各位，这是订婚必须玩的游戏啊。我和理查德订婚的时候，很多人一起的，也玩了这个游戏的。我想这个订婚宴肯定不能错过的。一点都不会无聊，艾薇。真的，总之你得留下来，你比我们所有人了解的都还多。我先来吧。嗯，我应该问什么呢?”

艾薇都已经戴上她的太阳眼镜，站起来准备走了，但是又坐了下来，取下眼镜，问了句:“你说什么?什么订婚宴必须玩的游戏?”然后又问了一句一样的话，“什么订婚宴必须玩的游戏?”

露辛达回答说，“好吧，是这样的，我们轮流问亚历克斯和瑞秋关于他们自己的问题。他们都必须回答同一个问题，然后我们再对比答案是否一致，相当于检验对方是否了解自己。理查德一直都很会玩这个，我想你们都能看出来。知道了吧，就是让他们说出自己的秘密想法。光想想就觉得好玩。”

瑞秋走到我的桌边，把我的手紧紧地攒在她的手里，艾薇就那样盯着她看。然后艾薇小声地说，几乎我都不能听到，“你应该告诉我的，瑞秋。你应该告诉我的，你不觉得吗？”

瑞秋什么都没说，转过身看着艾薇。她从外套口袋里拿出一张纸巾递给艾薇，我才注意到她的脸颊有了泪水。艾薇摇了摇头，然后转而看着我。她的眼神里，满是愤怒，我有些不自在，不知道该说些什么，感觉她也不知道说什么。她转过去继续盯着瑞秋，眼神又再次冷静了下来，说，“还有时间改变主意，亲爱的，你就是太冲动了。”她伸出手来，接过纸。“还有很多机会的。”她笑着说，但是我注意到她的手一直在她膝盖上玩弄，在撕着手指甲边上的皮。

“我记得当你还很小的时候，如果你有什么想要的东西，而大家又告诉你不能拥有，你总是会——”

“艾薇，”瑞秋打断了她的话，“我想你应该要走了吧？”

艾薇迅速地站了起来，就真的走了。理查德靠到露辛达那边，悄悄地说了什么，然后他们也说该走了，就只剩下我和瑞秋两个人了，等着服务员送来账单，什么都没说一直保持沉默。

瑞秋死后的那个周二，在我开车回伦敦的半路上，我开始没来由地哽咽抽泣，直到最后眼泪模糊了视线，看不清前方的路才艰难地把车停下来，默默地看着后视镜里的自己哭得没了样子。就像露辛达说的一样，我真的哭了。直到觉得自己有些恶心，我才打开车门走了出来，直接跪在了草地上。我多么希望瑞秋就在那儿，在我跪下的那一瞬间，能过来拍拍我的肩。她一定会笑一会儿我的，然后擦干我的泪水告诉我没事，递给

我水，然后自己来开剩下的路。到家之后，她一定会把我们所有的东西都拿进屋子，叫我好好休息什么都不要想，明天早上一切都会好的。

我就这样一直坐在地上，有个过路的车子看到我，停了下来，摇下窗子，问我需不需要帮助。

“不需要了，我只是刚刚有点不舒服，现在已经好了。”然后我就起身，拍了拍身子，回到车里，继续往家里开，但比我之前要开得慢很多。

但当我抵达伦敦，到了那个路口的时候，我就开始恐慌了，感觉无法自己一个人走进公寓。于是我并没有停车，继续开了下去，沿着路一直经过了沼泽门、金融城，朝西河边开去，想着可以去看看河。

滑铁卢桥上挤满了从伦敦西区过来的人，都一对对地走着。我在半路停了下来，走出车子，走上了桥，靠着墙。墙下便是河水，只是没想到这儿这么多人，他们从我身边来回穿梭让我莫名地懊恼，后悔为什么我会要来这儿呢。当我肩膀被别人拍了一下，要我帮忙给一对夫妻和大本钟合影的时候，我终于受不了了。

我快速地离开了桥上又开车，循环播放了一遍车里的唱片，然后又回到了桥上。当我开始朝东开去的时候，发现人群越来越稀。除了各种夫妇们，还能看到成群的穿着西装的男士们，领带都解开着，成群结队地走着，把整座城市留在了身后。一个长满胡子，拿着公文包的老男人，风衣套在西装上，行色匆匆，感觉是去赶地铁，另外有个女士就坐在教堂对面等着公交车。我发现自己不自觉地放慢步子，转过头去看女士，还想看得更清楚点。突然想起，我以前就这样看着瑞秋整整一晚上，她都没有注意到。那一刻我希望她就从那人群中挤出来，朝我跑过来，喊着我的名字说，“没事了，亚历克斯，我在这儿。拜托，不要像个小孩子一样哭了。”

我到家的那晚，如同毕业后到再次见到瑞秋之间的那几年一样，做着一样的事情，这样看上去，是在等待着瑞秋从人群中向我跑过来。但是在那几年，我再也没有见过她，哪怕一次都没有。在每个街角，在每个地铁站，哪怕只有一丝机会的地方。在我路过的公园长椅上，在我吃过的每家餐馆邻桌上，都没有偶遇过。偶尔会从一些共同的熟人那里了解到一些她是怎么过日子的，我知道她工作的地方，所以我想见面应该也是可能的，至少理论上是成立的。我知道很多其他牛津的同学都是这样的偶遇。可能我们会在威格摩尔音乐厅听音乐时的休息时间见到，或者又是在看展览的队伍中遇到，然后我们就会互相聊聊近况，交换电话号码，再约着下次见面。

几年后，我搬回伦敦，似乎偶遇的机会更大了，所以我把偶遇当成是一件大事来对待了。但那段时间是我从来没有见过瑞秋，当然，我也没有想要故意去把她找出来。只是如果我知道那是她会常去的地方，而我又刚好去了的话，比如走在她办公室附近的街边，肯定会多注意路边的人，或者是咖啡屋里的人，因为说不定她就在那里。

每次，都会觉得这种行为有些荒谬。我总是期待偶遇，并能和她说说话，但每次都失望，正因为没能偶遇也给我机会一直关注着她的近况。我从没想过要是真的见到了，该怎么办，我会做些什么，至少没有认真地想过。偶遇看起来是那么的美好，但从未在我身上发生过。

那时候的我，看到朝我走过来的女士，就会多看一眼，看

是不是如她一般的身形，如她一样的步伐，如她一样的笑容；或者是转过身，发现谁穿了一身商务装，想想如果穿在瑞秋身上会是什么样子。谁都不能想象在理查德的婚礼上，看到她朝我笑的时候，对我有多大的影响。全身一震，如同你在入睡前的那一瞬间，身上的关节会突然一震一样。

那晚，当我发现车站前坐的不是瑞秋的时候，我继续加快了速度，但也只是一会儿。卢德门的交通灯坏了，车辆完全没有指示地乱窜，都不知道谁该先走，谁该先等等，车道非常拥堵。我也在中间徘徊，看着窗外零零星星的雨，感觉着挡风玻璃上雨刮器砰砰的响声。我就停在那儿，丝毫没有想往前开，发现其他车都走了，才开始向圣保罗教堂开去。那里是夜色中的一团白光，唯一的光亮，至少在我心里是这样的。

六

当我早晨醒来的时候，太阳已经照进了房间，整个房间都充盈着闪烁的阳光。我坐在瑞秋的桌边，朝下看着河边，这大概是我在工作日站在这里看下面最晚的一天。下面有成群骑着自行车去上班的人们。瑞秋告诉我上午九点是这条路最拥堵的时候。就在我看得入神的时候，一只苍鹭从水面上飞起，直接朝我飞过来，落在了我们阳台的墙上，就是我座位的旁边，落下了一个美丽的影子。

在理查德婚礼的第二天早上，她第一次和我在这里看风景的那个早晨，我就告诉她这个如同雕塑一般的美丽画面。她对我说，“怎么可能，我不相信。”我回应说，“美得简直就像是静止的。”

我从厨房走过来，发现她全身一丝不挂，背对着站在我前面。要不是她说“我喜欢你假装苍鹭”，我都不知道她早就已经感觉到我在身后了。我就那样靠着玻璃，双手平趴在上面，一边脸也贴在了玻璃上。

我告诉她是真苍鹭时，她还是不相信。我将手握成拳头敲打着玻璃，鸟便惊走了，消失在晨色中。瑞秋惊了一下，转向我说，“太美了。真的太美了，我还以为不是真的呢。”然后又道歉，“真不好意思，把它赶走了。”边说边用双手捂住嘴，看起来像是要哭了，我赶紧走过去，把她拥入怀里，直接抱起了她。

那晚她毫无疑问成了欲女。一直盯着我的身体，手像是孩子一样地伸过来，不断地抚摸着，轻抓着我的胸口和背部，吻着我的全身。我实在是受不了这般诱惑，问她“能否开始了”。她立马就答应了，直接把我压在她的身体下。

第二天，醒来时，我把头埋进被子，直接缩到了她的两腿中，她也醒了。便开始用各种方式吻我。我的手忍不住压在她的后脑上，她突然就那样坐了起来，盯着我问，“是不是可以结束，去吃些早饭了。”

她很喜欢这里。她来的第一天早晨就说，如果外面的墙是玻璃做的，那么到了晚上的时候，天色变暗，我们就这样坐在卧室的中间，看出窗外，就是伦敦，那简直是太美了。

这套公寓覆盖了整座大楼的顶部，在中间部位，有三个主要的房间:卧室、浴室和书房。每间房都有一个大窗户，挂着遮光的板子，而且在墙上还装了滑门，所以我们可以让这间房子处于完全裸露的状态，看到外面的所有风景，也可以完全遮上，成为极其私密的空间。周围都是些开放的空间。我把这些空间简单地划分了一下，厨房和卧室面朝西南方，而东北尽头就显得有些空，只有一架钢琴和桌椅。

瑞秋住在这儿几个月后，就提议把画都移到外面的墙上去，这样就不会阻挡她看外面的风景了。我们为此还僵持了一段时间，但其实我也明白她的想法，不管怎样，她在家要做很多工作，比我待在家的时间要多得多。她说等天气开始热起来的时候，可以把这些滑门都移到外面墙去，弄得越远越好，她肯定会更喜欢这套公寓的。但这样做的话，就感觉我们是住在外面，而没有私密空间一样。有个夏天的晚上，我们在半夜，互相依偎着，她说，我们就是一对旅行的人，在一望无际，只看得到天空的沙漠上扎营，这里就是我们自己的空中绿洲。

阳台的墙是一种有机玻璃制成的。在西南尽头的低处，我有一排苹果树作为点缀。金银花经常爬满枝头，薰衣草就在树下蔓延，种在格子里的茉莉花也在阳台上斗艳，在苹果树和厨房间的地板上还有植物在活跃着，里面满是我和我妈以前在罕布什尔花园里种的草本植物和花朵。所以每每到了夏天，滑门完全打开的时候，这些东西的香味便会随着微风飘进来。

我告诉过设计师说，我设想的是在房子里或是外面的开放空间放一个大玻璃箱，这样，我们就可以畅通无阻地在房子周围走动，甚至可以看到城市的另一边。但这件事情，感觉后来一直都是瑞秋喜欢做的，就那样走来走去，记住她能看到的所有地标，看天上的飞机飞过。她告诉我，在那些我要出国而晚归的夜晚，如果她知道航班时间，就会坐在西南处的沙发上，看着一架一架飞过的飞机，猜我是否在其中一架飞机上。

我记得有一次，打电话给她说我已经下飞机了，她还兴奋地说她很确定她看到了我坐的那架飞机。她还试图从飞机窗户中看到我的脸，虽然知道这根本就是不可能的事情，但还是会这样做。当我到公寓的时候，一打开门，我就能看到她的微笑，她还兴奋地喊着，“我看到你了，我看到你了，真的看到了。”我还来不及放下行李，她就会开始脱掉我的外套，吻我，然后拉着我的手进卧室，说着爱我，爱我，再也不要走了，真的很不喜欢没有你的时候。

我记得非常清楚，住在这套公寓的第一天晚上，感觉自己完全没有睡着，因为房子刚刚装修好一个星期，空气中满是油漆的味道。我把卧室的滑门拉到右边，透过玻璃，看着外面的天空，一片夜色。我用高高的枕头撑着我的头，想着除了那无

尽的夜空，我的周围什么也没有，我的身下也什么都没有一样，感觉就是我浮在了空中，床就是航行中的太空飞船；感觉整套公寓会随时起飞，然后随着清风飘走。这感觉后来住在这儿再也没有过了。

现在瑞秋走了，又只剩下我一个人了。有时，我也会一个人坐在西南尽头的沙发上，裹在我的羽绒被中，看着夜色，看着窗外的飞机飞过。目光就随着飞机移动，划过夜空，想着这些飞机是飞向何处，从哪里来，坐在那里面的人定对回家满是期待。

在我们一起在公寓看过晨景过后的几周里，当瑞秋把她的东西都搬进来和我同居的时候，问我是否介意在她看苍鹭的玻璃处摆放一张桌子。我说我可以给一半的书房给她，如果她愿意的话，我们甚至可以将书房隔开，这样她也能拥有一个自己的私密空间。但她说不需要了，她想要尽可能地能看到外面，就这样坐着，也可以看到外面的苍鹭飞过来。

而瑞秋如此中意的地方就是我现在坐着的地方，当夜幕降临的时候，万物皆静。除了外面偶尔有公共汽车经过新北街，传来一声喇叭哀号的感觉，再也没有其他声音了。瑞秋曾说，那哀号就像是恐龙的呻吟，或是海洋中鲸鱼旋转发出的声音。

当她不在图书馆或是不在学校教书的时候，一天中的大部分时间，她都会在这张桌子上工作。外面便是河，背后是她的书架，一切美丽的风景就像直接从书里跑出来一样与生活融为一体。她把家里的书架上全换上了自己喜欢的书，现在要是在我工作日的早饭间隙，想找一本我以前的旧书，或者是看看我妈妈以前读过的花园种植的书，我只会看到一系列雪莱、济慈的书还有一些小说。有的时候我也会打开其中的一两本，偶尔会看到“给瑞秋，我的爱”的字样，但没有签名。我便开始读，发现自己读进了一个新的领域，对我来说完全都是陌生崭新的。当我读到一半的时候，完全不知道自己被书带往何处了，感觉已不在伦敦，而是到了意大利；或是看到只点了一根蜡烛的废弃的山边别墅里的第五个人，有的时候那烛光又像是暴风雨。翻一页，偶尔会看到一张完全褪色，看不清字迹的明信片，或者是瑞秋和一个我完全不认识的人的合照。这时便会想起，她说她不怎么喜欢用真正的书签，大概这些就是她的书签吧。

有天晚上，我坐在沙发上处理合同，她在打字，我还是禁不住问她，“你真不需要一块自己的地盘吗？”她仍然还是拒绝了，她谢谢我如此为她考虑，但是她真的不需要。她觉得她的桌子有个抽屉能锁住她的一些秘密，我也不可能看到，对她来说就已经完全足够了。有的时候她出门了，或者是睡着了，我走过她桌边的时候，看着那个带锁的抽屉，都会想她是不是开玩笑的，抽屉真的锁住了吗？如果锁住了，她把钥匙放在哪儿了呢？但我却从没想过要打开它，直到她死后的那个周二。

我从牛津回到家，在手机上收到一条艾薇发的短信说，要我找到瑞秋的一个文件夹，并且在第二天早上邮寄到她切尔西的家。她说，那个文件夹是黑皮的，在边上有拉链。她还强调说，一定可以找到的，瑞秋一定拥有这个东西。我翻遍了屋子都没有找到，于是注意到了这个锁着的抽屉，大小确实是可以放下一个文件夹。但当我看了一眼书架后，我发现其实没有必要找了，如果有什么的话，警察肯定在那天下午就已经看过

了。在瑞秋死后的那天晚上，警察的搜查有点草草了事，但后来他们又来了一趟，说是要彻底搜查，还带走了一些东西。

在他们搜查完毕后，两个警察就直接用包装起瑞秋的东西，带到了楼下。然后侦探便过来和我一起坐在了阳台上，给我解释说，他们发现一件很有趣的事情，在他们彻查瑞秋电子邮件的账户时，发现她的大学账户里没有一条记录。他们在这个如此私人的账户里，什么都没有发现，真的是什么都没有，唯一她保留下来的邮件都是关于研究的，要么就是假日或是剧场节目订票。他们起初不是很惊讶在她的大学账户里什么都没有查到，但是当考虑到这种情况的时候，他们有两个猜想：一种可能是她自己删掉所有与她往来邮件的人；另一种可能就是有他人黑了她的邮箱，知道那些邮件会成为犯罪证据，给全部删了。

我告诉侦探说，她不是这么挑剔的人，有几次我经过她的这张桌子的时候，看到她有几天没有看已收到的邮件。侦探说，如果那样的话，是不是她会打印出她的邮件然后把它放在什么地方，既然那天搜查没有发现什么有用的东西，我是不是还能想起他们还没有搜查到的地方。

我直接拒绝了，“没有，我想不起来。”我解释说，我和瑞秋都有自己的私人空间，我很尊重她不愿意告诉我的信件内容，她可能认为那样比较好，而且我也很确定，如果有什么事情困扰她的话，她一定会告诉我的。侦探又继续问了一两个我和瑞秋关系的问题。我告诉他说，我已经在警局交代过了，我们很相爱，如果他认为我们之间有了第三者的话，那肯定是不可能的。他对我们的谈话做了笔记，告诉我会继续调查的，说有些事情总会浮出水面的，如果发生了什么事情的话，要我及时告知，要是检查好了每件搜查的物品，大约下个星期还会来一次。

那天他们带走了很多瑞秋的东西，包括她桌子抽屉里的所有东西，直到几周前才全部还回来，用两个纸板盒装着，上面还贴了标签，“卡达尼，十二月。书桌抽屉。”警局指派做我家庭联络官的一位女士亲自送过来的，我见她不超过三次。因为我都想不起她的名字了，以至于开始把她想成弗洛了。由于做律师的原因，我通常都会尽可能地取缩写名。

这次弗洛来公寓，显得非常紧张不安。我给她泡了一杯茶，她就坐在西南方向的沙发上，就那样背着我。即便这是她第一次来我家，她说着和别人差不多的话，基本上都是关于瑞秋这件事情的，有时候她低着头让我觉得她比较害羞。当我没有回应她的时候，她会扬起眉毛，做出痛苦的样子说，“彼得森先生，我们直入主题吧。”她转向盒子，那个盒子还是我帮她从她车里拿回房间的。她首先给我看了一个标有“卡达尼-十二月。私人物品”的小箱子，她说这里面只有瑞秋的结婚戒指和订婚戒指，还有她那天戴的项链。然后弗洛又继续说下去，每句话中间都会有个不可思议的停顿，闭一会儿眼睛，咬一下嘴唇，告诉我说他们不能找到那个我说的瑞秋那晚去湖边背的那个包了，而且他们也觉得不可能追踪到那个包了。还说有些东西还没有归还，递给我一封信，上面列了两个已经还回来的东西和未归还的东西清单，告诉我这两个大盒子里装有很多照片。因为瑞秋的书面文件都要继续留在警局做接下来的调查，所以只好拍下来给我作留念。慢慢地，我觉得我的耳朵只能接收到一些符号和乱码，然后看到身旁的人嘴一张一合配合着手的动作，这画面既讽刺又可笑。该结束了，我想。我问她到底

还要多久呢？她停了很久，想要回答我，才发现我的问题有些讽刺的意味。在那之后，她便起身离开，对我说，“很抱歉，但我相信你能明白，我只是在做我的工作。”

又过了几天，我才觉得我有了足够的勇气可以打开那两个大箱子了。当看到箱子上的封贴时我又犹豫了，要去打开之前瑞秋不想要告诉我的秘密，总觉得是在侵犯她的隐私，即使是她不在的时候。但终有一天我还是做了，那是上个星期的一个晚上，看着那些东西，我觉得难以忍受。再也没有其他事情能让我感觉如此不好了，再也没有其他事情如这般没意义了，至少我是这样认为的。我觉得这是它们在我身上留下的诅咒，胸口的痛如此真实，以至于让我觉得我应该找点什么尖锐的东西把这股痛弄走。于是，我就把这些东西放在角落，坐在钢琴前面的地板上，旁边就是两个大盒子，我一一倒空它们，每件物品都如地板上升起的沙堡一样，延伸到玻璃处，似乎连接到了外面的夜空。我一直不敢看它们，直到放好一切后，我才跪下来，在地板上趴着，一一拿起这些东西，翻阅着，读着那些我不知道的一切，然后再一一放回箱子内。

你会怎样描述人生呢?

那晚我看到的便是我的或瑞秋的人生，地板上那零零碎碎的物品以最抽象的形式展示给我看:人生就在贴有她相片的游泳馆会员卡里；就在她因为拖延还书，图书馆给她寄的罚款信件里；就在那些学校的报告和考试证书里；就在我从未见过的甚至都不知道是否存在的她的那些朋友给她写的电话号码和明信片里；就在她咖啡馆的优惠券里，在干洗店的票据里，在银行对账单和保险单里，在那些接种疫苗和加入一些组织的证明里；在那她从未提起过的催促她去做宫颈手术的信件里。

这便是人生。

除此之外就剩下一些照片了。其中有一张是她和露辛达拿着曲棍球球棍和队员站成一排的照片，看上去特别年轻，还有点男孩子的感觉。还有一些其他的照片，有些男主角是我，在阳台上摆弄花花草草的我，走在荒地的我，还有抓拍的夕阳下，坐在公寓另一边读书的我。接下来让我震惊的是瑞秋小时候的照片，她的表情看起来是多么的像大人啊，甚至没有一张是露出笑容的。那些她笑的照片，都是长大了拍的，差不多都是在我们相见成为同学的时候的照片，就是我记忆中的瑞秋的笑容。

她的大部分笑着的照片都是拍摄于一次度假期间，那里满是阳光。艾薇也在照片中，在一个小码头的地方，站在瑞秋的身边。我好奇的是，谁帮她们拍的照片，特别是这些两个人的合照。她们背景里有艘船，很像之前瑞秋在网上给我看过的某个地方。那还是今年的早春时候，我们在讨论夏天放假去哪里旅行，她给我看了网页上的这个地方，告诉我说，很久之前她曾在土耳其度过假，就在这种双桅的木制帆船上过了两个星期。她说也希望我们俩能一起去那里旅行。

我继续翻着这一堆东西，希望能有什么新发现。在瑞秋很多学校时候的照片中混了一张护照上面的照片，这是曾经她要我放在系里网站上的一张照片。最后几张又是瑞秋和艾薇在土耳其度假的照片。和她们同行的一些人，我好像似曾相识。仔细辨认那照片上的人，我想他们大概是一些来自伍斯特的人，瑞秋认识，但是我却没能记起，也可能因为这些照片都没有聚

焦，而且拍的距离也有点远，导致人像都很小，很难确认是谁。慢慢地就看到了最后几张。有一张照片就是瑞秋和另一位女士照的，摄像师肯定是就站在她们面前，是半身照。她俩都穿的是比基尼，瑞秋还满脸笑容，但是比她同伴还是要笑得腼腆些。她同伴的胳膊挽在了她腰上，还戴了一顶太阳帽，因为她把头靠在了瑞秋的肩膀上，脸都被遮了一半了。我关注这张照片并不是因为它内容有多么特殊，而是因为它原本从中间被撕成了两半，刚好分开了两个女人，是后来被重新粘贴在一起的。我还有点好奇，到底发生了什么会让瑞秋这样做呢。

除了所有的这些东西，还剩下警察之前给我说过的一封信。在瑞秋死后的两个星期内，那时我还待在家里，等着回伦敦看是否保释能够变成释放的期间，他们给过我两次这封信。他们发现这封信夹在抽屉里的文件中间，而且他们还强调了两次这个东西有多么重要，要我告诉他们关于这封信的线索，任何线索都可以，但我却什么都没有帮上。于是我坐在公寓地板上，读了一遍又一遍，想着之前他们给我的时候，我肯定分心了，没有认真阅读，错过了些重要内容。如果我这次认真阅读的话，我肯定能发现一些引起我关注的东西。我发现这信是写在航空信纸上的，笔迹肯定是我从没见过的，这次再阅读，也没有认出是谁的笔迹。

我们曾谈到爱，你和我，那时我们一起倒在草地上，相互拥抱着。当你说我是你唯一在乎的人的时候，我真的认为你是真心的。昨晚我却发现我错得太离谱了。

像我之前说过的，不论发生任何事情，我永远也不会忘记你。我也觉得你不会忘记我，至少不是永远忘记我。你现在可能觉得有一天你会忘记我，但是我所知道的是:无论你多努力，你始终没有办法忘记我。

那么，再见吧。今天下午我就走，我再也不会回来了。我猜这就是你想要的吧。

如同那晚之前一样，我也不觉得这封信有什么奇怪的，把它收好，又继续检查下一样东西。但侦探其实是有些失望我不能告诉他们关于这封信的任何线索，他们也说，可能是对我能说些什么抱有太高的期望，都没有考虑到这封信是没有任何日期，没有任何签名，甚至连邮戳都没有。但是很明显，这是一封情书，当他们知道我也没有什么线索的时候，又把这封信拿回去了，加上那些桌子里的东西，一并影印了附件，然后再次还给我了，就是那些大盒子。

当瑞秋不怎么使用桌子的时候，我经常坐在她的桌边。一直都把这当成是一种她不在时想她的方式。除了这个，我还想了一些其他的办法，比如说她不在的时候，就睡在她经常睡的那一边床。或者是偶尔，我出去的时候，我会故意打电话到家里，然后听她的电话留言，告诉我说，我们现在很忙，不能接电话，在嘟声后可以留言，但是不要太长。

瑞秋生前，也喜欢这样做。我的意思是，经常在我不在的时候，用我的桌子。尽管她说自己不想要一间房，但是有的时候，我还是会发现一些她使用过我桌子的痕迹，一些小细节，可能是一些不太细心的男士都会忽略的细节，但是又有些明显。可能是凳子垫上有印记，如同猫蜷缩着在上面睡了一下午的印迹，又或

者是我会注意到有一摞纸移到了另一边，没有被放回原位。有一两次我还发现垃圾桶里有苹果核，或是一些饼干屑。有时书架上还会留下半杯没喝完的茶，甚至是抽屉被动过。

但是我也从未告诉过她，我发现了这些，她也从未提过她使用了我的房间。其实我对于这些一点都不介意，而且还觉得她有些可爱，都不做好掩盖工作，还一味地坚持是在自己的桌子上办公的。我从未认为她做了这些事情有侵犯我隐私的感觉，反倒现在我非常怀念这些只属于我们的小事。

从瑞秋桌子那儿向夜色看去，我发现苍鹭飞回了阳台，虽然说从我这个角度有些难发现，但是我想它可能是在睡觉。伦敦还是闪烁各种灯光，如果瑞秋还活着的话，我想这个时候该是我们一起入睡的时间了。现在这个时间，我也该睡觉了，但是有些奇怪，今天什么都没做就到睡觉时间了。我面前的桌子上摆满了我必须看但是还没有看的东西，有艾薇在警局给我的照片，它们还仍然密封在信封里，还有那些她给我说是瑞秋在婚后写给她的信。我应该要让自己把读瑞秋的回忆变成一种习惯，允许自己至少要读一遍这些信，然后隔个几周再读一遍。可是这些回忆根本不需要我去翻读，因为我已把内容牢记于心，把我和瑞秋的点点滴滴都牢记于心。但每当我再次读到瑞秋写到我，写到我们的时候，我总是像是初次读到一样小心翼翼又充满惊讶。除了这些，还有那些来自瑞秋朋友、同事和学生的通信，我还打算一一回复的，而且那些大盒子里的东西，我想还是要重新再检查一遍的，要更仔细，看是否遗漏了什么，可能有些东西能触发记忆，帮助警察调查事件真相。

那些日子，我在家几乎都不想给自己穿上衣服，因为也没有必要。实际上，除了在这间公寓里毫无目的地走来走去，我什么都没干。可能就泡些茶，但是又没喝，放在书架上，之后又洗了重新泡一杯。就裹着一张毯子，戴着个棉质帽子，在阳台上吃中午饭，坐在那些植物边上，就像流浪汉似的看着那些植物，想象我妈妈停下手中的活，来不及起身，跟我说，“真得振作起来了，亚历克斯，不是吗？如果你爸爸在这儿的话，他该怎么说你，亲爱的？‘振作起来，赶快，穿好衣服，我们一起做些有趣的事情，就我和你，好吗？’”

我就知道我是睡不着的，我又想起来哈利邀请我回校的事。自从瑞秋死后，他给我写了很多信，但从昨天开始，除去了表示哀悼的信，只寄来了一些明信片，有的时候就是一些简单的纸条或是附上些《牛津时代》关于瑞秋的简报，或者是关于调查的简报。明信片来得非常频繁，上面的信息无非就是一些小心谨慎的与图片相关的内容；有些就是说说他看的展览，认为我可能会知道的一些展览；另外就可能是一些他的艳遇，可能与明信片主题相关的。有一两次是什么都没有的，只有一个来自他最近贡献的Pseuds Corner的一个回形针。虽然有些不合逻辑，但这些东西真的还挺安慰人的。在瑞秋生前，这些明信片都是寄给瑞秋的，因为瑞秋走了之后，才寄给我的。或许是一种习惯了，也或者是为了安慰我。

哈利的哀悼信是十一月上旬接到的，差不多是在瑞秋死后的四个月才收到。我记得他说这个时间才寄过来是故意的，并不是别的意思。还给我说，他妻子死的时候，那时候相当的痛苦，其实大家寄来的那些哀悼信，都没有任何作用，人都已经麻木到没有什么感觉了。当他写那些信时，想起了之前自己在

伍斯特过完第二个圣诞假期回来后，看到了那个门口信盒里出现的一些条子，感觉都是一些对她死去的敷衍的说辞，一些没有人愿意回信的说辞。直到后来，他说他能重新读那些信的时候，才知道人们当时表达的都是哀悼之情，但总是比较笨拙，不合时宜。因为这个，他说，他才想要等到最初那段麻木的时间过后，再寄这样的信件过来，不能说痛苦已经过去，至少是已经减轻了。还说希望避免陈词滥调，于是就引用了坦尼森的一段话，关于生活的，但对我意义不大的话。

当我昨晚打开哈利寄来的包裹时，我发现他又给我寄诗了，这次是《勃朗宁全集》。难怪刚刚我从门外拿进来的时候，感觉很重。我看着包裹标签，注意到他在我姓氏后加了“先生”二字，真高兴他能这样做，我以为包裹这么重，一定是一张又一张的长信，结果，不过就是一张简单的纸上写下了几行。

伍斯特学院。

27. xi.MMVII

亲爱的亚历克斯，

今天早上湖边有了白霜，这看起来真是个奇怪的十一月，想想这时候已经是十一月下旬了。我在今年早期看过一次或两次，但没有那么厚，所以现在让它显得更加美。

上次见面的时候说你方便的时候要过来。我想现在湖边有些白霜，应该是个好时间回学校吧？下个星期学生也会回去，学校里会有些房间给你用的。你可以在这里待很长一段时间，参加圣诞音乐会，或者到处走走也可以。

我已经开始准备整理我夏天要住的房子了，因此整理出来了很多东西。有些关于瑞秋的我想可能是你想看的，我想也没有必要给警察，尽管警察那边也没有什么进展，至少在给警察之前，我想还是应该给你看看。

如果你觉得能来这儿的话，记得打电话告诉我是不是能赶上参加下周五下午的茶会。附上了我发现的那些东西:来之前你可以先看看。

你亲爱的，

哈利。

包裹里是一本看起来比较小巧的书，整天就放在桌子上了，感觉是在等待着我打开它。我想今天我会读着它入睡。总感觉这本诗集有些熟悉。封面是泛旧的粉红色，前面有一小块显得很暗，感觉是被某个人放在阳光下晒过一段时间，而其他部分则是被另一本书给压住了，所以出现了分明的颜色差异。总感觉很熟悉，觉得是我以前看到过的一本书。

我把书就放在鼻子下，深呼吸，闻了闻它的气味，一转身，就似乎看到了瑞秋躺在了我身后的沙发上。那好像是在六月上旬，夕阳把屋内的一切都映衬成了粉红的感觉。瑞秋在余晖中仿佛也在发光，头发上闪着橙色的光彩，有一小块都成金色了，她就微闭着眼睛，阳光一点都不刺眼，但是又能让自己完全融入这闲情中。几分钟后，等我再看她时，她已经睡着了。嘴巴微张，一条腿落到了沙发的另一边，我看到她衬衫里是什么都没有穿的。我站起来，走到她身边，跪在地板上，看着她。她的手臂滑下来了，手中的书感觉就要落下来，就在那一刻，我接住了书，转身又坐回去，不想打扰她。拿着书，举到面前，深深地吸了一口气，再看她时，似乎知道书里面的内

容是什么了。

我记得过了没多久，她就醒过来了，质问我说“你在干什么？你怎么坐在那儿啦？什么时候了？”我告诉她说她刚刚睡着了，她就笑了，回应说“让我来读给你听吧，去坐好，别光看着我了”。我把手中那本被阳光晒旧了封面的粉红色书递给她，当天色渐渐变黑的时候，她读了一首又一首诗给我听，这次换成我闭上眼睛了。

夜幕降临，阳台上茉莉花的清香都飘到了屋内，她说，“再读一首，就去吃饭了，想要听什么，诡异的如何？”

“好嘛，就诡异的。”我一边说一边想着，要是她继续读的话，我不会很在意她读什么的。

现在我坐在她的桌边，周围一片黑暗，她却不在了，再次打开她曾经给我读过的诗集，读到那最后一首诗时，感觉自己又听到她的声音了。

今夜的大雨来得早，
紧接着刮起了阴冷的风，
它凶狠地折断榆树梢，
把湖水搅得跳跃翻腾，
我用快要碎的心在听。

波菲利雅悄悄走进来，
立即把寒冷和风雨留在门外，
她跪下，在阴暗的壁炉里，
燃起火焰，使小屋变得温暖；

然后站起身，把滴水的披肩
和斗篷从身上脱下来，
扔下摘下来的脏手套，
脱帽把潮湿的头发披散开，
最后她紧挨着我坐定，
并且叫我，
没有答应声。

她将我的手轻轻搂着她的腰，
露出她的光润雪白的肩，
拨开满肩的金发，
让我靠在她的肩，
又用披散的金发盖住我的脸。
她低声细说，她爱我，
可她太软弱，尽管努力过，
挣扎的还是挣不开自尊心的束缚，
也不能解脱虚荣的联系，
把自己永远地给我。

但有时情欲高涨难按压，
连今夜的欢宴也不能阻挠，
她突然想起一个为了爱她而憔悴的人
——这爱全是徒劳，
所以她冒着风雨来了。

我仰望着她的眼睛，

它们快乐又自豪，
我终于知道了波菲利雅崇拜我;
吃惊使我的心膨胀，
当我考虑该做什么时，
膨胀在加剧。
此刻她是我的，我的，纯洁无瑕……

我想，她就是在那儿停住了，就是恰巧在这首诗的中间。

“天啊，亚历克斯，真不好意思，你是不是听到我的肚子咕咕的叫声了？我太饿了。”

“瑞秋，你不能这样!”

“不能哪样？”

“不能就停在这儿啊，你不能开始读了，又不读完!简直太要不得了。”

“啊，不好意思嘛，我都不知道你在认真听呢。我的意思是你看起来像是在睡觉。”

“我肯定没有在睡啊。只是闭上了眼睛而已，这样更能精力集中。”

“你骗人!”

“没有，我是真的在听!”

“好嘛，我错了。但如果现在不让我吃东西的话，我会被饿死的。而且反正也不是一个好结局。”

“瑞秋!太不公平了!”

“好嘛好嘛。吃完饭，我再读给你听。你肯定也饿了，现在太晚了，拜托。”

那天晚上我们在房间外面吃晚饭，还在外面待了很久，最后她也没有再读这首诗了，但是她告诉了我关于这首诗的很多故事，告诉了我后面说了些什么，可以自己去读读，不会有什么的。她问我在害怕什么？我说没有怕，只是想要她给我读读而已，就这样。她说，好吧，下次。然后她说，“我们该回去了。”

“哪儿？”我说，“回哪儿？”

“就去牛津，”她说，“你以为是哪儿？我写信问问哈利。他一直都在说要我们回去这个事，特别是我嫁给一个伍斯特男人之后。下次我们都穿上以前的长外衣，坐在高脚桌边，喝着雪利酒，假装我们就是学习上的研究伙伴关系，会很好玩的。走吧，我有点想睡了。”她边站起来边收拾东西，然后进了厨房。

我继续待在阳台上看了一会儿夜色，当我进去的时候，她已经在床上了，并且很快就入睡了，那本书还放她胸口。接下来的日子里，她好像什么都没有读，就读了这本书。现在想起来，她肯定是在我们后一个月去牛津的时候，把这本书带到哈利那去了，不记得拿回来了，哈利现在寄给我，也没告诉我他是怎么得到这本书的。

站在桌边，这个问题也一直都在我脑海里游走，把长外衣越裹越紧，书紧紧地攥在胸口。对这个问题，我猜测过各种答案，每一个答案都有些令人不安。我意识到，在我去睡觉之前，我必须要想清楚接下来的日子我该做些什么。我想我要更长远，更谨慎地看待这个问题的解决方法了。我想这大概是我人生中，第一次纯粹为解决一个问题而去做些什么，并且没有不去做的理由。无论怎样，我决定:我要去牛津，我要去看看哈利到底要给我看些什么。我要问他，是不是还有些到现在我都不知道的关于瑞秋的故事。

第二部分

2007年12月21日
星期五清晨

伦敦

七

无论怎样，我都无比想念她。

在去牛津拜访哈利之前，我想念她，在回来的途中，我想念她。在回来后的前一个星期，我试着确定自己到底要做些什么，越来越感觉她已经离开我了。既然我再也不能和她在一起了，我决定离开伦敦，去到新的地方，开始新生活。

我已经喊了车去机场，几个小时后就会来接我。我已经做了每一件应该要做的事，至少，我能想到的都做好了。我就站在阳台上，感受着窗外冷冷的空气，看着这座城市在我心中渐渐失去颜色。

我要离开这座城市其实也不是孑然一身的:我的高级合伙人跟纽约办事处打好招呼，自从理查德和露辛达在十二月初在那定居后，他就帮我把一切要打理的事情都办好了。一到那边就开始劝说我过去，说那边会是新的环境，当然，对他们来说，也是新环境。露辛达为了让我过去，都贷款了，真的是尽心尽力做这件事情。她对我说，他们都不希望这个即将成为他们孩子教父的人在大洋彼岸，但我还是没有被说动。最后她说，知道我一直待在伦敦，是觉得有一天，期待着有一天，她还会回来，可是请认清事实。理查德通过纽约律师执业考试之后，他就作为顾问身份在纽约律师事务所工作了。我被他介绍给了有很多项目的客户，他想要我工作的时候在每个人心目中都是完美的感觉。所以他为我的工作做了很好的铺垫，让我一切都开展得很顺利。

一开始我就接下了很多工作，我想让人们充分相信我已经恢复得很好，能够进入下一步的工作中。之前大家估计至少我在一月底之前都不会进入工作状态的，我并不想让大家小看，所以协商了一下我休假期限部分恢复，我要尽可能地让自己在工作中充满斗志。

我又得去拜访在埃克塞特广场的那个男人了，除非他向我的工作伙伴回复说我目前的状态良好，否则我所做的一切都是徒然。很显然我去牛津是个正确的决定，回来之后让大家觉得我在行为上，思想上都有了改变，可能最坏的时期已经过去了。

但是纽约人有自己的要求，坚持要我参加与心理医生长达一个小时的电话交流，电话那边是个女士，一直都在问我问题，一个接着一个的，感觉那边有一张写着“抑郁征兆”问题的单子。直到她自己都觉得没有什么要问的了，于是给我说，几天后，就会出一个报告。

当然我只好同意一个短期合同，直到我完成特定业绩目标再说，等到美国人非常确定我并不是他们说的我行我素不顾他人的人，才会给我提供一个长期发展的平台。而且我还觉得，我目前为客户工作的机会可能是极其有限的，可能有的时候，我只会和那些认识我的人工作，我不觉得这有什么，刚好避免前线工作。我可能更适合他们给我安排的工作，我的性格很适合待在后台做事，倾听并总结建议，及时更正，而不适合在前面表演，招揽生意，这是理查德擅长的。

当我今天早晨做好一切准备后，我站在公寓里面细细环顾

着整个屋子，那些零零碎碎的片段我都装进脑子里一起打包带走。我打电话预订车子，等待期间我就坐在瑞秋的桌子边，给我的租户写了一张便条，他明天就会来公寓了。之后，我站在浴室里，看着镜子里面的我，就像我以前站在这看着瑞秋一样，她就是那样站在我的前面，靠着玻璃。“要进来么，可以进来。”当看到我站在浴室门外等着的时候，她总是这样说。其实我也不确定她到底在不在里面，如果在的话，也不想打扰她。那还是早些时候，我们还不知道双方的界限在哪里，至少还很好奇对方的时候，就是想知道我们是否能够就站在彼此身边，然后清楚地看着对方。

“我在清洗它们，已经不光亮了。你不知道我花了多长的时间把它们弄到耳朵上！我应该在小时候戴它们的，鬼才知道艾薇为什么不让我戴。”

我几乎没有怎么听她说话，就那样一直看着她。她突然就没有说了，把我的手臂放在她的身上，拉过来抱着她，接着她扭开，开始清洗她的第一个耳环，然后第二个，扭好后，猛咬它们回到原位。我把头埋到她脖子处，她就在我怀里扭动了一会儿，然后又过去了。

实在太想念那天她脖子的味道了，想念我们沉默时，那种轻松，想念她很需要我的感觉。

八

这个月早些时候，我坐火车去看哈利，当我们离开帕丁顿的时候，天空便飘起了白雪。本来我是准备自己开车去的，但真的到了要出发的时候，又开始怀疑自己是不是真的可以做到不分神开那么久的车。虽然之前那么些年每个学期开始的时候，我都是提着自己的箱子来这里坐车，但是又回到这个车站广场的时候，心情还是有些奇怪的，特别是这次还是应哈利的邀请开始这次冬季旅行。我发现自己还是如之前一样，站在公告栏前面，寻找自己的站台，四周环顾，希望能看到一张熟悉的面孔。结果没有发现任何一张熟悉的面孔，有一丝失望。

还记得在我大学第二学期开学时候的情形，带有一种碰运气的感觉，我就走在这站台上，果然在上火车的时候，看到了瑞秋就坐在了我选的那条下客车厢的分路上。她裹着一条很大的围巾，半本书都塞在了围巾里，她对面就是空的，有那么一刻，我在想，我是不是可以过去拍下她的肩膀，问她是否可以坐她对面。但最后，我还是径直走过去，假装自己没有看到她，我想，她可能也在装作没有看到我。

而这次旅行，车厢里空荡荡的，差不多一半的位子都是空的。我给自己找了两个空座位，我坐在靠窗的位子，然后把包放在了旁边的空位上。随着列车慢慢驶出伦敦，太阳也逐渐西

沉，暖暖的阳光照在我的眼睛，于是我便闭上眼，感受它的暖意，小憩了一小会儿。当我醒来的时候，仍然很亮堂，阳光洒在了窗外的草地上，草地延伸到了很远的地方，整片远方就像宽阔的草地一样。这时，一架飞机飞过我们的上空，感觉是在给我引路。但当景色越来越开阔的时候，光线开始通过水光反射，而飞机也飞离了我们，留下火车独自行走，我又闭上眼睛，开始睡觉了。

当我再次醒来的时候，已经驶过雷丁大学了，景色也变成矮林丛生，很深邃，在这地面凹陷的地方，雾色迷离，感觉整个天空被一层薄雾笼罩着。路面都非常简单，每棵树的主干上都被人工涂上了厚白漆。然后突然火车就进入了一个隧道，但是空气依旧是白色的，就感觉我们是在云上行走，已经消失在了人世间，已经不复存在了。我们就这样掠过地面，不断地在云中穿梭。在火车边，突然出现了一个模糊的人影，很近，让我都感觉车子随时都有可能撞上他。他的身边都是狗，避开火车走在雾气边缘，感觉也像是摇曳在云中，如同出现的那么突然，就在刹那间便消失了。之后又如同雾色在变着魔术，出现了一个教堂尖塔，几分钟后，又魔术般地出现了一些橄榄球标杆，从一个运动场地上升起来，被红色的包装包裹得像马腿一样，然后便消失在我们视野中，又再次出现。随后除了一片白色，几乎什么都看不见了，我们又再次急速地在时光中穿梭，感觉像幽灵一般，在这里什么都未留下。

在快到达终点的时候，检票员路过我们车厢，我下意识地到夹克口袋里摸索我的票。之所以去拿它，也是因为怕自己错过了站，因为看着窗外的景色太入迷了。在检票员走之前，我想起来今天早上离开公寓时，无意间看到的一张违章停车罚款单。在离开家之前，我得关了所有的窗户，关瑞秋桌子旁那个窗户的遮光板时发现有些奇怪，落得飞快，直接就落到了暖气片的后面，卡在那了。我只有把桌子往前移一点，跪在地板上，一点一点地把遮光板拿出来。这时，我便无意间发现了这张违章停车罚款单，就在我跪着的地板的旁边。捡起它后，看了看罚款车牌号和罚款日期都在上面，发现这是瑞秋的，不自觉地笑了一下。我想这就是她的做事方式，喜欢把东西放在桌子边缘，没有注意到的时候就掉了下来，等到它掉下来后，就完全忘记有这回事了。当我看到日期的时候，脸色便凝固了，发现这张罚款单是她死前一个月收到的，突然感觉有一丝凄凉。然后又一惊，要是我再在房子里踌躇，就要赶不上火车了，于是就把这张票塞进夹克口袋，弄好遮光板，锁上公寓门，就出发去车站了。

当检票员走后，我低下头，继续看着这张违章罚款单，这才第一次注意到，原来它被折成两半了。打开之后，发现一张被交通摄像头拍下的照片的复印照，上面是瑞秋，我想这大概是她死前拍下的最后一张照片。看到她脸的那一刻，我还是有些震惊的。自己居然都已经不能清楚想起她的样子了。这个突如其来的发现让我非常担忧，甚至是非常郁闷。我能清楚地记起她的声音，特别是她的笑容，但是她的脸却已经从我记忆中慢慢消失了。我又多看了几眼这张照片，决定重新认识一遍，更仔细一点，让我一辈子都不会忘记。但当我再看的时候，居然觉得全身都在颤抖，感觉她也在盯着我看。

她就坐在方向盘后面，拍照的时候，刚好离方向盘特别

近。感觉拍照的人是为了认出她是谁，故意拍得这么清楚的。在副驾驶座上，坐着一个男人，尽管我并不能立刻就想起他是谁，但看起来有些熟悉。照片下方，印着一个地址，还有违章时间，另一个便条上面写着瑞秋被罚款的原因。好像这张照片是在五月中旬的某个早上拍下的，从地址旁边所印的地图缩略图上可以看出，违章的地址就是在大英图书馆的入口处，她经常在那儿工作。

我又看了看照片，盯着她的脸，然后再盯着旁边那个男人的脸。我还在想，他会不会是瑞秋的一个同事，我可能在他们部门茶会上见过，或者是大学里工作的同事。突然，我知道他是谁了，他的名字扎进我的脑海里，我顿时开始觉得浑身麻痹不能动弹。

回忆里我和瑞秋在那个傍晚时分的夕阳里，相互依偎坐在阳台上，她给我读勃朗宁的诗，我就这样沐浴在阳光和她甜美的声音里。那一天，他出现在了我们的谈话中。

那天，我问她关于他们的诗歌教程，研究学习了哪些诗歌，说出三个，他们真正讨论过的有哪些？但是她回答说，记得不是很清楚了，已经过去很久了。我还问她，跟茜茜还有安东尼一起学习感觉怎么样，是不是愿意和他们一起学习直到毕业，还是愿意自己一个人和哈利一起完成研究。但她就回答，都没有什么，无所谓，还反问我，怎么对这个感兴趣。然后我问他们两个现在在干什么呢？瑞秋说她听说茜茜好像已经是专业的赛艇运动员了，还是个什么其他的运动员也说不定，可能她会成为一个美国大学的教练吧，但是她也不是很确定，而且也不是很关心。而安东尼，她说就更不知道他在做什么了，而且在他第二年被送出去的时候，就完全没有联系过他了，而且也不愿意联系了。我想当时我可能还说了，不联系了，是不是有点过分啊。但是瑞秋说，她要联系谁，不联系谁根本就和我没有关系，而且这也是我们处理人际关系最大的区别。我问她，什么意思。她说她的意思是我能忍受别人所做的任何事情。然后我就没有听了，头脑里面想的就只有理查德，我很庆幸，我们的友谊是细水长流型的。我没去细想她说的那些话，只是要她给我再朗读一首诗，她翻开了诗集继续给我读了一首。

我再次仔细地看了看照片，我发现就是安东尼坐在她的身边，坐在了副驾驶座上。除了震惊，这时倒是有些疑惑了，总得有个合乎情理的解释吧。我想当我回伦敦后，第一件事情就是找他，问清楚他当时他们两个在做什么。

毫无疑问，这个人肯定是安东尼，尽管他在我们还是学生的时候染了头发。仔细回想，还能想起最后一次见他时的情景。我记得在神学院礼堂为瑞秋举办的哀悼会上，看到过他，要么就是长得很像他的人。那场哀悼会，哈利帮了很大的忙，真的是尽心尽力。最后还代表我去跟大学牧师联系，写感谢信，联系厨房，还为瑞秋的事在学校杂志上写了一篇悼文，而且还专门为我联系了当时我们一起学习的同学们，说大学书记肯定会愿意做这个事情的。我接受他的所有帮助，就给了他一摞邀请卡。哈利真的是特别尽心尽力，他根据我的情况，给我列了他已经邀请了的人员名单，还标注了已回复的人和未回复的。安东尼就出现在单子后面，茜茜也是一样的。当我问哈利的时候，他说还是希望茜茜能来的，虽然有些远，而且她也总是接收不到这边的邀请，没有在学校更新她的地址。她最终没来，也没有任何回复。

而安东尼，哈利说回复可能是不见了，也有可能是他忘记

寄一个回复过来了，哈利还非常确定那天安东尼会出现在那里的。我虽然不知道哈利的假设会不会是对的，但是我想应该还是有可能的吧。那天我见到的那个人我想应该就是安东尼，他来得有点晚，差不多是哀悼会开始后的时候才一个人走进礼堂的。我都没时间过去和他打个招呼，等到我再环顾整间房子，已经开始上各种酒和食物的时候，就已经看不到他了。之后，我也没有太注意他。在结束之后，也忘记问哈利这件事情了，那天实在是有太多要聊天的人了，有太多要听的话了，感觉最后变成了一个不是为瑞秋，也不是为我而办的这次聚会，而是为他们相互联络感情而有的聚会。安东尼从不是我的朋友，瑞秋说他们不再联系了的时候，我也觉得我更没有特别的理由去联系他了。

火车这时开始慢下来了，我发现列车已经进入牛津了，就在我准备折好这张照片时，我注意到之前我一直没有看到的东西。发现照片的角落处，也就是在车子后门的地方，有一只伸过来的手臂，感觉是要打开车门，又或是刚刚关上车门。我再仔细看了看，试图看清楚那个手臂上面的部分，非常确定看到那件外套就是艾薇穿的那种红丝绸的夹克，袖口的形状简直一模一样，而且里面的纤细的手臂也是如出一辙。看到这，我发现已经到站了，赶紧把这张罚款单塞进夹克口袋，抓起我的行李，就跑出了车外，免得误了时间。下车后，看了看手表，想着如果我快一点的话，就能赶上之前哈利要我去的那个茶会。

在伍斯特的时候，我几乎和哈利是没有什么联系的，只有那么一次真正的接触，但我想那次他还是帮了我很多忙的。我不知道他是出于同情我，还是仅仅就是他的职责所在。那次，在我第二年学期末的时候，我不能解决自己的大学学费问题。那时候我父亲生病，都有些神志不清了，他除了借酒消愁，其他什么都做不了。而且，当地政府还拒绝给我签支票和其他必要的表格。管财务的那个人也就是大概看了一下我的解释理由，然后告诉我两周内付清，否则也没有办法，只能让我退学了。当我两周内还是没办法付清的时候，他把这件事告诉了当时的高级导师哈利，要我立刻去见他。那是我在伍斯特还是个学生的时候，唯一一次进入他的办公室。走到他办公楼的第一层，看到他的名字印在板子上，然后上第二层，站在他门外，并没有敲门就走了。其实我在之前还来过这个门口。

而更早的一次说起瑞秋和她的朋友们是发生在第一学年的夏季学期的前几个星期。在一个周五下午，我和理查德在旧图书馆待了一段时间后，就收起东西出门了。因为他叫我看窗外，“她来了，乔丹·贝克，一如既往。”

“乔丹什么？”我问，然后看到茜茜沿着院子底部慢慢朝瑞秋和安东尼走过去，他们就在去北街的那个梯子上等着她。

“为什么你要那样叫她？”

“天啊，拜托，亚历克斯，我知道你没有读什么书，但有些文学常识你应该也还是知道的吧。”

“闭嘴吧，理查德，你又知道些什么？你说的是哪些字？”我还在想是不是可以用这种方式知道他在说什么。

“不要用字的方法，用推理的思维。我现在在美国，爵士乐时代，你知道我在说什么吧。我已经完全准备好接受乔丹·贝克在你之上，但是我不得不说我很惊讶——”

“我看过那部电影，理查德。”我突然恍然大悟，“我知道你

说的是谁了，所以不要炫耀了。但是我还是不明白怎么就可以和美国人联系起来了，只因为运动的感觉？”

“棕褐色？拜托，全身的金色皮肤，你没看到她的腿吗？”

“当然，我看到了。”

“你看到了，那其他人也看到了。”他回复说，他是对的，他们都看到了。从三月开始，新生入学周的时候，茜茜一回来就穿着一样的短裤，春天来了，无论变得多冷，她都没有换过，有的时候上身穿着裁剪不正的夹克，里面加上一件运动衫，然后肩膀上围一条很厚的围巾。但是下面总是穿着短裤，她的腿总是吸引着更多的注意力。因为她的大腿看起来就像木头一样结实，而她的脸又总是深棕色，和大腿一样。据说每个夏天，自她还是个小女孩子的时候，每年都要和父亲一起去航海，于是皮肤就变成这样了。她在巴特利酒吧的时候，总是要说起她和她爸爸一起去旅行的事情，说起她爸爸放下工作和她两个人在海上的日子。我告诉理查德这事，然后他讽刺了她的鞋子，说为什么她总是穿着那双看起来非常傻的航海鞋呢？看起来好假。他好像有些失望，我居然帮她解释了，说，“我告诉你，如果她没有经常去航海，会是个有魅力的女孩”然后理查德就开始往图书馆外面走，“伤疤太丑了，你不觉得吗？太丢人了。”

不过那伤疤真的很丑，这点理查德说得一点都没错。就在她的前额上，一直从发际线往下面延伸了两英寸，所以她总是会用刘海遮住。但我觉得，那也不是她想的，所以也不能算得上丢人。甚至正是这疤痕让她更漂亮了，而不是变丑了。正好与她有些柔弱的性格以及她深色眼睛上长长的睫毛形成了鲜明的对比。这张脸好像出自漫画一样，金色脸颊非常饱满，似乎有些婴儿肥。头发是黑色的，蓬松地搭在前额上，这样大多数时候，就遮住了伤疤，我想这也是为什么她会一直把头发剪短的原因吧。那个伤疤尽管我只清晰地见过一次，但我觉得应该告诉理查德关于她这个伤疤背后的故事。

有一天晚上，我在酒吧里忙进忙出，清洗酒杯，听着顾客们的谈话。突然唐雷离开他们喝酒的那一伙人，直接走到了茜茜这边，茜茜和瑞秋还有安东尼一起的。“不好意思。”唐雷有些摇摇晃晃地对着茜茜说，我不知道他是不是醉了，但是我预感会有一场舌战即将发生。当茜茜抬起头来看他时，他身子往前倾，碰到了她大腿之后，便转身又走开了。

“你他妈的怎么了？”茜茜骂道，直接从凳子上站了起来，追在他后面，猛拉了一把他的手臂。于是他也就回头了，“怎么了？”他都已经走回到原来的桌边了，他的朋友看着这一切，拍着他的背，一个劲地笑。

“噢，天啊，实在不好意思，不要这么生气嘛。”

“我当然生气了，神经病。”

“对不起，对不起。刚刚是在打赌。”

“打赌？赌什么？”

“赌你的腿。”

“然后呢？内容呢？”

“噢，天啊，有些尴尬啊，真的。”唐雷站起来说。“实在不好意思，要么我请你喝一杯，算作道歉？真的不值得解释的。”

“闭嘴!要是你不说的话，你哪儿也别想去。现在我也不知道是该笑你还是告你。”

“好嘛，好嘛，对不起。嗯，真的不是个值得告的事情，是个很好笑的事。我想，你应该觉得是在表扬你。他们说你的腿

看起来没有那么结实，我说肯定很结实，所以我们就打了个赌。”

“然后呢？”

“然后我必须去检验。”

“那你觉得检验的结果怎么样？”她问，然后还开始对着他咧嘴笑起来。

“真有那么结实。”他也回笑着回答她。“实际上，跟岩石一样结实。”

“所以，你个混蛋，你赢了些什么？”

“嗯，一瓶啤酒。”

“就他妈为了一瓶啤酒？你走过来，然后对我做了这件事，就赢了一瓶酒？”

“好吧，我说了真的不好意思。这个真的太傻了，好吧。我一直都在喝着酒，我们都是的。不好意思。我请你一杯，请你一杯。不要告我了。”

茜茜然后笑了，摇着头说，“虽然你醉了，但是你还是个混蛋。你知道自己是个什么东西吗？”然后她转身，走到了吧台。唐雷回头环顾了一遍他那些朋友们，扬了扬眉毛，露齿笑了，然后跟着茜茜走过去。瑞秋和安东尼突然就站起来，离开了。茜茜没注意到他们的离开，又坐回了她的凳子，用她的手指甲敲打着吧台，于是我走过去，把他们的酒倒空。然后大约过了一个小时，他们两个都醉得差不多了，唐雷感觉醉得已经不能正常做动作了，直接回扫了一下茜茜，说，“所以，你那条明显的伤疤是怎么弄的？”

于是乎那次对话就让我发现了她伤疤的来历。那是发生在她和她爸爸一次航海的经历中。那次他们有一个星期左右的假期，她说当她听到轰隆隆声时，她忘记自己在落帆了，重重地打到了她，于是便失去知觉了，醒来时，发现她爸爸在尽最大的努力给她包扎，然后把她放到了下面的床上，头上还绑着绷带，然后便睡下了。那晚晚些时候，她再次走到甲板上，发现完全没有可能找到救援队，直到回到岸上才送去医院，重新包扎。因为伤口裸露了很长一段时间，于是有些感染，都已经深入皮肤，不能很好地痊愈了。所以多年后，这块伤疤在她棕褐色的脸庞上看起来就像是一块亮白色的补丁。那天在巴特利酒吧，我还仔细看了那块伤疤，就感觉像是有一块勺子从她额头划过，在皮肤上留下的印记。唐雷听着，把她头发放下来，于是伤痕又被遮住了。

我告诉理查德这件事后，就一起离开图书馆了。他提议在我们去上课之前，先去湖边散散步，我礼貌地拒绝了，让他一个人先走。而我却一直围着园子走了几圈，装作若无其事地观察着瑞秋，她就和茜茜还有安东尼坐在那边的梯级上，我想是在等哈利去那里上课。当半点钟声敲响之后的一两分钟后，他们三个就站起来，开始往楼梯上走去。这时，瑞秋夹带的一堆文件中，飘落下一张纸，飘过她走过的楼梯后面，落到了草地上。她没有注意到，我试图让她停住，但是他们三个都没有听到我的喊声。我慢跑过园子，捡起那张纸，开始阅读。我拿着那张捡到的纸就在梯级下面站了一会儿，因为之前都没有见过瑞秋的字迹，看到时，还有些吃惊呢。

我不知道自己在期待些什么，感觉应该不是用褐色墨水写的，而是紫色墨水写的一些令人印象深刻的问题。而看到下面时，字迹却是有些潦草的，虽然能看得懂，但是所有的字都是用铅笔写的，有些模糊了。文字没有分段，是一篇很长的散

文，好像在回答最上面的那个问题。我只阅读了几行瑞秋写的文章，就看到一群学生从哈利那个楼梯间出来了，应该是刚刚下课，我给他们让了一下，我三步并作两步冲了过去。那便是我第一次来到这个门外，但还是晚了，便不好意思进去了。

外面的门是开着的，哈利肯定在里面，但是里面的门关上了，证明课程已经开始了。我面前的木板门上粘了一些明信片，是从报纸上剪下来的政治漫画，还有伦敦展览的海报，一些诗歌和歌曲的海报。有些模糊的黑白照片，上面写着感觉是中世纪的英语，但是也有可能是其他语言的文字，但是对我来说，都有些陌生。我就站在那儿，看着那扇门，其实心里很想进去和他们坐在一起。我想起来去哈顿那里上课时候的那个门，除了讲座安排，考试结果，或者是一些“最近院长颁布的规章制度”的复印件，他必须要通知到的，他也会粘贴在门上，其余时候都是空白一片，看到的只有木板。我正准备敲开哈利的门，然后想要打断他们，把瑞秋的文章给她，然后解释说，是我看到她不小心掉的，我就听到了瑞秋的笑声传了出来，然后大家也跟着笑了，感觉是情不自禁的。哈利还笑得比大家都大声。于是我又走下楼梯，绕到传达室，把这张纸放进了瑞秋的信箱里。

其实第二学年夏季学期快结束的时候，我是真的敲开了那扇门，走进去了的，因为哈利的召唤。那是在六月上旬，一个周五的下午傍晚时分。他还道歉说没有很多时间，然后从夹克口袋里拿出一块带着链子的金怀表，提了提眼镜，看着这块怀表，然后示意我坐在面对窗户的那张扶手椅上面。当我走过去，坐下来的时候，因为靠背太接近地面，差点让我跌倒，我几乎感觉不到能靠到哪儿去。当我感觉到的时候，都有些慌张了，因为我的脚已经完全升到了空中，就悬在了半空中。于是我把自己身体移到边缘位置，往前面挪，然后避免这种往后滑的姿势，然后我发现这个位置，太阳刚好照着我眼睛，我只能在窗户上看到哈利的剪影，完全不知道他在说些什么。

“我可以稍微关点窗帘嘛？”我问。

他移到房间另一边的阴凉地，半笑着说，“和学生在一起的时候，我不想关上，希望你不要介意。”

这时，我不能很清楚地看他了，因为他已经完全不在光线里面了。然后我们便坐下来了，太阳光透过玻璃，射在我身上，我揉了揉我的眼睛，哈利站在阴影里，朝下看着我，于是我尽可能地想了些词描述我现在的困境。当时我真的很尴尬。他什么都没说，直到我说完，他问了我，假期我和爸爸在家待在一起的时候感觉怎么样。那种情况下，我和他在一起的时候还能认真学习吗？有些羞辱人的感觉，但是那一刻，我却觉得是正面的安慰。我说，其实有些困难，有时，看着他的境况比我想象的要难过得多。他点头，然后又拿出了他的手表，提了提眼镜，看了一会儿，就走到了旁边屋。再出来时，拿着他的长外衣开始穿上，预示着我们这次谈话估计就结束了。“很感谢你来。”他说，“我们再联系。”

三天都没有接到任何信息。我都不知道到底是我父亲哪一点，让他动心了，反正那个周末的时候，我的支票授权了，我可以付款了。那学期的最后一天，我还在信箱里接到了一封在我名字后面冠上“先生”两字的信，这便是哈利一贯的方式，信里告诉我说大学已经开始考虑我假期住宿的申请了，而且还把我列入了候选人名单，我可以整个暑假免费使用我的房间。我震惊了，从未要求这么多，而且还一直因为要和爸爸在罕布

什尔待上两个月时间而恐惧，光想到他的那些酒，还有无止尽的愤怒就够了。

在给我寄了这封信不久，哈利也给瑞秋的信箱寄了一封一模一样的信。那个暑假，只有几个人待在学校了，不超过五个，于是我和瑞秋突然就熟络了起来。在假期第一天早晨，我一个人吃早饭的时候，瑞秋突然走进饭厅，坐在我身边给我打招呼，让我太惊讶了。

“你好。”她说，在我什么都没回应的情况下，她还继续笑着说，“看起来如果你这个暑假需要同伴的话，你不得不找我了。”

那天我几乎什么都没说，主要是不知道怎么接近她。第二天早上，我想她不会这样做了，可能会在另一个时间段来吃早餐，或者是坐在饭厅的另一边，装作没有看到我。但是她又来到我的身边，第三天，第四天，每天都是如此，最后我已经觉得她来是件很正常的事情了，而且还觉得早餐谈话是每天都必须发生的事情，那时的瑞秋也和我一样很享受这样的早餐时光。

我一直疑惑，不知道为什么她整个假期都不回家，要待在学校，直到那个假期结束。因为整个暑假待在一起的原因，我们的感情急速升温，让我有了机会问她，为什么她会在这，为什么没有回家和艾薇待在一起。

可惜这个机会我始终没能抓住，到最后我都还是没能问出口。到了十一月初的时候，就在秋季学期开始的时候，瑞秋就像她突然接近我一样也突然地抛弃了我。我有点莫名其妙，心里也很受伤。当我把这些事告诉理查德的时候，他就笑我，问我怎么就觉得她对我和对其他人不一样了，还说我肯定像很多其他的人一样，被“卡达尼”了。我开始自我安慰，并不是我也认同了自己和大学里其他的男生一样。事实上，自那以后，瑞秋就是真正意义上的一个人生活了，茜茜作为交换生在完成了两年的项目研究后，回了美国，尽管我早就在巴特利酒吧听说了她已经选好第三年末研究的导师。而安东尼让每个人都很惊讶——他被学校开除了，再也没有机会回来拿他的学位证了。有谣言说是因为他学院考试没有及格，还有说是因为哈利在那个夏季学期给他安排的最低任务，他没有完成，而有了不好的成绩记录。但是大家还是有些惊讶，想想他在图书馆度过的那些时光，还有大家都认为他对知识的痴迷远远不是其他人能及的。可惜最后他还是走了，瑞秋就只能自己一个人和哈利完成她的学业，她大部分时间都花在学习上，要不就是待在学校外，我们都以为她肯定是和艾薇待在切尔西了。

当然我知道情况不是这样的，艾薇已经在那个夏季学期末就断了她的账户，拒绝她回切尔西的房子，于是导致后来的数年里她们的关系开始疏远了。突然想起那个暑假我们在学校度过的日子，我想我大概明白了，正是这个月早些时候我去牛津拜访哈利的时候，他给我解开的谜团之一。他的邀请最后证明完全不是他之前给我说的那样，唯一真的就是湖上有些薄雾。邀请的目的全然不是他写的那样，要给我看那些我可能想要看的瑞秋的东西，而是要给我揭露她死亡的原因。他试图说服我，甚至在他慢慢揭露这些事实的时候，我感觉不出他有什么其他目的。我最后只待了几天，我们之间的活动比他预期的要进行得快一些。

我在牛津的时候，一起交谈了很多次，我们就坐在壁炉前，听着里面火的呼呼声，外面飘着冷风的呼啸声。他给我讲了两个故事。一个是关于他知道的为什么瑞秋和她教母艾薇会

慢慢疏远的事，顺便说到了安东尼一些丢脸的事，还有茜茜回美国的事，还说到了我和瑞秋一起度过的那个夏天，然后她又突然结束了我们的关系，之后说到了她的死和我那些悲伤的日子。第二个故事是，导致她被谋杀的那几个星期，还有我坐在图书馆梯级上等瑞秋回来的那个中秋之夜，湖边发生的一切。

因为那些故事，现在我站在我们家的阳台上，在黑暗中等待着十二月早晨的到来。这儿什么都没有留下，也没有任何一个人需要我留下了。理查德和露辛达很顺利就劝服我像他们一样重新定居在其他地方。我也不介意露辛达认为我是因为决定做她这个星期即将出生的双胞胎之一的教父而去她那儿的。她在邮件中写说她希望孩子的出生能让我觉得未来的日子还是有些意义的。其实她都是好意，我觉得也没有必要否定她的想法，也没有必要告诉她说我去那儿其实是因为想要逃离我和瑞秋一起生活的这些地方，希望到了其他的地方，那种心里想要探知的欲望会稍微减弱。

空气冷得异常刺骨，在外等待的时候，我都冷得快要忘记在牛津度过的那些寒冬的感觉，只记得以前下了很大很大的雪。空气刺得我指尖有一丝痛感，我想是不是要在外面放一个火盆呢。当我放了之后，就想起我马上就要走了，便也忘记了冷的感觉，心里想的却是明天来住我公寓的租客，也会如瑞秋第一天早晨来这里一样，认为在我旁边的那只苍鹭就是雕塑，因为实在是完全静止的啊。

九

这个月早些时候，我去了趟牛津，出了火车站我是坐出租车去到哈利那儿的。当我到伍斯特大学街门口的时候雪越下越大，都已经无法辨认门后的那些建筑物的外观了，本来还有些若隐若现，顷刻之间就感觉消失了。就在那一刻，心里突然一震，那感觉好似自己还是学生的时候，每学期开学时站在校门口的心情，我当时就站在相同的地方，心里充满了期待好像又有些害怕，我都分不清是什么感觉。

让我记忆犹新的是，当时是在我和罗比经历那次历险之后不久，九月的一个下午，我被送去学校，站在校门口第一次有的那种感觉。离开家门的早上我从花园走到屋内，发现妈妈满眼都是泪水，跪在我卧室的地板上，把我的东西都收拾进旅行箱内。当她收拾好之后，我们一起搬到了楼下，我就站在街上，看着妈妈把旅行箱放进车子后备箱，我很吃惊地看着她。然后她走到我身边说，等会儿，我们就要离开家，我也要离开她了。之后的每年，那种感觉都会如期而至，等到空气刚刚变冷的时候，等到雨水不再温暖的时候，等到马栗树叶子里出现那尖尖的球体时，那种感觉便会出现。

这种不安的情绪越来越强烈地出现在离开家的旅途中。只要一出发，我就感觉胃里开始翻腾，翻腾到我的胸口然后又落下

去。快到镇上的时候，心跳速度就急剧加快，等到我们把车子停到种满山毛榉树的大道边，准备走入学校的时候，那种心跳几乎达到了一种极限，不能忍受了。

第一次母亲把我送去学校的时候，我们就停在了我宿舍的外面。她正准备熄火的时候，一位男舍监出现在前门的梯级上，穿着一件细条纹西装，感觉不太合身。现在想起来，更觉得不合适了。他把手背在背后，下巴微微上扬，脸上一副痛苦的表情，感觉他马上就要给我说“拜托，高兴点，大男孩儿”。我记得我闭上了眼睛，放慢呼吸，准备等到完全冷静下来，再走出车门。但是当我觉得已经准备好睁开眼睛时，却发现我眼里满是泪水，刷刷地落到脸颊上，就似水龙头一样，脸上一阵热乎的感觉，已经到了完全无法控制的地步。我感觉是一个我完全不认识的人在哭，根本就不是我。

我知道，我得给我妈妈说些什么，哪怕只是简单的一句“我很好，不用担心”，这对她都是莫大的安慰。我的话刚到嘴边，她却抱住了我，紧紧地抱着我，亲吻着我的眼睛和我流下的眼泪，我听到她略带沙哑的声音说道，“我知道的，我都知道的，亲爱的，但是我们没有办法，没有办法的。”

她哭了，我感受得到她的颤抖是多么的无奈。这时那个男人已经走下楼梯，站到了我们车边，弯腰敲响了我们的车窗玻璃。突然，他就打开了车门，我吓了一跳往后缩了一下身子。看着车里的我们，他笑了，然后说了一些陈词滥调，我根本听不清楚，因为我只听到妈妈一直在我耳边说，“亲爱的，我爱你，我爱你。”我完全不能停下哭泣，直到那个男人把我拉下车，让我妈在外面等着，他要带我进宿舍。

“彼得森先生，我觉得这样会好些。”他说，妈妈也同意了他的安排，一些男孩子就开始帮我把旅行箱拿上去，离别的一幕到这里就被强行截断了。我立即就停住了哭泣，而且突然什么感觉都没有，真的是什么感觉都没有了，胃也不再翻腾，感觉自己已经不是一个独立的人，而是化作尘埃成了空气的一部分。

但等到女舍监给我说，我妈妈没有在外面等我做最后的告别而离开的时候，那种不安的情绪又涌上了心头，我想她肯定已经开车离开了。那个女舍监要我坐在那空旷的走廊长椅上平复自己的情绪，然后她也离开了。所有人都离开了，走廊上只有我一个人，我又开始毫无顾忌地哭了起来，咬着自己的手指狠狠地哭了一场。我想起都还没有问我妈妈什么时候会再来看我，完全不知道什么时候才能再见到她，心里就一阵空虚，尽管我努力告诉自己不要想她了。那种空虚感直到瑞秋死前的一个月都是一直存在的，即便有的时候她晚上抱着我，把她的手绕在我的脖子上睡觉，有的时候醒过来就把脸贴在我脸上，亲吻我的鼻子，细声对我说爱我，也不能消除我的空虚。

我从未对我妈妈说起过，每次她送我去学校，我都会有那种感觉。但是第一年过后，我就没有再哭过了，我可以微笑着向妈妈道别，然后看着她离开。我已经很好地融入了学校的氛围，都没有注意到，其实自我们从家里出发开始，她就一直在哭泣。

我到牛津开始我的学习，是在一个十一月的下午，我就和我的那个上面用黑色字母印了我姓名首字母的旅行箱一起站在了大学的校门口，那种感觉便又再次出现了。心想，要是妈妈还活着的话，会怎么样呢？我想当天晚上，我应该会打电话给她，找一个恰当的时机告诉她我每次离家就很不安的这件事，然后我们都会笑这件事，觉得真的很傻，但是每次都还是要发生。不管我长多大，每次离开家再回到这里的时候，都会有这种感觉。

我抬头看着就在我眼前的那块黑色的石头，很确定这儿肯定没有我的容身之地，我在这儿肯定是不会受欢迎的。然后再抬头看着那些大学主入口的大木质门，想着我到底要怎么打开它们呢，又或者是谁会帮我打开呢？这时，有一扇小边门朝里打开了，站在后面的那个人，为我半开了那扇门，没有办法，我只好提起旅行箱，走了进去。他们就开始帮我提行李，门卫给了我房间的钥匙，然后还在学校地图上给我指出房间的位置，给我看了有我名字的信箱，信箱里已经有一封哈利写的关于入学拍照片的信件在那儿。

但这次，当我站在雪地里的时候，我看了一眼手表，希望能赶上参加哈利的茶会。我抬头看了看，视线停留在直接通到图书馆的螺旋梯墙上的窗户。因为雪花如小云朵一般地飘落着，那窗户就如同已经脱离了那幢建筑物一般，飘离在空中。当我再走近一点仔细看的时候，那窗户已经有些若隐若现，时而出现，时而消失。我能感觉那儿似乎有个人，看起来像是在向我挥手打招呼，我转过去看是谁，但是后面的那个通道却什么都没有。当我再回头看时，窗户因为大雪已经完全模糊了，那人影也已经不在那儿了。

于是我进入了那道小门，直接走到了门卫室那里，希望能找到刚才站在螺旋梯窗户那儿的那个人。我出于礼貌介绍了一下我自己，看到他盯着我看的样子，感觉我完全没有必要这么做，他也什么都没有回应，就只是给了我一个信封和一把钥匙。我打开信封，拿出里面的纸，信里其实就是告诉我学校每天会提供早饭，并提示我学校会在晚上什么时候关门，早上什么时候开门。然后这个门卫递过一本册子和一支笔，指了指我该签名的地方。我都有些不耐烦了，问了句，有必要这么做吗？但他还是点头了，给我看了看册子的封面，上面用金色的字体印着“校友拜访册”几个大字，于是我还是写下了自己的名字，发现我是第一个要待好几天的人。我回头看了看那个门卫，发现他还在盯着我看，“可不可以帮忙给我打个电话给加德纳先生，让他知道我在这儿?”我说，“他在等我去他的茶会，我是不是可以直接去他的屋子了?”

门卫还是没有回答我，但是他向前走了几步，开始打电话了，等我在回到门卫室的时候，我听到他说，“他已经到这儿了，加德纳先生。他说他现在就过来见你。”

回忆起我那次见到哈利的第一面，就预感到哈利一定知道很多我不知道的事情，而且要告诉我整个故事的来龙去脉。可能在邀请我去牛津，寄给我勃朗宁那本小书，暗示说他那里有些我可能感兴趣的东西的时候，他就已经准备好了要告诉我的所有内容。我知道，其实当我进门脱下外套，坐在那把扶手椅上的时候，他就可以为我把整个真相都梳理清楚，替我除去那些细枝末节。但是他知道如果他那么做了的话，我可能就会立马站起来，然后直接跑到警察局告诉警察哈利告诉我的一切。这也许就是为什么他没有直入主题而是要生起火，让我一点一点地从他的话中慢慢地找到线索。我想他是希望他讲出来的效果是这样的：我呆若木鸡，无法选择，只能坐下来，听完他讲的，直到我要回家；并且当我听完所有他告诉我的之后，我能够如他一样看待整个事件，并且同意他的建议，把这一切都放在自己的心里。

那天我到他楼梯间那儿的时候，其实心里非常紧张。但当他打开门，欢迎我进去，还问我，茶里是否要加奶的时候，紧张感

瞬间就荡然无存了。他房间里总是那么的温暖，在壁炉里靠下的位置一团火在燃烧着，让我有了家的感觉。沙发后面的立式台灯发着淡淡的光，他直接拉过我的手说，“欢迎你，亚历克斯。你能来，真是太高兴了。”

这让我想起了，瑞秋以前告诉我说，在我们婚后，哈利邀请她去他的屋子的时候，也是这样边握手边递茶。那还是在某个十二月，她从伦敦回来，因为要在伍斯特读书而去他那里面试。她说那时她就是站在门外，等着被叫进去，心里有一丝紧张，因为之前的一个星期每一天都在读小说，学着复述，准备着每一个她将可能会被问到的问题的答案，整个人完全是筋疲力尽。但是等到门打开时，哈利就在那里朝她微笑，他喊了一声她的名字，然后瑞秋说，“对，我就是。”然后哈利便后退一步，请她进去。当她跨过门槛的时候，感觉自己进入了另一个世界，完全逃离了之前自己生活的世界。至于后来，据说她完全没有回答任何一个自己准备好的答案。她说，其实就是聊聊天，有她、哈利，还有另外两个导师，其中最年轻的一个盘腿坐在了炉火旁边的地板上，在用黄油给她涂煎饼。

为了公平起见，我也告诉了瑞秋我第一次面试的时候，什么有趣的事情都没有发生。如果硬是要说的话，她肯定也不会觉得有什么的。在壁炉里没有木头在燃烧着，也没有涂着黄油的煎饼，更没有什么哈利式欢迎的温暖了。想来，我都不记得哈顿是不是握了我的手。我只记得我和他之间的谈话一直都是围绕政治和历史来的。我想，他应该是想要检验我自己构造一个论点的能力，然后再确定我是不是能够承受他对这个论点的挑剔。虽然我心里清楚他的用意，但我还是被问题本身吓到了。整个面试中，哈顿其实说得很少，把大量的工作都留给了他的下属。哈顿只是坐在我的旁边，把我说的所有东西都记下来。只有一两次感觉他失去了兴趣，盯着那扇法式木门朝外看花园，我进来的时候，也瞥了一眼。但有时候，我看他的时候，发现他又继续在做着笔记，甚至当他看外面的时候，他也在纸上奋笔疾书着，还能另起行书写。

当他的同事快要结束面试的时候，他也把放在他膝盖上的文件夹收起来，我便放松下来了，面试终于结束了。这时他从椅子上站起来，走到我坐的这边来。他朝下看着我，眼神就落在我的脸上一动不动，感觉似乎有些敌意，突然说，“如果可以的话，彼得森先生，你来给下个定义，就用一个善意的谎言为题。从你的角度来回答这个吧。”

“一个什么?”问出口的同时其实我就有些后悔了，他可能立刻就对我的印象大打折扣，然后把我剔出候选者名单吧。但是他又重复了一下问题，还笑了我这不礼貌的反问，“一个善意的谎言，彼得森先生。一——个——善——意——的——谎——言。我想，你肯定是听到了的。”

我点了点头，然后他转过身去，看了看他身后的钟，我便开始回答了。我们争辩了一会儿，我才作了最后的定义。哈顿坐在他的椅子上，打开文件夹，问我，这是不是我最后的最好的答案了，然后写下了我所说的。在他写的时候，还边摇头，我想，完了，他肯定是不满意的。但最后写完，他抬起头，问我是不是可以给个例子验证我说的定义。我当时以为自己没有机会了，想都没多想就回答了一个这样的例子——关于一个妈妈告诉她儿子她和他当医生的爸爸已经不相爱了决定分居的故事。妈妈为了不让这个男孩子因为事实的残酷而过于痛苦，于是编了一个善意的谎言，告诉他说一个夏天的下午，因为爸爸和他朋友在没有好好考

虑的情况下，工作出错了，所以爸爸被开除了。爸爸很受伤，他已经有很长一段时间心不在焉了，所以他必须要住到其他地方去，直到他康复才能回来。我说完之后，哈顿从椅子上站了起来，走到落地玻璃门那儿，看着外面的花园，连头都没有回便说，“非常谢谢你，彼得森先生。我们会在十一月再见面的。请坦布尔顿小姐送你出去。今天的时间过得真快啊。”

瑞秋在我们婚后给我讲过哈利的房间，说我当时在那儿讲我爸爸的事情的时候，要是不被耀眼的太阳刺到眼睛的话，我会看到些什么。当然，在我们中秋夜一起去和他共进晚餐之前，我俩也被他邀请过去喝过东西。那时，我也看到过里面的摆设的，但是这次当我从冰冷的外面走进屋子的时候，看了看周围的东西，仍然还是很震惊。墙壁上贴满了图片或者是明信片。墙上挂着一张细长的世界地图，大片都是红色的，底下写着一行字，“我们如何逃离它呢?”墙上还有一些罗纳德·里根的卡通画挂在了哈利的一张照片旁边，照片中，哈利还非常年轻，是在一片英国乡村庄园里，和一群比格犬跪在一起。咖啡杯上印着美国总统选举的宣传语，静静地摆放在土耳其软糖罐子中间。放了一行一行字典的书架右边是一张海报，几英尺高的一个美式橄榄球运动员，正用双手带球半转身，手举得老高，都感觉离开自己的身体了。这名球员穿着一件红色的T恤衫，背部用大写字母印着“蒙大拿”几个大字，下面写着数字16。

“这个男人有许多伟大的时刻。”因为注意到我看着他，于是哈利给我解说起来。哈利站起来，自己也盯着他看了看，取下眼镜，双臂交叉在胸前。

“就好像他在球场跑一样，”他说，“就是为了有趣，他们都叫他‘外科医生’，球场上的‘医生’。我更偏向于说他在球场所做的一切更像一首诗。他总是会在比赛的最后几秒钟出现，当所有人都觉得比赛结果已成定局没有希望时，然后，就会出现一个完美的传球，完全颠覆之前的结果。他还说踢球，仅仅是为了爱。因为每次失败都是不一样的，所以我们才有今天。”他说完后，便对着我笑了，继续戴上眼镜。当他走过去，坐在沙发上的时候，我在他身后笑了，不是因为我没有什么关于这个我一无所知的球员能跟他分享的，而是因为我真的不知道该说些什么，所以只好沉默，继续四周看看。

可能最奇怪的东西要数那些红松鼠了，很多墙上看到的图片中都有它们，也有很多明信片上是它们，甚至当我把我的茶杯放在桌边时，我还看到了一只玻璃制成的喂饱了的松鼠，感觉它的眼睛正对着我坐的这个方向，盯着我。在这些东西之间，绵延的墙壁上挂满了书，一排排的书，那些不能放进书架里的，就被堆在地板上。一本一本堆着的书上面有一块黑板，上面有些我不认识的语言写的字，粉笔字有些褪色，但是写得很工整。在所有这些东西中间，还有一个录音机，在一堆书的后面，被挡了一半。当我看到它的时候，想起来以前瑞秋给我说过，哈利喜欢录制东西，录些托尔金背诵的中世纪诗歌，或者是某个人朗诵的盎格鲁—撒克逊时期的诗歌，又或者是去世多年的演员朗诵的莎士比亚的独白。

我都不确定那个下午我到底仔细听了多少他说的，因为实在是有太多东西吸引我注意了。在哈利说着什么的时候，有一张照片一直在分散我的注意力。它摆放的位置也让我不得不注意它，刚好就挂在了哈利坐的沙发的上方偏左一点，这样我每次抬头看

他的时候，就不自觉地会看到他旁边的那张黑白照。刚好就在我的视野里，我的感觉是哈利是故意让我看的。照片中一群学生簇拥在一起，哈利站在中间，他们都举着香槟杯。那个位置感觉是教务长客厅的下梯级处，从那里也可以直接通到他的玫瑰花园，对外面的学生来说，是很隐蔽的一个地方。

图片感觉拍得有些偶然，因为没有一个人感觉是准备好了一样。哈利正好站在中间位置，感觉完全也是偶然，并不是故意这样摆的。他的手臂半叠在胸前，头微微有些低着，我不能看到他脸上的表情，如果是在笑的话，我想也是一个讽刺的笑，当然也有可能是在扮鬼脸。我一直被这张图片吸引的另一个原因是:站在哈利旁边，头发微微掉落在脸上，半笑着，感觉马上就要笑开的那个女孩子就是瑞秋。因为感觉那一刻，她刚好是回头看着摄像师，所以从我这个角度，坐在哈利的扶手椅上，看过去，就感觉她正好也在看着我。

除了哈利，图片中的其他所有人都穿着礼服，有些穿着剧装，就像他们那天是去表演了一样。因为是黑白照片，所以图片中的人感觉要比他们真人都要美一些。哈利继续说着，但是我还在想着他们的着装，背景是朴素的建筑，看得出那是一个傍晚，黄昏的余晖刚好洒在他们身上，让这一切都有了一丝贵族的气息，甚至有了些特别的英式浪漫。我很想知道这是在什么情况下拍的照片呢。因为茜茜也在中间，就站在了哈利和瑞秋的另一边，一只手臂慵懒地搭在了瑞秋的肩膀上，我知道那肯定是在第三学年之前，因为之后茜茜就不在了。除了瑞秋和茜茜还有很多其他的学生，我想那肯定是一个学校活动，不仅仅是英语学院的，还是一个对他们来说很重要的活动，因为他们都穿得很正式，可能是被邀请进入教务长的玫瑰园。最开始我还在想，为什么我没有在其中呢。想了一阵，可能当时我就在他们后面的某个地方吧，因为那时他们聚在一起的时候，我总是在的。

就当我坐在那儿，使劲回想那张照片，还一边装作我在听哈利的谈话的时候，突然听到他在喊我的名字，而且还喊了两声，我才意识到他刚刚在问我问题，而我完全没有听到。脸刷地就红了，完全不能隐藏我的尴尬，便急忙道歉。

“很抱歉，因为那张照片我走神了。”我说，希望这能成为我忽略他的问题的一个很好的理由。他回头，也看了看那张照片，可能是因为照片挂在离他这么近的地方吧，他也有些惊讶。然后转过头来，看着我，就像在等着我继续说些什么一样。但是我什么也没说，之后他就开始给我讲为他们照这张相片的那个学生，她后来是怎么变成一个非常著名的摄像师的。我抿了口茶，半听着他继续说着，眼神又回到了那张照片上，突然我知道那是什么时候拍的了。

我想这肯定就是发生在第二学年末的那个中秋夜，举办大学生篮球赛的那个晚上，整个大学都变成了卡萨布兰卡，湖边挖了一个火坑，在旁边有个舞蛇者在半是黑暗，半是亮光的环境中蠕动着，还不断地将火光扔在他身上。巴特利酒吧也变成了里克的酒吧，再也不是那些淡淡的啤酒了，而是马丁尼和四海为家，只要你去到的地方，到处都是爵士乐。

大学那扇大木质门也几乎没有打开，被链子锁住了。在石板和院子的绿草地上都铺着红地毯，以前都是禁止入内的，现在男生女生们在上面举办各种活动。有人在最后提议说，要不我们在院子里放一个投影仪，在图书馆上挂一块大幕布，放一部电影，这样便能放大百倍。在那之后不久，瑞秋和哈利他们就在通往教务长客厅的梯级上，互相祝酒庆祝的时候，拍了这张照片。英格

丽·褒曼和亨弗莱·鲍嘉也来了，于是他们便出现在了这个大石建筑的前面。后来便整夜放着黑白电影，感觉那晚都不会结束。当然最后还是结束了，但已经到了黎明时分，早饭都已经拿到了湖前的那片草地上，从树的缝隙里都开始闪烁着第二天早晨的阳光了，就是那天拍了很多的照片。

“是个美好的夜晚，对吧，哈利？”我情不自禁地问。我看着他的时候，只发现他对着我皱眉头，我才意识到他刚刚在说着什么，但是被我打断了，他没有回答我的问题，于是我又问了一遍。

“你不记得那之后的几个星期，大家都是怎么谈论的了吗？那应该是举办过的最昂贵的纪念球赛了吧？”哈利仍然皱着眉头，但是目光移开了。

“我不想说起那天，亚历克斯，即使有什么的话，我也记得很少。”

感觉他这样说是有些什么特别的原因，正当我疑惑的时候，他说要是他妻子在的话，肯定毫无疑问会参加这样的活动，因为她真的很喜欢这样的活动，但这样的活动不适合一个人去。我突然想起来了，但是已经有些晚了，想起那一年篮球赛正是哈利妻子去世的那一年，我知道这个问题可能提得有些愚蠢，让他觉得有些不舒服了。

“不好意思，不好意思，哈利。”我说，“我——我的意思是，我真的没有想到。我想，”于是我又回过去看那张照片，还有些疑惑，“你不是也在那儿？”

“不需要道歉的，亚历克斯。”他摇着头说道，“已经过去很久了。”他解释说那时候是没有选择的，必须出现在教务长酒会，那也是拍照片的地方。“三权分立，你知道的，等到他的那些党派走了之后，就变得相当简单了。但是因为这场篮球赛的用资，就像你说的一样，办得非常好，是很棒的一个夜晚。”这时他停了下来，再次看了看照片，又回过头看我，问，“你也还记得一点吗?”

“是的。”我说。我还告诉他我记得的一些事情，因为我整晚和理查德一起喝酒，俩人喝得都差不多了，记得的都是一些小片段。哈利盯着我看了会儿，什么都没说，然后把手中的茶杯放回托碟上，然后拿出他的怀表，轻弹一下便打开了，从沙发上站起来。很明显，今天我们的谈话到这里结束了。

我也站了起来，然后约着什么时候到财务办公楼喝点东西。哈利给我安排着接下来几天我可能要在贵宾席上见到的人们，然后我向他追问了哈顿是否也在要见面的人中间。后来听哈利说他正在去新南威尔士州拜访他阿姨的行程中，不能来，但我一点也不失望。哈利说他很确定，不会有我认识的人在其中的，而且要是我发现了一些各式各样的访问学者和那些老年退休研究员让我觉得无聊的话，他就宁愿把我安排在里面的房间，然后给我送些吃的。

“这件事是为了我们两个，亚历克斯。我的意思是，我会给你空间，当然我也需要空间想清楚如何安排。”我权衡了一下我那空荡荡的房屋和与陌生人相处的舒服感，于是答应了，为什么不呢。然后他叫我等一下，他要去给我拿件长外套给我穿上，说着就走到了另一间屋子，他认为我肯定没有带自己的来。不过我还真的没有带，瑞秋死的那个中秋之夜，我们站在这儿，他也是问了我俩这同样的问题。他回到这间房子的时候，手里拿着一件外套，我穿得比较慢，有些被卡在那段记忆里的感觉一样。哈利以为我犹豫了，便过来帮我穿这件外套，就站在我后面，给我拿

过来第一个衣袖，然后另一个衣袖。我一只手一只手地塞进去，但是塞进第二个衣袖的时候，真的就卡在那儿了，于是他只有从袖口进去寻找我的手，有那么一刻，我们互相碰到了对方，让我还有点不自然。

经过一段挣扎，我发现让自己觉得舒服的最好方法就是从长外套中释放出我的双臂，于是便要哈利过来帮我脱下来。他还是站在了我的身后，当我们脱下这件长外套的时候，一起笑了，不舒服的感觉也随之消失了。我们互相道别，突然在外套的尴尬之后，哈利突然无意识地抓住我问："那勃朗宁呢？你发现了些什么？"

我不知道该说些什么。自他寄给我后，我就一直都打算读，但是又没有找到时间。实际上，自从那天我打开哈利的包裹，把书拿到面前，回忆起了瑞秋在死前给我读的那些诗歌，我每次看到它的时候，都不是那么想打开它。我把手臂缩回来，看着哈利皱着眉头站在那儿，突然想起，他说他是怎么得到那本小书的，然后想要告诉他正是那个周末，瑞秋带着这本书到了牛津，并不是如他在信里说的那样，是在收拾房间的时候偶然发现的，这本书是瑞秋的。

我感觉自己很想把这些事情说出来，但是又找不到好的方法，愤怒的感觉涌上心头，哈利居然认为我会有时间坐下来读这些诗歌。我不知道他明不明白瑞秋的死对我产生的影响有多大，知不知道做一件以前和瑞秋一起做过的很简单的事情，现在有多么困难。所以我并没有问他为什么他会有这本书，这才是我本来想要做的。我告诉他说因为之前的一个星期，我都在找瑞秋死亡证明的原件，但是都没有找到，所以没有时间看那本书，那个死亡证明好像在邮递过程中丢失了。他什么都没有回应。

于是我又继续说起这些小事来，意识到自己的语气变得越来越尖刻了，“向那些注册办公室或是邮局的人解释说这个东西对我来说有多重要是多么不容易啊。”我跟他说为了找到那个证明原件，不得不一个电话接着一个电话地打给那些完全不知道名字的注册员，解释说复印件是不能让保险公司给我支付人寿保险单的。哈利还是什么都没有说，从他的沉默中，我看出了他肯定是在想我为什么会想要这些钱，所以我又解释说，这不是为了我，而是为了瑞秋在她遗嘱里写的那些慈善机构，如果死后她愿意捐助的那些慈善机构。“你明白了吧。”我说，“那是我的责任，你能明白吧？你能想象吗？”

然后突然，他就把手放在了我的手臂上，说，“我明白的，亚历克斯，我真的明白。记住，我也是经历过这些悲痛的。”说到这儿，我就记起了那封在瑞秋死后他给我写的信，在信中他说起了他的妻子，在我想要为我的冲动说出这么多不好的话道歉时，他已经为我开好门了，“六点四十五了，还是应该给我更多的时间去想想。”他说。

那天晚上我到财务办公室喝东西时，发现哈利一直都在忙着安排座位，而且介绍来的宾客互相认识。在我们进入大厅之前，他都没有允许我接近他的视线，即便是后来我走过去，给他道歉说那天不该说那些话的时候，他也只是朝我点了点头。我把咖啡递过去，想要再次接近他的时候，发现他更忙了。到了那天晚上快结束的时候，我四处看了看，发现他已经不在那儿了。一个工作人员告诉我说他已经离开一阵了。在我回家的路上，我绕着院子走了几圈，想他是不是回他的房间了，我要不要过去正式地道

个歉。我站在了那条通往秘密花园的小路的旁边，朝上看到了图书馆的窗户，每个窗户都有二十英尺高，窗户里面都开着台灯，闪耀着微红的光，在夜色中摇曳。哈利就站在了中间那个窗户那儿。

我知道他肯定看不到站在黑暗中的我，所以我就那么站着，一直看着他，直到他转身离开。在他那样站着的时候，我突然发现，那里也是在瑞秋被谋杀那天他站的地方。突然，心里就涌起了一个想法，如果有人知道瑞秋那晚要从下面走过去湖边的时间，如果他们想要在她走过去的时候观察她，他们应该找哪个位置来观察会更好呢。

当我回到自己房间的时候，直接就脱了所有的衣服，实在是太累了，完全不想洗澡。我的床就像是一个坟墓，床单一层一层地垫在我的下面，床下面的基柱是由长抽屉形成的。“就像公主和豌豆一样。”我往床上爬过去，似乎听到瑞秋在我耳边细语，然后她便笑了，笑声渐渐消落下去。我爬过去，拿起了旁边桌子上勃朗宁的那本小书，为什么哈利一直坚持要我读呢。我看了两首短诗，然后又轻拂着书，直到我找到那个夏天的晚上，在伦敦的时候，瑞秋给我读的最后一首诗，我又读起了上次她读到的那个地方。读的时候，仿佛自己看到了那个在屋子里的孤独男人。听到了他听到的暴风雨，那声音足以把树吹倒，足以激起湖面。当他的爱人走进门的时候，我看到她在壁炉里生起了火，看到了她脱掉自己已经湿了的衣服坐在他的身边，整个房间的灯光在他们身边闪烁着。我感觉到了她把他的手放在她的头上，然后又靠在她的肩膀上，听到她小声地说她爱他。然后，我翻了个身，把被子盖上来，继续读起来。

我仰望着她的眼睛，
它们快乐又自豪，
我终于知道了波菲利雅崇拜我；
吃惊使我的心膨胀，
当我考虑该做什么时，
膨胀在加剧。
此刻她是我的，我的，
纯洁无瑕，美丽完好。

我想到有件事要做，
就把她全部的头发
当成一根长长的黄绳子，
在她的小脖子上绕了三次，
勒死了她。

她不疼，我知道
她一点儿痛苦都没感到。
她的眼像关住个蜜蜂的小花苞，
我小心地打开她的眼皮，
那双无瑕的蓝眼睛又笑了。
然后我解开她颈上的长头发，
在我的热吻下，她的脸上
又泛出红晕和光亮。
我把她的头撑起，像以前一样，
不过这次是我的肩膀
抬起她的头，它静靠在我肩上。

玫瑰般的笑脸是那么欢快，
因为它实现了最大的愿望，
瞬间把蔑视的一切都甩开，
代之以得到了我，它的爱!
波菲利雅猜不到，她心上人多希望
自己的话语能为她听见。
现在我们就这样同坐相依傍，
整个长夜里一点没动弹，
而上帝始终不曾发一言!

我合上书，走下床，来到窗户边。这景色如同曾经我还是个要毕业的学生时，从纳菲尔德楼屋檐看下去的景色一样享受，但这是从更旁边一点，也要更低一点的地方看过去的。我看着那棵法国梧桐，想起我们曾在十一月的一个早晨照过相的，然后我裹了裹自己的睡袍，向外面靠过去。窗外有一种爬藤植物已经长到了窗户底下，而我能看到的最远的地方就是湖了。在洁白的月色中，我看到湖边的树木，就在我盯着看那草地想着上次我从伦敦来见到飘落的皑皑白雪时，听到了猫头鹰的叫声。

十

第二天早晨，我被这冬天寒冷的空气给叫醒，我拉开窗帘，看着外面的草坪。外面新下了白雪，我想着如果我动作快点的话，说不定可以留下雪地里的第一串脚印。在大厅里一个人吃了早饭，我给自己裹了些衣服，便出门走过院子，直接去了果园。一路上遇到了一两个清洁工在打扫小路，他们在别墅前面撒些碎石，因为大雪压抑住了一切的声音，感觉这些人都在寂静地工作，像无声电影一般。我想除了他们大概我是这雪地里唯一走过的人了。

走过果园，然后我从塞恩斯伯利楼中间穿过，打开那个通向湖边的小门，沿着西北边的小路漫步。雪足有一英尺厚，哈利在信中提到的白雾，就在瞬间布满了枝头。我走过的时候，也几乎什么声音都没有，除了那偶尔飘过我耳边的寒风。我故意让自己一只脚陷入雪地里，再陷入另一只脚时不得不用力抽出前面一只，看起来相当奇怪。那些高处的树枝就像是披了一层毯子，看起来像是长了一些毛发。我聚精会神地看着这雪色，身子一倾，感觉自己脚下绊到了，原来是走进了一个脚印。

向前面看过去，发现在我之前，就有人留下了一串脚印，于是我放弃了之前自己的努力，就一个接着一个地按照那串脚印走下去。走着走着就觉得跟起来有些困难了，因为脚印间距

越来越远，感觉这个人加快了自己的速度，跨步远远比我大。我停了下来，在湖边站了一会儿。运动场就从我身后延伸过去，上面的白雪静静地完全没被破坏，直接可以看到东南边那棵树就是发现瑞秋尸体的旁边的那棵，心里想着我这是在重复谁的脚步啊。水面已经结了又硬又厚的冰，那些之前落下的枝叶有些半埋入了冰里冻住了，有一半在外面，感觉是在挣扎，就像是它们落下的时候没有谁来拯救它们，以至于完全是掉入了陷阱里。学校有几只鹅在上面玩耍着，感觉是到处觅食，不久后又积聚在一起，摇晃着身子取暖。

继续围着湖边漫步，我到了发现瑞秋尸体的地方时，突然想起，其实我们俩之前有次夏天的夜晚也来过这儿的，就是我们第二学年末在学校度过的那个长长的暑假。我们就在原先那个看台的顶部找了两个座位坐下，瑞秋要我和她一起看《暴风雨》。我其实已经在那个星期早些时候看过一遍了，可是相比之前一个人寂寞地看，我更愿意静静地和瑞秋躺在草地上什么都不说再看一遍。我什么也没有跟她抱怨，尽情地享受她在我身边的时光。大约过了一个小时，剧已经进入了一半的时候，她摇了摇我的衣袖，悄声给我说一点都没有意思，何不去做点有意义的事情呢。我记得我们蹑手蹑脚爬下看台顶部，瑞秋边模仿那些观众和演员的窃窃私语，还边给我道歉说看了一部不怎么样的戏剧打发时间。

后来她建议去网球场打网球，但是她一直大声叫着球赛的比分甚至都传到了湖的另一边，那些演员都能清晰地听到她的叫声，就像我们能听到他们的一样。最后我说，要不我们还是做些其他的吧。她说我是懦夫，不敢玩了，但是也同意不玩了。于是我们便无目的地围着花园走起来，瑞秋边走在草地上边把球拍放在前面把玩着，一直抱怨说她很无聊。正当我在犹豫要不要鼓起勇气请她去我房间过夜时，她便提议说，“我知道了，我们今天就在外面待一晚吧。”她继续说着，“简直太美了。我们必须得看日出了。”于是就这样去了格洛斯特格林，带了些吃的和几瓶酒过去，坐在运动场中间，我俩没怎么说话，就那样坐着，欣赏着夜色，看着天空。到了午夜的时候，她站起来说，她想到了一个好主意，但是我必须得先同意才给我说。我已经有些醉了，脱口而出，“好，是什么?”但是她说到了一个地方再说。我只好跟在她身后，绕过湖边，穿过草地。我还记得当时我在想，那出戏怎么就结束了，我们完全都没有注意到，而且感觉都没有听到任何掌声就结束了，而且更奇怪的是，因为那天是最后一晚的巡演，舞台、座位和灯光设施都拿走了，都没有留下一点痕迹，感觉这一切发生得悄无声息一样。

爬到草地中央的时候，我回过身，靠在那棵法国梧桐树边，站了一两分钟，有些醉意地摇了摇头，心里还在疑惑这一切是不是都是自己臆想出来的啊。突然，一阵微风吹破了寂静的湖面，我看到了湖面上的那些凋零的树叶，就安静地躺在那儿，空气如同精灵般快乐地释放着自己，伴着湖水和树叶一起舞蹈歌唱，我知道了这一切都是真的。等到我再回头时，发现瑞秋已经不见了。“瑞秋!”我大叫，“瑞秋，你在哪儿?等等我。”我开始继续往上爬，想可能她没管我，已经到我的前面去了。突然，我听到她的声音从右边的花坛那儿传过来，压低声音地喊道，“笨蛋，小声点，这就是我们要做的事啊。”

我有些不知所措，又因为醉得有些厉害了，有那么一刻，我都以为她是在故意勾引我。等我穿过树木，走到她身边的时

候，她说，“跟着我，天啊，拜托你小声点。”

她继续往前走，我知道她要做什么了。出现在她眼前的是些通到墙里面去的小梯子，建在了花坛的后面。这些梯子连接着一扇旧门，那扇旧门悬浮在半空中，直接可以通向秘密花园，就是可以从哈顿客厅看过去的那个花园。我还没来得及说我们可能会把哈顿弄醒，她就已经到了梯子的顶部，正在试着打开那扇门，但是没有成功。我扶着她的脚，不让她摔了下来。

“不要害怕，亚历克斯。”她小声说，门开了，她直接就进了花园。我也没办法，只好跟着她进去了。不一会儿，我们就都到了里面，坐在哈顿客厅右边那块小草地上。从那扇法式门里没有看到灯光，我想哈顿应该是在上面睡着了。又看了看卧室的窗户，看到窗帘是关着的，窗户也是关着的，最后才放松下来，笑自己这荒唐的行径。

此时此刻，站在这清晨的雪中，这些过去的情景像放电影一样在我眼前飘过，我竟然想再走一遍那些路。我看了看那些草地，发现自己已经又是一个人了，那个人留下的脚印已经看不到了。哈利给我说了哈顿现在在澳大利亚过圣诞假期，所以我又一次地走进了那个花坛，然后去到了那面墙那儿。

那个夏夜，瑞秋爬上梯子时，就没有什么东西可以扶，这时，下着这么大的雪，我想要爬上去就更难了。但是没想到，因为这软绵绵的雪，我走上去的时候反而感觉还更容易些了。我一步一步小心地爬到了顶部，踮着脚，透过那扇门看进去。我仿佛看到了瑞秋，感觉那晚我俩做过的事情历历在目。眼前的场景是那样的相似，除了这次是在雪地里，所以我的动作比上次有些慢了，我的声音也觉得有些许低沉。

就在这样看着的时候，我的眼睛有些模糊了，头有些昏沉，不知道自己是不是产生了幻觉。我想吃早饭应该吃慢点的，或是吃多点的，现在在冷天里待了这么久时间，是不是应该要回屋去了。但我就呆在那儿，看着眼前的瑞秋感觉我俩越来越清晰了。我们穿着夏天的睡衣，只是那晚我们坐着的草地已经是一条白色的路了，那些大树枝也因为雪的原因，压弯了腰。有那么一两枝承受不住，都落到了瑞秋的头上，她笑了起来，弹了弹头发，问我，“亚历克斯，这些是什么啊？这些植物叫什么？你肯定知道这些。我完全不了解这些植物，告诉我嘛，现在就告诉我，不然我再也不跟你讲话了。”现在又如同当时一样，顿时觉得有些傻，因为我明明是能够回答她的问题的。

我看到自己从草地上站了起来，还有些重心不稳，把她也拉了一把。然后带着她把植物叶子上面的雪扫下来，很高兴地发现很多都是我妈妈在罗比那次事故之后，每年都要种的植物。那时候，我爸爸已经离开了我们，我也被送到学校去了。因为是一样的，所以我就能像我妈妈以前告诉我的一样，告诉瑞秋这些植物的名字和习性。以前每次我暑假回来的第一个晚上，在我们收拾好带回来的行李后，吃完晚饭，准备好睡觉的时候，妈妈就会给我穿上睡袍，打开那些玻璃落地门，让我进入到那微弱的光线里。她握着我的手，带我走一圈又一圈，告诉我所有那些植物的名字，还要听我跟着她说出它们的名字，妈妈还会告诉我我不在的时候它们是怎么生长的。有洁白的毛地杨梅、荷包牡丹、六角星花、野芝麻，如果野草莓长好了的话，她还会给我摘些，塞进我的嘴巴里，香甜的汁液溢出流到下巴，妈妈还帮我吻掉它。还有一些山羊豆、竹桃和一些晚上才有香味的树、紫罗兰花、万寿菊，我逛完这一圈发现已经置身于植物园了。然后往右走到中间，我们一起并排跪在地上，

她拿起一捆薰衣草，在自己手里搓来搓去，然后直接伸到我鼻子处，我深吸一口气，就知道自己到家了，那香味是家的味道，让我非常有安全感。

我发现哈顿花园里面的那些植物时说，希望瑞秋像妈妈一样给我展示这些花花草草时，瑞秋笑了。但是她还是照做了，跪在我旁边，我想轻抚她的脸庞，她深吸了一口气，我手掌心传来的她皮肤柔软的触感，那独属于她的香味掩盖了其他花的香味扑面而来。那一刻，我比其他任何时候都想要拥有她。但是她把我的手挣脱开了，说我伤到她了，她直接站了起来，走到了阴暗处。我们又围着花园走了一圈，然后再次回到了墙壁那，看着湖边那棵法国梧桐，她说话的语气就变了，感觉刚刚的事情没有发生一样。

“多美的景色啊。”她说，“这房子的魅力就在这独特的视野了。哦，对了，我想他会不会今晚也看了那出戏的？你觉得呢？亚历克斯？你老师哈顿他喜欢莎士比亚吗？还是说他就是一个无聊的老律师？”

我踮着脚尖往里面望去，心里的失落感同上次来这里的心情一样，只会比那更强烈。我感觉自己有些不舒服，为了不让自己滑倒，双手握着铁扶手。帽子压得太低了，双眼视线被限制在脚下这一块，而没感受到再次落下的白雪。我想是不是待在外面太长时间了，是不是该回屋了。但是这时，我想起了那晚后来发生的事情，于是又留了下来，想要再次经历一遍当时的惊讶情绪。

因为踮着脚的缘故，我的小腿有些发麻，前面的白雪感觉都融化了，花园一片生机盎然，不是十二月，而是六月里，我看见自己躺在草地上，而不是雪地里。瑞秋从墙壁那走回来了，然后就躺在我的身边，说，“让我们来玩个游戏吧。”虽是夜晚，但还是非常亮堂的，偶尔有些云朵飘过。她说我们必须轮流说出这些云像什么。

“首先，”我说，“我看到了一只鲨鱼，然后有一只巨大的船，隐隐约约地越来越大，最后消失了。”

瑞秋说，“那不是一只船的形状，是飞机的尾巴，然后是白鲸在海里转身，喷雾就在上面飞旋，便消失了。”

“看，那是一只新生的羊羔偷偷流过，被一群蝴蝶追赶着。”

瑞秋又突然说，“不是一群蝴蝶，是一群羚羊停在了那儿，”还问我看不看得到。“看，就是那儿!”

之后我们有些不想玩这个游戏了。瑞秋转过身去，侧身躺着，于是我也侧过去，手臂放在她身上，从她身后抱着她。感觉她对我的动作没有抗拒，于是我把手慢慢往上移，放到了她头发下面，感受着那里的温度，我很惊讶，那时她居然允许我这样做。

“你的头真的太小了。”我说，我的脸几乎都要贴到了她的后脖子那儿，“真的很小。”我发现自己无法很好地掌控好语气，感觉并不像是说出来的，而是用的气息。

“不像你的。”她回答说，手直接放到了后面来摸我的头，在头发上摸了两下，就停在那儿了，说：“你的就像是狮子一样。”手又开始移动，她用手指抚摸着我的脸，差一点点挨到。这太有诱惑力了，我真的忍不住了，直接握住了她的手。她突然就转向我，我们开始亲吻起来，我的心在怦怦直跳，真的是怦怦的，有些像是在警告我一样地跳，然后我拉了一把直接把她圈入我的怀里，更用力地吻了下去，恨不得把她揉进我的身体里。隔了会儿，我们的吻在热浪中慢慢停息。之后什么都没

有发生，真的什么都没有，除了我的嘟囔声，没有任何声音。

我就像个局外人那样窥视着我俩，还故意伸长脖子想要去听清楚我到底在嘟囔些什么。突然我感觉在我前后有一声尖叫，雪又出现在了视线里，而躺在地上的我俩也受了惊似的弹起来。我不再躺在那儿了，牵着瑞秋跑到花园外面，伏在这铁门上时不时朝里看看。我就这样看着那两个身体在雪中消失，那声音还继续着。好像两个叫声同时喊着。

第一个声音是突然那扇门打开了，哈顿站在那里，握着板球拍样子的东西，赶我们出去，喊我们立马出去。“你以为你们在干什么啊，不知道这是侵入别人的家吗？我知道你是谁，彼得森。明天早上第一节课，我就要见到你，出去，赶紧出去，带上她一起。”然后我看到我们俩一下就跳起来了，跑出来。哈顿也消失在了他客厅里，关上了法式门，但还是继续叫喊着。

第二个声音是我发现我下面有个男人走过来，从我这个角度看上去，他还挺高的。他朝我大喊，要我下来，告诉我说，那梯子不安全，最好是下来，不应该站在上面去的。然后我看着他，在想他是谁呢，很想看清楚他，但是因为他全身包裹得严严实实，实在是看不清楚他的样子。我从梯子上滑了下来，因为下落得有点快，他想接住我，结果我俩双双落到了雪地里。一阵眩晕，我知道我不能动了，于是我停止挣扎，就躺在那男人的臂膀里。

我还在想那个吻，我都无法确定，到底是谁开始的，是瑞秋还是我？本来我们就那样躺着，怎么就突然就开始了呢，记忆里的吻很软很温柔。我们不时还吻着对方的脖子而非嘴唇，我们互相抱着在草地上转来转去，突然又静下来了，不再互相吻着对方，只是抱着。

这时感觉有人在摇我，轻轻地拍打着我的脸，我从地上被拉了起来，那人还递过来了一塑料杯热茶。喝完之后，那个门卫把杯子倒盖上了他的那个携带壶上，他如平常早上一样地做巡视工作。我朝上看，注意到那面墙中间开始有些鼓起了，还用一些又大又粗的铁棍把鼓起的部分绑上了，还注意到梯子有些地方已经损坏了。很明显，我去爬那个梯子实在是一个很危险的举动。

想到要去洗个澡，再换身干的衣服，甚至有些后悔没有越过去到花园里看一看。等我到了房间的时候，才发现钥匙丢了。我把口袋翻了几遍，但都没找到钥匙，便走到门卫室去找门卫要把备用的。

“先生，如果没什么关系的话，我们还是想要先找到那把原先的钥匙，明早打扫房间的人要用备用钥匙去房间打扫。你知道打一把新的钥匙要花钱的，我们可以再去你摔跤的那地方找找。我可以帮帮你，刚好现在有点时间。”

其实我稍微有些生气，怎么不先让我用一下钥匙回房间换掉湿了的衣服啊。正准备提出建议的时候，我发现他刚从之前骂我的情绪中冷静下来，还是算了。于是跟着他的脚步到了院子，然后又走了一遍瑞秋被谋杀那晚我跑去湖边发现她尸体的路线。当我们到了草坪的时候，我感觉到门卫已经加快了自己的步伐，看到他留在雪地里的脚印，我想早上我故意跟随的那个脚印肯定就是他。到了我摔跤的那个地方之后，我们在树之间都还挖了一遍，但跟我想的一样，根本就找不到钥匙。

他退到花坛那里，看着脚边的雪，“钥匙掉到雪地里的话，肯定是没有什么声音的，对吧？”看到我皱起眉头，他还继续自顾自地解释说，“当它从你口袋中掉下来的时候，没有人会听到

那声音的，对吧？所以当雪融化的时候，肯定可以找到的。”

这时候，他开始跟我闲聊起来，开始说起他这些年在草坪上发现的那些东西，有人们无意间掉的，遗忘留下来的，还有一些你完全想不到居然会被弄丢的东西。于是我也开始询问他的工作，那天早上他是不是绕着湖走了一圈，他说是的，然后我又问是不是每天早上都要重复相同的工作？

“不仅是早上还有每天晚上，先生，注意找东西哟。”他还给我说，他的爸爸也是做他这个事情的，他刚开始做这个工作的很长一段时间，父亲还和他一起巡视。他说他多少还是了解一些这个学校的。当他还很小，在杰里科圣巴拿马学校读书的时候，就被允许进入这里使用运动场。

他永远都忘不了第一次到这里的时候，他说，“就像是进入了另一个世界，我们的纳尼亚王国。当我们都站在门外，手里都拿着足球鞋，然后门开了，我们跑进去，感觉那里的东西都是我从未见过的。真的是个很大的地方，那才是真正的运动场。”他继续到，“我记得那个门一开，我们就全部涌进来了，看到的只有绿色的运动场地，从我们眼前延伸到远方。”

听到这里，其实我有些困惑，脱口而出说“不是这样”，并且暗示他一进门看到的应该是院子啊，肯定不是如他描述的那样。但说出口后，又立马对自己假装很懂有些不好意思，解释说，自己有些职业病了。他也只是点点头，继续说，感觉完全已经忘记了我还在那儿，沉浸在了自己的童年世界里。他后来解释说他们其实是从一个后门进来的，就在那个杰里科街圣巴拿马学校那儿。

我疑惑道，“我还不知道可以从那儿进出呢？”

他说，“自从重新规划了路，底下的那扇旧门就已经被忘记了，现在已经很多年都没有人走那条路了。我自己都有些不记得了，但是它还是在那儿的，只是已经不再使用了而已。而且周围杂草丛生，已经完全看不到门的样子的，如果没人告诉你的话，你是绝对不会知道那里还有一扇门的。不然的话，那就是你早就知道了，但这样的人不是很多，除了我，就只剩下几个老一点的导师了。”他继续说着，然后看着我，让我都有些不舒服了，“还有你，”他说，“现在我已经告诉你了。”

然后我都不知道该说些什么了，谢谢他的帮助，又为钥匙的事情道歉。问他能不能先去门卫室找一把备用钥匙先用着，之后我就直接回房间先换了衣服。

十一

那天下午，我来到哈利的屋子，他打开门的时候，我发现他手里捧着一只有点复古的怀表，手指还来回无意识地擦拭着表面，我意识到自己有些迟到了。他“啪”的一声盖上了怀表，“你很忙吗？”从他脸上，我完全无法辨别出他到底是生气了，还是真的只是单纯在问这个问题。于是我就给他解释了，我绕着湖走的事情，还有那层薄霜，还有外面的深雪，说到我去爬到哈顿花园梯子的时候，突然就停了，觉得还是不要告诉他这件不太好的事情了。

然后他便开始给我倒茶，告诉我说上一次湖面结冰到这么厚已经是二十年前的事情了，那时候他刚来学校开始他的工作。“让我想起了好像上个星期有个什么告别式的东西，”他说，“感觉是在告诉我，是时候走了。”

之后他说到了他正在办理退休的事情，还说会想念这里所有的学生。“每个新学年开始的时候，一个个完全不知道自己将来会怎么样的人来到学校。当然我只见他们一面，就是入学面试那一次。但是就这一次，他们其中有些人会随之改变。有的时候，我对那些来我办公室的人都有些小惊讶的。我肯定会想念他们那些侃侃而谈，还有他们陪伴我的日子。”

我记得以前问瑞秋她的诗歌课是怎么上的时候，她说没什么感觉是在学习英语语言，就是大家坐在那儿，一起讨论那些书本，还有那些故事，说说告诉了读者什么就可以了。我问哈利退休之后怎么过日子的时候，他只是开开玩笑说，要拿一个网兜儿，到日杂货的超市里去买一些大豆或者是一块面包。他还要继续去伦敦看一些展览，到杜鲁门(译者注:伦敦卖男士用品的零售商店)看看他人以完成一些他应该继续的研究。要养成享受牛排和白兰地的习惯，偶尔还和那些在O & C俱乐部遇见的人一起吃饭，增添些乐趣，在那里找到的人，他们在智力上的敏锐完全能弥补个性上的缺失。他笑着说，他会成为一个花花公子的。

“所以你明白了，”他继续说，“我退休之后也不会没事做的，亚历克斯，我不是很担心退休后的生活。”然后他没有开玩笑了，很认真地说，真正让他苦恼的是他不得不面对一个事实，那就是他不再被需要了，他的建议将不再有用，而且人们也不会寻求他的建议了。他说，现在就已经有这样的征兆了，尽管他还有半年的时间才退休。在组织管理会议上，他已经感受到了，他的劝服力已经远不如以前有力了，他感觉到已经没有什么理由留下来了。

“接替我的人已经任命一年了，他好像要更频繁地来这儿了，给自己任职做些前期准备。”他说，“死后葬礼上的人都还有些余热呢!”然后他笑了，看着那靠墙的一排排的书，说很快就会知道有很多实际的事情让他郁闷了，他会在退休人员的房子里被安排一个桌子，那里很少用，可以放些东西，所以等到那一天，他还是感觉没有被驱逐的。“其实感觉自己要走了，还是挺震惊的。”

之前我一直都没什么回应，直到这时，我突然想起在我休

假的最后一天，我秘书给我订了个包厢。我还清楚地记得当晚离开时，看到保安的脸，自己心里的尴尬表情。然后我意识到哈利又开始讲了，好像他的话题已经转到了我的同学上面，给我说他还和谁在联系着。那一刻，我脑子里想的都是我离开伦敦前在家里找到的那张罚款单上安东尼坐在瑞秋车里的照片。

“瑞秋死后，我从来没有收到过安东尼的信，也没有收到过茜茜的。”哈利问我我还在和我的同学里面谁联系的时候，我说。“虽然不应该感觉有什么惊讶的，但是我还是有些惊讶。我的意思是，他们都没有来瑞秋的葬礼，这是一个事情。至少我认为他们是没有来的，虽然我看到了一个长得有点像安东尼的人。他走进来，但是开始不久，就站到了后面，后来就看不到人了，一定是直接就走了。但是不可能吧，一定不可能。他至少要过来跟我说点什么吧，你觉得呢？”

然后我发现哈利什么都没有说。于是停了下来，期待他的回答，但他只是耸耸肩，什么都没有说。我不知道他这个姿势是什么意思，但是让我感觉我像是在跟自己说话，但我还是继续说下去了，说我都没有收到他们两个一封信，这个难道不觉得奇怪吗？

结果我又遭遇了一阵沉默，让我有些不舒服了，于是我停了下来，问哈利是不是在听。“他们三个以前走得那么近，是吧，哈利？”我问他，“你教他们的时候一定也知道？”就在那时，他终于说话了，但是每个字之间都有些停顿，感觉是在推敲说出的每个字。

“我想，在许多的学生关系中，那种亲近都是短暂的，不管他们是什么样的人。但是，对他们的这种情况，最后没有联系沟通，我也有些吃惊。但是另一方面，”他把眼镜从脸上拿了下来，看着膝盖，然后从口袋里拿出个盒子，拿出布开始慢慢擦拭眼镜，“随着时间的推移，人们总是会疏远的，你没有发现嘛?”

然后我告诉他说瑞秋在那个六月的时候给我说的，说他们在第二学年后就没有再联系了。我说，“对，人们是会随着时间的推移变得疏远。但是瑞秋给我说到这些的时候，我还是觉得她有些痛苦，那我就不明白是为什么了。如果有什么原因的话，那到底是为什么呢？她从来没有说过。”我告诉哈利，“但是我一直都很奇怪，他们怎么就突然那样分开了。”

哈利直接打断了我，说：“亚历克斯，你肯定是回到了这里，让你想起了这些。这周围的一切很容易就把我们带入回忆里，不是吗?”他又问我理查德的事，说他理解过去的几个月，都是他在帮着我，已然是我的好朋友了。我说，他们搬到纽约去了，而且露辛达也怀了双胞胎，他们走了之后，我一直都很想他们。

然后哈利又换了话题，我们开始说起了艾薇。他问我从她搬到东京之后，有没有收到过她的信，我是不是知道她和日本政府协商的那个祖传的物品修复已经有了一些进展了。我说我没有收到任何关于她的消息，而且她也告诉我说不要在短期内期待她的来信，只有等到她安定下来，在博物馆也固定下来后才有可能会联系我。

“但她是瑞秋的教母啊!”哈利说，语气里感觉有股杀气似的，“而且瑞秋也没有其他家人了。”

“她一直说自己特别忙，”这大概是我所能想到的解释了，因为还是有些不情愿说出我和艾薇的真实关系是怎么样的。“我想不久后，我们应该就会联系的。”我自己继续说着，并没有告

诉哈利说我们其实一直都不怎么好，她在日本重新定居对我们两个也没有什么很大的影响，我也已经发邮件问她最近怎么样，但是她的回复就是没有回复，而且也没有回过我任何一个电话。

突然，感觉哈利没有问题要说了，我开始疑惑他到底什么时候给我他说的那些瑞秋的东西呢。我其实还有些期待他再次提起关于勃朗宁的问题，但是他没有。也许他想起那次我那样回答他关于勃朗宁的问题，他决定不再问了。除了这点，感觉又没有其他可说的了，而且茶都喝得有点多了，所以当哈利站起身，说我们晚点再见时，我也没什么觉得奇怪的。

我也站了起来，拍了拍衣服口袋，确定备用钥匙没有丢。“今天早上，我弄丢了钥匙。”我说。为了填充我们之间的沉默气氛，我只好又解释今天钥匙掉到雪里，而且消失得无踪无影的事情，还有门卫硬要帮我去找一遍才肯给我备用钥匙的经过。而且我还给哈利说了我和门卫后来的谈话，门卫告诉我说他爸爸以前也是做这个工作的，当门卫还在圣巴拿马的时候，进学校门第一眼看到运动场的时候，还想象自己进入了纳尼亚王国。结果哈利也如我一样，反问了这件事，说门卫看到的第一眼景色应该是院子，而不是运动场啊。他一定是记忆出了问题。我还开始解释，但是他却打断我说，“那时候他还很年轻。”又一次看着他的怀表说，“亚历克斯，童年是不一样的，每一个人童年的真实情况都不会是我们心里认为的那个记忆。”我又给哈利说了我问了门卫之后，门卫给我的解释。我描述说，自从重新规划了路后，那扇旧门已经被忘记多年了，而且也杂草丛生，没有使用，完全被遮盖住了。

哈利放下了放在门把上准备开门的手，他走回到扶手椅边坐下，深深地叹了口气，感觉那股气是从胃的深处出来的一样。他双手合十，感觉在祷告一样，然后把手抬到下巴下面，感觉下巴在指尖休息一般，闭上了双眼。“哈利。”我说，但是感觉他没有听到一样。“哈利。”我又喊了一声，问他怎么了。他说：“所以，这就是如何做到的。”声音极小，我几乎都听不到。

然后他又默不作声了，至少就这样持续了一两分钟，才睁开眼说，不是看着我而是看着地板。“我不是很确定。”他从椅子上站起来，走到窗边，看着院子的另一边，直接可以看到哈顿的花园，还有那上面的树，然后转身说，“六点四十五分，亚历克斯。记得准时到。”我便出去了，等到身后的门一关上，我感觉自己听到了他自言自语道，“我竟然忘记了。”

十二

在老财务办公室举行的下午茶与之前在哈利家那晚一样，我几乎没什么机会说话，而且哈利也忙于他的事情。当我们到了大厅的时候，我发现他已经安排好了座位，我坐到他的下方位置，所以我还可以给他往后面递递咖啡，这样持续了一段时间。他告诉我第二天他要去伦敦，临时派去的，建议我可以考虑去鲍勃尔山，或者是去怀特姆树林，那里的雪景可能很不错。而且他说在阿什莫尔博物馆还有艾薇的印笼(译者注:日本装小物件的传统小盒子)收藏可以去看。他说不知道自己能不能准时赶回来吃晚饭，但是也应该不影响我去会堂，会照顾好我的。

第二天早上我起得很早，准备去走走哈利推荐我的路线。于是早饭之后，我就直接去了门卫室，想要去找门卫要一张地图。门卫回答说，当然可以。但就在他起身去拿放在身后的地图的时候，电话响了。于是在他接电话的时候，我便观察起信箱来，它们整齐地排在墙壁那儿。让人感到惊讶的是，它们从我第一天来到学校，看到我的名字在上面到今天，它几乎没有一点变化。感觉门卫的这个电话还会说上一段时间，于是我开始翻阅起我面前桌子上的那些书，最后我发现了那本上面写着“老校友拜访录”的登记册，我来的那天，也签了的那本。翻来看看我来了之后，还有没有人来过了。没有一个人来过，于是我又倒回去看了一个星期，看那些名单。有个来自尼泊尔的人，看他入学考试的时间可以推算出现在大概是八十几岁了，而另一个名字，是个德国名字，就这两个了。看完这些，门卫还在打电话，我便继续往前翻，直到我看到2007年6月21日——瑞秋被杀的那一晚。好像一切都是天意，那一页借由上帝之手就这样被我翻开了，我看到在每个人名字的左边还用铅笔画上了叉。看到了我和瑞秋的名字，差不多是在那一列的下半部分。当我看到瑞秋当时写的到访记录:“亚历克斯·彼得森夫妇，伦敦，N1，1992。”胃里如火山爆发前开始沸腾翻滚。

其实瑞秋很少使用我的名字，但是她这样做了，可能就是开个玩笑吧，称她自己为“亚历克斯·彼得森夫人”。我记得那天写的时候，她自己都笑了，我们牵手一起走出门卫室，到哈利的房子里。我继续看名单上面其他人的名字，看到了那天后来我没有坐她旁边的那个美国女人，她的家乡就写了美国纽约。还有一些其他人的名字，其他的国家，当我看着的时候，就觉得那晚我见到的那些人又开始慢慢地在我脑海里有了模糊的影子。然后我看到了一个在地址一栏什么都没有写的名字，也没有参加入学考试的年份。我注意到这个名字是用铅笔写的，而且旁边还有两个叉。又重新仔细看了一遍，“Mr B. Volio， Esq”。我便一直疑惑，谁要取这样一个名字啊。就在这时，门卫已经手持地图，告诉我说去怀特姆小树林要坐几路公交车。我合上册子，拿起地图，说声“谢谢”后，戴上手套就出发了。

那天，我先去了鲍勃尔山，哈利的建议还是很不错的，山上的景色着实很美。从上面转身就可以将整个城市尽收眼底，有一种意想不到的感觉。然后我又去了库姆纳村和怀特姆。那

些树木跟哈利说的一样，非常神奇，也非常安详，整个树林里就我一个人独自享受着这份难得的宁静。

走了差不多半个小时，我深陷到那份沉寂中，心里想着的都是哈利怎么就突然跑去伦敦了。当我这样想的时候，就想起了我第一天刚到时心里流过的那丝暖流。因为一进门，我的紧张感几乎是瞬间就消失了，不仅归功于他房间里面的暖气，也是因为他那最简单热情的方式，比如说他给我倒茶的方式。但到了那次会面快结束的时候，当我们尴尬地说起勃朗宁的时候，感觉本来和谐的气氛被打破了，而且他也说起了以前的痛苦。我想，这尴尬气氛都延续到了我们的第二次谈话，这大概就是我到现在为止都会感到不舒服的原因吧。

突然，我又想起了那张我离开伦敦时找到的违章罚款单，为什么瑞秋要对我撒谎说没有和安东尼联系呢？为什么艾薇上他们的车呢？我都僵在了那儿，比起那些，我更清楚的是:我已经有些不明白哈利了，他邀请我来的原因已经渐渐不明了了，很明显他不是很急着告诉我他拥有的瑞秋的东西，那些他说他要给我的东西。

心里一直都在想之前的谈话，我感觉自己是被一些毫无意义的交流引导着。我开始怀疑他这次邀请我来，完全是因为他自己，因为他最近有些孤独，因为他想用某种方式哀悼瑞秋的死，就像在瑞秋死后，他给我寄明信片一样，仅仅是因为瑞秋再也收不到了而已。但还有比这更奇怪的事情，他为什么这么在意瑞秋的事情呢。我边走边想，他为什么关心我和艾薇的关系，突然觉得自己当时应该反问他几个问题的:他是怎么知道艾薇搬去东京了，知道她在那儿工作的，为什么要建议我去看她的印笼收藏呢？我一直问哈利关于安东尼的消息，而他又完全不理我的态度，再加上因为羞于提起我和艾薇关系一直不好的原因，我觉得整个谈话弥漫着不安和尴尬的气氛。而且在最后，他问我有没有阅读勃朗宁诗集的时候，我又没能问出他是怎么得到这本书的，反而一直都在解释自己没有读的原因，我想我错过了很多弄清事实的机会。

对于那些错过的让人懊恼的机会我有些无可奈何，寂静的树林里没有人能感受我的感受。抬头看看树林，全是树枝形成的遮篷的感觉，只听得到我的靴子压得雪地“吱吱”地响，心里却还在想着说起那个在运动场底下的老门，为什么他会反应那么奇怪呢？突然我被绊了一下，一个趔趄右肩着地。我站起来，拍了拍身子，回头看摔倒的地方，发现原来是一只林鸽的尸体躺在了路中间，已经死了，流了一摊血在雪地里。

我以前也见过鸟落到雪地里的场景。那时候，我还是个小孩子。在我住校读书以后的第一个圣诞节假期前几天，吃过中饭之后，我和妈妈一起装扮了圣诞树，然后就去厨房做烤饼，准备下午茶。我们把东西放进烤箱，设定好时间，那股香味就已经弥漫了整间房屋。我站在一张椅子上，椅子放在了妈妈的旁边，这样我就能够着洗碗池了，我俩并排站着在洗碗，然后她把地上我撒落的面粉扫起来。妈妈脱下围裙之后就告诉我说，她要去打个电话，而且我不能听这个电话。我还问了为什么，但是她双手捧住我的脸说，“我要和爸爸说话，是大人之间的事情，就这样。”她吻了我之后我便跑开了，穿上靴子戴上围巾，跑到了外面的草地上，还希望出去能碰到罗比在看雪。我跑到房子后面开始滚雪球，然后扔到墙上。玩着玩着就觉得有些无聊了，而且还有点冷。突然没有任何征兆的，有只鸟就从我的头上猛地掉落下来，直接飞向房子的墙壁。看到这一切，

我惊呆了，那只鸟撞上墙壁之后便重重地摔在了地上。看过去，正好看到了客厅的窗户，看到妈妈还坐在扶手椅那儿，拿着电话在和爸爸说着什么。

妈妈早就已经告诉过我说爸爸不会回来过圣诞节，圣诞节就只有我们两个，所以我想他们可能是在讨论要妈妈给我买什么礼物吧。再看到鸟儿落下的地方，那时我真的很想冲进屋子里，然后告诉她这一切，还想着怎么给她描述这只鸟出现时飞的速度有多快，感觉不知道从哪里来的，像是有人就站在我身后，然后直接拿着它砸向墙壁上。我还想问她，为什么鸟儿要这样做呢。但是我知道她肯定不会理我的，特别是她还在和爸爸说电话的时候。于是我便走过去跪下来，看着地上的鸟儿。它还在轻微地哆嗦，都算不上颤抖，血不断地从它脖子流出来，在雪地里融化出一个小洞，积了一小摊血，全是红色的。

突然我就哭了，站起来就往屋里跑，跑到妈妈那儿，她放下电话就开始骂我。因为吓呆了，我马上就没哭了。我听到她说，已经告诉我了不要偷听，就知道这事会让她这样担心，难道不可以等等吗？难道她不知道这决定有多么难做吗？然后她让我马上回自己房间，吃晚饭之前都不要下楼来。于是我便转身跑到楼上去了，爬上我的床，我闭上眼睛，居然想到的是烤饼还在烤箱里，妈妈是不是已经忘记了，如果她现在趁热的时候给我吃了一块，还问我是要加果酱还是蜂蜜的话，该有多好啊。我抱着自己的双臂，又开始哭起来了，想着外面雪地里的那只鸟，要是我把它拿到屋子里来，妈妈可能就知道我真的没有听她的谈话，然后我们还可以给鸟洗一下为它包扎，然后放到温暖的屋子里，说不定它还能活过来呢。

那个下午，我站在怀特姆小树林的时候，看着那只躺在路中间的林鸽，我用脚尖踢了踢它，已经完全冻在地面上了。我又踢了一下，这次用了更大的力，瞬间就把它踢飞在空中，然后掉到了远一点的树中间去了。我觉得自己好像有些残忍，即便它已经死了，想到这我心里有些难受，想要快点走出这片树林。

当我回来的时候，就直接去了阿什莫尔。对比那些堆满人买圣诞卡片的商铺，像博物馆这样的地方真的很冷清。艾薇的印笼就在二楼的一个玻璃展台里一字摆开。每一个黑缎包裹的小盒子都挂着一根线或者是一个短绳子，可能是为了方便挂在和服腰带上。金色的、红色的，或者是金红的，还有黑色的，每一个都是不一样的形状，有些像动物，可能是一只乌龟，又可能是一只小兔子，都非常精致，没有大过一个烟盒的或是糖果盒的。我看到展览卡片上写着，这些收藏是一个系列的，原先的拥有者是英王爱德华时代的一对夫妇，在日本度蜜月的时候，一个一个买回去的，作为纪念品带回了英国。

瑞秋在我们第二学年的那个暑假给我讲过艾薇的工作。那天晚上，我们在湖边散步的时候，想着要找个话题，让瑞秋能一直说下去，于是我便问她她的教母是不是个意大利的艺术品经销商，或者是个销售意大利艺术品的经销商。

她笑了，说，“她是英国人，亚历克斯。而且那些东西都是日本的，不是意大利的，准确地说，她是个艺术品监护人，不是经销商。你知道的，这还是有区别的，她做的事情完全跟商业无关，基本上都还挺学术的。如果你真的很想知道，她在伦敦和牛津都分别有收藏品。不过你是怎么知道这些的?”

我说听到的很多关于瑞秋的还有艾薇的事情都是通过唐雷，还有一部分是理查德说的。

她止住了笑，很严肃地说我不应该听唐雷说的关于任何人的事情，再也不要了，特别是关于她的。我意识到，刚刚自己提起了一个完全不合时宜的话题，为了让她能够继续聊下去，我又问了另外一个问题，什么叫艺术品监护人啊，是不是意思就是艾薇来照看这些东西呢。

"不能说是照顾吧，不能这样说。"瑞秋回答说，"那不是艾薇的事情，比起照顾那些东西，更像是保存那些东西的完整。让它们如它们本身一样就可以了。把它们包起来，然后藏起来，确保以后都不会有什么变化就可以了。"

"给我说说日本艺术吧。"我很高兴地问，感觉自己像是有点挽回了刚刚不合时宜的错误。

"那都还不算是艺术呢，艾薇的那些东西。"瑞秋说，"我的意思是，那不是油画，只是一些陶器、盒子、箱子啊，还有就是小容器之类的，一些放秘密的东西。"紧接着她就说，"天哪，亚历克斯，她真的是很无聊，为什么你一直要聊她啊？难道我们除了我教母，就不能说些其他的事情了吗？"

站在阿什莫尔，看着这些印笼挂在我面前的那个下午，让我回忆起了以前我和瑞秋住在艾薇在切尔西的房子的时候，我见过一些这样的印笼放在卧室的壁炉台上面。哈利之所以给我说是"艾薇的印笼"，是因为是以博物馆的名义购买的，然后再监护这些东西的修复过程，但是她自己也买了一些，切尔西的房子就是她放这些东西的地方。

我们只去过那儿一次，那是因为我们结婚后，她在节礼日(译者注:圣诞节后的第一个工作日)举办了一个聚会。她还喊了我们早些过去帮忙，既然这次聚会是以我们的名义举办的，那我们理应过去帮忙。虽然我们两个都同意了，但是那次聚会还是挺荒谬的。她邀请的人里面，我们一个都不认识，但那天下午我们很早就过去打点一切了。到了之后，发现几乎没什么事情是我能插得上手的，瑞秋和艾薇在厨房里边做饭边聊天。安排席位牌的时候，我就被派去买些酒回来。当我回来的时候，她们说不需要我了，于是我就上楼到了之前她们带我见过的客厅里，准备读些报纸之类的。没想到，我很快就在椅子上睡着了，当我醒来，下楼发现厨房桌子上留了一张便签，写着，已经都准备好了，她们出去散会儿步，一会儿就回来。

整幢房子只剩下我一个人，我有些不自在地到处走了走，四处看了看，还想着能不能发现一些关于艾薇的有趣的东西能在回去的路上和瑞秋一起分享的，她肯定会惊讶于我的这种侦探能力的。可惜，我这个“侦探”没侦察到什么有趣的线索。房子非常干净，也没有精装修。就感觉这里没有人住似的，感觉不到人气。家具都是日式风格，墙壁除了被丝网印制品遮住的部分就剩下让人有些觉得冷的白色。在光亮的木地板上铺了厚地毯，还想着这房子未必一定是没人住的。当我走到了浴室，打开浴室柜，发现里面有一小包避孕药，快吃完了。我不知道这个为什么会让我有些好奇，我想艾薇还和谁交往呢，今天晚上会不会见到呢。突然我就听到了钥匙转动的声音，知道是她们回来了，我赶忙关了浴室柜，跑出浴室，直接就滑到了椅子上，刚好这时，瑞秋和艾薇进门了。

到了晚上的时候，我们帮艾薇收拾房间，收拾得几乎如同我们来之前一样的干净之后，艾薇和我就站在大厅里，等着瑞秋拿我们的外套下楼。这时，艾薇说如果我们愿意的话，要不今天就留下来过夜，反正因为怕有人要来住，瑞秋以前的屋子还是以前那样，没有变过。对我来说，感觉这是个不能再好的

建议了，于是我爽快地答应了。为什么不呢，想想都这么晚了，而且第二天我俩也没有什么特别的行程。“好吧。”瑞秋下楼后，知道了我已经同意了的事情之后，她就说了这两个字。然后她上楼，没有说一句话，我就跟在她后面。

因为在晚餐的时候我有些醉了，而且圣诞前夕的那次工作也把我弄得很疲惫，于是很快就睡着了。而瑞秋却无法入睡不断地翻着身子，最后只有把我也弄醒了。我低声抱怨着，她说，她觉得自己做不到，自己无法在艾薇的房子里睡着，如果我在答应艾薇之前询问一下她的意见的话，她一定会阻止这个决定的。最后她怕吵着我便起床下楼了，但是她走后我也不能入睡了。房间有点热，宿醉的感觉本来应该是明天才会上头的，但这会儿就让我非常不舒服了。我去浴室里喝了一杯水，回来的时候，打开窗帘推开了窗户，站在床边看着外面，想着要不要下楼喊瑞秋上楼，互相依偎着度过这无眠的夜呢。

最后我还是没有这样做，只是一个人走到壁炉边上，看着摆在那儿的印笼。有三个，摆成一排，在昏黄的灯光闪烁下，感觉非常的美。我拿起其中一个，想要掂掂重量，突然觉得自己这样做有点不合适，因为下午我和瑞秋上来放外套的时候，她给我说这些东西都是无价之宝。但是这时，它们就这样静静躺在我面前，就躺在我手里，沉浸在了这昏黄的灯光中。当我翻转过来的时候，听到了“咔哒咔哒”的声音，感觉里面有东西。我把这个放下来，拿起另外一个，也这样摇晃了一下，这次没有“咔哒”声，但是在我摇晃的时候，能够听到非常温柔的，几乎感觉不到的声音碰着印笼内壁。于是我想第三个里面肯定也会有东西的，虽然第三个要轻一些，没那么精致，但是里面肯定也是有东西的。

我突然萌生了一个有意思的想法，一个满足我好奇心的想法。我拿起这三个印笼，将它们全部摆在床上。盘腿坐着，一排摆在我面前，然后想着先打开哪一个好呢？我就那样坐着，屏气听了一会儿周围的声音，怕万一瑞秋上楼看到这一切的话就不好了，结果听到的只有墙壁上钟的“滴答”声。于是我准备开始看看究竟了。我觉得我当时肯定是有些无聊还有点醉了才有这样的想法。所以，当我摇晃着第一个印笼的时候，我觉得里面像有个小骰子一样的东西撞击着内壁，打开第一个，然后倒置过来，把里面的东西全部倒在手掌心上。最开始，我还完全不能看明白这是什么东西，因为实在是太小了，所以我握成拳生怕掉了一点。然后伸到床头灯的下面看，当我握紧的时候，感觉到有些刺痛，还在想会不会是一些没有经过打磨的钻石呢。当我打开手掌，再仔细看看是不是钻石的时候，发现原来是牙齿。非常小，感觉是孩子的，大约有六七颗摆在那儿。刚刚我感到有些尖尖的东西就是齿根，于是我再靠近点看，移动了一下台灯，仔细看，就能看到上面还有一些小块的软组织，因为时间的原因，已经变黑了，而且变得更硬了，完全粘在了牙齿上面。就那样看着这些牙齿，我想着各种关于牙齿的故事，想起我小时候，无意中发现自己缺了一颗牙，妈妈一直给我说是在晚上的时候掉下来放到了枕头下面，或者是被套下面了，反正我确定，我从来没有再见过那颗牙齿。

我还沉浸在小时候的记忆里，突然听到一声门外地板的“嘎吱”声，我迅速窝起手掌，把牙齿都放回那个小盒子里，然后迅速用被子盖住三个印笼。结果证明是虚惊一场，谁都没有进来，因为心虚所以才自己吓自己。于是我又把被子掀开，拿起第二个轻轻地摇晃它，听到里面有些许的声音。这次没有第

一次那种兴奋和好奇感，就直接打开了它，不确定里面的东西是我真的想要知道的，我把台灯放得更近了一点，倾斜着小盒子，然后从里面掉出了一缕头发。浓密、黝黑，在灯光下还闪闪发亮，用一根小丝绒带系着，上面还系着个小标签，因为时间的关系，有些泛黄。我用手指捋了下头发，发现质地非常软，转过标签，上面用黑墨水写着，瑞秋·卡达尼，还有一个日期：1981年9月。我把这缕头发拿到脸边，闻了闻它的味道，然后放到嘴边，感觉像丝绸一样地触碰着我的嘴唇，心里想着，瑞秋是个小孩子的时候，是什么样子呢？

最后一个印笼里面的东西可能是最让人感兴趣的，可是在我还没看完的时候，就被打断了。我把第三个盒子倒过来，摇了摇，但是感觉里面什么都没有。于是我伸进去了两只手指，试图拿出里面的东西。拿出来后，发现是一张纸，折了很多次，所以才放得进去。打开的时候，我都能感觉得到它应该有很长时间了，墨水印迹都已经洇开了，书写有些不清楚，不圆润了，我都有些无法辨认了。于是我起身拿出了外套里面的眼镜，再坐回床边，把信纸放在台灯下面，开始尝试着读起来。

爱奥那岛，1981年6月21日

我亲爱的瑞秋，

我知道上个月对你来说实在是太痛苦了，真的很痛苦。在爸爸生前，他给我说，一定要经常告诉你，他有多么爱你。你是他唯一的小女孩儿，他最好的女儿，这些话都是他说的。我有的时候觉得，他爱你都甚过爱我，总是这样表扬你！

我真的很对不起你，但是我还是走了，我要自己一个人过生活，我有自己的追求，要去更广阔的地方。我希望你能理解妈妈，而且也希望她能照顾好你。我已经给她说了，她必须要好好照顾你。亲爱的，我保证，很快我就会回来的，我只请求你:当我不在的时候，一定要坚强。我知道你现在还很小，但你是爸爸最乖的女儿，我只能这样写信给你看，因为我知道你已经长大了，知道自己照顾自己了。

在这个岛上，有很多个夜晚，我都是一直想着你，直到天亮。记得你还是一个小婴儿的时候，第一次抱着你的时候是什么感觉。等到我确定，很快我就能见到你，抱着你的时候，我才能入睡——

看到这儿的时候，我听到了很明显的上楼的声音，于是以自己最快的速度折好信，塞进印笼里，然后跑到壁炉台边，把三个印笼都摆好，如它们之前一样。然后跳回被子里，这时，瑞秋打开了门。

“亚历克斯，你在干什么？你醒着的!你都打开了台灯，而且窗户也打开了，这里都冷死了!没睡的话，为什么不下楼喊我。你真的太坏了，你知道吗?”

然后她关掉了台灯，拉上窗帘，爬上了床。我抱着她说，“因为刚刚太热了，我才醒的，想呼吸点新鲜空气。”然后摸了摸她靠在我胸膛上的头，很快她就睡着了。我却还在想着那封信，很想知道后面会写些什么。当然我还是知道一些事情：瑞秋爸爸的病；还有她妈妈在父亲死后的整个夏天都待在了爱奥那岛，把瑞秋留在了伦敦和艾薇一起生活；后来九月她回来了，在她回来的第一天早上就去了牛津街，然后直接走向了一

辆行驶的公交车，后来的调查显示死因不详。这些也都是瑞秋告诉我的，之后瑞秋再也没有说起过。她说不愿意说起这些，而且也没有必要讨论这些，如果我实在没事做的话，可以去自己看看。

我便也很快入睡了，迷迷糊糊中，还在期待着她能给我讲所有的这些事情，如果她愿意的话，我说不定还可以帮她，至少可以安慰她，减少一些痛苦。

十三

果然，如哈利之前所说的，他那天晚上没有回来吃晚饭。第二天早晨，我去门卫室的时候，看到他给我留了一个便条，为他昨晚没有来吃晚饭道歉，说如果方便的话，还是一如既往地邀请我喝下午茶。到了下午时分，哈利又热情地欢迎我进去，帮我把外套脱下来，又坐回了那张椅子，我什么都没有说，想着他应该会解释一下他去伦敦的事，但是却没有，他只是问了问我前一天玩得怎么样。我给他说了在怀特姆小树林散步的事，到阿什莫尔博物馆还有晚饭时和谁聊天，但是他都一直没告诉我去伦敦的事，甚至是顺便提都没有。他说昨天他回得有些早，其实是可以去吃晚饭的，但是因为他觉得这几天的事情让他有些累，于是就要了一个简单的晚餐，自己一个人在房间里吃了。晚上的时候，也是一个人，整理了很多东西，还在考虑着退休之后，应该留下哪些东西，丢掉哪些东西。

他指着摞在沙发上的一堆照片说，他还挺喜欢那一堆东西的。直接走过去，取了最上面的一张，然后拿过来给我看。照片大约有半平方英尺，是黑白的。照片上有个男孩子，大约不到八九岁，就站在特拉法加广场的一头狮子雕塑前，穿着一件冬天的外套，还戴了围巾。两边分别站着两个大人，两人的手分别拉着小男孩的手，他们站成一排，左右对称，像是折纸一

样。照片已经有些褪色了，但是从他们的穿着看，应该是在二十世纪五十年代拍的。男孩子还戴了眼镜，这时我抬头看哈利，发现他已经把眼镜从额头上放了下来，于是我明白了，这个小男孩就是他。

“这是你的父母？”我问。他说是的，并告诉我说这张照片是他唯一拥有的父母的照片，是在他母亲死后，清理父母房子时偶然发现了这张底片，稍微减轻了当时的痛苦。

“看着这张照片的时候，总能清晰地记起那天的事情来，非常清晰，不过也很好，能够想起他们的样子。”他说，他们三个当时准备赶火车到圣邦格拉，但是突然发现人越来越多，于是他们问了一个特拉法加广场的警察怎么走，这个警察告之之后，就给他们拍了这张照片。还是这个警察建议说要他们站在狮子像的前面，牵着手，当他站好之后，他很确定父亲并不愿意牵着手照相，至少在公共场合不愿意，要不是警察这样建议说，父亲肯定不会这样做的。

之后，他便开始说起了他在海斯勒的童年生活，说他母亲的嗓音总是如唱歌一般，而且要不是因为他外婆有天说钢琴占了客厅很大一块地方，然后把它卖掉了，说不定他母亲已经成了一名钢琴家。这也导致了后来他母亲不让他学习任何一种乐器，因为不想让他去拥有世间最美好的东西，只为了最后夺走它。

他就继续这样说了，我已经没有在听了，又看到了他头顶左边的那张照片，就是那张大家都站在教务长房间梯级前的那张照片，瑞秋站在中间，哈利就在旁边。突然我觉得我要是哈利，知道我要来，肯定不会把这张照片挂在这么显眼的位置的。或者，如果我这样做的话，那肯定是有目的的。我感觉它的存在，就是为了让我问得更细一些，至少说问些跟它相关的事情，肯定不仅仅是为了让我看到这张照片而已。

哈利还在喋喋不休地说着他的童年。我记得他说他那次活动没有一直待在那儿的原因是，他不想要一个人待在那儿，因为那正是他妻子去世的那一年。我的思绪就一直处在那晚的活动上面，想起那天我一直都是和理查德一起度过的，就我们两个，而且我们带着几分醉意，高兴地期待着即将到来的暑假，想想会有很长一段时间是自由的了。这时，我试图仔细听听哈利在讲什么，他说他爸爸在等他长大之后，就带着他在小瑞士跑步锻炼。等到哈利能够去参加比赛的时候，每次无论天气怎么样，无论开车要开多久，他都会到那儿看着哈利赢得每一场比赛。而那晚活动的更多场景却一一浮现在我的面前，就跟放电影似的。突然我想起来了，尽管哈利说那天晚上他没有在那儿，但是那天我绝对在晚些时候见到他了，绝对见到了。

我记得好像是理查德开玩笑调侃了哈利的穿着，说他穿得像是约克郡的铁公鸡似的，甚至都没有把黑色领结展开。我不记得当时见到哈利的具体情况了，但是我很清楚地记得理查德当时的那个玩笑。可能是因为我想到理查德比任何一个我见到过的约克郡男人都要爱钱，我当时还这样说出来了。无论如何，我是记得哈利之后还在那儿的，我不明白为什么他要特别给我说他当时不在场，他墙上的那些照片每一张都是有故事的，他不可能忽略掉那晚的。

于是我的思绪又回到了他的谈话上，伺机再问他一次关于那天的事情，是不是我记错了，但我自己非常肯定我没有记错。结果我发现他什么都没有说了，正盯着我看。

“亚历克斯?”他喊我，这时我才知道他在问我问题。“要是

我有什么冒犯的话，请不要见怪。”他继续说道，“如果你觉得不想说的话，也可以不说的。”我笑了笑，不知道他在说些什么，感觉我的笑让他放松了下来，他又继续说下去了，“那时候，我听说了他的死。当然，那时候我还不认识你，至少不是像现在这样的认识。所以没有任何理由给你写信表达我的哀悼，也请你理解。大概是在五年前，对吧？”

这时我才知道原来他在说我的父亲，于是放下戒心，开始讲述起父亲的去世。最开始，我都在怀疑那个司机那个年龄怎么可能开车，但事后，也确实证明无罪了。还给他讲了那次葬礼的事情，下着雨，但要说到那次到了墓地之后的事情时，我还是止住了。那天我撑着雨伞，一个人看到教堂边熙熙攘攘围着一些人，花了一些时间想要认识他们都是谁，一个一个地，慢慢认识了他们，才知道他们是发生事故的那个村的我们的邻居们。他们说就是来看看“死鬼”的葬礼，说着的时候，感觉我妈妈和我都没有认真听。我还记得第一次听到他们喊我父亲这个名字时我心里的羞愧感，我知道这不是真的。而且要是我父亲能听到他们这样喊他的话，肯定也会很生气的。突然觉得自己其实说得也有些多了，真的太多了。

“我们因为这些死亡，活得更好了。”哈利说，他可能是误会了我，以为我停下来是因为过于伤心了。“我们就是踩着这些死去的人的踏脚石而走得更远的。但是谁又能预见得到其实在这些失去中，我们能得到多少呢？”

突然我感觉自己有些不舒服了，而且又很热。因为我不是很想听他继续这样说下去了，于是我笑了笑说，“谢谢，我想我应该要回屋了。”

“当然，亚历克斯，”他说着，同我一起站了起来，“很不好意思，没有必要因为我说了这些谢谢我，这些都不是什么特别的，但我想可能有些安慰的意思在里面吧。对，你说得对，今天我们可能说得有点多了，如果我不小心说到了我本不应该说到的，请不要怪罪。”

“不会的，”我说，“当然不会的。”转身准备离开时，我突然又瞥到了墙壁上瑞秋的眼睛正从照片中望着我。几乎没有什么目的，而且我想想注意这张照片的时间也够久了，于是我就简单地说了一句，“我记得那天晚上，我看到你了，就是在球赛开始很长时间后，我看到你了。”

他摘下眼镜，开始擦拭，我想这就是他回应敏感问题的惯性动作，有条不紊地，慢慢地，仔细地擦拭着眼镜，让我失去耐心。我又看了一眼瑞秋瞪着我的那双眼睛，觉得真的等够了，大概讨论那本勃朗宁的小书的时候到了。

“对了，”我说，“我都要忘了，我已经读完上次你要我读的那些诗了。”

“好的，”这次他回应得特别快，都没有抬起头，“你觉得怎么样？”

“什么？”

“我是说你觉得怎么样？”

我还是没有回答，他抬头看了一眼，但是实在是太迅速了，又低下去了，从他表情中，我不能读到任何东西。

“哈利，其实让我真正感兴趣的是书本身，而不是书里的内容。”

“是吗？”他仍然低着头，专注地擦着眼镜。

“在信里，你说是在瑞秋的东西里找到这本书的。”

就在这时，他才停下来，把眼镜重新戴上，看着我。

“然后呢？”

“然后我有个问题想问你。”我回答道，又坐回了那把椅子，还靠在了椅背上，等到他也坐下之后，我才继续说道。

“这本书她在我们来你这儿的那个月还在读，我记得那个封面，还有那书的气味。其实，有天晚上在我们公寓里，她还给我读了这本书。所以当我打开你寄给我的包裹的时候，我一眼就认出了它。”

“对，”哈利说，“我不是很确定我——”

“我知道那就是同一本书，哈利，我知道。但是我不知道的是，你怎么从她那里拿到这本书的？”

他就那样看着我，抿了抿嘴，但是什么也没有回答。

“你知道的，我记得我们去牛津的那天，她一直和我在一起，除了晚饭后，她去湖边的时候，我们没有在一起。我想，你能明白我的困惑的。”

“是的，我能，亚历克斯。”

接下来至少有一分钟，他什么都没有说，等到他继续的时候，完全没有在回答我的问题，而是说，“我想我们是时候谈那些了。”

“谈哪些？我们不需要谈什么。你需要做的就是告诉我，你什么时候从她那儿拿到那本书的？”

“不能如此直接，亚历克斯，你明白的——”

“噢，拜托，哈利。我想真是那样的，是在她死之前吧？”

“拜托，亚历克斯。”他突然站了起来，手臂抱在胸前，“我是有些事情必须告诉你，应该说是有很多事情。但是在我开始之前，我想你还有很多需要阅读的东西。”

然后，让我惊讶的是，他直接走过去，从书架里取出一些东西，递给我，说，“明天下午吧，亚历克斯，现在有些晚了。今天的晚饭肯定又如之前几天一样，我们是不会有机会说话的。所以明天下午茶你可以来早一点，这样我们就有足够的时间，我想要不就两点钟吧。”

我看着他递给我的东西，是一大信封，里面的东西感觉很重，封口都用胶带封上了。“不好意思，哈利。”我不知道他到底是什么意思，“你好像不理解我的意思，一点都不理解。”我知道我的声音都在颤抖，而且我已经不能控制自己的喘气，不能平静自己的声音。当我想要把这些东西都还回去的时候，他摇了摇头，没有接受。

“什么，亚历克斯？”他问，“什么是我没有理解的？”

“你为什么要邀请我来这儿，哈利，为什么你不回答我问你的问题，关于那本书的？为什么你说你是从她的东西里找到的？”

“亚历克斯——”

“她的什么东西？哈利，什么东西？你在信里撒谎了。你真的认为我能够在你决定如何回答我的时候，与那些完全陌生的人吃着饭，聊着天吗？”

“亚历克斯，”他又喊道，抿了抿嘴，“要我说的话，是你没有明白这整个情况。怎么来回答你的问题，我已经想了很久了。我只是在等你问我而已。现在你问了，我想在我开始说之前，你有很多东西是必须先看的，就这样。我现在只是想要你真正很好地理解我要给你描述的事情的顺序而已。亚历克斯，那些事情能够很有次序地说出来是很重要的，所以你还是照我说的，先看看它们吧。”

我感觉已经完全无法掌控局势了。我告诉他说，我觉得这

样奇怪的方法已经深深地伤害了瑞秋。这时，那晚坐在我身边要逮捕我的警察告诉我说瑞秋已经死了的时候，心中的那股恶心感又一次出现了。

“哈利，我们还在说这件事吗?”我说道，“我们还在说这件事吗?”

“哪件事？亚历克斯，我们在说哪件事?”这时，我明白了，他也有些生气了，而且已经真的不知道我在说些什么了。

“我们在讨论说故事的顺序问题!天啊，你难道不明白吗？瑞秋死了，是生命结束了，不是他妈的故事开始了。”

然后哈利看了看他的怀表，边摇头边走到门边，转身看着我，隔了一会儿，他才平下心来，对我说：

“对的，亚历克斯，当然，你是对的。你知道的，我也抱歉你妻子的离开。我要告诉你的就是一个特别的故事，是从瑞秋死前很早就开始的一个故事，真的是很久以前。所以无论你有多么的生气，我都会等到你读完这些我给你的东西再告诉你。最好你自己一个人的时候，在自己的房间里读这些。”

然后他叹了一口气，说：“不要怀疑瑞秋死后，我的痛苦。你的妻子，对我来说，就像是女儿一样啊。”

然后他走上前，打开门，低声说道，“我很希望等到我给你说起那些故事的时候，你能自己明白其中的原委。”

我想可能是因为听了这些，有些太惊讶，而且也实在是困惑得不想争辩了，于是他这样说的时候，我就走了。我离开房间的时候，把那个信封放在胸膛，等到我走下楼的时候，我听到他喊，“晚上六点四十五分，跟平常一样。再见，亚历克斯，今晚睡觉之前一定要找时间读读那些东西。读完所有的东西，很重要的。”

“我带你去你父亲那儿，先生。”护士说，“实在很抱歉，我们没有做到，先生。送来的时候已经太晚了，在救护飞机上尝试了两次，是直升飞机，是最快能送到医院的方式。而且做过两次努力了，然后送到了手术台上，但是他的心脏……”

我阻止了她继续往下说，而且回应说，不需要解释的。那时我一到医院，医生就把我拉到侧边屋子里告诉我一切了，说了我父亲去世了。

关于哈利问我的话，这也是我能告诉他的。那天下午从他房间里出来时，出现在我脑海里的画面就是我父亲逝世时的场景。

我给他说，医生跟我父亲差不多大。他就坐在椅子上，在我们谈话的整个过程中，双手都是抱在胸前，好像他很怕我哭，会一把过去抱着他，不然他也不会一直这个姿势的。其实我都没有听太多医生讲的话，思绪已经飞到了汉普郡，想着直升机从那里升起来，然后飞回到朴茨茅斯。机长往下看，看到了下面一排车子延伸了一路，地面的那些警察也变得越来越小，直到无法区分出他们和其他人。他们的车子也跟其他的车子一样，但是团团围住了我父亲那烧焦的车子。我知道，那天下午的直升飞机里，肯定没有一个人是认识我父亲的，没有一个人会握着我父亲的手，感受着他的重量，感受他皮肤里关节的脆弱，感受他躺着的温度。而且那天下午，肯定也没有一个人会因为他没有回家吃中饭而想他，也没有一个人会疑惑他到哪里去了，也不会有一个人知道那天他一个人开着车，车里什么都没有，就一包他从农产品店买的土豆。

因为交警打了三遍电话，我的秘书才鼓起勇气进门打断我的回忆，于是我直接回了电话，被告知发生了事故。当我告诉警察说不管我多快，都要两个小时才能赶到那里，但是警察都一直说不要急，医生会一直等着我的。然后他们还强调说，他们会一直等到我来。“不用担心，先生，我们会为你做到的。”我以为这意味着等我到的时候，我父亲还会是活着的。结果我错了，那天下午晚些时候，我就知道了在我出发后不久，父亲就已经去世了。医生给我解释说，因为你是一个奔至自己要去世的亲人身旁，所以警察这样说是为了安慰我。“这样更安全，”他说，“如果我们这样说的话，你就不会开快车，横冲直撞。”

医生说他完全无法得知到底在他身上发生了什么，而且看到的时候就知道已经无法生还了。在冲击的那一刻，他就已经失去知觉了——顷刻之间就失去知觉了，应该完全没有感觉到痛苦。“这也是好的。”他说。然后他便站了起来，走到我身边，把我的手握过去，用力快速地握了握我的手。

因为我并没有很迅速地赶到事故现场，所以当他们拔掉我父亲身上的所有医疗设备，拿掉所有的线，关掉点滴和血液带时，他身边没有一个人。之后清理干净他身上的血迹，盖上一条白色的棉质毯子，上面还有很多小洞，要不是这毯子足够大，肯定会以为里面包裹的应该是一个婴儿，而不是一个去世的人。就那样他被摆在那儿，摆在那张金属床上，就一个人，放在房间的中央。

这便是后来我看到他时候的样子。一个护士一路带我过来的，走过了一段非常空的走廊，她走在我前面，时不时回头给我说话，她的橡胶鞋底每走一步都会“吱吱”地响，很像是小孩子知道不该笑但还是忍不住笑的声音。首先我还不能进去，是她带着我进去的。在门前面，放了一些投影屏幕，这些屏幕被架在了金属架上，金属架下安装的是轮子，“你会找到路的，先生，就在那后面，就是那儿。”但是那里空间实在是太小，我完全无法从我站着的地方挤进去。我都不能握紧门把手打开门，直到护士走上前把屏幕推开，我才能够到门把手，我的手抖得不成样子，只有她帮我做这些了。我以为她会跟着我一起进来的，但是她却关上了我身后的门，这时，只剩下我和我父亲了。灯也关了，我朝他躺着的地方看过去，看到那熟悉的身形起来了，但仔细看又还在那毯子底下。有那么一两秒甚至觉得房子里的所有东西都消失了，什么都看不到，只有一片白色，耳边全是呻吟声。当我再定睛看时，我发现自己已经站在了他旁边，从毯子里握住了他的手。看着他的脸，发现整个头被绑在一个支架样子的东西上，每一边都安了一些大螺丝夹紧他的下巴。这样看起来，感觉他之前并没有受到很好的照顾，反倒感觉是受尽了虐待。我把他的手放在他胸膛上，走到床的另一边，突然就想起护士给我说，最好还是不要看他头的那一边。

我觉得有些无法呼吸，便走到了房间的另一边，找到一个洗脸槽，把头埋进里面，打开水龙头，就开始洗自己，后来我并没有告诉护士这些。然后又走到父亲身边，这次是另一边，又握住了他的手，这时，我明白了，之所以他脸色冷灰，是因为体内已经没有一滴血了。手如此冰冷，而且非常重，我靠过去，把头靠在他的胸膛上，希望他还会再一次地坐起来，但是没有。最后，我抬起头，在前额吻了一下，便道别离去了。

那天，我站在父亲身边最后一次轻抚他的那个下午，最残

酷最痛苦的事情应该是看到他身体所受到的伤害。他们是大概一周之后告诉我说他的脖子被撞坏了，头盖骨有二十处断裂，肋骨六处受到粉碎性破坏，两只胳膊的所有骨头都已经粉碎。理论上说，他是在心脏第三次停止跳动时，才死去的，但是医生说，其实从撞击的那一瞬间就已经完全没有生还的希望了。上天太不公平了，如此一个温柔的男人，居然在离世前要经受如此的折磨。

等我回到接待室护士的办公桌前时，看到了那个带我去找我父亲的护士，我向她致谢并请她代我向医生们致谢。这时，她给我递了一叠丧亲咨询的单子，上面列满了我接下来几个月要做的事情。握着我的手，对我说“很遗憾”。我想我和这些护士医生不会再有什么交集了，我也能够不在众人面前流下眼泪，但是最后她说，“噢，我差点忘了要给你这些。”她弯下腰在她桌子底下拿出一个塑料袋递给我。“他的鞋子，先生。还有他的手表和钱包，很抱歉现在才给你，就是这些了。”

就是那个夏天之前，那个与罗比和医药箱一起度过的夏天，我们一起玩那个愚蠢的游戏的夏天之前，我爸爸都会来接我放学，然后带着我围着花园跑，把我抱着用力扔向天空，一起打闹一起欢笑。每次都是似乎有什么好事情发生了，其实也就是他那天下午的最后一个病人走了，他就会来房间里找到我，把我带出去一起去跑步。有的时候我们会互相扔球，妈妈就在客厅里一直喊着我们不要打到她刚栽的紫藤了，还警告爸爸说不要把我弄得很脏，今天不会洗澡的。结束嬉闹后，他会去酒吧喝上半杯，就喝那个他都不需要点服务员就按他习惯端上来的酒。我想等到我长大后，能和他一起去的时候，也会喝那种酒。妈妈带着我上楼，开始帮我洗脚上的草渍，洗完后就睡觉了。在那些凉爽的夏天夜晚里，我的屋子窗户开着，在房间角落还有一盏闪着的台灯。有时，我还会听到爸爸开车回来压着路上的沙砾“嘎吱嘎吱”响的声音，而且他总是笑着进门，妈妈则会和他一起安静地吃个晚餐。

有时他和病人在一起的时候，也会有大笑从诊室里传出来，那回声瞬间打破整栋房子下午时分的安静沉寂。每当这时，我要不就是在我床上的一堆靠枕中读着故事，要不就是在游戏室里躺着削棍子，有时就坐在厨房里的桌子上画图，无论我在做什么，总是会被笑声打断手中的活儿，想着什么时候能喝下午茶，罗比是不是要来按门铃喊我一起去花园里玩了。

有天下午，罗比过来后，因为下雨，我们没有出去，而是在家里玩，就在卧室里面，刚好是在爸爸诊室的上面。玩的时候，我们能够很清楚地听到他说话，罗比问我说，“为什么他能一直这么笑?”他把我从靠窗的位子推下来，在我上面跳下来，摇着我胳膊说，“你觉得是不是药?你爸爸是不是吃了一些药?”为了检验这个，我们想到了一个计划，一个好像是由我想到的可笑的计划，我已经记得不是很清楚到底是谁先提出这个建议的:在我妈妈睡午觉的时候，去拿她床头柜的钥匙，然后爬过他诊室到储物室旁边那间从不让我进去的特殊屋子里，打开他的药箱，看看是不是能找到他的药，就是那种能让罗比也能跟我爸爸一样不停地笑的药。

就在我和罗比偷偷踮着脚走进我妈妈的床头时，罗比准备靠过去拿钥匙的那一刻，我闻到了妈妈化妆台上花瓶里晚上发新芽的花的香味。我想起了和爸爸去花园里摘那花的情景，想起了我们把花拿进屋子，爸爸送给妈妈时，她脸上的表情，突然就觉得我们不应该来偷钥匙的，因为这肯定会让妈妈不开心

的。但是那时钥匙已经在罗比手里了，我们疯狂地跑到走廊，因为兴奋都已经不能呼吸了，这时后悔已经晚了。

那个夏天后，我再也没有听过我父亲那样笑了。有时，在我记忆里这笑声会突然地，意外地，不合时宜地就回响起来，不知不觉地抓住了我的心让我不能呼吸，有一种痛的感觉直穿胸膛，我想我可能就会随着那痛死去。那是一种一开始只是“咯咯”的笑声，后面慢慢感觉他身体开始摇晃，直到最后他的头都会仰到后面，这样才能喘口气说“天啊，天啊”，然后又开始了一轮笑声，还不断地拍打着大腿，声音的节奏都跟拍击声同步，脸涨得通红眼睛里闪着泪花。如果我妈妈在场的话，她也会跟着笑，但好像她其实不是真的想要笑成这样的，嘴里一直说着，“亲爱的，拜托了，停下来，不然一直笑会笑得我肚子疼。”

十四

回房间后，我直接躺在床上，很快便睡着了。等我醒来时，刚好是去老财务办公室喝下午茶的时间了，所以直到晚餐后，我才能拿起那天下午哈利给我的包裹一探究竟。那天晚饭吃得比平常都要久，因为饭后，我不自觉地陷入了与一个历史学家的谈话中，他想详细聊聊自己的学术研究，但其实我已经完全跟不上了，不过还是坐下喝了些咖啡，勉强听着。直到晚上十一点半的时候，才找到合适的借口离开，回去后直接坐到桌边，撕开胶带，看看里面究竟放了些什么。我打开后看到的第一眼，觉得有些面熟好像以前见过。里面是个黑皮文件夹，在边上有拉链。打开后，看到第一张纸，我就明白是在哪里见过了。

那正是在瑞秋被谋杀后，艾薇叫我回家里找的那个文件夹，她要我第二天早上寄给她的那个文件夹。那天晚上，听到她的电话留言后，我还试图打开瑞秋的桌子抽屉，发现是锁着的，于是又转而去书架找，发现文件夹就放在书架边上。其实那天我就直接打开了，想要看看里面的东西。我当时都完全没有认为里面会有一些值得怀疑的东西，因为毕竟是艾薇叫我做的事情，仅仅只是好奇罢了，再没其他想法了，所以打开后，迅速翻阅了前面几页纸。如果我之前有任何不安的话，就在我打开的那一刻，都已

经不存在了。因为里面不过就是一些以前写的文章而已。当我继续看的时候，发现了一张写了哈利名字在下面的阅读清单，全是罗伯特·勃朗宁的书，看到这里时，我就拉上了文件夹，打电话给快递员了。已经很明显，就是瑞秋早些年在牛津写的一些文章，从那些粗放的笔迹和紫墨水中也能判断出来，如果还需要什么信息的话，从每一页纸上面的日期和名字缩写“R.C.”也能看出来。所以我以为艾薇想要把这些拿回去，帮忙保管而已，当时并没有多想。

上个月，在大学房间里台灯的灯光下，我从夹子里拿出所有的纸放在桌子上时，我已经知道里面肯定不如我之前所想的一样，还有其他的东西的，而且也很疑惑为什么最后会在哈利的手上。开始的时候看起来真的就是些瑞秋写的文章。“罗伯特·勃朗宁离经叛道的思想”，“讨论罗伯特·勃朗宁——维多利亚风格还是现代主义风格?”下面感觉都是这样类似的文章，我翻阅了其中一些，看到第五六张的时候，标题是“罗伯特·勃朗宁——不可靠叙事者创始人?”回看之前的那些，发现上面写的日期都是1994年5月和6月的，就是我们第二学年的夏季学期。之后仔细看了其中一些，但似乎还是没有什么特殊的内容。

直到我看到第七八张的时候，我停下了，因为我又看到了那个标题:“罗伯特·勃朗宁——妻子杀手?”然后我扫了一眼稿子的内容，让我惊讶的是，除了这令人毛骨悚然的标题，这篇文章还是用铅笔写的，并不是瑞秋的紫墨水，而且笔迹也完全不一样。其他的文章都是用粗笔字写的，而且笔迹很潦草，就是瑞秋学生时候的字体。等到我在理查德婚礼上再次见到她的时候，她的笔迹已经略微要好些了，没有之前那么潦草了，但整个写得比我还是要艺术很多。她后面就开始使用黑墨水了，没有用早期使用的紫墨水了。

但是我现在看到的这些铅笔写的完全是另外一种风格。看上去，笔锋很细，有些潦草难辨，而且整篇文章只有一个自然段。我看了几遍，发现之前肯定也见过这个笔迹，突然之间我就想起来了，就是我第一年那个夏季学期的时候，我跟在瑞秋、茜茜和安东尼身后追着他们的那个下午，我给瑞秋送她不小心掉下来的那张纸，以为那张纸是她的，看到的上面的笔迹就跟这一模一样的。我盯着文章的标题，“罗伯特·勃朗宁——妻子杀手？”突然就发现了标题旁边，有几个几乎都不能辨认的字：“安东尼”。

看到这里的时候，我就想起了之前艾薇给我发来的消息，要我把文件夹寄给她。那天晚上当我读到第三四篇文章的时候，就没有看了，以为艾薇要我找到它只是单纯地想要保管一些瑞秋的东西。我在给快递员打电话的时候，都能想象她把这些东西拿到切尔西房子里瑞秋的那间卧室，然后把这些和之前装满牙齿和头发的印笼一起放在壁炉台上。

不过这一次，我把凳子移到台灯下面，仔细地盯着安东尼的文章看，就那样一张一张地读，不断地翻阅着纸张，尽可能地去辨认他的笔迹。接下来的几篇文章看上去都是他写的，看完之后，都不想读下去了，因为我实在不知道这和瑞秋的死有什么关系，想放下这些，质问哈利要我做这些到底是为了什么。就在这时，我发现了让人诧异的东西。仔细看瑞秋之前写的那些文章，很快就明白了，除了“罗伯特·勃朗宁——妻子杀手？”安东尼的每篇文章都有一篇瑞秋写的复制品，每两篇文章除了字迹，完全是一模一样的，每个单词都一样。

这本身就有些让人非常不解了，但是等到我翻到安东尼版的

文章最后一页时，发现的东西不仅是让我感觉很惊讶，甚至都有点恶心，似乎有一股慌张的情绪穿过我的整个身体。我似乎突然被拉入了深水中，而嘴里、肺部全部都是水。看着放在那儿的那篇文章，我发现自己并不能理解其中的内容，为什么会写这样的东西，我知道这肯定是一些很重的东西，如果我在伦敦的那天晚上继续读的话，我也会发现这封信的，有可能我会把这些给别人看，接下来发生的事情也许就截然不同了。

伍斯特大学

1994年6月6日

亲爱的哈利，

怎么说好呢？——要取悦很容易，也太易感动。

她看到什么都喜欢，

而她的目光又偏爱到处观看。

先生，她对什么都一样!她胸口上

有我最喜欢的，落日的余光……

你妻子是个棕黑种人吗？能掌控吗？能吗？只有承认你的罪行，才能睡个好觉的。

祝好!

我翻到下一页，让我更不舒服了，这一张原来只是三张中的第一张而已。每一张信纸上的日期都隔了一个星期左右，而且这三张都很好辨认，不是手写体，全是印刷体，仔细看，可以看出这并不是原件，是复印件。第二封信看上去比第一封来势更凶，感觉就是一封威胁信。

伍斯特大学

1994年6月13日

亲爱的哈利，

哦，先生，

她总是在微笑，每逢我走过；

但又有谁走过时得不到这样慷慨的微笑呢？

发展成这样，

我下了令，于是一切微笑都从此停止。

所以请问你自己做了吗？还是说你找到别人为你做这些恶心的事了？这是留给我们的唯一难题了，哈利。我们正在接近你。

祝好！

第三封信就更加凶狠了，它与其他两个不一样的就是，引用的诗歌部分是我几天前才看过的，就是我来这里后的第一天晚上看过的。

伍斯特大学

1994年6月20日

亲爱的哈利，

此刻她是我的，我的，纯洁无瑕，

美丽完好，

我想到有件事要做，

就把她的全部头发

当成一根长长的黄绳子，

在她的小脖子上绕了三次，

勒死了她。

她不疼，我知道

哈利，你会对她生气吗？所以你才会这样做吗？哈利，那再也不是你的秘密了。希望你明白，我们已经知道一切了。我们的意思是，是所有事。

祝好!

当我读完最后一封信的时候，头脑里有了各种猜测。我坐起身，又读了几遍这几封信，试图想要弄明白这其中的秘密，却让我越来越迷惑。于是丝毫没有犹豫，抓起桌上的信，塞进文件夹里，就跑出了屋子，下楼走进了夜色，猛冲到走廊那儿进入院子，然后直接穿过中间。这时我发现雪已经开始渐渐融化了，所以草地已经有些若隐若现了，在月光下像是棕色的污点，当我冲到另一边梯级的时候，想到可能哈利这个时间已经不在那儿了，是不是得先去门卫室查询，如果需要的话，还得要到他家的地址啊。

最后，我已经迫不及待地直接就上楼到二楼哈利的房间那儿，安静的夜里就只能听见我沉重的呼吸和激动的心跳。我抓紧拳头用力敲着外面的门，然后站后一步，等着开门，结果什么都没听到。我又更用力地敲了一次又一次，什么该死的礼仪全都不要了，只知道我一定要找到哈利。

在我不停地敲着门的时候，我听到了他的声音在喊，“来了，来了，等等。”突然，他就站在了门口，身上紧紧地裹着一件睡袍，直接到脖子那儿，头发凌乱，眼神盯着我。“你读了那些信了？”他退回去了一步问，感觉对我有些害怕。我点了点头，他把门开大了一点，然后示意我进去。

十五

结果那天晚上，我们坐在壁炉边，哈利开始给我叙说一些我之前不知道的故事，那些个故事并不是很复杂。他告诉我说是个悲伤的故事，有些俗艳，但是故事的发展顺序很重要，他说这个的时候，非常直接。他提醒我说可能会花些时间才能讲清楚，我必须要有耐心听完，因为它可能不只是一个故事，而是很多故事合在了一起。除了这一点，在开始前他说，他所说的都是他看到的，但并不一定是对的。在一开始他就提醒我他要说的这一系列事情肯定都积聚到了瑞秋被谋杀上面，不能说他讲的就一定是权威版本。还是有很多问题有待解答。他说也许这最大的瑕疵就是缺少主人公，意味着我目前听到的可能只是一个理论性的故事，他说自己还没有找到方法来证明这一切，或者说他也不能证明这一切。

他说对我很抱歉，他知道我对自己这次来这儿的原因越来越困惑了，自己本应该从我的角度把事情安排得更好的。但是直到现在，直到他看到我看过他给我的所有东西之后的反应，要求我读一些东西的反应后，他还是不确定我在这其中的角色。

他最开始邀请我的目的是想知道我到底知道多少，到底已经陷入他已经知道的事情里面多少了，然后根据这些，再来判断要不要告诉我这一切。令他满意的是，我知道得很少，甚至是什么都不知道，现在我明白，这个他即将要说的故事是只有他、艾薇和安东尼知道的。既然我马上也要知道这一切了，他告诉我说，对我即将知道的东西，我自己有权利选择如何处理。

“在这个故事中，亚历克斯，我们谁都有错，只是有些人可能罪责轻一些，但是我们中谁都不能逃避发生在瑞秋身上这一切的责任。没有一个人可以。我很高兴你可以在听完整个故事，想自己要如何处理之前就听到我讲这些。说完之后，我就没有什么瞒着你的了。亚历克斯，当你知道这一切之后，它们就也成了你的错了。”

“什么？哈利!”我问他，“什么成了我的错?”

他坐回沙发上，把眼镜扶到额头上，然后皱着眉头看着我，好像责备我没有跟上他说的一样，“救赎我们自己，亚历克斯。”他回答说，“救赎我们自己，如果你还不懂，那就是对我们的诅咒。你必须得明白自己到底是想要保守这个故事还是说要揭露它，要怎么做，都由你来决定。”说完，他从壁炉台上拿了一瓶威士忌，给我俩都倒了一杯，故事就开始了。

他是在我们第二学年的夏季学期的第六个周末收到那三封信中的第一封的。那时候他妻子在圣诞节前去世，因为妻子是在假期中走的，所以他想要尽量不让别人知道，于是只是简单地在门卫室外面的公告栏上写了一条通知，内容是他近期内不会上班，而且也不上课，等到夏季学期开始的时候，再恢复上课程。

当他说起这个的时候，我想起以前我是看到过这样一则通知，而且也在巴特利酒吧听到英语系的学生说过一两次。我听到他们不经意地谈起过哈利的妻子是怎么去世的，当时还在想是自杀的，还是被抛弃的情人谋杀的。

记得他们在酒吧说起哈利到底要休息到什么时候，还说现在能够理解为什么之前那一学期哈利总是缺席，而且还不解释原因，现在明白了，肯定是要不断地去医院，手术啊，化疗啊等一些事情。但是还有一些研究生的课不得不上，所以哈利总是在最后一分钟才进教室，然后说些不着边的话。我当时还很奇怪他们怎么会这么说哈利和他的妻子。以前他们说起哈利的时候，总是带些奉承的感觉，甚至是敬畏，但是那段时间我在酒吧里听到的吸引我的是:在他们的谈话里有些推测，如果不是淫荡的，就肯定是无礼的，当然这些推测如果是对一个不怎么喜欢的导师的话，还是可以理解的。

哈利是在那个夏季学期开始的时候回来的，回来后发现瑞秋、安东尼和茜茜三个都选了罗伯特·勃朗宁作为他们的研究学习的作者，这就意味着他们三个那个夏季学期每周都要和哈利一起上次课。到了最后的时候，也就是假期前，他们每人都要写一篇关于诗人作品的论文，作为他们期末的特殊论文提交上去。哈利虽然对他们三个这个完全一致的选择有些惊讶，但也挺满意这种情况的，三个学生选择同一个作者作为特殊论文提交并不是没有过，但是确实很少见。不过，哈利还是挺欢迎这种情况的：陪伴他的有一个小组让他挺兴奋的，甚至都有些偷着欢乐的感觉。而且他们学习的热情从开始的几个星期就很明显了，这也让他很开心，在那个黑暗又荒凉的冬天，回家的路上，总是会分心想到他们令人欣慰的表现。

不过很快，他们学习的热情便从热情升温到狂热了。这也让他觉得自己应该要小心地掌控这一切。他们在论述过程中总是非常激烈，他们三个都是一样的，哈利从一开始就知道这要么就会成为他们学习的好方法，要么就是阻碍他们学习到重点的瞎热情。每个星期的讨论都在他们新颖的论述中，他们好斗的性格中进行着。他们总是论述得非常的好，在那些讨论中说出来的想法都是一些自己总结出来的，都非常让人吃惊。这并不是他们中的任何一个人成就的局面:是他们三个人一起，才有了这种局面。而辩论的最高点总是发生在瑞秋和安东尼两人中，他们在房间里像扔板球一样地抛出各种引语，而茜茜在辩论中总是扮演着另外一种角色，不怎么说话。

“这并不是说她不聪明，”哈利说，“相反，我想要是她继续待在这儿学习的话，她的潜力可能会让她超过另外两个。写作一直是她的长项。只有到了写的时候，她才真正开始大展拳脚，写得非常仔细，分析也很到位。跟别人比完全就是不同的水平层次。你也知道她比另外两人都要大，而且在美国已经学过一些系统课程了，中途放弃才来这儿的。但是她开始的时候太过于小心谨慎了，总是控制自己的思维。花了整整第一学年，才让她能有所放开，能够对那些瞬间产生的想法不反感，能随口说出来，而不是总把事情藏在心里。”

我想起我在伍斯特也认识很多这样的人，理查德以前经常跟我说起很多跟我们一样的法律系学生都跟书呆子一样，最后成了税务律师或是议会起草人。每次他说起这个的时候，都是因为手头找不到很好的以前的判例让他能有一场精彩的辩论。

“我们慢慢就明白了。”哈利继续说，“第一学年的有些学生，你知道的，他们非常博学，所以对有些东西就有些不屑，其实很多都是因为遗传父母亲一方或者是两者。但是茜茜她总是会把她的读书清单看作是一纸合同而不是引导。当然这样做并没有错，这样就意味着，当别人还在读着他们曾经忽略的东西来成长的时候，她已经开始到了文学理论的高度了，她写出

的东西都是一些人从来都没有接触过的。其实这也在有段时间阻碍了她自己，就是这种残酷地追求完美的方式，会让她陷入公式化的学习中。”哈利说，“但是在她第一学年的后期，在她没有得到她自己想要的结果的时候，我们有过几次聊天，开始慢慢鼓励她，告诉她是因为她在学习上还不够冒险，不够大胆。”

等到了研究勃朗宁课程的时候，她已经有些能够运用冒险的方法学习了，她开始不再太看重随时冒出的想法，开始不那么在意对与错了。就是从那时起，她开始和另外两个一样了。但是她总是用一套她自己的方法，当然，无论她能否适应我们的教学方法，她都逃脱不了她原先的自己。

“我们的美国小朋友”，安东尼想到一些话想要反驳她的时候，总是这样喊她。然后她就会坐回到她的椅子上，头稍稍偏向另外一方，看着另外两个人激烈地辩论。她曾经有次说过，“我们不应该花这么多时间讨论，应该多花时间在写作上。”有的时候我就观察她，想着她之所以这么沉默寡言是不是因为她仍然对这一切持怀疑态度。但是在他们讨论的时候她又会突然说一些什么，就在一个观点辩论完毕的时候，她会引用一些之前她搜集到的文献，这些文献甚至是另外两个都没有听过的，说完后让人感觉这就是致命一击。

“这根本就不是沉默寡言，你说呢，她整个过程都在认真听，然后记好所有的观点，准备着她的陈述，所以每当她说的时候，总是能抓住关键点给出完美的致命一击。她的笔头写作也是这样的，不能说这不好。只是这不是我一直以来教书的方法而已。文字间流露着自信，甚至有些卖弄学问的感觉，有点像——”这时，他停下来，有些尴尬。

“你的意思是像个律师。”我为他补充道。

“是的，你说对了。她爸爸就是律师，可能就是遗传吧。不好意思，嘴巴有些管不住。如果要用个好点的词来形容她的这种风格的话，我想是‘精粹’，也许有点讽刺。而瑞秋和安东尼对待这些辩论的态度就有些嬉戏的感觉，虽然说他们也没有不重视这个事情，但是他们对自己想法没有那么严谨，而且看书也是一种快乐的态度，而不是把看书当作是一种规定。”

哈利说，不管怎样，随着那学期前几个星期的学习，他对这三个学生的课程都没有什么不满意的地方。因为要写特殊论文提交，意味着他们会去查询很多完全超过他们学科范围的资料，他们的研究甚至有可能会延伸到他认为的最广程度。因为他们看上去一个比一个努力，他能够催促他们多读书、多想，渐渐地，每周的辩论成为了他期待的一件事情。

虽然他们真的很聪明了，但是有时候，哈利还是会质问他们有没有在按照他的思路做事情。要是他仔细观察的话，会发现他们的行为中慢慢地带着一些不屑的感觉了，这也引起了他的注意。要是往回看的话，会发现其实这些行为早就已经萌芽了。他有的时候会有些细微的感觉：每周看到的这些学术知识的展示不过就是一个计划好的演习一样，对他们来说，就是除了哈利自己，他们三个一起计划好的事情。就好像他们三个都在伪装自己，而并不是真正地融入到了这次的阅读任务中，不过就是和我玩玩而已，时不时想要让我能够想起个问题考考他们，顺便也知道我有什么不知道的。

在那学期的早些时候，还发生了一件事情，可能是第二三次课的时候。在上周的课程结束的时候，他从以前的期末论文中找到了一个问了他们的问题。哈利记得好像是关于勃朗宁对

戏剧独白的使用。那一次刚好是轮到安东尼读他写的内容，来回答这个问题。安东尼坐在扶手椅上，头就仰着，还把纸举起来放在面前，两个女孩子并排坐在沙发上，她们每次都坐在那儿的。

“就这儿，”哈利说，“就是我现在坐着的这儿。”还顺手擦拭着身子两边沙发上的材质，然后抬起头，刚好与我的眼神交会，但又立马移开了，盯着壁炉里的火很长一段时间才开始继续讲，声音越发变得温柔。

“我还记得那天瑞秋是脱了鞋子的，而且盘着腿，之后又伸出腿放在茜茜的膝盖上。她有的时候就是会这样。”听着这些，我闭上双眼，感觉双眼的泪水马上就要流下来了。这时，我都没敢继续听下去了，生怕一不小心控制不住自己的情绪。

当我再要回去继续听的时候，哈利在解释着关于勃朗宁的第一人称的使用，看着我一脸不解的表情，他摇了摇头，还道歉说，“其实这也没什么重要的。不过，安东尼还是一如既往地偏题偏得老远，所以回答的根本就不是之前他提的那个问题了。但确实是与之相关的另一个点，亚历克斯，事实就是如此，虽然他说的不是我期待的答案，但是总是能说到另一个相关的点上，无论他写的是什么，总是能很好地联系到其他的观点上。我记得那天的主题是康拉德，好像是《黑暗之心》，现代主义作家的这种风格还得归功于勃朗宁。与之相似的论题不是以前没说过，当然是说过的，但是和这个完全不一样。听完安东尼的论述，女孩子们直接就开始反驳他了，她们从座位上靠过去争论，甚至感觉都已经坐到了安东尼的膝盖上。”

哈利接着说，“真的，瑞秋都站在了沙发上，开始表达自己的想法，而且手舞足蹈的。要不是我说‘卡达尼小姐，请注意自己的行为'，她还会一直在沙发上跳上跳下的，我还给她说'我想要是你坐在自己的座位上，讲述你的观点给对手听的话，他会更清晰地接收到你所有的观点的。对吧？'"

但是一说出口，哈利就后悔了，意识到说不定他们会按照这种发言的形式一起度过接下来的时间，那样的话，这场发言就索然无味了。结果他们接下来就都几乎不再费心伪装自己，尽管他们的辩论总是带着些轻率在里面，但是卡达尼小姐、特里希克先生和克雷格小姐都还挺开心的，所以那天都还挺顺利的。哈利甚至都有些怀疑他们事先就彩排好的，因为他们回击的反应速度也太快了点，甚至让他都觉得那些瞬间的想法不真实。但是当他们在回答哈利问题时，也一样的反应快，而且火药味十足，哈利被这无法质疑的速度再次折服了。

在那天课程结束的时候，他喊安东尼给他看看之前他给大家读的那张纸，想要知道他写的内容。"如果可以的话，还是算了吧。那不是我的最好水平。"安东尼想拒绝把他的文章给哈利进行最后的批阅，于是说了一些类似这样的废话。哈利还以为是在开玩笑，于是一直都伸着手，想要拿到文章。但是安东尼又说了一次，当他再说的时候，瑞秋笑了，茜茜马上推了一下她，要她闭嘴。就是在那个时候，哈利才觉得肯定发生了什么奇怪的事情。

突然，他就有些厌倦这一切了，对他们之间的小把戏没了心情，直接走过去。安东尼握着他的文章，哈利伸手过去，想要直接拿过来，然后再告诉他们可以走了。他有些筋疲力尽了，而且他们三个之前的那种兴高采烈也没了。这些滑稽的行为突然让他觉得他们三个就像是任性的孩子们，完全不是已经读了两年的本科生，他突然就意识到这不仅是今天的谈论结束

了而是这个星期结束了，甚至接下来的这个星期也没有人陪着，会一直是一个人。

安东尼把自己的文章拿在手上的时候，哈利趁着他不备，就直接抢了过来，然后走过去打开门，示意说再见。这时他从安东尼的脸上看到了一脸惊讶，更准确地说是失望。他朝手上的纸看过去，发现他看到的根本就不是自己期待看到的细笔写出的铅笔字，而是什么都没有。他把手上拿着的三四张十六开的纸翻过来翻过去，不断地想要确定是不是真的，可是他看到的每一张都是空白的。

他定住了一会儿，想要知道这一切到底是怎么了，刚刚他亲眼看到安东尼的眼神在纸上来回移动着，听着他朗读的时候，很明显那纸上是写了东西的，这到底是怎么一回事。

突然，安东尼开始回应了。

“对不起，哈利，我的意思是，我真的写了一篇的，你知道的，但是之后——”声音突然就小到完全听不到了。

“然后怎么了，安东尼？发生了什么？”

“嗯，好吧，我想我不得不解释了。事情真不是这样的，哈利，真的不是这样的。我之前一直都坐在我的房间里，对吧？你知道的，这是一篇很难的文章。我昨天晚上都没有睡觉，一直在写，想要写篇完美的，哈利。”

这时哈利转过去看着两个女孩子，她们居然在互相微笑，还摇着头。然后他说，“安东尼，你不用解释了。走吧。”哈利把纸递给安东尼，后退了一步，就让他们离开了。然后瑞秋说话了，给哈利说不要这么生气，安东尼真的是写了那篇文章的，但是他完成的时候，真的是太累了，于是给自己煮了咖啡，想要清醒点，结果打翻了咖啡，一切都没了，咖啡完全打湿了文章，也没办法能够挽救了。这时，瑞秋和茜茜又已经来喊他一起去上课了，她俩都发现了安东尼的狼狈情形，所以就建议他把内容都记在自己的脑子里，记起来要比抄下来的时间短多了，所以才发生了这一切。他不是说得很好吗？而且也做到了？哈利怎么能说这是错的呢？

“没事的，对吧，哈利？他很聪明的，是吧？他真的很聪明。”瑞秋盯着哈利，正在斗胆问他。

“瑞秋，这不是重点。”哈利回答说，“比起他的聪明，我觉得还有更重要的东西，你不觉得吗？”

“比如说什么东西，哈利？”她笑着问，“比如说什么？”

“好吧，还有一些其他的问题，你得考虑的，比如说尊重的问题，你不觉得吗？”

“尊重？”她扬起眉毛，眼睛瞪得溜圆问道，“哈利，尊重什么？”

“尊重我们所做的事情和方式，瑞秋。还有我们遵循的制度系统。”突然他就停住了，心里明白他接下来准备说的，差点脱口而出的，但是却没有说的是“尊重我，瑞秋，尊重我的时间。我今天下午一直都在听安东尼谈论着自己的想法，以为他在读着自己的稿子，相信了他给我看到的所有一切都是真的。但是，我却是唯一一个不知道真相的。”

“噢，拜托，哈利。”她的声音越发温柔，而且有点撒娇似的说，“这不重要的，真的不重要的，而且那样想的哈利也不是我们一直以来爱的哈利了，不是吗？”瑞秋迅速看了其他两人一眼，手顺势就放在了哈利的胳膊上，“你知道吗？哈利·加德纳，我从没想过你居然会是一个陷入制度去思考的人，你比那有趣多了。”

“瑞秋，你可能会这样说。”哈利回答说，感觉对她说的话有些生气了，“但是有一天你会明白的，也许对一个体制表现出一点点尊重并不是一件坏事，是很值得培养自己的一种能力。”

“但这也不是他的错啊，”她直接抢过话，“你听到他说的了，他是做了这个作业的，所以没事了，对吧?”

哈利看着她的脸，知道她是不会放弃的。他发现自己已经无力反驳她了，于是便没有再说自己的想法了。他们三个都准备走的时候，安东尼向哈利伸过来手臂，嘴角一笑，说：“不要生气，朋友?”

哈利握着他的手，朝他回笑过去，说虽然有些不情愿，但是瑞秋说的是对的:安东尼的纸上什么都没有写其实事小，更重要的是他给我们读的内容本身就很好，都是一些结合了理论和实际的想法。哈利也能看出来是他自己写的。他说真正让他不开心的不是安东尼对学习的态度，也不是他紧攥着他的纸不交，而是这表里不一的样子让他不舒服，而且他们三个都知道事情的真相，但是却用这种方法来戏弄哈利。

在他们走后，哈利还听得到瑞秋的声音在楼梯间回响着，“我就说了，”她大笑着说，“我就说了如果你圆满完成了，他肯定会放过你的。他很爱我们的。”然后等到他们到了楼梯下面的时候，声音变越来越小了，以至于哈利只有侧过身去听他们还在说些什么，最后他听到了一句话，“哈利肯定会觉得我们三个是不会做错事的。”她继续说道。

之后哈利回到屋子，关上门，走到窗边，看着他们直接横穿过院子的草地，而没有绕着走旁边的路。等到门卫出现在院子边上，来警告他们不要踩踏草地的时候，他们都装作没听见，反而加快他们的速度，直接往另一边走去。他给我说，他都有些觉得不好意思了，这都是他的学生，而当时他就站在那儿看。其实他对瑞秋在走出房间后，以为他听不到但是他听到了的话有些不喜欢。他都能感觉到她语气中的欢呼甚至是尖叫，但是他多么希望自己没有听到。

当然，老去想着已经发生的事情是没有任何意义的，所以他渐渐地也就淡忘了之前的事情，不知不觉就到了学期中了。因为有了更多他需要关心的事情，他开始问自己，是不是应该对他们采取更强硬的态度。这次他们留给哈利的难题不再是围绕课程中的辩题了，而是延伸到了学校其他地方。到中期的时候，他们的学习研究慢慢开始有了进步，但是哈利却开始收到了哈顿的告状书，都是关于他们三个的，而且哈顿觉得对于他们的行为没有其他选择，只能对他们三个进行纪律处分了。

哈利有过一两次被哈顿找去谈谈他们三个。第一次的时候，哈顿是在一个早上接到了门卫的电话，说他在晚上巡逻的时候发现了些事情，必须要告诉他。门卫说他接到一个电话，是个研究员的房间里打过来的，而且他的房间就正对着院子，那个男人说他被尖叫声惊醒，于是门卫去巡查的时候，发现他们三个在打法国板球。门卫迅速过去追赶他们，还没来得及骂他们，就已经全都跑了，到第二天早上的时候，其中一个听到说不管什么时候，都不应该践踏草地时，还装作一副很惊讶的样子。他们就那样跑了，板球还留在了草地上，完全不管门卫在后面喊他们拿回去。

这件事本不值得报告给哈顿听，所以他就回到门卫室，只是简单地记录下来了。但是后来，等到凌晨三点他再次去巡逻的时候，又发现他们了。在他回来时，走在湖的西北边的时候，沉寂的夜突然被飞溅的水声打破，感觉像是一声尖叫。于

是他加快了自己的步伐，走过去，就发现他们三个已经要游到湖中央了。门卫大声呵斥他们赶紧出来，但是他们装作完全没有听到，潜入水中，偶尔露出头一两次，直接朝另外一边游去。他围着湖开始跑起来，他们爬上东岸的时候，终于抓到了——三个人全部都是裸体在游泳。当门卫看着他们的时候，还瑟瑟发抖，用手电筒照过去，才确定就是他们三个，问了他们些问题，才发现原来他们都喝醉了。喊他们回宿舍，也不听，就往草地走过去，踉踉跄跄，还笑成一片。哈顿给他们的惩罚已经是最轻的了，要求他们下个周天打扫学校和沟渠中间区域的小树枝丫，捡起那些从边上经过的船上丢过来的垃圾，再把路上的那些荆棘砍掉，让路更好走点，最后把堆在果园那里的碎片都移走就可以了。

第二件事和第一件事时间上有些重叠，也是那个门卫有天早上给哈顿报告的，但这次门卫已经不仅仅是懊恼了，而是非常痛苦。事情就发生在那个星期的后半段，也是他在晚上巡逻的时候发现的。当时他刚好走在运动场的边上，突然就听到了从运动员更衣室里传来的音乐声。声音非常微弱，所以他以为自己是幻听。而且看过去，也没有开灯，等到他走到那儿，借着手电筒的光走上去，发现一切正常。但是就在他转身准备下去草坪的时候，注意到了有东西从栏杆那儿丢了下来。拿电筒照过去，发现是只袜子，然后发现自己踩在了软绵绵的东西上，蹲下去捡起来，发现是另外一只袜子。这时，又听到了几声音乐声，非常明显，里面突然就传出一阵笑声，还有个女人的说话声:“哦，天啊，安东尼，闭嘴。”这时，门卫就知道又是他们三个。

他直接就走进去了，举起手电筒，发现瑞秋和茜茜都没有穿衣服，就那样挨着躺在地板上。因为手电筒光的原因，她们俩用手遮住眼睛，叫他不要照着。在他们后面，突然就传来“砰”的一声，等到门卫走出去，走到建筑物旁时，发现安东尼正跑着穿过运动场。“太丢脸了!”茜茜在里面大喊，“你真是太丢脸了，安东尼，你太丢脸了，这该死的音乐。”然后门卫又走进去，她俩赶紧穿上衣服，收拾干净就回屋，说完后便离开回门卫室了，他实在不能理解现在的学生都在干些什么。看他们一直这样，他便告诉哈顿了，但是真正让他郁闷的是第二天早上他看到的一切。当他在第二天早上六点的时候又回到运动员更衣室的时候，他也没有期待那里能有多干净，但是没想到，那里居然到处散落着烟头、空酒瓶，还有一些融化在地板上的糖，巧克力纸，房间到处都是纸巾。不仅这样，他们居然还没有拿走播放器，里面还放了一张光盘，感觉谁都可以拿走。哈顿知道这一切之后，命令他们三个接下来的两个星期的每天早晨六点都要去向他报告，而且这期间还禁止去巴特利酒吧喝酒。

在前两次的时候，哈利还为他们辩护说，这样不守纪律是因为太年轻了，不必要太过于担心，觉得只要受到了之前的惩罚就可以了，所以恳求不要太过于严厉。哈顿听取了他的建议，但是等到第三次的时候，他甚至都没有给哈利说，仅仅是在事后给哈利写了一封信，附上了他们三个将受到的惩罚:每个人都必须接受巨额罚款，而且如果再发生此类事故，将暂停学业，最后将影响整个学年成绩。哈利劝哈顿说考虑到这次的事件，是不是处罚过于严格了，但是哈顿回应说，这次处罚是根据以前所有的事情而出的，再加上哈利的拉锯战战术也没有什么效果，所以是时候告诉他们什么是规矩了。好像是有个和瑞秋、茜茜住在同一楼层的学生向哈顿抱怨说已经连续四天没有

睡着了，因为从她俩的房间里总是能传出音乐声来。第一次的时候，她俩知道后，还会立即关掉音乐，但是后来连敲门，他们都不屑于应门了，而且安东尼和茜茜还在里面大喊，应该让他们单独住，学业这么忙，为什么不能寻找点乐趣呢。到了周末，那个学生实在是受不了了，而且离考试也只有两个星期了，于是就到了哈顿那儿，要求他采取措施。

虽然说他的抱怨看起来没什么，就是一种处理方式而已，但是哈顿说，他无法忽略这些，因为他想要当好一个有信誉的院长。这个提出意见的学生肯定是已经非常郁闷了，他告诉哈顿说他不想说细节，如果这个噪声的事情不解决的话，那就还有很多其他的事情值得抱怨了。哈顿问他什么意思的时候，他只是说没什么，他不想扯出更多的事情来，解决好这个问题就可以了，这是个自由的国家，瑞秋和茜茜想和谁一起玩，想什么时候一起玩，想做些什么都是随便她们自己的，其他的事情并没有打扰到他，唯一需要解决的就是噪声问题。他已经几乎有一个星期没有睡觉了，感觉自己快要疯了。不过他给哈顿说，他的意思不是说发生了什么违法的事，只是他看到了有些他不想看到的。这拐弯抹角的解释让哈顿觉得他们做的事情是不是有些威胁性的元素，不过这已经够了：这种事情已经构成了他们的劣迹，而且如果是因为学校管理不严格，这样的事情传出去的话，名声实在不好，所以一定要防患于未然。

哈利一直也没有和他们提起这个话题，而且也没有说罚款的事情，希望他们四个人之间已经形成的这种平衡的气氛不要被打破。据他所知，他们三个都不知道其实他们的惩罚措施，哈利也参与到了其中。等到他们来到他房间里上课时，他很庆幸气氛还是如平常一样，但也稍微柔和一些了。过了两周后，他们的野性居然慢慢消失了，被平衡和谐的气氛所取代了。哈利还想，也许是因为他一直都没有提起之前他们的那些愚蠢的行为，他们都为这小事带着感激之情吧。

然而，到了第六个星期的周五，他在晚祷之后，一如平常地出现在了门卫室里，想要确认一下自己的信箱再去和教务长一起喝点雪利酒。他像平常一样，注意每一封信的来信日期，突然发现有封信上用大写字体写了“同事之间的交流”，并在他姓后面加了“先生”两字，感觉只有学生会这样做。因为很好奇，他迫不及待地就打开了信件，站在那儿，一看到信的内容的时候，他便快速收起来。回屋一个人的时候，才再次打开阅读。最后，他没有去喝雪利酒了，到了时间直接就去大厅吃饭了，等他到了那儿的时候，发现自己什么都不想做，心中充满着烦恼和震惊。

当然，他知道这封信肯定是来自茜茜、瑞秋或者安东尼中间的一个，而且还有可能不是一个人写的，但是他不能判断谁是最有嫌疑的。想起下一次的课程是在下个周五晚上，所以他还有一个星期的时间来仔细想这个事情。到了周末的时候，他觉得自己其实也不能完全确定就是来自他们三人中的一个。但是信中特别选取了勃朗宁的诗歌，感觉如此明显，他很难相信还有谁有这个能力做到这样。许多人都知道他们在研究学习勃朗宁，所以每个人都有可能写这封信，但是他们会成为第一嫌疑人。

但最终，哈利什么都没做。他想了很多，但还是不能确定就一定是他们。如果要他老实说的话，他其实很羡慕他们的学识和他们年轻的斗志，所以他愿意当作没看到。到了他们再次上课的时候，他什么都没有提起。只有忍耐，哈利告诉自己最

明智的应该是等待，看看这是不是只有一次，然后再决定要不要告知哈顿。如果直接告诉哈顿，肯定就会变成面对面的质问。

等到他开始上课的时候，他就意识到自己犯了个大错。那天下午的气氛，就感觉四个人处在半压抑的敌意中，感觉他们在互相谈话的时候，或者是跟哈利说话的时候，话语中都有压抑着的敌意。他们三人之间的气氛发生了变化，哈利有些不明白而且感觉到有些害怕。他们的联系被打破了，关系被破坏了，而且觉得以他的能力已经无法掌控了，非常确定调解这场关系已经远远超过了他的能力，感觉他们三个瞬间逃离了他的影响范围。三人之间似乎出现了分裂，感觉与哈利无关。但是再明显不过的就是：他们之间已经有了明显的界限。他们中间感觉总是充满了愤怒，他也不知道要如何去描述，到了课程结束的时候，哈利第一次为结束课程而松了口气，关上了门。

当他在晚祷之后，再次来到门卫室的时候，发现了第二封信，但是这次一点也不惊讶。尽管他注意到这次的签名还是以“祝好”结尾，感觉是一个人写的，但内容让人觉得不是一个人所为。但是让他惊讶的是，写信的人居然如此懒惰，选取的诗歌仍然还是上次的那首诗，就是接着上次不远的一个部分，而且语言也是非常浅显直白的威胁。在词语转换上面，感觉非常地不在意，他甚至有些感觉不是他那三个很聪明的学生写的了。这次到了周末的时候，他仍然觉得还是没有必要去告诉哈顿，因为这已经是学期末了，他们肯定也在挣扎着，而且根据这种情况，他也无法预见任何的真切的危险。他知道一旦他去举报了他们，这将会是他们唯一能做的最后一件事了，至少有可能是这学期的最后一次机会了。

“我能明白那意味着什么，我只是还没有准备那样对他们。

他们可能不知道自己这样做，会失去更多。当然，最后他们也真的失去了很多。我知道的，亚历克斯，我们都失去了很多，比我们想象的要多。而且，我以为，只要我不说出这个事情，他们就会明白这么做是不对的。然后他们会找到个机会，给我道歉，只要我给他们这个空间，他们就可以做到的。”但是哈利其实心里还是很不情愿这么做的，装作没有意识到这件事情。“说实话，亚历克斯，”他给我说，“那时候，我想我心里是很害怕的，很害怕他们到底想要对我做什么。”

等到周末的时候，他重新想了一下解决方法，想到要不就和他们摊牌，让他们不要做这样无聊的事情了。考虑了一两天之后，他想在下次的课堂上，他要把这件事说出来，然后把信就摆在他们面前，然后给他们说清楚，如果他们不能解释清楚的话，后果会有多么严重。

那之后的那堂周五的课是那个夏季学期的最后一次课，这也就意味着，这一次会成为他们放假前，去准备学位论文的最后一次见面了。学位论文的题目也已经早在几周前就确定好了，他们已经知道自己假期要写的东西了。根据平常的课程安排来看，最后一次课也是不会讲到新知识的，但这是一次很好的机会概括、总结、巩固和确定自己接下来要学习的内容。让他惊讶的是，那节课已经上课十分钟了，只有安东尼一个人出现了，而且他们什么话都没有说，就那样坐着等另外两个人的到来。

突然，安东尼笑了，看着哈利，感觉没什么不寻常的事情发生了，仍然习惯性地眉毛皱在一起，说，“他们不会来了，哈利，你不知道吗？”

不知道怎么回事，就在那一瞬间，他对安东尼很生气，对

他们都很生气，说，“那特里希克先生，你也没有必要待在这里了，你最好也走吧，我想你也会觉得这样更好的。”

安东尼又笑了，这次是他招牌式的歪嘴笑，说，“特里希克先生？拜托，再也不要这样叫我了，不要破坏气氛，我还有问题要问你呢，非常多的问题要问呢。”

但是哈利还是坚持要他离开，而且发现自己完全不能直视安东尼的眼睛。安东尼走后，他一个人坐在那把扶手椅上，坐了一下午，把外面的门关上，取消那天下午的所有课程，想着要怎样解决这个事情。如果不等到晚祷之后去到门卫室里拿到那封他非常确定又会出现在那儿的信，他是不会明白要怎么做的。

当他打开信的时候，发现这次节选的诗歌与之前的不同了，明白危险的信号已经蔓延开来了。于是他迅速回到自己的屋里，拿出之前的两封信，走下楼穿过院子，开始敲哈顿的门，一直敲，直到里面有了回应。

哈利一进去，就迅速递过去手里的信件，告诉哈顿说他猜是谁寄给他的。几分钟后，哈利就去大厅吃晚饭了。晚饭期间，哈顿走到茜茜、瑞秋和安东尼身边，把他们叫到外面，告诉他们说第二天早上九点要来他的房间里给他做报告。他本不应该给任何通知的，但是考虑到第二天是周六，而且是学期末，所以专门给他们提醒了一下。虽然他们三个本会为了在那晚举办的庆祝学期结束的晚会而熬夜，而且如果他们走得比较早的话，有可能都不能联系到他们。哈顿决定还是不要直接把他们喊来办公室，在这之前，想要先和哈利商量如何处理。他几乎是以威胁的口气告诉他们三个，必须来他房间，这是强制的，如果不来的话，他们将直接被永久开除出校。

那天晚上，哈利来到哈顿这儿，告诉了他关于这些信件的一切来龙去脉，还有在课堂上他们三个的变化。而且他还说根据他的判断，这三封信应该是他们三个共同完成的。哈利也没有给出一个合理的解释，为什么他直到收到第三封信才来告知哈顿。哈利发现自己也无法解释在那期间，课堂气氛的变化是否与之有联系。哈顿对早些时候哈利不愿意惩罚他们三个的事情没作任何评价，也没有怪罪他，但他还是隐晦地表达了是之前的沉默让他们变得如此大胆的。

在详细交流之后，哈顿说他的想法是他们两个同时在不同的房间里与他们三个分别见面，然后交换。“我们必须找出写这信的人。哈利，你明白的，这样做说不定能找出来。”他第二天早上吃完早饭和哈利一起回屋时这样对他说。回屋后，哈顿在客厅旁边的屋子里又放了一张桌子和椅子。但其实哈利认为这样做没有什么必要，虽然最后证明了哈顿的想法是对的。哈利的建议当时就直接被否决了，于是他按照哈顿告诉他的，把茜茜带进了客厅旁边的屋子里，一个一个问题地问茜茜，瑞秋就在走廊那儿等着，哈顿在客厅审问安东尼。

哈利很快意识到，他没有办法完成任务。茜茜回应说，第一，因为寄送信件完全与她无关，她讲不出任何细节性内容；第二，如果有必要的话，要是哈顿需要继续寻求这所谓的荒谬的规矩的话，她将联系自己在华盛顿当州律师的父亲，他肯定会很愿意过来代表茜茜；还有第三，鉴于昨天晚上在大厅里哈顿的威胁性口气，她将选择与教务长谈谈这件事情。听完这些之后，哈利只能选择以哈顿的身份向她致歉，完全处于弱势。直到哈顿敲门，问进行得怎么样，然后把他们两个都喊到客厅。他就站在那儿，安东尼站在他旁边，瑞秋也从走廊那边走

过来，他开始与他们三个一起谈话。

安东尼已经承认是他一个人寄的信件，他一个人完全担起了这件事情，哈顿继续说着，根据之前他们所定下的协议，他已经决定将安东尼开除出校。在哈顿说话的时候，安东尼一直都看着地板，虽然哈利无法确定，但安东尼肯定是哭了。他注意到瑞秋和茜茜互相看了几眼，尽管哈利无法知道那表示什么意思，但是能感觉出来她俩对这件事情的变化充满着惊讶，但也感觉松了口气。最后哈顿总结了一下，就请瑞秋和茜茜离开，但没有警告她们也应该把自己的行为管好了，在假期之前如果出现了任何劣迹，将也会受到相应的惩罚，而只是告诉她们说如果还珍惜自己在学校上学的机会的话，在晚上的纪念活动上最好保持低调。当哈顿说这个的时候，瑞秋什么都没有回应，但是茜茜却在离开时，摇了摇头，尽管哈利没有听得很清楚，但是感觉她说了一句“混蛋”。

哈顿并没有听到，他在给安东尼说一些离校手续了，告诉他说要在那天下午两点的时候就离校，已经没有什么理由让他在学校徘徊了，所有在学校的证明卡、钥匙和证件等都要用信封装好，标上“哈顿”，放在信箱里。

“今晚，我想我们就不要见面了，特里希克先生，当然，我希望你注意到，你已经被禁止参加今天晚上的庆祝活动了。所以，如果我是你的话，也不会愿意再回来的了。”就在哈顿说完之后，安东尼抬起头，看着哈利而不是哈顿。当哈利盯着他的眼睛时，果然他已经哭了，哈利试图去与他握手的时候，安东尼始终把手叠在胸前，泪水中好像藏着一丝微笑，但最后什么都没有说，转身就离开了房间。

哈利想，不能让他这样离开。至少不能在和安东尼度过了这样一段时光之后，不能在他还没有认真地向他道歉，还没有给他说真的很佩服他的学识的时候，就让他离开。尽管已经发生了这一切，但哈利认为还应该做点什么。于是在他和哈顿结束了哈顿要求的“听取报告”之后，哈利回到自己的屋子里，从书架上拿了一本诗歌集，他想可以当作是离别的礼物送给安东尼，于是带着书准备去安东尼的屋子，看他还在不在。

哈利到的时候，安东尼差不多就要收拾好了，打开门发现是哈利的时候，好像还有点惊讶。让哈利进来后，他也没有停下手中的活，继续把东西往包里塞，文件夹一个一个地倒空到垃圾袋里。

“没话说了吧，哈利，没有了吗？”他说，“只能说我很抱歉，当然，对不起。真的非常对不起，我不能作出什么解释，你最好还是走吧。”哈利不知道如何回应，他只是感觉事情肯定不是他给哈顿说的那样。

安东尼没有回答任何哈顿准备的那些巧妙的问题，而是自己主动承认，说了一段简短的话。意思是他很嫉妒哈利的自满情绪，而且也嫉妒哈利所拥有的生活，关键是在上那些课的时候，发现其实自己挺平庸的，而且每周他们上课时，都有种被瑞秋和茜茜打败的感觉，于是便越来越肯定自己不会成功的。渐渐地，情绪膨胀，开始对他们有了恨意。他觉得每次自己都很愤怒，但是又不知道如何转换这种愤怒。

“看着我，”那天下午，他擦干眼泪，对哈利说，“我在想什么呢？出现在这？努力适应这儿？试着让自己像他们一样与人们相处？像你和人们一样相处？”哈利试图要打断他，反驳他的质疑，但是安东尼完全没有停下来的意思，而且语速越来越快。在事情开始变得不可控制时，安东尼的心中的愤怒已经无

法释放了，感觉不知道自己在做什么，他便寄了第一封信。他想要伤害哈利，他知道对哈利来说关于妻子的记忆是最容易受伤的。后来安东尼说，做了那件事之后，就无法回头了，他便走上了一条无法回头，自我毁灭的道路。他那个时候就知道了，已经没有什么可以阻止他了。

哈利仍然不知如何回应。他有些困惑，但是非常确定安东尼的解释肯定是假的。哈利知道自己无法好好跟他交流，至少在那个下午是不可能实现的，于是把手中的书递给他，说希望他能过得好，能明白他所做的一切已经被原谅了。然后便离开了，安东尼依旧在屋子里收拾东西，把东西塞进包里，撕扯着墙上的海报。当哈利走下楼梯的时候，他发现自己让安东尼多么失望，感觉这辈子他都没有让别人如此失望过。能与之相比的唯一一件事情，就是他在妻子死的那天的感觉，与之有些相似，那天他走出医院的走廊，感觉要是他能做些什么事情，任何事情，也许她就能活过来了。

他回到自己的屋子后，站在夕阳中的窗边，喝了些茶，看着下面的院子，下面一直都在准备当天晚上的活动。一些学生开始从院子后方往中间拿桌子，挂起了电影幕布，厨房的厨师们在大厅外的边缘上摆了一个烤猪架。就在看着这一切的时候，他想，要是他妻子还活着的话，他肯定会带她一起去参加这次活动的。他就那样坐着，读了一两个小时的书，但是什么都没有看进去。过后，收拾好东西，关上窗帘，锁好门，就走出去了。哈利准备去教务长的玫瑰园，虽然今天下午发生了那件事情，但他觉得很有必要在纪念活动上露个脸，其实在他走在梯级那儿的时候，他都还在想要不要丢下这里的一切，直接回家好了。

他在晚会活动上表现得糊里糊涂，完全没有意识到他身边发生了些什么事情，跟谁说了些什么话，究竟是谁照了这么多照片。当他那天晚上终于能离开的时候，他在门卫室逗留了会儿，发现了一个写着哈顿名字的大信封就在旁边，等着拿走。而他自己的信箱里面，躺着那天下午他给安东尼的那本诗集，他留下了，没有带走。里面没有任何留言，就一本书，所以他拿起书，放进自己的公文包里，沿着铺在那儿的红地毯走出了学校。

那便是1994年6月21日晚上六点发生的一切，一小时之前，大门因为这场纪念活动而打开了。

Part3

第三部分

1994 年6月21日
星期二傍晚

伍斯特

十六

哈利知道纪念活动出了问题是在快天亮的时候，他接到了一个哈顿打来的电话。那时候他已经在他伍德斯托克路的家睡了几个小时了。虽然，自从他妻子去世后，他会经常在学校的房间里过夜，但是因为纪念活动，那天晚上他实在是没有办法在那里休息。哈顿电话里说事情很紧急，要他必须迅速回学校到他房间里去，电话里不能说太多，而且也绝对不能向任何其他人提起他来过学校这边了。

当他到了学校大门那儿时，因为那天晚上的纪念活动聘请了一些摩洛哥保安人员，没有票还不让进去，最后只好让他们打电话给哈顿，才得以进入学校的。第一眼见到哈顿，让他惊讶的是，他完全变装了，看上去已经完全不是他本人了。哈顿在学校纪念活动上永远都是作为一个院长的角色：请一批学生来当服务员，让他们起到监督作用，给这些学生的报酬就是免费参加纪念活动。

我第一年的时候也毫不费力就做了这份工作，其实我还挺高兴的能够不用真的融入活动但是又能参与到活动中，况且自己本来也付不起那张票的钱，工作本身要求也不是很高，所以那次我又申请了，还把理查德一起叫上了。我们的工作就是尽可能地保持花园整晚都很干净，观察是不是会有一些麻烦事发生；如果事件升级的话，我们可能就要介入其中或者是用哈顿给我们的无线对讲机联系他，通知他过来协调事情；如果必要的话，可能还要调动校外安保。

这次活动与我第一次的区别，我想应该只有一个。纪念活动委员会之前写信给哈顿说，演戏的全部演员要么是从友谊厅的宾客中选的，要么就是从学生中选的，但是现在唯一还没有确定的就是指挥路易斯·雷诺。信中说，这个演员阵容唯一需要的就是完善这个部分了，为了要有剧本中描写的那般既有魅力，又具有邪恶气质的那样一个人，所以信中毫不避讳想要哈顿来担任这个角色。委员会给他和他的部队都租好了服装，这样最后呈现的效果将是一个警官队，而且哈顿就是领导雷诺。哈顿给哈利说他虽然不情愿，但还是接受了他们的请求。然而从实情来看，貌似哈顿还挺热情地融入了他的角色中。

所以当哈利在门口见到哈顿的时候，没有看到他那一贯的三件花呢服装，棕色的粗革皮鞋，如果场合需要的话，还可能会戴上一顶猎鹿帽。但那天晚上见到他，完全就是一身“二战”时期的法国军队长官的打扮：脚上穿着一双快到膝盖的紧身长筒皮靴，枪盒感觉有些小，双手都戴着白色小手套，拿着一个稍微有些闪光的口哨。让哈利更加难以置信的是，在哈顿脸上还粘着极不相称的小的塑料假胡子。哈顿说，“认不出来了吧，天哪！”直到这时，哈利才认出来。哈利给我说，在他们回屋的路上，穿过院子的时候，他嘴里一直嘟嘟囔囔着咒骂的话。他俩一边躲开一群群已经满是醉意的学生，一边嘴里还要对那些吸烟的女孩子们或者读着书的人们说“不用了，感谢”的话。哈利感觉他们已经不是在走路了，而是在跑步，看起来他们两个玩得挺开心的，而不是马上要去见犯罪的场面。所以

说，他是对的，就是那个时候，我和理查德看到他，还在争论他的穿着，说约克郡人是不是都似铁公鸡一样。

他们到了哈顿的房子后，就不再那么拘束了，哈顿开始骂哈利真傻，为什么不走后门进来呢。哈利解释说他有些不明白发生了什么。不仅不明白他为什么会突然从熟睡中被叫醒，而且也不明白为什么刚刚和哈顿一路走过来，感觉他脸上有把手枪似的，不时在威胁着全部的人，感觉学校已经不是学校了，变得让人有些困惑了。晚饭后，哈利一直都没有睡着，不仅是因为那些信的事情还没有解决，而且还因为安东尼的事情有些绝望的情绪，觉得自己让安东尼失望了。当他最后终于睡着之后，又因为电话响了而不得不接，哈顿在电话里大喊他起床，人就已经完全醒过来了。

就在争论这些，讨论他是不是已经卷进了哈顿所说的“安全协议”的时候，他注意到了客厅里并不是只有他和哈顿两个人。他朝房间另外一端看过去，发现安东尼就坐在书架前面的地板上，一只眼睛完全是黑的，而且从下巴那儿不断地流着血，他睁大着眼睛，瞪着哈利背后，有些生气的样子。哈利循着他的目光转过身去，发现茜茜就坐在那儿，她的脸也在流血。他判断，茜茜感觉没有安东尼伤势严重。至少她是坐在椅子上而不是地板上，而且也不像安东尼一般地弯腰驼背，坐得很直，还挑衅似的回盯着安东尼。哈利总觉得茜茜看上去有些不一样，不知道是哪里不一样，总之不是她脸上的血，突然他意识到是因为茜茜穿了她从未穿过的裙子。

这让他想起了瑞秋，于是便四处扫视，想要看看瑞秋的身影，哈顿说，“她在约翰·雷德克里夫那儿，哈利。也许让你有些惊讶，在紧要关头，已经决定让你的明星学生去洗胃了，确保她已经经过呕吐把酒精排出体外，安全后就在那儿了。”在哈顿说这些的时候，安东尼突然就笑了，看上去感觉要说些什么，但是茜茜摇了摇头，示意他不要说，他也就没说了。

“她朋友建议要我打电话给她的教母，”他看了看安东尼和茜茜然后说，“但是我现在觉得‘朋友’这词已经有些不合适了吧，这里已经排除她在外了。至少今晚是这样的。”然后他又转向茜茜和安东尼，“你们俩，知道规矩的。我们可以把这次的事就当作是学校事件处理，但是你们必须在十分钟内该去哪儿就去哪儿。”然后哈顿立马跑过去，冲下那狭窄的楼道，哈利和他俩看着他所指的前门，等到他再回到这间客厅的时候，把钥匙放进了自己的口袋里，说，“这层的窗户没有锁，但是我不建议从那里出去，挺高的。但我希望你们两个能明白：虽然我不知道到底发生了些什么事情，但是我也在那儿，我想根据我现在所知道的，警察会毫不犹豫就逮捕你们的。放弃学位离开学校事小，如果在你们的人生记录上有了犯罪记录就会让事情变得有些复杂了。由你们自己决定怎么办，但是我想要我是你们，就只有一条路可以走了。十分钟，我们马上就会回来的。哈利，走这边吧。”然后他走过来，打开那扇法式木门，让哈利走进了那秘密花园，跨过了另外一边的低墙。

站在黑暗中，听着运动场传来的烟花声，还有从湖边的草地上传来的乐队的嘈杂声，哈顿告诉了哈利到底发生了什么。大概在一个小时之前，他和唐雷就站在他俩站着的这个地方。唐雷被任命为当晚的副官，他们正在听着频繁从无线对讲机中扮演警官的学生传来的话，突然看到有个女人冲进了光线中。因为湖的南岸边有个火堆，让这一切看得很清楚，那个女人感觉晕头转向，糊里糊涂地直接往水里走去。他们看到这的时

候，立马从花园跑过去，但是看到她已经扶正了自己的时候，他们又撤回来了，互相笑着，唐雷还给他们每人点了一支细雪茄，“进入角色了。”他说。于是他们靠在墙上，看着下面的纪念活动的开展。

那个女人又出现了，慢慢地靠近他们，感觉已经完全不能让自己直立行走了，接着就在法国梧桐树前摔倒在了草地上，整个身子都在抽搐，感觉她是在呕吐或者是哭泣，或是边吐边哭的。唐雷最开始一直在笑，但是看到她一直都在吐，完全没有停下来的意思，最终整个人倒在地上，完全没有了动静，哈顿才下令叫唐雷过去看看。唐雷跑过去，直接爬上了那道旧铁门，滑下去，朝她躺着的地方跑过去。把她从草地上扶着坐起来，然后把他自己带的水给她喝了一些，哈顿说从他站着的地方，可以看到唐雷一直在拍打着她的背，而且还用手绢不断地擦拭着她的脸。他们还互相说着什么，就唐雷和那个女人，所以哈顿以为一切都在控制之内，所以就进屋了，直到他的无线对讲机里出现了紧张的声音，他才回应。

“她简直一团糟”，唐雷说，“我完全不能控制了，我想只有送到约翰·雷德克里夫那儿去了。她一直说自己醉了，我看她一点也没有夸张，是真的醉了，而且她自己说已经这样吐了大约有半个小时了，所以我才给你说的，哈顿。她说运动员更衣室后面发生了什么事情，她是专门给你说这个的。说你可能对那件事情会感兴趣的。我想你要不还是去那儿看一下吧。”

这时哈顿在想这女人会是谁呢，她在说些什么啊，于是走进去后，就下楼出门了，穿过了秘密花园下的小路，走到了草地那儿，等到他经过唐雷身旁的时候，才有机会仔细观察这女人，这时他注意到抓着他手臂的这女人是瑞秋。他明白了，安东尼肯定是又回学校了，瑞秋说的在更衣室后面的人应该就是他。但是等他到那儿的时候，看到了一切，完全不是之前他所期待的。

上个星期，我打算去纽约之前，在整理公寓时，发现了一系列当年我在伍斯特时收藏的东西:老的节目单还有一些邀请卡、音乐会门票，还有晚餐收条等，甚至还有一些文章，我想肯定是当时很满意的文章。在那堆引起回忆的东西的最底层，有一小包火柴。不是一个盒子装着，而是一个小包，上面用一根绳子吊着叠起来的硬纸板，用来擦火。还是完全没有使用过的，有些黑而发亮，看上去特别古老。上面印制着银色校徽，下面还有一行字，“1994年伍斯特纪念活动”，在背后写着一段斜体的引语：“……这将是一段美丽的友谊”。我迅速地翻找整个盒子，想要看看当天晚上的活动安排，或是当天的照片或其他东西，但是什么都没有。于是我拿出了一根火柴，点燃了，就在我看着那火光快要烧到我手指的时候，仿佛摇曳的火光慢慢变化，变成了一团火焰，变成了中秋夜湖边的那一团火焰，我又回到了那儿。

那天，我也像瑞秋一样，醉得不省人事了，但是还不至于要送去约翰·雷德克里夫那儿。只是我自己知道第二天早上六点的时候才踉踉跄跄地回到房间，空气中已经有了些早雾，还看到清洁工都已经来了，他们走过去时是一个一个排成队，感觉像是胜利者一样穿过我身边，时而弯腰，时而站起来，捡起地上的垃圾，装进他们腰间的大袋子里。

那晚上半夜的事情，我还是记得很清楚的。我和理查德穿着扮演警官的衣服，要求在院子南端，也就是哈顿屋子的前门外面汇报情况。在他的备忘录中他说，对我们来说这几个小时

的监察要像是“1800小时”严谨地对待。

“天啊。”在我们穿过院子的时候，理查德实在是无法让他那帽子保持在他的头上，于是开始向我抱怨，我也同样笨拙地把放在前面的塑料枪放到后面去。“这就是哈顿的梦想吗？是吧？彼得森？我想我们最多再这样走一个小时，然后今晚就别干了吧。我都不知道还能不能坚持那么久，反正这么多人，不会被人知道的。”他说。他把枪指着那群在等着我们的“警官”们，然后放弃弄他的帽子，直接夹在手臂下。我们俩商量好，接下来就要好好享受属于我们自己的夜晚了。那也是我接到哈利写给我信说我这个暑假可以待在学校，不用回家见我父亲的那一天，因为这个，我觉得自己在学校也挺自由的。

理查德是对的，我们完全是多余的人员。当我们到哈顿屋子外面的时候，至少有二十个“警官”在等着了，我和理查德之前都觉得至少还有十个，我想我俩都是因为哈顿的夸大要求而用来充人数的，完全就没有什么真正的用处。在那天下午的早些时候，我就看过了哈顿备忘录上面的名单，大多数人我都是认识的。记得当哈顿在拿着那张名单像老师一样点名的时候，唯一没有出现的就是安东尼。

“特里希克，”哈顿看着名单念道，当没有任何回应的时候，他摇了摇头，咕哝道，“当然不会有他，不好意思，是我的错。”接着就继续念名单，然后开始安排工作。如果我记得够清楚的话，那天晚上在他说话的时候，他还不断地在前面的草地上踱步，不时地停下来，靴子发出“咔哒咔哒”的声音。理查德靠到我这边，小声给我说，他是不是手杖拿反了，到底有没有看过这部电影，难道不知道雷诺是个法国人，弄得跟德国人似的。我们解散之后，烤猪架上已经浓烟滚滚，院子里也突然堆满了人，互相在拍着照片，喝着香槟。

我们走在哈顿秘密花园下面的小路上，漫步在草地上，往湖边走去，尽管理查德就走在我的边上，但每每看到他喜欢的女孩子走过的时候，他总是刻意用对讲机给我示意在我几点钟方向。大约一个小时后，理查德说根据哈顿所指示的军队式的严谨，他已经捡起并处理了不少于三个空的啤酒罐了，所以我们已经完成我们的基本工作量了，既然来了，当然也得好好享受一下。于是我们也开始想喝酒了，把我们的帽子和枪存放在了衣帽间，就开始想如果我们是付钱进来的话，大概要吃多少才能把票钱吃回来。然后我们走进了“喜力啤酒”帐篷里，这也是理查德之前说的第一件要做的事，喝了几杯酒，然后我们停在了“算命者”的帐篷外，说，为何不去算算，至少很有意思。可是我不想知道自己的未来，于是就站在了后面，观察着坐在理查德对面的那个女的握着他的手，抚摸着他的手掌，说他以后会成为一个有钱人，但是不会很快乐。“好的，好的。”他大声笑出来，“这就是我想要的啊。”那个小帐篷里灯光非常暗，而且还有些挤，因为这个女人烧了些香，里面满是烟，更难看清楚里面有什么了。但是我感觉自己有那么一刻看到安东尼站在了桌子边那群人后面的阴暗处。我还举起了一只手准备打招呼，但是我还没确定好是不是他，就已经没人影了，感觉他把警官帽压得很低，一下就溜出了帐篷。

后来，我把理查德拉出来了，我们在校园里溜达了会儿，想着就去巴特利酒吧好了，结果从巴特利酒吧出来后又去了里克酒吧。那之前，我们已经喝了三杯马丁尼了。

“最后来点好玩的，看看那些乳房。”我朝舞台看过去，才明白他是什么意思。第一个认出来的就是瑞秋，我以前也在正

式的场合见过她，她的变化不是很明显，只是妆比平常要更浓一点，发型也是我没有见过的。但当我看到茜茜的时候，我吃了一惊，意识瞬间空白了几秒。她的变化实在太大了，因为我从没见过她穿裙子。倒不是说不合身，相反，看上去还挺得体的，但是又感觉有些奇怪。理查德还和我一起回忆起了我们以前见过一次茜茜没有穿她那一贯的短裤、帆布鞋、夹克衫还系上一条围巾的时候，还是那学期早些时候有个星期她父亲从美国过来的时候。她在那个周一早晨的时候和她父亲一起出现在了大厅里吃早饭，当我们看到她穿着紧身裤，像芭蕾舞鞋似的皮革单鞋，还有一件比她平常要好看很多的夹克衫，全部扣上了，边上还卷了起来，就像是小西装一样，理查德都被燕麦给呛到了。那天她的头发都要比平常漂亮，刘海全部梳到了后面，略带些骄傲地站在那儿，可那道疤痕还是清晰可见了。在喝茶的时候，她就站在了我身边，我注意到她的手指甲涂成了亮红色，闪闪发光。那个星期，她带着自己的父亲在校园里到处走:去大厅吃早饭，去巴特利酒吧吃午饭，甚至是讲座都带去了。这些都是唐雷后来告诉我们的。但是他们晚饭的时候不会来，据说是她父亲会把她带出去见一些他在牛津还有联系的人，最后一晚的时候，他还带着茜茜去了他住的酒店套房，然后才回美国。她父亲一走，她的短裤就又出现了，头发也放了下来，遮住了那道伤疤，指甲也不再是红色的了。

“她总是在伪装，挺悲哀的，你觉得呢?”理查德观察着说道，“比如说带着父亲来学校那件事。”我并不同意理查德说的，但是如果我有一个父亲能够对我的成绩非常自豪，就像她那样，或者是能够感受到我的骄傲，我将会怎么样呢。

那晚在里克酒吧，她跟之前又完全不一样了，我都有点弄不明白到底哪个才是真的她。伤疤还是被卷卷的头发遮住了，脸就像瑞秋一样，化着很浓的妆，有些像战争年代的女孩子。裙子都很紧身，而且领口很低，感觉上面没穿似的，身上都沾满了亮片。瑞秋是一些黑色的亮片衬托她白皙的皮肤，而茜茜是银色的，涂抹在她褐色的皮肤上。她们面对面站着，隔得非常近，几乎都要触摸到对方了，而且还享用着同一个麦克风。当钢琴声响起的时候，她俩一转身，向观众问好，便开始面对面深情地唱起歌来。

你一定记得
那个不变的吻
和不会褪去的叹息……

她俩开始慢慢左右扭动，把手都放到了对方的身体上。

任时光流转，
真实永恒不变……

屋子里有人吹起了口哨，夹杂在一些掌声中间，她们继续唱着，瑞秋一把把茜茜搂入了怀中。

爱情离不开，
月光和情歌，
激情，
嫉妒和仇恨……

有个服务员走了过来，给茜茜递了一张纸条，然后她便走开了，留下瑞秋一个人在唱。茜茜扫了一眼，就去了前台那儿，四处看了一下那儿的桌子，皱着眉头，感觉因为光的原因有些看不清楚。之后就把纸条折了一下从裙子上面塞了进去，牵起了瑞秋的手。

为爱情和荣誉而战，
非战即亡，
古老的故事……

唱到最后的时候，她们把麦克风放到一边，然后拥吻在了一起，有人开始吹口哨，而钢琴演奏者完全没有在意这一切，继续弹着。我有些惊讶，但也不是很惊讶，早就听说了一些关于瑞秋举办晚会的传闻。人们欢呼的声音越来越高，哈顿出现在了门口，直接走上前台，对瑞秋和茜茜说了些什么。然后她们就开始笑哈顿，哈顿又对她们说了些什么，她们才止住笑，走下舞台，离开了酒吧。哈顿走出酒吧的时候，整间屋子都是嘘声喝倒彩。

在那之后，我们开始漫无目的地游荡，我和理查德两个人转动着大转盘，后来坐在了湖边的火堆旁，拿出水烟点燃了。坐在那儿的时候，我们聊了很多，很开心，就我们两个。第一次谈到了他的童年，我们还一起说着在农村养大一个孩子是什么样子的，说起了我们两个被送去学校时的情景。我已经醉得不行了，要不是唐雷突然出现在我们身边，铺了张毯子，问我们是否要站起来，我都差点要说到罗比的事情了。

在唐雷走后，我和理查德给自己找了些吃的，然后在“喜剧”帐篷里待了会儿，理查德建议说我们应该去女装裁缝师的房间里去检查一下。就在那时，我听到了我的无线对讲机里传来了哈顿的第一次紧急呼叫。我们当时在女士衣帽间后面的走廊上摆了把椅子，站在上面，透过那扇开着的小玻璃窗，伸长了脖子想要看一个一个的女人脱到只剩内衣的旖旎风景。我想大概因为跳舞或是从碰碰车上摔下来而衣服撕裂，所以脱了在旁边缝缝补补，理查德说这是因为在“灌木丛中过于激烈”的原因。因为理查德一直在我耳边说不要那么笨，也因为我实在是醉得有点过头了，耳朵里只听到了他的声音，于是完全忽略了哈顿的紧急呼唤，直接把我的无线对讲机声音给关了。尽管哈顿当时一直强调说需要紧急帮助，而且是专门开了我的信号，是专门给我发来的消息。当我试图想再靠近窗户一点的时候，我又一次听到了微弱的嘶吼声，我知道是哈顿的声音。感觉可能是因为他被绊倒了，或者是在跑步的原因，声音喘息得很厉害，感觉像是在说，“彼得森，你他妈的到底在哪儿？快进来，快进来，运动员更衣室。现在，马上，很紧急！”这时，我踩空了，我俩都摔到了地板上。这时第二个呼叫来了，是理查德的无线对讲机发出的声音。因为我们摔到了一起，两个人都不能移动，而且在我们面前突然出现了女的，一直骂我俩“猥琐，悲哀，失败”，叫我们去死。这次我们还是没有管无线对讲机里的叫唤，尽管哈顿已经开始在对讲机里咒骂了，命令理查德赶紧找到我，然后我们俩一起去运动员更衣室。理查德站了起来，把我也拖了起来说，“马丁尼，乳房酒吧，你妈的。”然后走到了台阶那儿停了下来，把无线对讲机扔到了最近的垃圾桶里。

当然，我也扔了进去，所以我们都没有去哈顿说的那儿。

两个人再次到了里克酒吧，那天晚上大多数时候就在那儿度过了，不过也没有完全沉浸在里面，时不时还走出来呼吸些新鲜空气，在院子边散散步，看看是不是有趣事发生。根据后来哈利告诉我的，要是我们按照哈顿的吩咐去了那个更衣室的话，我们一定会看见那一幕：安东尼把他的警官裤子脱到了他靴子的上面，帽子和枪也扔到了一边，压在了茜茜的身上，一只手还捂住了她的嘴巴，另一只手不断地拉扯着她的内裤，企图要强奸她。

哈顿告诉哈利说，最开始的时候，他走错边了，以至于被灌木丛挡住了，无法直接走到他们躺着的地方，不得不再次跑到前面，再从另外一边绕过去。现在坐在这儿听哈利讲这个故事的时候，我非常确定那个时候，应该就是哈顿试图用无线对讲机联系我，然后又联系理查德，但之后我们却把无线对讲机扔进了垃圾桶，去了里克酒吧。因为没有联系到我们两个，他只好自己一个人跑到另一边，然后疯狂地扒开灌木丛，但是等到他到了那儿的时候，茜茜已经坐到了安东尼的身上，不断地挥拳打着安东尼，每一拳都正好落在他的脸上。安东尼也无法动，就躺在那儿像一团肉一样，就那样任自己被打。哈顿告诉哈利，让他惊讶的是，茜茜她做这一切的时候居然很安静，如果一个女人遭受这样的暴行之后，应该会大声地尖叫，但是她在打安东尼的时候，用的是非常低沉的声音说话，尽管他不是很确定，但是听起来感觉甚至是在笑。

“我想是不是可以了，你说呢？”他说，茜茜便停了下来，回过头来看着哈顿，他才看到茜茜的脸也被打了，嘴里流出了一些血，一直流到下巴那儿。她盯着哈顿看了一会儿，什么都没说，然后安东尼开始在她下面呻吟，不断地摇晃着自己的脑袋。这时候，哈顿才意识到，对茜茜这般行径完全不反抗，不是默许她的行为，而是已经无意识了。他走过去，茜茜从安东尼身上爬了起来，还帮着哈顿把安东尼也扶了起来。哈顿捡起灌木丛中安东尼的帽子，戴在他头上，然后搀扶着安东尼，茜茜就站在一旁看着这一切，之后三个人慢慢地穿过草地，回屋了。

一路回来的时候，哈顿低头前行，人完全被帽子遮住，但还是有人示意要帮忙或问候，哈顿都不断回应说，“不，不，我们很好，谢谢。”

“值班的时候喝醉了，有些乱套了，一直都在反抗。我看得放到军营里去，放几天，只给点面包和水，我想可能会有效果的。不需要帮忙，真的，真的没有什么问题，我们很好。晚安，晚安，谢谢，晚安。”

哈顿说，等到他们三个回到屋子后，他从他俩口中什么都没审问出来，就这样问问题，问了差不多半小时，一无所获。所以才叫上哈利过来看看，或者是能用什么不一样的方式，让他们开口。哈利进到屋子里后，尽自己所能地想弄清楚事情的原委，但是他们俩个什么都不愿意说，而且哈利也没有哈顿那番审问的热情，于是很快就放弃了，问他们是不是有了自己处理这个问题的方法。这次他们还是什么都没说。哈利唯一能确定的就是他们俩好像都不想起诉对方。所以他出来后，便告诉哈顿说，除了之前他所了解的，仍然还是一无所获。哈顿谢过哈利后，说虽然他俩把事情陷入了这般僵局中，但还是希望这件事情就他们四个知道。而且哈顿还说之前希望找他队伍里的援军过来，也没找到，现如今情况是这样的，没来反而更好。

瑞秋可能都醉得想不起自己那天碰到了唐雷，而且哈顿也

可以很轻松地说服平时很爱八卦的唐雷，他去了更衣室后面，什么都没有看到。安东尼同意离开了，而且也没有什么抵抗情绪，因为他知道一旦再回到学校，必然会受到刑事起诉了。只要找出他是怎么进入学校的，至少是个非法入侵的罪，要么就是强行入侵他人住宅。但是茜茜好像有些介意立即回到美国去，她走了对其他都没有什么影响，除了还有剩余课程的费用还没花完，还有就是可能会对划船俱乐部有影响。

哈利想要辩解，不同意这个处理问题的方法。他告诉哈顿，茜茜已经展现出了自己的决心，特别是在最近的几个月里，她的离开可能会有很大影响的，因为学校即将进行期末考核了。但是哈顿却告诉哈利说，他已经对他的学生都失去客观的评定能力了。这时，哈利想起了瑞秋，他说他想自己应该去医院看看她了。但哈顿觉得没有什么必要，瑞秋的教母会在医院照顾她的，而且瑞秋也没有卷入这件事情中来。哈利说他还是会去的，哈顿回应说也可以，但是如果她回忆起自己要唐雷喊哈顿去更衣室的事情的话，最好还是给瑞秋说他俩已经商量好的新版本：哈顿去了，但是到了那儿的时候，什么有趣的都没发生。

当他们从秘密花园再次进门的时候，茜茜已经加快自己的脚步，试图走出去，看了一下自己的手表，摇了摇头，脸感觉已经僵硬了，脸上的血也已经干了。他俩又问了她一遍，是否需要起诉安东尼。她回头看着他俩，然后看着安东尼，笑了，“你们知道什么？”她说，“他根本就不值得，你们也是一样的。”哈顿问她是不是已经准备好在走之前签署一些东西。这时，她却只是举起手，伸向哈顿说，“你就是个混蛋，哈顿，给我你的钥匙，除非你想要我父亲过来起诉你非法监禁。”哈顿给了钥匙，但是在那之后，他还是要求茜茜不要传这件事，这也就意味着谁也不要把这个事情讲给瑞秋听。否则的话，哈顿就没有办法，只能用严厉的校规来处罚他们了。哈利看到茜茜在听到瑞秋的名字的时候，脸色完全变了，但在他还没来得及读懂她的脸色时，她就迅速地把头低下去了，再次抬起来准备说话的时候，那表情已经不在了。

“你真的太不了解瑞秋·卡达尼了，你了解吗？哈顿，你他妈的完全不了解!就像我说的一样，完全不了解。”她继续说道，“你就是个混蛋，”然后拿着钥匙，看了他们一眼，再回头给安东尼说了一句“就这样吧”，便下楼走出了这栋屋子。

第二天早上，她就走了，在哈顿的信箱里留下了一封信，表明自己再也不想回来了的态度。至于安东尼，他站起来后，试图跟着茜茜的脚步，但是哈顿说，“我想，你不能走，特里希克先生，至少一个人走不了。”哈顿想要哈利一起护送安东尼去医院时，安东尼拒绝了任何医疗看护，而且也拒绝回答哈顿任何关于他是如何突破安全警戒线进来的问题。最后他俩就把安东尼送到格洛斯特格林，让他一个人在公交车站等着。

安东尼就这样走了，哈利握了哈顿的手后，便也搭的士到了约翰·雷德克里夫那儿，当他赶到瑞秋的屋子后，惊讶地发现她正坐在床上高兴地读着杂志。

“天啊，哈利，唐雷真的反应过头了。真的，我只是那个时候太累了，不想跟他辩解罢了。这里的人对我太好了，真的，我想我真的没有问题了。”她边说边把杂志放在了床头柜上。“我只需要休息一会儿就好了。既然你来了，我想我也可以离开这儿了。必须得有人来带我回家，我给他们说你肯定会出现的，如果你不介意的话，一会儿你就假装是我爸爸就可以了。

这里只有护士，她不会发现的，然后签一些她给的表格，我们就可以离开这里了，好吧？”尽管他有些筋疲力尽了，但是看到瑞秋好像真的已经没有什么问题了，哈利也同意了她的方案，按照她说的做了。

“但是艾薇呢？”他带着疑惑地问，这时，瑞秋已经把她前面的布拉过去，开始穿衣服了，“她来了吗？”

“噢，艾薇，”瑞秋回应说，“有这么回事。”她有一两分钟什么都没有说，从那块布中露出脸来，然后背对着哈利，把自己的头发举在头上说，“可以帮我拉上吗？”

就在他在想怎么把瑞秋这裙子的扣子扣起的时候，他听到她说，“哈利，之前她在这儿的，就待了一会儿，好像我有什么问题似的。”他系上最后一个扣子的时候，瑞秋转过身来，放下头发，看着哈利说，“你看，我和艾薇有些闹别扭了。”说到这里，瑞秋笑了，“我想之后可能需要你的帮助了。”

十七

从哈利开始讲这些故事到描述完医院的场景后，他第一次停了下来。往椅子前面挪了一下，擦了擦眼镜，说，要是我不介意的话，他想要休息一段时间，并希望我能理解，讲这些故事很伤体力，并且劳心。他拿出怀表，开始看时间，然后“啪”的一声关上，说，“亚历克斯，已经几个小时了，我想休息下。接下来还有很多要说的，真的有很多，我已经不如你这般年轻有活力了。我想如果现在不给些喘息的机会的话，我怕自己撑不下去。”

我想可能是自己太过于沉浸在他的故事里了，过了几分钟才回过神来，明白他在说什么。第一反应就是怎么可能，这不可能的。甚至有些生气，跟当时他一直坚持要我读完勃朗宁的信才给我讲故事一样的生气，我要他必须继续讲下去，不能就这样停下来了，至少不能在这个地方停下来。但当我抬头看过去的时候，发现他好像突然苍老了许多，感觉已经有些许蜷缩了。很明显，他已经非常疲惫了，就在那一刻，我也感觉到了自己的疲惫。看了看我自己的手表，已经凌晨四点过了，于是同意了他的说法，离开了屋子，商量说中午的时候再过来。

出来我就径直走向了院子中间，回屋的路上一直都在想哈利最后说的那个部分，就快要说到跟我有关的那个部分时，却

要求休息了。

根据瑞秋那天在约翰·雷德克里夫那儿告诉哈利的，就是说艾薇在接到哈顿的电话后，就直接去了医院，然后断了与教女的联系。哈利说，尽管当时瑞秋说可能只要几个月时间就能缓和，但实际上过了好几年她俩才算和解。当时瑞秋的原话是，"她会明白的，她总是这样威胁我说不给我钱了，从我十五岁开始就这样给我说了，但最后都妥协了。"

哈顿其实在电话中还给艾薇说了一些那学期早期发生的事情，特别是因为她的一些恶劣行径而受到了罚款的事情。"根本就没有必要告诉她这些的，你不觉得吗？哈利，我的意思是，就像我说的，如果他不说，不大嘴巴，艾薇是不可能知道的。"她还继续说着，哈利当时其实有些震惊了，因为这些话感觉都是茜茜会说的词，突然觉得她们已经多么相似啊，说话的习惯竟然都在无形之中渗透到了对方的语言中。

"她会明白的，但是我想这个暑假是不可能的了。我肯定是回不去切尔西了，交了那笔罚款后，我就彻底破产了。现在暑假都没地方住了，更不用说大学的账单了。哈利，我没有选择了，除非你帮我，不然我只有放弃学业，然后搬回伦敦，随便找个工作什么的养活自己，一直等到艾薇不生气了。"

哈利给我说，他完全不能明白艾薇居然会威胁瑞秋断了她的经济来源。根据他的理解，这个女人可是她的母亲啊，一个做母亲的在孩子还小的时候，应该担负着养育他们的责任啊，人怎么可能做出这样的事情呢。哈利说，艾薇居然以威胁瑞秋完成学业的机会来解除与她的关系，这也是瑞秋完全没有想到的，哈利想这大概是任何一个人对自己关心和爱的人都不会做的事情吧。

上楼梯时，我发现自己一路从院子走回来，已经很冷了。于是三步并作两步，跑上了楼梯，直接穿着衣服就上床了。突然回到非常暖和的房间，脸有些通红，可是胃里却很恶心，四肢都很不舒服，我想不仅是身体，连我的思绪都已经快成碎片了。我以为我一躺下就能睡着，但是在头几个小时都是时而有意识，时而无意识的状态，之后突然就从梦中惊醒了。梦中的那些画面让我实在是无法入睡了。我坐起身，走到窗户边，打开窗户，深吸了一口气，满腔都是冰冷的空气，沁人心脾。这般寂静是我从未经历过的，就像是这股冷气已经把这气氛都冻住了，一切都显得非常肃静，感觉无论是什么东西要移动或是要弄出什么声响，必须先等到这里的空气融化了，才能透过窗户进来似的。

我身子又朝外靠了一点，再次仔细聆听着这寂静，把头伸出去，看着一直延伸到湖边的草地。心里想的，眼睛看到的都是瑞秋在唐雷的怀里，在纪念活动场地的右边，还有我和理查德正在做的事情。我记得我们当时正在“裁缝”帐篷外做那些丢脸的事情，而且还完全忽略了哈顿的呼唤，扔了我们的无线对讲机后，到了里克酒吧，蜷缩在角落喝酒。这一切都显得那么的清晰，感觉就在眼前，甚至回忆着这一切的时候，都有股冲动要跟他说话，要告诉理查德这一切，要问他我要怎么办。想到这里，我立马拿出了自己的手机，开始拨他的电话号码。我的拇指还在键盘上徘徊，想到就算我拨通了之后，要说些什么呢，他又会回些什么呢？

最后还是把电话放进了自己的口袋里，没有打这个电话。我想理查德肯定也不知道哈利告诉我的这一切，肯定是什么都不知道，就算我告诉他了这一切，把我已经知道了的这一切都

告诉他，他肯定也无能为力，只能告诉我说，镇定点，直接回伦敦吧。如果我写邮件告诉他说我接受了哈利的邀请，他就会说在他看来，这肯定不是我做过的最明智的决定，至少在很长一段时间看来都是这样的。他和露辛达两个人都觉得我应该认真地考虑他们的建议搬去纽约，虽然不是说立马，但是也应该要尽快。他说我真的应该要去面对已经发生了的事实，查出真相是警察的工作，而我应该去过新的生活，虽然有些痛苦，但是要朝前看，做些什么事情，而不是一直让自己的日子活在对过去的纪念中。我知道他考虑的都是为了我好，在他那些无趣的劝说后包含的是他满满的爱，他一直都在关心着我的幸福。但是同时，我也很奇怪，他怎么会这么急着要我忘记过去呢，而且他居然会觉得警察能够查明真相。

我知道，等到事情真正发生的时候，我唯一能与之讨论的人是艾薇。她是唯一一个能够回答那晚我在窗户边看着黑夜想出的问题的人。关于那个装满文章和信件的文件夹的疑惑，还有我回伦敦的那天晚上她要我把它快递给她的那个电话，也只有她能告诉我，在约翰·雷德克里夫那天，她和瑞秋之间到底发生了什么，为什么她在接到哈顿的电话后，会如此极端，断了与瑞秋的关系。

想到这里，我直接打电话到她那儿了，但是两次都是接通到了语音信箱，第二次的时候我留了个语音说我现在应哈利的邀请，在牛津的，很希望现在她能回电话过来，帮我弄清楚哈利给我讲的几件关于瑞秋的事情。然后我便出门去位于纳菲尔德楼的电脑房，给她写了一封邮件，希望她能解释为什么当时她不和我一起讨论文件夹里面的内容，为什么在我寄给她之后，她没有直接交给警察。最后我还说，我觉得现在是时候把那个文件夹拿给警察看了，而且我还告诉她可能哈利要给我讲更多的我不知道的事情，所以，如果她愿意的话，也可以告诉我一些事情。

我在打字的时候，感觉把压抑的情绪全都发泄在了键盘上，一字一键敲打得十分用力，感觉每一下都是在敲自己的心。我很生气，像火山喷发一样开始暴躁起来，气她有这么多事情瞒着我，也气瑞秋居然从未告诉过我这些事情。在邮件的最后，我问到了艾薇在纪念活动那天晚上到约翰·雷德克里夫那儿去看瑞秋的事情，并且就那天断了与瑞秋的联系，我希望艾薇能够从她的角度再给我说说那天的事情。按完发送键后，我长吁了一口气，然后又迅速走回了屋里，在晨曦中的大楼走廊那儿站了会儿，想着能够让自己好好清醒下。

我不记得哈利到底讲到哪儿了，也不知道他最后要怎样把所有事情连接在一起，凑成他所谓的瑞秋死亡的理论故事。更让我无法确定的是，瑞秋是否会尽她所能地帮助我去寻找真相。我以前觉得我们之间没有什么秘密没有什么个人隐私，但事情跟我想的完全不一样，她有太多的事情瞒着我，有太多我不知道的一面。我真的挺不开心的，很讨厌现在自己什么都不能做的感觉，就站在窗边继续看着延伸到湖边的草地，告诉自己哈利会把这一切都说清楚的。我要听完他讲的所有故事后，再决定要怎么处理这一切。我现在应该好好休息，再去听接下来的故事，我想这样的话，可能会更好地接受接下来的内容。

想起哈利给我讲的这些，突然意识到我现在的处境就如同以前我在每场诉讼中见到的客户一样，总是以为事情一定会得到进展的。我通常会在案子中遇到这种场景，感觉周围全是不相关的事情围绕着，而且进展飞快，让自己都无法跟上任何一

个进程。我刚开始做律师的时候，还很不适应这种环境。直到我看了大量的法庭案例之后，才慢慢开始适应这种处境，开始有种奇怪的自信心，那就是无论我现在面临多么困难的问题，总之最后都会有一个说法，成功还原事情原本就有的样子，然后一系列的事实便会不断呈现，最后令对手都无法招架。

但是就算在这种处境中，也还是让我很不安，虽然我被承诺了会弄清楚这一切的。我现在没有那些充满热情的助理人员给我打开文件，然后一一读给我听，也无法去图书馆找到那些无法回答的问题的答案，更加没有晚间还上班的秘书给我准备好录音机，把我们所发现的线索打成文件，列出需要陈述的问题或是会用到的文件，也没有晚上召开的团队会议了，不会大家一起分析，找出应对策略，最后形成反击计划。现在这一刻，我能感觉到的只有我自己了，最多还有哈利在旁边指导着我。如果我能说我还是有个委托人的话，那就是瑞秋，就是那张挂在哈利墙上的照片中的瑞秋，她一直都在盯着我，但是也无法给我任何指导。

我慢慢从草地上走回来，回屋后，便开始洗澡，把自己埋在水里，周围全是水蒸气围绕着，感觉快要窒息了。等到我穿好衣服，再次坐回窗边的椅子时，我回忆起了第一次卷入这件事情的时候，走到圣爱戴的警察局那时候的事情。我把手伸到夹克衫的口袋里找我的电话的时候，发现落在电脑室了。于是跑过去，顺便看看艾薇有没有回电话或邮件，因为我想，已经这时候了，应该看到了我的信息了吧。于是打开电脑查看，发现果然有一封邮件，完全就是一整段无缝的文章，感觉在写的时候也有如同我一般的愤怒。

亚历克斯，我没想到你居然和哈利·加德纳在一起。我不知道为什么我会回你信，但是我现在要去一个晚会所以不能直接和你聊天。我不想错过晚会，你不要打电话过来了。你写的东西完全就是狗屁。好吧，我能明白你对我隐瞒了一些事情感到困惑，但我这也是为了你好。我想有些关于瑞秋的事情，你最好还是不要知道了。而且不管怎么样，只要你发现事情有一丁点儿不一样的话，或是警察也不能百分之百地确定我说的事实的话，我都绝对不会被允许离境，然后在东京定居的。如果我是你的话，我会小心和哈利相处的。而且，我会完全忘记他，还有他那些泄密的愚蠢行为。回到伦敦，过自己的生活。亚历克斯，他正在给你说一些谎话。不仅是这些，还有他也是隐藏瑞秋的这些事情的人之一。我们就举个小例子吧，就一个——哈利说我在纪念活动当晚去医院看了瑞秋就不是真的。我从未去过那儿。对，哈顿是打电话给我了，告诉我说她在那儿，而且还告诉我了，她整个学期都在浪费我给她的零花钱，全用在了不正经的事情上。就是因为这个事情，我一直很生气，在我为她做了这些之后，她居然这样，真的已经是忍无可忍了。之后我打电话到约翰·雷德克里夫那儿了，他们给我说她已经完全没有什么问题了——而且还把电话给了她，我们简单地交流了一下，就是这样。我从没去过那儿，我也不知道他为什么要那样给你说。这对我来说也很难，亚历克斯，真的很难。当然我知道有些事情我本来应该告诉你的，但是我决定不告诉你，不仅是因为我自己，也是为了你好。天啊，亚历克斯，放手吧，看远点。回到伦敦。我真的不知道为什么我们不得不打电话，但如果你一直坚持的话，好吧，反正我今天一晚

上都会在外面的，所以明天再打吧。

我关掉电脑，再次拨通了她的电话。结果再次听到语音信箱的提示，只好挂断了。走下楼梯，走到了外面，我的呼吸比之前更急促了。

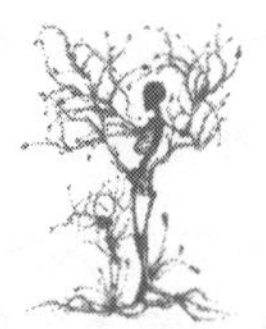

十八

一出那间房子，我就打算去哈利的房间见他，但走到半路，却去了湖边。当我走到发现瑞秋尸体的地方时，心中突然对哈利有了一股愤怒，而且对艾薇也有了一股恨意。对于这种情绪我自己都很惊讶，我疯狂地跑起来，就那样哭哭啼啼地一路跑到了运动场的另一边，坐了下来，希望自己能够平静下心情。等到最后，终于控制住了自己的情绪。我对自己刚刚情绪失控的样子很是陌生，我开始有点不认识自己了，我站起来试着走动一会儿，试图清醒清醒自己的头脑。

我想起了艾薇邮件中的那坚定的语气。她说自己很安全，知道我是不可能发现什么事情然后改变这一切的，而且她也承认自己隐瞒了一些事实，但那些事实都是值得隐瞒的，还让我不要相信哈利，最好是不要听他讲所谓的故事了，赶紧回到伦敦。这些她说得都很坚定，很真实。但我除了鄙视什么都没有，她以为我会因为她这么简单的劝阻方式就屈服，怎么可能呢。

但她对哈利的一切评价，说他的故事没有真实性可言确实对我还是产生了一些影响。等到我最后又走到湖边，准备再次去他屋里的时候，我在想如果那天艾薇真的没有去的话，要么就是哈利实在是太好骗了，被瑞秋编的谎言所骗了，要么就是

他自己编了个故事。艾薇给我的感觉要我自己从这两种可能中去选，总有一个在说谎。但就算我相信了艾薇的，从哈利的有些事情中，我也觉得两个都不相信。我想我现在面临的事情要比预想的复杂得多。哈利午夜开始讲述这些故事的时候，就已经非常清楚邀请我来是有目的的，而且也解释了他这么做的原因。我也同意要认真听他讲完这些故事，这才是我要继续做的事情，在我来之前，感觉哈利并没有特别地隐瞒他想做的事情，他开始就说这是一个又长又复杂的故事。艾薇建议我走肯定是没有仔细思考的:他确实是有些想法，但是我唯一能确定的就是对于他的这些想法我还想要再观察一段时间。

所以说艾薇的邮件只是坚定了我要继续待在这儿的决心。我想，听了他的故事之后，我的感情又有了新的变化，我比之前要更冷酷无情了，具体点说，就是感觉对什么都有了一种怀疑的态度。哈利也没有说自己说的故事就一定是权威的版本，而且我也已经从我这么多年处理的案子中学到了很多，能知道他说的这故事——艾薇说她没有去过医院的这件事——如果是真的话，接下来继续讲的过程中，一定会被揭穿的。而且我知道肯定会是以一种我无法预料的方式，所以接下来的内容很有可能让整件事情又不一样，或者是说哈利编造的这个故事中的人们的角色也会有些变化。而之前的一件小事，很可能到最后成为关键事件。

于是带着这样的期待，我又再次到了哈利的屋子，敲响门，然后坐在他的对面，想着不要给他说任何艾薇邮件内容的事情，我就等着瞧他要怎么叙述接下来发生的事情。考虑到已经到中午时分了，他问我要不要在喝茶的时候也吃点东西然后再继续开始讲，我同意了。他便走到了边房去准备。我往后挪了挪自己的位置，听着他在隔壁的脚步声，刀子撞击盘子的声音，还有反复开关冰箱的声音，大脑一片空白，就等着他用故事来填充我的大脑。

出来的时候，他端着个托盘，上面有些芝士和饼干，然后给我倒了一杯茶，又继续开始讲故事了。他说其实当时并没有仔细想清楚，就在那次夏季学期之后，给瑞秋提供了免费的假期食宿。他完全没有想到后来瑞秋会成为他在伍德斯托克路房子里的房客，住了整个第三学年，后面还住了一段时间。艾薇其实在八月末的时候写信给瑞秋了，信中说她在秋季学期的时候不会再给予她经济上的支持了，很明显瑞秋第三学年的学费会是个问题。她的奖学金能帮到一些忙，但是瑞秋在九月末告诉哈利说她正在找工作，所以说她的课程就只能在晚上进行了，就在那个时候他就卷进这件事情里面来了。哈利给她提供了他房子里面的阁楼，说他本来就在找房客，但一直没有成功，所以说她可以现在就住进去。这就是他把房间给瑞秋的原因，但其实根本就不是这样的。他知道作出这个决定肯定也有因为孤独的原因，而且房子里面一个人住确实显得很空旷。

为了让瑞秋能够搬进去，哈利邀请了她去看地方，顺便去他厨房里喝点茶。他还时不时地给她介绍自己生活的地方，还有生活的方式，这样让她能尽快地了解这里的一切。哈利说了自己待在家里面的时间，还有她可能会见到的周围的人，什么时候清洁工会过来打扫，还有她要做的事情，以及家里一切她需要知道的事情。从一开始，哈利就说好了，不会收取任何的租金，希望瑞秋能理解，她能够搬进来，照看这间房子，是因为支持她的原因。哈利也不希望瑞秋抱有任何感激之情，同时他没有避讳说他之前和哈顿商量的事情——哈顿会一直关注瑞

秋的，希望瑞秋能够意识到学校对她的学业要求还是挺高的，如果她能够尽快达到标准甚至是超过标准，肯定也是对她有益的。

瑞秋没有立刻给出回应，但是好像又同意了哈利所说的一切。同时，哈利也觉得最好是先让她知道哪些事情不应该做:晚会、嘈杂的音乐之类的事情是要杜绝的。虽然就当时所知，瑞秋是没有和任何人谈恋爱的，至少是没有认真谈恋爱，所以哈利觉得如果要更安全的话，希望她不要做些事情同上学期被发现的一样。最后加上了一条：不要带人进屋过夜。但让他有些惊讶的是，她却提到说有可能会有人来看她，还问行不行。哈利说偶尔来的话，当然可以，但是希望他们来玩时能够优先考虑学习的事情，而不是那些无关紧要的事情。后来，哈利还在想这样会不会太过于苛刻了。不过他也觉得在这种情况下，这样说也算厚道了，如果真的是什么重要的人，也不会做出一些出格的事情。

协议生效后，他们就开始重新看待对方了，继续按照他们所期待的方式在一起生活，各自做着各自的事情。大多数的晚餐，哈利都是在学校大厅吃的，而瑞秋好像也很满意自己一个人的日子，就一直待在阁楼里学习。最后形成了一种规律，他们经常见不到对方，阁楼感觉也是相对独立的，在瑞秋搬进来的时候，哈利给了她一把前门的钥匙。但是哈利一直都挺喜欢她在阁楼里的感觉，喜欢她制造出的各种声音：在浴室里唱歌的声音，还有头手倒立，突然“砰”的一声掉在地上的声音，还有在厨房里弄得锅碗瓢盆“叮叮当当”的响声，都让他很享受。如果她觉得自己有些孤独的话，会在晚上的时候到他的屋子问好，然后在壁炉边坐着聊天，可能就是聊一首最近令她困惑的诗，或者是她无法理解的一本小说。他说有的时候，会有种感觉她想用聊天的方式来感谢他为她做的一切，这就是她的方式。但他们在聊天的时候，她很放松，完全不是一年前他们在课堂上时候的样子。随着时光的流逝，她来找哈利聊天的次数越来越多，到了夏季学期的时候，她开始在花园里复习功课，就坐在哈利平常看书的草地的另外一边。所以有的时候，哈利也会为她拿一杯柠檬汁，然后休息一会儿。瑞秋可能会告诉他说有篇文章她有了新的思路，或者是说她现在正在写一篇哈利可能感兴趣的文章。

最初的时候，他还很确定艾薇会慢慢理解瑞秋并且释怀的，所以有一次他还给艾薇打了电话，希望能够给她解释一下瑞秋的情况，问她是不是反应有些过了。他还希望能够说清楚现在的情况，告诉她他们不是在演菲尔丁小说，她对瑞秋的惩罚是不是已经够了，是不是应该让往昔恩怨就这样过去了。艾薇回的话倒没有很让人伤心，让他吃惊的是她说话的方式，语言里让哈利感觉非常生气。因为她说根本就不关他的事，如果他真的知道瑞秋做了什么的话，他就不会对现在的情况有任何疑问了。甚至在她的声音里都能感觉到憎恶，所以最后哈利放弃了，而且瑞秋好像也很满意他俩现在这样的生活。在那一年，她的学业进步很快，在英国学院资助奖学金的时候，她拿到了第一名，需要再读一年研究生。

哈利说，这也就意味着至少有几年他都会是瑞秋攻读哲学硕士学位时的导师，一直等到她到了伦敦读博士的时候，才算是“断了”，哈利就是这样描述的。而且因为读博士学校都会有资助，例如提供一些教师的职位，这样也就意味着她能自己养活自己。在接下来的几年里，他们联系得非常紧密。哈利一直

都很高兴看到她每年的进步，而且因为她取得的那些成绩，他也有些自豪。隔一段时间，他们就会在大英图书馆见一面，至少会一个月一次，有时候还更多。如果哈利要去伦敦做调查的时候，或者是有其他原因去伦敦，都会在一起喝咖啡，或者吃个午饭。她还给哈利说了再次和我见面的事情，说以前在伍斯特就认识我了，这次很惊讶发现自己爱上我了。而且还给哈利解释说，因为我们结婚比较仓促，所以没有时间想要请哪些人来我们的婚礼，最后只请了我们的见证人理查德和露辛达还有就是艾薇。听到这些哈利还是有些受伤的，但是他知道，他也没有什么理由去，而且他也能够理解我们。但是他要求瑞秋一定要让他有机会请我们去宴会贵宾席吃次饭，当作是庆祝。瑞秋还给他寄了那天的照片，而且给他写了信，说那天发生的事情，告诉哈利她有多么高兴，希望他能够享受到有女儿的感觉。而且令哈利高兴的是，瑞秋告诉他说因为她结婚，她和艾薇和好了，至少是到了一种她俩会交流的地步，有的时候还会更亲密一点。

再就是到了今年初夏时候的事情了。过了很多年，哈利都从未想起过安东尼或者是茜茜，也完全没有再次想起那次纪念活动当晚发生的事情了。没有听到安东尼的任何消息，其实也并不会感到特别奇怪，其他被学校开除的学生，差不多都是这种情况，不会有联系的，特别是对于这种做了一些让自己很丢脸的事情的学生。他想安东尼可能已经定居国外了，而且也没有和任何人联系，包括他同年级的人。之前谣传说他在另一所大学毕业了，现在已经在美国的某个地方重新生活了，但是哈利总是避免去过多了解。瑞秋也从未说起过他，而哈利也不会让瑞秋说，所以差不多哈利都要忘记安东尼这个人了，直到五月末的一天，也就是在瑞秋被谋杀的前几周。

那天早晨，哈利坐在大英图书馆较为安静的珍贵书籍和音乐间，而且是自己最爱坐的桌子前，之前他和瑞秋很喜欢坐的位子，每隔一段时间就看一下自己的怀表，想还要多久瑞秋才会示意他可以休息一下了。他看了一两次瑞秋坐着读书的地方，她的一缕头发就落在她面前的书上，眉头时而会皱起，她每次聚精会神的时候，都会有这个表情。但就在那个时候，他感觉自己看到了另外一个人，另外一个人正在盯着瑞秋。

他又扫视了一下房间，看到他的那一刻，瞬间感觉很不安，不知道为什么，然后那人就消失在了视线里。这时他才恍然大悟，再盯着看的时候，发现站在那儿盯着瑞秋的人就是安东尼。他看着瑞秋又看着安东尼，才确定了安东尼看着的就是瑞秋，而且瑞秋完全没有注意到这个观察者。突然，瑞秋抬头，用嘴形对哈利说“咖啡”，然后就笑了，眉毛都上扬了。这时，哈利站起来，非常确认瑞秋肯定看到安东尼了，但是他回头想再次认出他时，发现他已经不见了。

哈利那天喝咖啡的时候，并没有提起安东尼。他想如果她看到了安东尼在图书馆，一定会给哈利说起这件事情的，如果她没有看到的话，他也觉得没有必要去提醒她这件事，就告诉自己，这只是个巧合而已，或者说那根本就不是安东尼，只是某个长得比较像他的人而已。但是等到第二个星期，同样的事情又发生了，而瑞秋还是什么都没有说，哈利有些不情愿地决定，去接近安东尼，跟他聊聊，看看到底发生了什么事情。

最后真的有机会了。那是在六月上旬的一天，瑞秋那天最后走的时候，没有约上他一起，所以只有他一个人，在大英图书馆咖啡馆站着排队。他在想着安东尼，想着怎么会这么奇

怪。甚至他不是很确定安东尼是不是知道他也在图书馆里，但是他知道，从一开始，他们的目光就相遇了的，所以说肯定是看到了。但当他们真的见面的时候，的确挺让人惊讶的。

他站在队伍里，听到的第一个声音就是一声笑，这让他想起了安东尼、茜茜和瑞秋一起上课时他的笑声。这时，他有些感觉自己在做白日梦，但却想到了如果他们聊天的话，他要说些什么。第二次他听到的是一声很温柔低沉的笑声，感觉就是从他右边发出的声音，而且近得就像他俩的头已经挨到了一起。这时，他才慢慢缓过神来，刚刚并没有做白日梦，听到的笑声是真的，回过头去，就看到了安东尼。他脸上一副以前很喜欢的斜嘴笑，而且脸上的眉毛也稍稍挤在了一起，感觉有些熟悉的困惑表情。然后安东尼说了哈利从没想过他们会说的话。

“要不要顺便去我家看一下，我就住在街角那儿，花不了五分钟的。”

“不好意思，我想我不——噢！安东尼，是你吗？安东尼·特里希克？”他知道只要一说出口，安东尼就会看出他是在伪装的。

“饶了我吧，哈利，我知道你刚刚一直都在看我。我想我要和你谈谈。但是我不想在这儿说。拜托，我已经没事了，相信我。”

然后他转身便走到了门那儿，哈利跟在他后面，感觉安东尼知道哈利一定会去一样。他们离开图书馆，穿过天井后，安东尼在他前面一次跳两级阶梯似的在表演着，哈利还停了一会儿，观察他这是在做什么，所以后来他都要慢跑着赶上安东尼，他都已经跑到街上去了。等到最后哈利赶上他能看到安东尼的地方时，他一下子又消失在了人群里。哈利觉得他已经完全迷失方向了，但是突然又看到了，安东尼就站在马路的另一边，在空中挥舞着自己的一只手。

哈利穿过马路后，天居然下起了雨。是那种只会在初夏时下的雨，非常大，但是不冷。哈利这才想起把自己的伞忘在了咖啡馆的柜台上，还有其他的东西都遗落在那儿了。但是他除了跟着安东尼慢跑，也没有办法回去取东西了。这时安东尼正在躲避着路上的出租车和公交车，迅速地转到了一条往主路的南边走的一条小巷子，然后出来后就到了一栋红砖大厦的后面。就在那，安东尼停下来了，回头看了看哈利，哈利正在努力赶上他。于是他又开始跳位于他们前面的阶梯。经过一段狭窄的梯级，然后穿过一个感觉像是庭院的地方，但因为走得实在太快，而且雨也下得很大，哈利除了看到那里满是蕨类植物，还有些热带地区的树，其他什么都没看到。那些从枝丫掉下来的水滴，让人有些发抖。然后他们就到了一面低绿门前面，不断地抖动着身上的水滴，安东尼摸索着自己的钥匙，最后他们就进屋了。

哈利说，当时他们站在门口，互相看着对方，只让他想起了一个词，唯一一个可以用来描述安东尼厨房的词，是“绝望荒废的地方”。

“夏天的时候，这种事经常发生，没有办法的。”安东尼一边用手扇开飘浮在房间中央嘈杂又窒息的空气中的苍蝇，一边说。“而且住在一楼又很潮湿，没有办法的。”他递给哈利一块擦杯盘用的抹布，要他用那个弄干头发，然后他脱了自己的鞋子，在里面塞满报纸，也给哈利的鞋子里塞满报纸，并且把鞋子立在了墙边，示意哈利在厨房坐着。其实哈利想到“绝望荒废的地方”这个词不是因为那天一直盘旋在他们头上的苍蝇，

也不是因为从安东尼桌上的报纸就能看出的潮湿环境，而是因为这房间感觉已经有几个月甚至更长时间都没有任何东西移动了。感觉一切都很脏，而且“结痂”了，毫不夸张。

我知道哈利说的安东尼去的那个咖啡馆，就在大英图书馆的里面，瑞秋死后我曾经去过一次。那是在我回去工作之后，但还没有开始休假的一个周末。那段时间，每周都过得很混乱，周一到周五都是在工作中度过，我已经觉得要没有了任何瑞秋或者是我俩的回忆的痕迹，感觉自己已经完全投入在工作中了。但是周末的时候，瑞秋还是时不时地出现在我的脑海中。也许是某个周六的早晨，一醒来，想到的就是她，最后睁开眼睛，发现躺在床上的不过就只有我自己罢了，心中竟如此期待她也睡在身旁。

其实那段时间也没有什么事情做，于是心中起了去了解以前我工作时她都在做些什么事的念头。所以我开始出门去寻找她曾经给我讲过的那些地名。坐在布鲁斯伯里广场的长椅上，她曾经给我讲过经常在这儿吃午餐，或者漫步在温德尔街上，书店里有个咖啡馆，我通常会在那儿看看周末的报纸。为了她曾经说过的这些话我甚至有一次去了南岸的诗歌图书馆，只为寻找她曾经的身影。

那之后便也去了大英博物馆。在她死后的几个月的某个周六早晨，我没有躺在床上臆想我们之间的谈话，而是沿着河，走到了国王街十字路口的北边，在尤斯顿路上漫步，看着风景。我想我是不是应该要去办一张读书卡了，这样，我便能长期来这儿读书，而且有可能会发现值得研究的项目。等到了那一天的时候，我却只走到了天井中庭的地方，在咖啡馆里坐了一会儿，知道就算我这样做也无非是徒增伤悲。于是我便站了起来，盯着王室图书室看去，感觉那是靠着很多的玻璃建起来的。然后我便过去看了看展厅的地图，就在那儿发现了有一张寄给哈利的明信片。然后走上了一个台阶，给自己买了杯咖啡，看着人们吃着东西，谈论着事情，或者是大笑着，我突然心中生出一股愤怒之情，自己本来也可以和他们一样很幸福的。我又坐了些时间，直到我自己毫无目的地盯着别人，别人发现后也回盯我的时候，我觉得还是赶紧走吧。走下楼梯那一刻，我多么希望当时瑞秋邀请我来这里吃午餐的时候，我没有说出我很忙的话，没有说我要见客户。那时候如果有时间吃午饭，而且要和别人一起吃的话，那陪伴的人一定是客户。

“每次都是工作，”她这样说过一次，“又不会杀了你，偶尔一两次放松自己，看看真正的世界是怎样的吧。”我记得当时我还说大英图书馆又不是什么见世界的好地方，于是她也就没再要求我了。

我问过一次，为什么每次她都愿意去那儿，而不回学校看书。她说，有时候很喜欢那种感觉，她不仅是要查阅资料，而且还想要待在人群中间。她说，无非就是生活场景的改变，看些新鲜东西而已。但她却从未说过，在那儿会见到哈利这件事。看到之前一直都有哈利寄来的明信片，我知道他们还有联系，会偶尔见上一面。但瑞秋却从未说过，他们如此亲密，而且她在牛津读书时，哈利为她所承担的责任。这一切，居然都在她死后，我才得知的。虽然我只觉得艾薇作为一个女人，真的是看错了太多事情，但在邮件中，她写到她的教女很不喜欢分享，喜欢把事情放在心里这一点，倒是完全没有看错。

我知道瑞秋平常是会撒些小谎的人，就像以前她趁我不在的时候，会使用我的桌子，用完后，抽屉还半开着，却从来也

没有给我说过她用了我的桌子。但如果哈利所说的事情都是真的，那我想，瑞秋可能有更多秘密没有告诉我，还有更多的谎言。但是，想到她是在艾薇那种人的管教下长大的，我也没有觉得有什么好奇怪的了。

那天下午，坐在哈利的房间里，看着他慢慢地在面包上涂抹黄油，然后又拿了一块芝士放在自己的盘子里，我不知道，他是否了解我其实一直也在这些故事中，当他也在猜测着的另外一半故事中，在那个暑假结束的时候，他劝瑞秋结束我们之间的关系的事情，他知不知道当时瑞秋的男主人公就是我呢。当我看着他一边嚼着手中的食物，时不时还拿餐巾纸擦擦自己的嘴角，头脑里想到的却是他坐在厨房里，对瑞秋说出那么多的条条框框，然后给了她住进阁楼的很多条件，这时我便开始有些讨厌这个老头了。我讨厌他干涉了我俩之间的关系，讨厌他为瑞秋做的一切，还有为我做的一切。

我问过瑞秋，为什么在秋季学期开始前，她要突然就抛弃我的事情。这时，我明白了，哈利曾经说过，她的钱都由哈利来解决，但是给出了很多的条件。

我们曾经说起过这个事情的，那是在理查德和露辛达婚礼后的有天早晨，我们躺在我公寓的床上，一起醒来，吃完早饭，又钻到被子里睡觉了，我说起了这个话题。我们谈起了那次在学校里一起度过的暑假，说起了我们当时每天晚上在湖边散步，度过了很多美好的回忆。我俩都说起了我俩第一次接吻的画面，那天午夜，我们躺在哈顿秘密花园的草地上，就是那一刻，我疯狂爱上她了。听到这里时，她笑了，我用手遮住了她的嘴巴，示意她不要笑了，我是很认真的，而且，就是从那时起，我一直爱着瑞秋。

“怎么可能？”她说，“你怎么可能在那个时候爱上我？那时候我们甚至都还没有开始约会呢？亚历克斯，那时候，你完全都不了解我。什么啊，你意思是从那时候起，你就一直都在追求我吗？因为想着我，每天都与苍鹭为伴，然后日渐消瘦吗？”

我也笑了，当然在那之后我偶尔还是交往了一些其他的女人的。我和那些女人也会在海布里区走走，月夜下树影婆娑，我的手会放在她们柔软的头发上，吻着对方。有时候，我还会带她们回家，一起睡下后，听着她们讲自己的故事，偶尔还会在第二天早上走之前，一起吃个早饭，允诺说下次还会再打电话的。瑞秋问我，之后有没有按照说好的再打电话给她们，我没有否认，但是真的打得很少。她们在讲述自己故事的时候，都能感觉到我心中的空虚，每次发生这一切的时候，我都会感觉自己身处异地，感觉那个一直在我身上动着的那个人并不存在，自己完全心不在焉。就在那之后，我问了瑞秋，为什么在那个暑假结束就抛弃我了。

“出了什么事？”我们缠绕在被子里，我的手捧着她的脸问道。我又问了一句，“发生了什么事？”然后抬头与她目光对视，把头挨过去。

“你再也不要提起来了，再也不要。”她把头退了一点，躺在了枕头上，然后盯着天花板看，手挡住自己的嘴巴，在我还想继续说的时候，她便闭上了眼睛。

“你明白的，很恐怖，你所做的一切对我来说是很恐怖的。我无法理解这一切，在我们一起度过了一个愉快的暑假之后，你居然抛弃了我。”

谁都不知道暑假的那个吻对我来说意义有多么的非凡。第二天早上，我去了哈顿那儿，因为前一天午夜他冲出那扇法式

门把我们赶出花园的原因，我都一直很担心他会破坏我们之间的好事。但是当我见到哈顿之后，他只是说想要把它“当成秘密”，给我说了一些他对瑞秋的看法，但都是一系列无法理解的评论。他说的一切对我来说都没有作用，我也不太关注，我只是觉得松了一大口气，因为他没有过多地管这件事情。那之后的第二天他就走了，好像是因为假期的原因去了国外，所以直到后来十一月我才见到他。那天，也没有其他任何人见到我或是瑞秋。学校很多的其他房间都用于暑期课程和来访的学者了，所以我们相当于是在自己的小圈子里生活。我们一起生活的局面不会被任何人打扰，感觉整个学校都是我们的，只需要把自己完全交给对方就可以了。

日子就一直这样平淡地过到了九月的最后十天。这时局面被搅乱了，因为她开始出现了一些细微的变化，虽然我一直告诉自己不会的，不会的。直到有一天，就是开学前那一天，我们就站在牛津站等她要上的火车来，突然她把手从我手中抽了出去，对我说“一切都结束了”。那天站台上非常拥挤，而且也很嘈杂，所以当她说“我们最好还是不要约会了”的时候，有那么一刻我都一直以为自己听错了。但当我再次去拉起她的手时，她又说了一遍，“再也不要这样了，可以吗？我们再也不要这样了，亚历克斯？我们就是玩玩而已，不是吗？我想我们俩都是因为太孤独了吧。”

她说的时候，感觉也没有设想好说辞，就像是在做一件她理所当然的事情，但还在犹豫要怎样开始，所以还带着奇怪的笑容，总之是我以前从未见过的笑容。我想要问她为什么，她肯定是误会什么了，一定是一时想错了，我们很开心啊，而且我们可以再沟通，她可以告诉我我哪里还需要改正的啊。但她却只轻松地说了一句，没有什么可谈的了，我们在暑假前也不是什么朋友，所以我想以后也没有必要见对方了吧，真的不要了。她还说，她的朋友这一两天就要回来了，我的朋友也是一样的，学习上的事情肯定也会变多，这就是个暑期的小插曲而已，我真的反应过度了。

我被她的一番说辞惊呆了，怎么会这样的。想想那些我们在每个早晨一起醒来时，谈论的那些事情，多么的真实和美好。但现在她却要我不要再傻了，难道她就这样否定了那些我们在一起的开心的日子？就是那个时候，我告诉她我爱她。听到这个后，她哭了，安静地流着眼泪。没有抽泣，没有颤抖，什么声音都没有，就只是站在那儿，一动不动地，眼泪从脸颊上静静地流下来。也没想着要擦一下，就让它们那样落下来，盯着我。最后，我忍不住了，伸出手想要帮她擦擦眼泪，但她轻轻地握住了我的手，把它们推开了，说，再也不要对她说那样的话了，她很抱歉，真的很抱歉，是有些事情发生了，但是她无法解释，发生了一些她希望我永远都不要知道的事情，因为所有发生的这些事情，她不得不一个人承担，很长一段时间都不能被分心了，只能关注自己的学业，真的没有选择。对我们两个来说最好的办法就是再也不要说话了。我就那样站着，盯着她的眼睛，完全不能理解这一切，多么希望这一切都没有发生，我知道无论我说什么，她都不会改变主意。于是道别后，我便走开了，离开了她，留她一个人等着她要上的火车，因为我实在没有办法看着她离去的背影，所以我情愿潇洒一点。

那之后，我真的就没有再见过她了，更不用说说话了。理查德回学校了，尽了他最大的努力，想把我拉回来。他的那些办法也挺有帮助的，我想这就是她说的，我们的朋友们都要回

来了的意思吧，我们都得回到暑假之前的日子去。但是我还是很疑惑，那就是我认为的那些她的朋友在那个学期并没有回来，而且她也完全像搬离了学校的感觉，再也没住在之前的地方了。

理查德婚礼后的第二天早上，在我公寓的床上，我问起她当时发生了什么事情，问她为什么要用那样的方式结束我们之间的一切。她回答说，她已经不记得了，让我们谈谈其他的事情吧。我拒绝了，我说，这件事对我很重要，于是我开始帮她一起回忆，非常详细，包括那天我们在站台上说的每一句话。但说到一半的时候，她便打断我了，说拜托了，够了，她当然记得，只是不想再提起罢了。我就那样看着睡在另一边的她，盯着天花板，脸颊落下了一滴泪。

“我无法解释，亚历克斯，真的不好意思。我想我还是走吧。”她说完，便开始起床，去拿衣服了。

“为什么？”我说，“为什么就因为我说了那件事，你就突然要走？”

“你想要我留下来吗？”她又坐回床边，看着我，疑惑地问我。

“当然想要你留下，当然想了。”我说，这时她又回到了被子里，我给她说，没关系，如果她真的不愿意说起这件事的话，我们就不要说好了。反正也是很久以前的事情了，真正重要的是我们又在一起了，而且这次她再也不能逃出我的手掌心了。我好不容易才又得到了她，再也不想要她离开我的视线，永远都不要。

“什么意思？永远不要？”她轻声说道，把脸埋到了我的脖子里，抱住了我。

“我爱你，瑞秋。”我说，“我给你说过的，我是认真的，我不在乎以前发生了什么。我真的不在乎是因为什么，不重要了，再也不重要了。我就是不想要你再离开我了，真的不要了。”

她说，“好，我留下来。但是有些事情是我真的不会说起的，希望你能够理解。”她抬起头，看着我，说，“亚历克斯，是这样的，有些故事是永远不能说的。你不应该说你爱我的，因为你不会，真的不会。你都不了解我，如果你了解的话，是不会说这样的话的，真的不会的。”

但当时我告诉她说，从她身上，我看到了不一样的东西，而且我也相信没有一个人能够完全了解另外一个人的。我很确定我能够真正地爱一个人，而且这也是我所理解的无条件的爱。

“你的意思是你现在无条件地爱着我，亚历克斯？你疯了吗？”她问我的时候，笑中带着泪。我说是的，那就是我要说的话，虽然这过程有些复杂，已经失去过一次了，感谢她又再次回到了我的怀抱。

“证明给我看，”她说，“你是无条件地爱着我的。”

“怎么证明？”我问，“我应该怎么证明？”因为她把脸都埋进了我的胸膛，而且说话的时候嘴巴就在我的胸口，我都完全看不见她的脸了，也无法听清楚她的回答，我把她的头拉上来，这样她说话的时候，我们四目对视。就在那一秒，她说，“娶我吧，亚历克斯，娶我，证明给我看。”

后来，等到晚上的时候，她说，“让我们出去会儿吧，就我们两个，让我们去阳台上吧。”她给我说，本来求婚的应该是我，所以我得做一遍。

那个场景后来还时不时地会出现在我的脑海中：在那傍晚

的余晖中，我跪在她前面，她从上面深情地望着我，表情极度放松，那是我极少能从她脸上看到的。那场景在我心中回演了无数遍，我非常谨慎地对待这一切美好的回忆，生怕每次美好回忆的后面都会有伤心随之而来。有的时候，这场景也会突如其来，毫无征兆。有的时候，还真伴随着悲伤，早上一起来，发现自己在睡觉的时候陷入了一个悲伤的框架中，无法逃脱。当这一切发生时，我只能发呆，感觉头上头下有很多的梭子在飞来飞去，感觉越来越多，直到有种全被充斥满的感觉，成千上百个梭子在穿梭着。每个飞梭在开始的时候都还有自己的形状，到了最后，会快得像光线一样从眼前飞过。开始的时候，感觉有一种颜色的梭子比其他颜色的都要来得频繁，在搔弄着我的皮肤，最后却变成了碎片，散落在我的身体上，然后另一种不一样的颜色又开始做同样的事情。

我想要读读这些碎片，看看它们到底是什么意思，但根本就没有可能，这一切都发生得太快了。直到我看到记忆画面里在一个周日的早晨，我们在别墅前的草地上跑来跑去，突然就下雨了，却没有带外套和雨伞。而我们俩却毫不在意，瑞秋的头发都已经淋湿了，等到我们跑到树下时，我把她揽入怀中，开始吻她脸上的雨滴。画面瞬间消失了，又切换到我俩正走过剑伯沙滩，在一块很小的毯子上，挤满了我们带来野餐的事物，那次野餐就是我们重逢之后的那个暑假的最后一次野餐。好像是在理查德和露辛达婚礼后两个星期的样子，是个周末，还很热，我们吃过中午饭之后便开始画起了水彩画。大约一个小时的时间，我们都没有说话，就那样并排坐着，描着画。瑞秋说她知道我肯定不想要被打扰，但是不得不聊聊。她拿着一本我连同水彩画工具送给她的一本书，说我们必须开始了。之后，我说我得先完成我的画，她便伸过头来看我画的，再看看海，又看了一眼我的画，说，“亚历克斯，你是不是色盲啊，你检查过吗?”

回忆里其实也没什么事情一直这样缠绕着我了，就这一件事，不断重复着、碰撞着，在我的记忆里撒野。

哪里都是她，却又觉得哪里都没有她。

在剑伯沙滩的那天，雨来得很早，在我们回车里的路上，她的手迅速地握住了我的，而且步子比我的都还要快，这样我们才能步伐一致。我又回看了一眼，看到了沙滩上满是我们的脚印，散落在这白色的沙滩布上一样，还可以看出我们因为不一样的节奏，而差点摔倒的印迹，在湿润的沙滩上静静地躺着。

十九

我陷入了沉思，过了一阵我才意识到哈利已经没有坐在我对面的沙发上了。我想他可能已经出去了，留下我一个人在这里。但是过了一会儿我听到他在另一个房间里，他在收拾中午吃饭的桌子，又多泡了些茶。我看着挂在墙上的照片，想起了我们结婚时瑞秋送给他的那些照片。当他回到这个房间的时候，我问他愿不愿意把那些照片给我看看。他有些吃惊，呆呆地站在房间中央，好像在犹豫。但是他还是放下茶壶，走过去开始在那堆松果和明信片里面翻找，结果他什么都没有找到。于是他一张一张地把那些请柬拿开并整齐地叠在他背后的地板上，给自己腾出空间来查看那些盒子。我开始想他好像是在玩弄我，他根本就没打算把那些照片给我看，但是最后他还是找到了它们并走向我。在我正要从他手里接过照片的时候他说，虽然他不介意我看这些照片，但是他更希望我看完之后能理解他并把照片归还给他。他可以多印一些照片，这是肯定的，但如果我不反对的话，他还是想保留原件。我没有回应他，因为听他说这席话的时候我有些生气，因为他在放开这些照片时候那支支吾吾想要交涉的意图。相反，我放低我的手臂，使得他的拿着照片的手悬在空中。我坐回到沙发上，不情愿地摇了摇头，拒绝了他刚才的提议。

最后正如我所料，他变得很尴尬，但还是把照片递给了我。我本想慢慢地浏览这些照片，但我只是匆忙地看了一下。我的挫折感和怒气变得很强烈，仿佛在胸口有一盆开水在沸腾一样，上下翻滚。突然我很想揍他。我不得不快速地浏览一遍，我要确认这些照片都是我之前见过的，并且一直在我的心里。对于我来说这些照片是如此的熟悉，因为所有的这些照片都是在我们结婚那天照的。它们都是我们的相册里头的复印版，就是我来找哈利前一周发现的那些相片的复印版。我最后还是打开了艾薇在瑞秋被谋杀的第二天在警察局给我的那个装着照片的信封。然后我直接把这些照片递回给他，但是我的手却情不自禁地抖起来。

“信呢?”我说。我觉得我的声音非常清晰，就好像我已经打了他而不是在跟他说话，“你需要一个书面协议然后你才能给我吗?”

“很抱歉，亚历克斯，我真的很抱歉。”我几乎是跳回了书架，又开始打开本来合上的那些文件夹，在其中筛选。我看到他的手也在抖，他像个老人一样佝偻起来。我意识到我让他心烦了，我为我自己的行为感到羞耻。当然，当我读他递过来的信时，我发现里面写的东西没有一件是我不知道的。这封信描述了我们在注册办公室举行的小小的庆典，记录着瑞秋的裙子，记录着当时我在她眼里是多么的英俊潇洒，记录着注册之后我们和理查德、露辛达一起去吃饭时点的菜。

我理解当时哈利为什么不愿意与我分享这封信和照片了。倒不是因为他想要对我有所隐瞒，只是因为这些东西是唯一的能够让他怀念瑞秋的东西。我的怒气全消，取而代之的只有满心同情。但是在我冷静下来的时候，哈利似乎并没有。他拿走

了信，想要把它折起来放进信封里，但是他一直折不对，放不进去。信纸从他的手中滑落，飘到了沙发下面。当我弯下去想要帮他捡起来的时候，我看到他脸上恐惧的神情。所以我直起了身子，让他去捡。最后他找到了信纸，并把它们放在了架子上。他重新坐到了沙发上，从他胸前的口袋里抽出一张手绢开始一遍一遍地擦拭自己的双眼。我们都沉默地面对面坐了几分钟，仿佛谁都没有注意到他在哭泣。

最后，他把手绢放回他的上衣口袋，咳嗽了几下。他站起来，给我俩都斟满茶后说，他会从他之前中断的地方重新开始述说故事，回到朱迪街上安东尼的厨房。当他说到“我们又重新回到那里”的时候，我脑海里那些文件和相片开始盘旋萦绕。

安东尼说：“你真的认为那些东西是我亲自写的吗，哈利?”他站在厨房的桌子边说。哈利坐在对面，还在尝试着用安东尼的茶巾弄干自己的头发。“看在上帝的分上，好吧，我给你点提示：‘他的最后一个公爵’。这选择很明显，对吗?”他一边继续说一边拉了张椅子坐在哈利的对面。“这是女孩儿的选择。你应该信任我，带着一点迷糊的想象力，是吧?”哈利突然想站起来离开那里，当时他不确定自己还想不想听安东尼接下来准备告诉他的事情。但他还是没动，这就是他如何发现那些信是瑞秋的主意的。

我坐在沙发里，重新沉浸在哈利的故事里，耳边萦绕着哈利温和的声音。奇怪的是他突然停了下来，正如他开始这个故事的时候。他什么也没说，只是看着炉火，好像又要开始哭了。我问他还好吗，他抬起眼，好像很吃惊看到我在这一样，好像之前他一直在思考别的事情一样。

“我没事，亚历克斯。只是对于我来说，要告诉你这些事情有点难。如果你要我坦诚相对，我只能说我其实不愿意做这些故事的讲述者。我想对你来说故事已经很明显了。既然我已经开始了，我就得接着讲。我只希望你能有这份耐心。”

我点点头表示同意，于是他开始接着讲。但是在接下来的几个小时里，他一直在讲他第一次去安东尼的房子发生的事情，并且以一种非常奇怪的方式来叙述。他讲的故事好像一直在离题，总之是在拐弯抹角，到处都是省略号或者委婉用语。我发现想要跟上他的讲述有点困难，但我还是尽力了。我想，他开始讲故事之前我肯定让他心烦了。与此同时，我这明显的不适让他不得不把那些与瑞秋有任何一丁点儿有关的事情都联系起来，以便我能跟上他的节奏。他想以此来化解我们之间刚才出现的尴尬气氛。我尽力跟上他，但似乎还是有些困难，我认为对于此我也是要负些责任。如果我之前没有把我和哈利的处境设想成我与客户之间的谈话的话，我也不会这般随意地插嘴，提些问题来刁难他的。

相反，我现在只能等着，等把这些零星的碎片收集起来，希望之后能够把它们重新拼凑在一起。我得帮助这个不怎么会讲故事的人整理这些我第一次听到的事情。对这个讲述者我真是很沮丧，好几次我都觉得我自己完全走神了，然后又不得不自己去填补那些哈利留下的空白，这时我才知道这些分神的行为是多么的愚蠢。

当他说完他的意图之后，我们又分开了，然后换衣服出去吃晚餐。我回到我的房间，按照约定给艾薇打了个电话。电话里她告诉我她那个版本的故事，几乎是另外一个故事了。后来只有我自己根据哈利给我展示的东西重新来还原整个场景。

我肯定不会告诉哈利有关艾薇邮件的事情，我也觉得没有

必要告诉哈利跟她谈话是我的主意。他估计会告诉我那个写信的下午都发生了什么，关于这件事艾薇跟他一样清楚。他们两个的信息来源其实是一样的。看起来好像是安东尼在他被开除的那天联系了艾薇。他向哈顿坦白，承认写信和寄信给哈利都是他一个人做的。之后他最后一次收拾了他的房间，然后留下哈利给他的书作为告别，便离开了。即便安东尼和艾薇之间也是因为这件事发生联系的，可我确实不太能理解这种友情。我有种预感，他们之后还会有很多纠葛。在切尔西的时候，瑞秋周末都会在艾薇的房里办派对，安东尼一直是这些派对上的常客。然后，在我的脑海中出现了违章停车罚款单上的那张照片。这照片是在瑞秋被谋杀之前的几周拍摄的。但是直到拍那照片之后哈利才解释为什么艾薇和安东尼那时还有联系，那时他才透露在那个五月的早晨，在瑞秋工作的那个图书馆所召开的那个会议的真正意图。

在安东尼被告知他必须收拾好一切并且离开的那个下午，他和艾薇通了话。他那时已经崩溃了，并把一切都告诉了艾薇。前几周发生的事情一直让他心烦意乱。整个故事中，在哈利对我有所保留的地方，艾薇都在电话里头把这些空白都填补了。她把故事里那些肮脏卑鄙的细节都告诉了我，仿佛她也乐在其中。她讲得非常通俗易懂，让我有身临其境的感觉。

我打去东京的电话立马就被接了起来，但接电话的是个男的而不是艾薇。我说我找艾薇，对方咕哝着骂了几句才把电话给了艾薇，听到她困倦的声音我才知道是我吵醒了他们。我抱歉地说我没有考虑到时差，问她什么时候我再打来才合适。她说她倒宁愿现在就把事情弄完。她说她在给我发邮件的时候考虑过这事，她已经作出了决定。但是很明显，现在她要说清楚的是，如果我坚持要继续和哈利待在一起的话，那么我要怎么度过或者浪费我的时间都不是她要操心的事了。她很高兴我还能再简单地听她说两句，可是那之后我就得靠我自己了。之后她补充说，让我不要忘记她多有下流。她情不自禁地要帮着哈利观察我是否比之前更了解自己了。她说估计我是没有必要去拜访每位知情者，因为我会了解一切的。

“艾薇，”为了不想让她变得兴奋起来，我答道：“我们是要接着说呢，还是你想要一直这样侮辱我?”她说好吧，我们来谈谈吧。之后她打了个哈欠，慢慢地问我有什么疑惑。

我说我有很多事情想要问她，头一件就是那些信，那些装在文件袋里，她让我去送的那些信。我说哈利已经跟我讲得差不多了，但是是以他自己对这些信的理解和自己特有的讲话方式讲的。我解释说，他几乎把他能说的都告诉我了，因为我知道她和安东尼在那天讨论过这事儿，所以如果艾薇能再我多告诉点的话，我定会心存感激。

“当然，亚历克斯，我肯定会告诉你的。”她话音刚落，我便发现她已倦意全消，传到我耳中是一种奇怪而兴奋的声音，里面还夹杂着一股明显的恨意。

她说她在邮件里警告过我了，别问太多的问题。除非我对于我想要的东西非常肯定，不然她是不会继续的。然后我沉默了。她说之前安东尼在他被开除的那天，一离开沃切斯特就立马给她打了电话。那通电话她一辈子也忘不掉，电话里的安东尼对于发生的事情非常的悲痛和气愤。那天下午，他其实为他选择的解决问题的方式感到很无助，情绪也完全不受控制了。她在她办公室见到安东尼的时候要求他把来龙去脉都再说一遍，那样她就可以搞清楚在安东尼描述的整个事件中瑞秋到底

扮演了什么角色。而此刻即使隔着这么远，在这个时间，她也极力地想要为我还原整个事件。

她一开始说话就停不下来，完全没有刚接电话时的那般不情愿。谈话快要结束的时候我看了一下我的手表，才发现我都错过了吃晚饭的时间。我想如果我快点的话，还是能在吃甜点的时候找到哈利的。我跑着穿过这四方的院子，直接上了另一边的台阶。但是当我跑到顶的时候我减慢了我的速度，在平台上来回踱起步来，我想把艾薇给我讲的东西都在我自己的脑子里理出个顺序。我有意把它们一件一件地沿着哈利的线索排列起来，这样我才可以研究出它们之间的联系，才能自己分辨出哪些是最真实的部分。我从故事的结论开始从后往前把这些景象排列起来，这些结论与我最近听到的这一系列故事充分吻合。好像它们在一张张临摹纸上画草图一样，然后我把它们上下来回移动，翻来翻去地研究，看我是不是能找到一个位置，让这些东西能够均匀地紧密地排列在一起，组成我觉得密切的独立的图像。如果说哈利给的是一张从儿童的谜题书上撕下来的一页的话，那么艾薇就给了我一支铅笔，让我在哈利那些点之间画线。所以当我最后一次走到阳台尽头，沿着狭窄的阶梯走向放着甜点的房间时，一个组合而成的完整的影像开始渐渐出现。我只花了一点时间就把这些线索连在了一起，我现在脑子里的这些画面已经清晰到即使不是当事人，也可以一件件地窥视这些事件了。

我打开阳台尽头的破烂的橡木门，发现点心才刚开动。我只是错过了和大家一起沿着阳台漫步。之前坐在高桌旁的宾客和同事们抓着他们的亚麻餐巾，跟着哈利走向我正在看着的那个房间。过了好一阵我的眼睛才适应了来自阳台的光亮，最后我还是在满屋的蜡烛光中发现了他。他看到了我，站起来示意我坐到空位那儿去。我发现我很难加入到这群都沉浸在相互的谈话中的人，我几乎插不进去话，这反而让我松了口气。这些座位被安排成了三个一组，环绕着房间，组成了一个松散的大圆，每个小组前面都有一个胡杨木小桌子。如果说这些家居的布局是为了暗示一种杂乱无章的话，那么这些桌子便是有过之而不及的。桌子上放着银制的碗和盘子，大的盘子里堆积着已经熟透了正滴着汁的水果。石榴被分开，露出深红色的果肉;石榴的下面是排成古怪形状的梨子，梨子的汁沿着这些黄色的球体流下来，最后滴到桌面上，形成一片发着光的小水滩。所有的东西在火光的映射下闪着琥珀色的光。没有电灯的光亮，深色的镶板使得这间空间很低的房间显得格外的拥挤，甚至有点令人窒息的感觉。我松了松我的领带，接过一个玻璃瓶给自己倒了一杯深色的甜东西。然后我坐下，在喝之前深深地闻了闻它的味道。

那个夜晚因为酒精的作用而变得很长。晚饭后我来到这间屋子的时候，我只看到事情的表面，但是那些强加于我的对话最后都令我深陷其中无法自拔。今晚，尽管我能更仔细地观察事情，但是我发现这些故事更大程度像有个系统而不是我迄今为止所知道的。我到的时候，哈利还在检查他写在一个信封背后的座位安排表，还在确认是不是每个人都在对的位置上，然后跟那些需要交谈的人交谈。现在我们都坐定了，他时不时站起来向其中一个同事点头，那是他精心挑出来的助理，一旦他能把自己从那些对话中礼貌性快解救出来的时候，他就会站起来。他走向一张大桌子，根据他从哈利的点头中理解到的意思，拿走了一个玻璃瓶和一碗水果。他带着它们走向三人小组

的其中一桌，向他们提供饮料和水果，然后把玻璃瓶和水果放在桌上，回到了自己的座位上，巧妙地再次加入谈话。不久，哈利又站了起来，再次点头发信号，以保证这些宾客没有片刻的不快，没有人的盘子是空的，也没有人的杯子空着。这样，他们差不多一直在谈论着。只是有时候需要礼貌性地打断他们，因为他们忘记了要给左边或者右边的人递一下玻璃瓶。

整个晚上，这样的节奏只被打断了一次。一个男人出现在了门口，并不显眼，要不是他打开了门，我几乎都没有留意到他。他向哈利点点头，灵活地走到桌子边，放下一盘木瓜，其中四分之一都还是青黄色。接着，他在房间里转了一圈，换掉了一根已经快烧完的蜡烛，捡起掉在地上的一颗葡萄，然后他便离开了。我们又像太阳仪一样悬浮着，而哈利则像是我们的一颗暗星一样，隐藏于我们所无法触及的地方。我们的酒杯从金色变成紫色又变成金色如此反复，他看着我们擦拭掉我们嘴角残留的果汁，同时也观察着他安排的这些联络员的动向。

这就是在这间小屋里，火炉边明暗分明，烛光映射在件件银器上时不时地闪烁着。这时，我让自己蜷在椅子上，任凭葡萄酒充满我的血管。就是在这时，我又想起了那些碎片，想起了哈利和艾薇讲的故事。我又开始在我的脑海中画图，那些碎片它们一直在自己找自己的位置，因此我才可以看到它们所描绘的场景。聊天的间歇渐渐消逝，说话声又重新在房间里流动，碎片描绘的场景突然地出现我的眼前，一开始很模糊，之后越来越清晰。我看得入迷，似乎看到了安东尼、瑞秋和茜茜在一起策划着给哈利写一连串的匿名信来指控他谋杀。

整件事情的开始就像一个笑话。那天下午，就像平常他们三人在一起琢磨事情一样，他们藏在瑞秋和茜茜同住的那个套间里面。他们把那些无聊的下午都排进了日程。那些无聊的下午，他们基本上每周都有一次会面。他们轮流着从高地上的烟草商那儿买食物，一瓶瓶的伏特加和一包包五颜六色的镶着金边的鸡尾酒味的香烟。在瑞秋的怂恿下，他们每人都买了一个象牙的烟斗。他们关上外面的大门，然后就开始喝酒，抽烟和聊天。这一切都是非常做作的。安东尼估计是他们中唯一还知道时间的人，他说这其实就跟在牛津的时候一样，没什么新鲜的。但这也是他如此享受这午后时光的原因。他们待在一起，做着牛津的学生会做的事情，这让安东尼觉得他终于找到了归属，也让他觉得自己终于被这个世界所接受了。

当然，这项日程要看是一周中的哪天了，也要看他们共同存的储蓄金能让他们买到多少伏特加。不过，通常聚会都会持续到傍晚，一直到深夜。如果瑞秋和茜茜发现冰箱里已经什么都没有了的话，安东尼就会被派出去买外卖。到了深夜，如果他们觉得很冷的话，他们会先洗个澡然后把他们自己裹在羽绒被里接着喝酒。

在他们的交流中几乎没有规则。首先就是关于成员的，他们最先一致同意的就是只能是他们三个。“不论发生任何事情”，安东尼想起在他们小团体成立的第一天，他们举起酒杯的时候瑞秋说到的这句话。他们不能告诉其他任何人他们在一起的这些下午都做了些什么，说到这个的时候瑞秋又重复了“不论发生任何事情”这句话。然后茜茜一遍又一遍地拉着他们两个重复这句话，好像他们是坐在营火周围的童子军一样，正在约定什么秘密的事情。这样的气氛让他有点期待这两个女孩儿中的其中一个能拿出一把小刀，然后要求他滴一滴血在碗里和她们的混合起来。

除此以外，只有作乐是被同意的，而且这好像是瑞秋和茜茜两个人之前已经研究过了的。然后在第一次聚会上他们告诉安东尼，不管发生任何事，他都只可以看。两个女孩儿对于这件事情态度非常的强硬。但是安东尼从来也没有碰过她们任何一人，他也从来没有被邀请加入她们。所以他完全被规矩束缚了，他只能坐在瑞秋的椅子上眼巴巴地看着这两个女孩儿的“表演”。大多数时间他都觉得难以忍受，因为他要不是待在离她们的床很近的地方，要不就是站在离她们躺着的地板很近的地方。但是当他想要提议她们修改一下游戏规则的时候，她们的答复是“要么保持现状，要么走”。如果他实在控制不住的话，可以当时就走开。但是他还是留下了，还是只有看着的份儿。奇怪的是，一旦他接受了自己只能当个旁观者的时候，他渐渐觉得没有那么难忍受了。

然后，在五月下旬的一天，聚会才开始半个小时，还没有到表演的时候，他们才刚开始喝酒。三人一起走进瑞秋的卧室，然后安东尼和茜茜看着瑞秋。瑞秋说：“你们说为什么他对勃朗宁如此地着迷呢?”

一切就是从这里开始的。

整个下午他们都在闲聊着哈利。最后他们还是聊到了诗，接着茜茜说了点关于哈利老婆的事，然后提到流言都在传她不可能是得癌症死了，肯定是情人干的，要不就是自杀或者别的什么。

“别的什么是什么意思?”瑞秋说：“你是说谋杀？你觉得是哈利杀了他老婆?”

“得了吧，看在上帝分上，瑞秋你能不能闭嘴!”茜茜答道，“他是不可能杀她的。”

瑞秋说："但是为什么不会呢？这事儿不是发生过吗？你知道那些人做的事。"她把一只手慵懒地放到茜茜的胸前，用手指滑过茜茜的腹部，停留几分钟再接着往下摸，这使得安东尼有分神。瑞秋接着说："而且，这也解释不了勃朗宁啊。"

接下来的一次会面中他们也谈论了这个话题，而且瑞秋好像对这个话题很感兴趣。某个下午，他们三人醉醺醺地一致认为，哈利杀死了他的妻子这是不可能的。她说："我觉得我们可以给他写封信，试一试他，看我们能不能得到点真相。这肯定很有意思，你们觉得呢？"因为这个主意他们笑了又笑，开始翻阅着一些诗然后读给大家听。他们醉得不省人事，发现一首接一首的诗可以用作给哈利的信。安东尼从瑞秋的桌子里拿出一张纸，开始草拟这封信。

对于应该怎样署名，他们纠结了很久，在诗里选了一个又一个的名字都觉得不合适。"我相信，我肯定能在《戒指与书》里头找到合适的名字。"安东尼一边拿起瑞秋的书抄写一边说。"少来了，安东尼，你又开始自作聪明了，自然点。"茜茜说，"算了吧，这事儿太无聊太费时间了，而且只有我一个人会读这鬼东西。我们来编点什么吧。"

有人想出"一个美好的祝愿者"这个名字。他们都在品玩着翻译这个名字，想来点文字游戏类型的东西。"本·沃利欧如何？"安东尼提议道："你们知道莎士比亚吧。黄色长筒袜那之类的，想一个与之相对的东西。"他们无聊地争执着，已经完全失去了控制。最后茜茜和瑞秋打了起来，安东尼在旁边看了一会儿，直到她俩真的已经打疯了他才不得不去分开她俩。他们冷静下来之后，决定还是就用"一个美好的祝愿者"，也不用玩文字游戏了。

“这学期还有三周就结束了。”他说：“周末我们就给他寄第一封，等周五我们上了他的课之后，我们再决定下一步怎么办。如果他没有上钩的话，我们就接着寄，一周一封，直到他上钩为止。”

“好吧，”瑞秋说：“看着吧，我们会把他整崩溃的。”她在床上躺下，然后茜茜就爬到了她身边。

“那谁来寄这些信呢？”过了一会儿茜茜问：“我肯定是不会去的。如果我被发现了，我爸爸肯定会杀了我的。”

“噢，算了吧。”瑞秋说：“别像个胆小鬼一样，小茜。”

这时安东尼向他们自荐。他会在电脑室里用电脑写这封信，这样字迹就不会被识别出来。然后他会去寄出这些信，但前提是姑娘们给他点回报。

“噢，我的天哪，安东尼，你好狡猾！”瑞秋说：“我不相信你居然认为我们会答应你。”

“为什么不会呢？”安东尼答道：“你们其中一个来和我玩乐对你们来说一点吸引力都没有吗？似乎到现在为止你们还都不太了解我。”

瑞秋和茜茜开始笑他。“了解你？”瑞秋喘着气说：“小茜，他觉得我们不同意是因为我们不够了解他！你信吗？”茜茜也加入到其中，她让安东尼下次照镜子的时候，好好地对着镜子看看自己，然后两个女孩接着笑，安东尼说他们不是在笑而是在尖叫。那时他讨厌她们极了。但是接着茜茜突然停止了笑说：“好吧，我同意，不就那么回事嘛。”

“不是的，小茜。”瑞秋语气中带点笑意又带点恐惧地说道：“天哪，你实在太……”然后她停了下来，从床上站起来走到房间的另一边。

“什么？瑞秋，什么？我太怎么了？”

“太……我不知道怎么说，太不道德了。”瑞秋说，这时她已经没有笑了。

“瑞秋，”茜茜从床上坐起来，脸上带着些嘲讽的表情，双手抱在胸前说：“我以为你从来不在乎道德之类的东西呢，亲爱的。”接着她站起来，跑到瑞秋面前，亲了她一会儿，突然停下来喊道：“停!”然后又把瑞秋推开，走回到床边之后躺下说道：“你知道吗，亲爱的，他是对的，不过就是那么回事嘛。”接着她转过头对着安东尼说：“你来吧，孩子。但是如果这事儿被人发现的话，你得说这全是你的主意。跟我们一点关系都没有，知道吗？”

“好。”安东尼说着，从椅子上站起来走向茜茜。“噢，看在上帝的分上，肯定不是现在呀，你这个可笑的北方佬。”瑞秋走过去爬到床上边说。她把被子盖在她和茜茜身上，手放在茜茜的脸上，四目相对。“我们什么时候让他完事儿呢，茜茜？什么时候？”

他们同意这事儿的前提是安东尼要去寄这三封信，事成之后，他们就会在午夜时分，在卡萨布兰卡舞会的大亭子后头与他见面，并好好犒劳他。

“在外面呀？”安东尼问，他巴不得立马就跳上床去加入两个女孩儿。“为什么要在外面呢？”安东尼又问。

“为什么不呢？”瑞秋接着说：“你真是太无趣了。茜茜，他不是很无趣吗？真是太他妈的无趣了。”接着她转向茜茜，把她拉进被子里。伴随着院子那口大钟的钟声，安东尼坐回到椅子上，这时他下定决心，无论发生任何事情，他都会把这些信寄出去。

不出安东尼所料，两个女孩儿几乎立马就退缩了。因此当安东尼告诉她们他要先走一步去把第一封信放到哈利的收件箱的时候，她们表现得很激动。她们发誓说再也不会和安东尼说话了。他没有意识到这一举动会给他们带来多大的麻烦，他也不知道自己到底在想什么。其实自始至终这都只是一个愚蠢的玩笑而已，那接下来到底该怎么做呢？他尽力想让她们冷静下来，他说没有关系，就只是一封而已，而且哈利永远也不会知道是谁寄的，再说他就算知道了肯定不敢来跟他们对质，所以她们根本不用操心这事儿。

姑娘们没有相信，这周五下午的辅导对安东尼来说简直糟透了。他惊奇的是这两个人居然来了。整个星期以来，她们都不愿意见他，除了有一天吃早餐的时候，她们在大厅外面等他，之后把他带到湖边，告诉他他必须去找哈利，并告诉他这一切，然后到此为止。“好!”安东尼说：“好。不如你们先兑现你们的承诺，然后我再去坦白一切。”她们对视了一眼，然后就开始嘲笑安东尼。“你还太嫩了啊，小伙子。”茜茜说着，便走开了。瑞秋继续在那儿待了几分钟，她对安东尼说抱歉，但是他现在真的应该要明白这一切有多么的严重，然后自己去解决这件事，如果他不能自己帮自己的话，她们也不会帮他的。

安东尼说，她说话的语气就像他妈妈。小时候他故意做错事来吸引母亲的注意力，然后他母亲骂了他，因此他恨他的母亲。正是因为这种感觉，安东尼不但没有去哈利那里承认过错停止这一切，他反而在吃晚饭的路上去了小旅馆，并把第二封信放到了哈利的信箱里。当然，他是在事后才告诉瑞秋和茜茜的。她们拒他于千里之外，整个那一周他都是孤身一人，他觉得自己好像都要疯了。他完全不知所措，不知道拿自己怎么办，更不知道该拿这些信怎么办。之后，在最后一次辅导课上，瑞秋和茜茜都没有来，就连哈利都不想见他，看都不看就把他送出去了。他决定他要结束这一切，寄出最后一封信。直到哈顿把他们三人都喊出大厅之后，瑞秋和茜茜才发现安东尼已经寄了第三封了。哈顿走后，她们和他一起站在平台上。她们告诉他，他只能自己处理剩下的事情，她们会否认一切，没有任何事情可以把她们俩卷入其中，如果不幸被调查了，她们的证词也会指向他。“我们人数占优势。”茜茜说道。安东尼知道她是对的，第二天早上，在哈顿说话之前就可以见分晓了。

他告诉哈利，那天早上他站在哈顿书房里的时候，他被告知他要被开除的时候，他才意识到他所知道的世界已经结束了，他连哈利伸过来的手也握不住了。他什么都没有了，那时的他非常沮丧，甚至连对瑞秋和茜茜生气的力气都没有了。尽管来到他房间看他的哈利其实是他的最后一根救命稻草，但是他决定还是由自己来承受这一切。他说，哈利的宽容，哈利写诗的天赋都不知怎么的让他感到气愤。在他的残忍面前，哈利的仁慈更让他看清楚了他即将要失去的是什么。而且，当他站在格洛斯特绿色公车站等着带他回曼彻斯特的公车时，他花了他身上的最后一点现金给艾薇打了个电话。他一怒之下，把一切都告诉了艾薇。

当我给待在东京的艾薇打电话吵醒她的时候，轮到她告诉我安东尼在格洛斯特绿色车站打给他那通电话的所有内容。当天下午，两人在阿什莫尔艾薇的办公室见面的时候，他们又把整件事说了一遍。当艾薇把这一切都告诉了我之后，她已经仁至义尽了。这时，画在她的线索图上的那些线突然消失了，同时，一个男人的声音响起打断了我们的谈话。这个男人问艾薇

现在要不要上床睡觉，是时候挂电话了。艾薇说："好，我知道了，我这就来。"她说她认为事已至此，我们没有再交谈的必要了，她重复着她之前对我的劝告。她说只是看在我之前在哈佛待过的分上，她再一次地劝我回到伦敦去接着过我自己的生活，把剩下的交给警察。她还说无论哈利告诉我什么，也不能让瑞秋死而复生。她说第二天她就要离开东京了，她也不知道这一走会走多久，所以短时间内打电话给她几乎没什么意义了。

"别担心，艾薇。"我说："不论你在哪里，有必要的话我还是会找到你的。"她笑着说真的没有必要威胁她，她没什么见不得人的，如果我愿意的话，我可以继续跟哈利玩侦探游戏。至于她的话，她说她能找到自己的方式让自己快活。话音一落电话就断了，我这才意识到我还没有问她关于罚款单上照片的事情，我还没有问那天在英国图书馆外面，她、安东尼和瑞秋到底在那儿做了些什么。这时我开始担心我能不能在吃甜点的时候找到哈利，我下定决心要问问他关于这事儿，以免他故事讲得太快了。

那天下午早些的时候，艾薇在问题中对所有事件的讲述一度进行不下去了，而哈利的描述又开始变得精彩起来。结束了那些让他说起来就觉得奇怪的事件，他再一次变成了一个好的讲述者。所以除了点，他还给了我一些画面和对话，还用他以前的方式为我织出了一幅更加清晰的图像。他提醒了我，安东尼在英国图书馆找到他并把他带回公寓的时候，他自己还是很理解艾薇，理解她为什么要否认瑞秋那晚之所以会出现在卡萨布兰卡舞会其实是因为哈顿给她打了电话。但是，他坐在安东尼的厨房里，安东尼开始给他讲他被开除的那天下午，他站在格洛斯特绿色车站电话亭的事儿。这时他意识到，安东尼接下来多半要说的是艾薇断绝与瑞秋联系背后的故事，而不是要说那晚哈顿给瑞秋打了电话的事情。

艾薇劝安东尼就待在他当时在的地方等着她来，她马上就会去找他。他说他现在在公车站的，艾薇真的没有必要过去。安东尼只是想让艾薇知道而已，仅此而已。艾薇向他说明了去她阿什莫尔办公室的路线，她说都安排好了会让他进去的。她让安东尼一直待在那儿直到她来。安东尼照艾薇的话做了。艾薇到了之后，安东尼给了她一个文件夹，里面放着他给这三封信拍的照片，还有其他一些想让艾薇看的东西。

“其他的是什么？”哈利问他。

“噢，你知道的，勃朗宁论文。”

“勃朗宁论文？”哈利重复道：“什么论文？”

“你不知道吗，哈利？我还以为你肯定已经写完了呢。”

哈利说他完全不知道安东尼在说什么。安东尼说，每一周他都在帮瑞秋写勃朗宁论文，而且他也要完成自己的。然后瑞秋每次都会在辅导前自己再手抄一遍，这样一来哈利基本上看不出有什么不对的。

哈利告诉我说，那天在安东尼的厨房里，这事儿是让他最难以置信的。与这相比起来，安东尼告诉他的那些关于他们三人在一起做的其他事儿，比如瑞秋和茜茜曾经是爱人，还有他们在八卦他的时候如此地毫不留情都可以忽略不计了。“他们还年轻，”哈利说：“她真的很年轻，她的一生也是才刚刚开始。在之后的生命中，她还将拥有什么？还将缺失什么？这都还是未知的。”但是作弊这事真的深深地伤害了他。一想到每周她都乖乖地坐着，念着不是她自己的文章给他听，但是他从来没有想到还会有这种事。“为什么她要作弊呢？”他充满疑惑地问安

东尼。她在独自学习之后，功课确实是进步了的。“没什么原因，”安东尼解释道：“她就是太懒了，仅此而已，而我又过于热心了。”直到那时哈利才意识到，那晚瑞秋在医院给他讲的所有关于那个夏天的事情，其实都是一个又一个谎言串起来的。他觉得有些气愤，但是回去就立即检查核实了。他不是很确定自己能不能完全正确地理解安东尼，或者他自己能不能让自己相信现在所听到的一切。

安东尼把装满东西的文件袋递给艾薇，他把所有的一切都告诉了她，艾薇又让他一遍一遍地重复，如此艾薇就了解事件的每一个细节。他告诉哈利，艾薇说她之前简直是怒不可遏。她让安东尼一直在她办公室等着直到她回来，然后她直接就到学校去找瑞秋。她对瑞秋说这个夏天切尔西不欢迎她，以后也不会。她还说，只要涉及到钱，从今以后在这世上，瑞秋就只能自生自灭了。

“我已经对她仁至义尽了，”她回来对安东尼说。艾薇离开了大概一个小时，这期间内安东尼不晓得自己还能干嘛，于是他最后只得无所事事地翻看艾薇的抽屉，或者打开艾薇的邮件收件箱之前猜她的密码。他在想自己是哪根筋搭错了，居然同意坐在这儿等她。正当为走还是留挣扎的时候，艾薇回来了。她关上门，然后把钥匙丢在桌子上。安东尼被她这动作的力度给吓了一跳。如果他早知道艾薇会真的断送瑞秋的前程的话，他是绝对不会告诉她这些的。他知道他自己这次真是判断失误了，而且他真的为此感到抱歉。“我从不知道女人还能有这样的一面。”安东尼对着哈利解释：“我只见过她一两次，真的。在切尔西参加瑞秋的聚会上见过，通常是第二天早上，你知道的，吃过早餐以后，大家都规规矩矩的。这时艾薇就会对大家刨根问底，还想要知道我们对未来的打算。”他没有意识到的是，那个时候艾薇其实也是规规矩矩的。艾薇在大家面前塑造出了一个可爱的母亲的形象，但是在牛津的那天，安东尼觉得艾薇开始变成了“地狱来的贱妇”。“当到了迫不得已的时候，她就会变成一个实打实的泼妇。我还以为她是瑞秋的养母是做不出这种事的。我的母亲虽然对我来说一直是如噩梦一般的存在，但也觉得不会到这分上。我回家又去曼彻斯特的时候，她直接就让我回去了。没多问一句闲话。哎呀，现在被这该死的牛津大学开除了。”

哈利听着安东尼说话，他意识到那晚瑞秋到达舞会的时候，艾薇已经作出了判断。他把这些事件在脑子里又过了一遍，只听得进安东尼说的一半内容，他竭尽全力地要把这些碎片拼凑到一起。他突然想到，其实关于瑞秋对唐雷说她自己已经喝醉了急需住院治疗这事儿很可能就是一个阴谋。她早就已经考虑好时机一到，她要做什么才能让哈利来帮助她解决问题。他完全被安东尼告诉他的事情震惊了。他想起那天晚上在医院，她转过身背对着他，撩起头发让他帮她把裙子拉上，而自己就像个傻瓜一样。那天安东尼说话的时候，哈利觉得似乎墙都在移动，这一切都在颠覆他之前对他们的理解。谈话进行到一半的时候，他突然又想起了瑞秋，那周发生的事情直接把他引向了末路。他回忆她躺在花园里读书，伸手拿他为她倒的一杯柠檬水，可是却没有看他一眼。他曾经以为的像家人一样的淡然的感情变成了一种漠不关心。

“虽然很抱歉，但是我不得不说那时我真的生她的气。真的，非常地生气。虽然生气的时间不长，但是如果我假装不生气的话就是欺骗自己。”他看向别处，抓了抓后颈处，咳嗽了两声。

他说他的愤怒几乎立刻就消逝了，随之而来的是深深的悲伤。即使之后他立刻原谅了她。她经常打击他，把他的弱点和过度任性都结合在一起抛出来。安东尼说，这就是她，是有点无情。之后他告诉我，在她上学第三年秋季学期时，那天他是如何来到图书馆前的。他站在楼梯前，脱掉了他的外套和帽子。这时他听见了她的声音，他才意识到她无意间忘记关门了。她在自说自话，声音大到他完全可以听明白她在说什么，她一遍又一遍地说着“该死的瑞秋·卡达尼，你这个白痴!你要掌控住啊!笨蛋!天哪!笨蛋!笨蛋!”之类的话。他一直站在原地不动，直到听到她关门的声音才开始移动，他不想让她知道他一直在偷听。他时常坐在他的花园看着她修改文章，她把书举在空中刚好可以替她遮挡阳光。他也时常听到她在浴室唱歌，背诵十四行诗，她以为他听不到这些。他时常想，是什么让她对自己如此的生气呢？在之后的几年里，他见证了她为了自己的学术事业而变得非常争强好胜。他还是想知道是什么让她一直这样紧逼自己。他猜想这肯定与她已故的双亲有关，不然就是和艾薇有关。这些猜测对他来说，可以解释那天下午他在安东尼厨房里的举动。她是被那样的人养育长大的，在祭布台的光芒下，她不得不操控自己的大部分人生。他总结其实他对她只有怜悯，而不是愤怒。在他回去图书馆收拾自己东西的路途中，他满心的失望，他要开始踏上旅程回到牛津，当然会失望。但是最初是没有愤怒之情的，如果真的要说有的，也是一点，而且已经沉淀了。

那天坐在回家的火车上，他开始回想安东尼关于舞会那天发生的事情的诉说。他告诉哈利，艾薇见过瑞秋回来之后，他们开始谈话。谈话结束之后，她说现在回曼彻斯特时间有点晚了，现在走的话要半夜才能到达。她坚持让他住进酒店，他又一次顺从了她。她带他去兰多夫，帮他开好了房间，她说第二天早上来接他，然后开车送他回伦敦，不论他如何回答她都会这样做。她把他送到犹斯顿完全没有问题。她说，瑞秋这样对他，这是她唯一能为安东尼做的了。

但是这时候安东尼却想要划清界限，他说让他留宿一晚是一件事，确实他也很受打击，他无法面对自己马上就要回去了的事实，但是明天早上他可以自己安排下一步如何走又是另一件事，他又不是孩子。

“当然，”她说：“当然你不是孩子。我很抱歉。我不是说要保护你，安东尼。别把好心当作驴肝肺。”之后她便离开了，临走前让他与她保持联系，让她知道回到他妈妈家里以后他生活得怎么样。

艾薇走后，安东尼把东西丢在房间里，直接出去散步了。他毫无目的地在小镇上游荡，他对已经发生的事情感到越来越迷惑。他幻想着茜茜和瑞秋在她们的套房里头，正在为舞会做准备，于是他也开始制订计划。他知道一条进入大学的小路，基本上一直被保安忽略，而且现在他还有警官的制服。七点左右他回到酒店，换了一身行头之后就准备从小路进去。进入学校的过程还算顺利，除了有几次他以为自己被别人发现了，他一般都拉低自己的帽子然后躲在阴影里。为了尽力保持形象，他去了瑞奇的酒吧，这时舞会的策划者告诉他说瑞秋和茜茜会表演卡巴莱歌舞。他站在门边，给了其中一个服务生一张纸条，要求他把纸条交给瑞秋和茜茜，并假装是仰慕者想要请她们喝一杯。然后他便离开了酒吧，希望她们能信以为真。

这不是他第一次盗用唐雷的笔迹了。一天他丢了钥匙，只

得到寄存处去签名领一把备用钥匙。在等待守门人找到对的钥匙的时候，他看到唐雷的签名在自己的上面，他便一遍又一遍地模仿它。然后他去了食品店，买了些面包和奶油。当他到那儿的时候，他意识到了两件事情：第一，他身上没有现金;第二，收银台后头的那个人他从没见过。没有多想，他就直接签名了，签的还是唐雷的名字而不是他自己的，最后也通过了。其实他也不是经常用这招儿。他说，他只是用在很小的东西上，但是当他没钱的时候，他还是会时常用这招儿，因为他相信唐雷真的很有钱，所以期末的时候根本不会去查看他在食品店的账户消费记录。

但是他不能肯定，茜茜和瑞秋会在舞会那晚被“唐雷”引诱到亭子那去。但是他也知道她们拿到纸条的时候肯定已经醉了。那最后一个迷醉的下午茜茜说到的一些事情让他认为她最近和唐雷有过一夜风流，而且她乐在其中。所以，他很肯定如果茜茜相信了纸条上的内容，瑞秋估计会跟着来。他同时也想着她们可能会识破他的计划，因为纸条上写的是唐雷邀请她们到亭子这来，而当初他们三人的约定也是在这里。不过这是他唯一能想出的办法了，所以他还是觉得赌一把。以唐雷的口吻写这纸条，那么他便可以在亭子后面等着她们。如果她们决定接受邀请的话，他也愿意让她们尝尝欲死欲仙的滋味。

一小时左右过后，一些走来走去的女人拿着满托盘的免费香烟和微缩模型，他口袋里装满了从随处可见的货架上买来的食物。他走到湖边，又走到运动场，把自己藏在护墙板的后头，让自己身体放低。最后他终于可以轻松地等待了，藏在这儿谁也发现不了他。午夜过后，他听见两个女孩穿过灌木丛走向这边的声音。

“他不在这儿，小茜。”他听见瑞秋悄悄地说道。

“那我们等等他吧，”茜茜答道：“我想告诉他，他简直就是个白痴，然后我们就去向哈顿告发他。”

这时他知道，游戏开始了。他看着她们在那儿站着，相互摘掉对方头发上的细枝，然后再梳理好。他在继续藏着还是暴露自己这两个选择之间权衡。他又多等了一会儿，然后女孩儿们往空地边移了点，这下她们离他就很近了，近到他都可以闻到她们身上的味道。

这时茜茜突然对瑞秋说：“真是只愚蠢的公鸡。”

瑞秋回答道：“我知道。但是你觉得他真的会笨到认为我们会信以为真?”

“噢，当然。”茜茜说：“笨蛋安东尼。笨笨笨!”她把瑞秋拉向她，接着她们便开始接吻。然后她停下说：“即使这样，你知道吗?”

“什么?”

“如果这真是唐雷写的，你不觉得其实挺棒的吗？露天，三个人？嗯？你不觉得吗?”

瑞秋推开她，退回到她们刚刚来的灌木丛边。

“来嘛，亲爱的。听我说!我是开玩笑的。”茜茜走向瑞秋，再次试图亲吻她，但是瑞秋又把她推开，于是茜茜接着说：“我是开玩笑的，小秋。你明白我对你的心意的，算了吧。”接着她们开始争吵，但她们的声音越来越小，安东尼几乎要听不到她们了。他放弃了尝试，从他的藏身之处站了起来。他本想吓一吓她们俩，但是他踩断了一根细枝发出了声响。茜茜转过去看到了他，她笑着说：“终于出来了。真是个小可怜。”这时，安东尼走过去，对着茜茜的脸，狠狠地打了她一拳。

他其实不知道自己都干了些什么，他告诉哈利。如果她们真的因为这个纸条来了的话，他应该如何应付他完全没有想过，但肯定不是故意要攻击她们的。而事实上，当事情发生的时候，他却完全控制不住自己了。他为她们说的关于他的话而生气，接着被茜茜的“问候”给彻底激怒了。

其实他打的可能是她们中的任何一个，只是当他发飙的时候，茜茜刚好离他最近。他把茜茜打倒在地，然后自己也摔在她身上。然后他居然因为伤害了茜茜的这种内疚感而有了兴趣。

之后他回头看瑞秋，才发现瑞秋其实可以叫救命的。如果她喊了，总会有人跑过来。或者，她也有机会把安东尼从茜茜身上拉开。茜茜被安东尼打得暂时性地失去了知觉，但是现在却又在安东尼身下奋起反抗。瑞秋只是站着，看着他凭自己身体的重量把茜茜压在地上，然后一只手按着茜茜脸，把她的头往土里按，松开他自己的裤子。茜茜咬了他，于是安东尼把一只手从茜茜的嘴里拖出来，然后茜茜大喊瑞秋的名字。

安东尼抬起自己的头，看着瑞秋。但是她什么都没做，只是站在那儿，双手抱着，似笑非笑。“加油，小茜!”她轻轻地说。安东尼说她看起来好像在笑，却又觉得她马上就要哭出来了。“我知道你很享受的。这只是一次做爱而已，这不是你说你想要的吗?”接着她转身消失在了阴影中，穿过灌木丛，留下他们在广场上。

他告诉哈利，在他的记忆中，接下来发生了什么已经记不太清楚了。他在茜茜的身上，然后又不在，然后他苏醒过来看到哈顿正看着他。接着他俩被他带了回去，穿过草坪。哈顿往他的脸上浇冷水，把他搬到他书房里的椅子上开始审问他。然后，哈利就来了，又走了。然后有人告诉他，他又一次地彻底完了。哈顿和哈利带着他走到学校大门，留他独自一人在石板路上。安东尼期望自己现在是在门里面，期望一切都变得不一样。

Part 4

第四部分

2007年12月23日

星期日清晨

伍斯特

二十

我坐在火边，发现今晚就是我冬天的最后一次拜访了。我看着哈利一遍一遍地指导他的同事们。我又想起瑞秋、茜茜还有安东尼待在一起的那些迷乱的下午。夜已沉沉，我站起来准备离开，看着空空的杯子我才发现自己又喝醉了，哈利也好像注意到我了。我爬上楼梯，站在平台边上摇摇晃晃的。我发现哈利已经站在了我旁边，扶着我的右臂，温柔地撑着我让我不至于摔倒。他说我们最好还是明早再接着说。我点点头，这时我已经完全无法集中精力了。哈利把我送回了房间，说那些宾客们都在高级公共休息室喝咖啡或者阿玛尼雅克酒，服务员们会照顾好他们的，所以他没必要去陪着。我们走下楼梯，从院子里走过，他扶着我的手更使劲了些，我也没有拒绝。因为路上开始结冰，有几次我险些摔倒，但是幸好哈利扶着我。当我们穿过院子走到另一边的时候，屋外新鲜的空气已经让我感觉好了很多。这时哈利问我介不介意等一下，他想去食品店买一些牛奶明早兑着茶喝，我说:“不，当然不，你去吧。”

为了让自己清醒起来，我想读一读院子里公告栏上的东西。读了一遍之后，我决定再读一遍来确认自己是不是清醒了，但是当我再次看着板子上写着的东西时，我真的觉得没什么区别。哈利去买牛奶真的很久了，我已经无法集中注意在我看着的东西上了，我眯着眼睛专心地盯着轮船俱乐部被画乱了的比赛结果。我凑得更近看了看，发现这些东西好像比我在这儿当学生的时候更多了些。其实以前那些涂鸦也没有被擦掉过。在微醉的状态下，在这昏暗的天井下，我发现每一年最新的结果都会被涂得面目全非。所以我看着的东西就像是一个万花筒，里面满是字母、数字和名字。他们被五颜六色的蜡笔画的旗子所覆盖，相互交织在一起。早年的一些记录已经随着时间的流逝快要看不见了，之后的记录还依旧清晰。但是，我想集中注意力看着它们来让我自己清醒的计划看来是要失败了。哈利回来的时候我觉得自己没有清醒反而更醉了，我甚至觉得我一直盯着看的那个旗子真的在随风飘扬。

我告诉哈利说我自己可以回去，我也不晓得我是怎么了，可能是火炉太烫了，也可能是这一天太漫长了，也有可能是我们今天谈论的这些事情。我看到哈利脸红了，眼里闪着奇怪的光，我在想他是不是也醉得够呛。但是当他大步走过平台，长袍在他身后飘荡。他昂着头好像在闻什么味道一样，他看起来完全清醒。看着他在另一边一步两级地走上楼梯，我边上楼边觉得自己实在是太丢人了。

那晚我睡得不是很踏实，因为做了一些奇怪的又想不起的梦，总是不时地醒过来，没什么特别的感觉，但是又确实让我很痛苦。直到我起床的时候觉得眼睛有点痛，脑袋还是很重。我走进哈利的房间，这是在我回到伦敦之前最后一次坐在他的沙发上。我很感谢他递给我了一杯咖啡，抛开我对听完他的故事的渴望，我可以很诚实地说我一点也没有期望他会乐意开始

讲述。

很明显他昨晚比我睡得好，他又充满了活力，直接从昨天结束的部分开始。他说在等我到来的时候他已经考虑过了，他很确定他可以在今天结束他要给我讲述的故事。他更愿意在吃午饭的时候就结束，不然在下午早些的时候也是可以的。这时，我们就开始我们的故事了。哈利在讲述着，他说安东尼告诉他，从各方面考虑，首先他要很快地结束整件事。在他被开除的那天，哈利拜访了他，他也收拾完自己的房间后，他认为他自己是最后一次离开大学了。他给艾薇打了电话，导致当晚艾薇就到兰多夫去找他了。

第二天早上他离开的时候，他发现艾薇已经把房费帮他结清了，艾薇走的时候这么说过，另外她也给安东尼留了封信。当火车离开犹斯顿的时候，他打开了信封发现里面有一捆五十英镑的票据。他告诉哈利这一捆里面一共有十张，这让他觉得自己有点卑鄙，好像他莫名其妙地因为些什么事情获得了回报一样。他甚至还在考虑如何才能把这些东西还给她，想象着如果他是当着她的面打开这信封的，那么他可能会把这些票据扔到地上，然后告诉她自己的身价比这高多了。但他还是留下了这些票据，在夏天结束的时候他把这些给了他的妈妈，算是报答她的养育之恩，也算是感谢她从不多问，还有如此地爱他。

他说，那可能是他有生以来度过的最热的一个夏天。他沉浸在被他自己认为是相当危险的抑郁里。但是最后，他在他妈妈男朋友的公司里找到了一份工作，他和老朋友们在城里一起消磨夜晚的时光，喝的是啤酒而不是伏特加，而且喝酒的时候是穿着衣服的。要不然呢，他就会和他妈妈一起待在家里，无所事事，但是他喜欢这样。

到了第二个九月的时候，妈妈的男朋友给了他一个培训的机会，他接受了，并把自己泡在工作里。他成了一个计算机狂人，他告诉哈利他妈妈的男朋友说他有编程的“天资”是真的说对了的。不管是写代码，消灭漏洞，还是看着事情如此顺从地按照自己的要求进行都令他觉得很有满足感。他觉得他所学着分析的这种新的语言有一种奇怪的美。培训结束之后，他的生活也基本上稳定了下来。当他发现自己连一条像样的领带都没有的时候，他觉得自己需要换个环境。于是他接受了一份在亚利桑那州图森的程序员工作。这也可以算得上是一种逃避的行为。他实际上对自己的未来还没什么打算就去了，他只是想努力地工作然后尽力地存钱。去探索一个全新世界的机会非常吸引他。等他到了那儿待了一年后，他发现自己又开始想之前发生的事情了。

故事是他独身一人的那个夜晚，由一个酒吧里的女人开始的。她问他从英国哪里来的，他回答说曼彻斯特。她接着又问他有没有在别的地方生活过，他说他之前在牛津生活过。在他们聊天时，这女人身上的某些部分让安东尼再次清晰地看到了过去。在接下来的几天里，他一直都在想瑞秋和茜茜，还有他被牛津开除而让他失去的东西。

他告诉哈利，当他开始在网上搜寻的时候，根本找不到一点儿关于茜茜的东西，反之，搜索瑞秋的时候便会觉得整个网络都在为她动荡。随便一搜，她在英语学院网站上的照片就直接出现了。他看着电脑屏幕，仿佛在与他四目相对。她的一只眼睛被一束头发挡着，脸上洋溢着微笑。一切就是这样开始的，他说他就这样慢慢地为之沉默。他很清楚地知道，这样下去他肯定会对她们其中一个念念不忘。这都是因为现在他眼里

都是瑞秋，而不是茜茜。

起初他一直在嫉妒。他告诉哈利，其实并不是因为在牛津的时候瑞秋做的那些事，而是因为她获得了在伦敦大学的职位，还有之后的一些证书，很明显她已经在她的领域做得有声有色了。

“她所获得的这些本来应该是我的。”他对哈利说:“实际上我还是能拥有这些的，是吧?”要预订她的文章很简单，然后安东尼把她做演讲的那些字字句句都寄过去。这种事情他做得越多，他就越有一种强烈的预感，失去联系这么久之后，他们两人很快就会又见面了。最后所有的妒忌都转化成了对她所获得的成功的一种仰慕之情。他说觉得自己又喜欢上她了，一如当初。

不可避免地，他还是试着想要与她恢复联系。他知道一开始她可能会不愿意建立任何朋友关系，所以他只能慢慢来。寄出去的第一封信被原封不动地退了回来。他检查了信封里面，他想看看她是不是会写点解释或者辩辞之类的东西。可是一张贺卡滑了出来，上面写着一句话:“别再给我写信了，安东尼。”

“她居然连名字都不愿意写上，”安东尼说:“真是糟糕透了。但是，我还是可以从这张贺卡上获得点东西的，关于她的那些信息都在上面，她的资历，全部都在上面写着。”看到卡片上她的名字前面有了一个“博士”的头衔，安东尼说他又开始满心妒忌了，而且还有些生气。

他从卡片上找到了英语部的电话，然后打了过去谎称自己是瑞秋的朋友，但是现在丢失了她的电子邮件地址，他说他要给她发一些私人的东西，所以不太方便用院里的邮箱。一开始接电话的女的嘲笑他，还说她是肯定不会给他提供私人地址的，接着她说愿意给他个机会争取一下。他又试了一次，和接电话的女人聊了大概5分钟，他把关于瑞秋一些生活细节的事情都告诉了这个女的，后来她就能认为他足够可信，然后就把瑞秋的邮箱地址给了他。他已经做好了准备要建立一个不会被查到的网络账户。第二天他就发了第一封邮件，落款是本·沃利欧，他知道她会认出这个名字的，当初他们还为用不用这个名字给哈利写信而争吵过。他请求她再给他一次机会，邮件里还附带了她退回那封信的PDF版本。他在信中写道，如果他们之间的友谊对她来说还算重要的话，那么她至少也该读读这封信。

他等了几天，但是最后他发现他应该把她的不回应当作是未来的一种责难。发邮件之前他在自己的笔记本电脑上安装了一些监视的软件，这样他就知道她有没有打开邮件，看了多少遍，看了多久。一周之后他的失落就基本上消失了。他决定给她最后一次机会，他要想一个相当“温柔”的法子，好让她吓一跳。他转发了之前那封邮件给她，并在最上头写到他不确定她上次收到邮件没有，只是为了以防万一被她忽略掉了。他认为既然他们一起经历了这么多，她肯定不是故意不搭理他的。如果她回复了，哪怕就一次，他也会很高兴的。末尾他写道，如果她不愿意回复的话他也能完全理解。如果一周内他没有收到任何回复的话，他就会放弃了，再也不写信给她了。

转发的邮件依然没有回应，但是他知道这次他比较成功地抓住了她:他看见那接下来的一周她看过邮件几次，每次大概十五分钟左右。所以他又写了一封，抛开之前的约束，他在信里告诉她，其实她一直都是个贱人，她应该成熟起来，别再当贱人，所以她应该拿起电话来打给他。这次她还是没有回复，但是她看邮件的频率增加了，而且每次看的时间也变长了。

发出第二封邮件的那一瞬间，安东尼就发觉自己做得有些过分了。但是他一直在喝酒，所以完全没有办法控制自己。他对哈利说，一天晚上他在图森酒吧里巡游了一圈没有什么收获，然后他就回到了办公室。他看了看电脑上的时间，发现这个时间在伦敦的瑞秋应该正在上班路上。他仿佛看见她背着书包漫步穿过布鲁斯伯里，他闭上眼睛想象着她讲课的样子，想象着她去餐厅吃午饭的样子。他想知道她吃饭的时候和谁坐在一起，接着他开始想她晚上回家后都做些什么，有没有和她共度良宵。他说这就是他最后要写那些不合适的东西的原因。邮件最后他说，如果她还是不回复的话，他就会写信给她的院长，把那年夏天她抄袭了他的勃朗宁论文的事情都告诉院长。他很明白这是一个险招，尽管乍一看无伤大雅，但是还有点威胁的性质。他可以确定的是那个夏天，瑞秋肯定把那些论文的内容用到了她的毕业论文里。她最后得了第一名，这些东西功不可没，保住了她的哲学研究生的学位，最后她又当上了哲学博士，还在院里就职。这时安东尼觉得，他接下来要做的就是揭穿她的所有谎言。

很快他就收到了回复。她说他完全反应过度了，她说他写来的邮件给她造成了困扰，如果他再骚扰她的话，她就会立刻报案。她说她相信他们相互都明白，他俩的破坏力是旗鼓相当的，过去发生的事情可以成为相互伤害的利器。她说如果他不回复的话，她就会认为他们是达成一致了。他对哈利说，他确实没有回复。

她的邮件内容让他脱离了出来，他自己把这叫作“短暂的疯狂”。一收到这封邮件，严格地说来是在他第三遍读这封邮件并开始做计划的时候，他妈妈的男朋友从曼彻斯特打来电话，说他妈妈生病了，如果可以的话希望安东尼当晚就回去。他突然意识到这段时间他有多愚蠢，只差那么一点点他就重蹈覆辙，犯下当时在牛津那样的错误。因为他立刻就决定他不想再次因为瑞秋 毁掉自己的人生。他如她所愿地保持沉默，再也不与她联系，把电脑上他们交流的所有内容都删掉，第二天便启程返回英国。

结果他妈妈根本就没生病。尽管她的借口有些奇怪，但是他还是很高兴自己能回去照顾她。在图森的这段时间他基本没有怎么休息，所以他这下能有假期待在这里一个月。到了回程的时间，他决定不回去了。他对哈利说，他被那段时间自己奇怪的举动给吓到了。而且那期间他都是孤身一人，寂寞难耐，他也难以融入图森的环境中。既然他已经回到曼彻斯特了，所以他决定留下又开始跟着他妈妈的男朋友工作，顺便照顾他妈妈，于是他的生活渐渐地走上了轨道。

他说有时候努力还是会变成徒劳，他之所以会这样想倒不是因为接下来的十月他碰见了艾薇。他被短期借调到了爱丁堡，只去两个星期。有天晚上他睡觉之前决定到外面走走，他想看场电影或者话剧之类的，但他还是去到了一个酒吧，决定先喝一杯再说。他在酒吧边等着服务员过来招呼他，这时他捕捉到了一个熟悉的味道。他看着一个女人的背影，突然想到这就是瑞秋。在他准备要拍拍她肩膀的时候，她转过身看着他的眼睛说:“安东尼，噢，我的天哪。”他看着艾薇盯着他，看起来与他一样的吃惊。

他们一人喝了一杯，说到他俩的处境其实差不多。两人越聊越起劲，酒也多喝了好几杯，然后他们约好第二天晚上见面。那天晚上，安东尼说，他们又一起回忆了那个夏天发生的

事情。艾薇告诉他，她确定她和瑞秋的关系基本已经恢复了。作为回报，安东尼告诉艾薇他与她的教女已经没有联系了，他觉得没什么，生活总是要继续的。他们简单地比较了瑞秋在伦敦大学所取得的成功和安东尼最后所获得的一切，还有过去发生的事情。既然已经过去，就没有必要再无休止地咒骂了。第二天晚上，他们似乎都遵守着这个约定，只谈眼前的事情不谈过去。他们发现虽然时光飞逝，但是他们都没有走出去很远。生活在继续，生命也在消耗。他们去看电影，或者到处去旅游才是他们值得记在日记里的东西。

第三个晚上，她问他愿不愿跟她一起在她住的酒店吃晚饭。吃完饭后她又邀请他上楼到她的房间去，安东尼对此一点也不惊讶。他说这其实一点也不复杂:她寂寞了，她想要个男人;他又在那儿，所以她觉得他应该也想要个女人。安东尼回答说当然，为什么要拒绝呢？他告诉哈利，她所要求的事情做起来很简单。关着灯，安东尼眼睛半闭着，轻而易举地就可以把面前这个女人想象成瑞秋。所以当她一次又一次地邀请他过去的时候，他觉得没有任何理由拒绝。

接下来的几年里，他们的风流韵事一直断断续续的。他们相互都不作什么承诺，一直都是艾薇在发出邀请。他们开始尽可能地把旅行安排在一起，住在同一间房间里，待上两周左右，花着来自各自老板的差旅费。既然开始了，要继续下去似乎是很简单的事情。艾薇对安东尼有女朋友的事情丝毫不介意。这种方式也很适合安东尼，让他有机会能从日常生活中放松一下。

2006年的春天，他获得了一个到伦敦去上班的机会，而且他也接受了这份工作邀请。这也成为了他离开与他一起住在曼彻斯特的那个女人的一个借口。艾薇想要劝安东尼住在切尔西，这样离她近一点，其实他就是这样打算的，他喜欢那儿。但是最后一刻，有个在朱迪街上的公寓可以让他住，还可以分期付款，因为房子是他一个同事的。他当时就买下了这套公寓，然后告诉艾薇这对他来说更好，而且那儿离犹斯顿也近，所以比住伦敦东边要好得多。而且他也要时常回到曼彻斯特看他妈妈，这也可以让他少花点时间在路途中。

2007年的春天，他适应了他在伦敦的生活。他说，他每月与艾薇见面的次数减少了，而且他也在其他更年轻的女人床上找到了满足感。而那个时期艾薇又开始提起瑞秋了。有次他同意在切尔西和她一起度过一个周末，早餐之后她说的事情听起来很痛苦，他可能也会飞快地走到英国图书馆里看是否能够找到她。他要告诉她这些天来他住的地方离她上班的地方很近，他只是想向她表示祝贺。

“为什么呢?”即便是过了这么久了，艾薇还是如此尽力地想要掩饰她对自己教女的嫉妒之情，安东尼觉得很好笑，他也想知道到底是要祝贺她什么。

“噢，安东尼，我的爱人，我的天使。”艾薇微笑着说:“你肯定听说了吧?终于，去年十二月，瑞秋结婚了。”

“天哪!”安东尼说:“跟哪个混蛋结婚的?”

“你真的不知道吗?还用问，当然是跟亚历克斯·彼得森啊。”

他对哈利说他真的没听过这事儿。他尽力想要掩饰自己的惊讶，他无法想象像瑞秋这样的人居然会嫁给一个律师。同时，他又觉得理所当然，因为瑞秋肯定计划好了一切，让这个人一边会给她她作为一个学术家而不能获得的物质上的满足，

一边又不会过多地要求她。

哈利说他觉得很抱歉告诉我这些，他说他一刻也没有想要冒犯我，他只是一心想要把安东尼给他讲的故事全部都告诉我，而且也只能按照安东尼说的方式来讲述。我说没事，没有必要道歉。我很清楚地知道，那个时候很少有人能明白我和瑞秋在一起时的那种快乐，而且我当时也在想为什么她会如此地爱我。

哈利接着说，在复活节之前，对于艾薇告诉安东尼的事情，他一点行动都没有。假期结束，他从曼彻斯特来的火车上下来，准备走回朱迪街，结果他发现自己在英国图书馆前面停下了。他站在大门外面，看着入口处，想着瑞秋和我会在哪里度过假期，她什么时候才会回来。这时他打开包袱，拿出电脑，第一次如此长时间地在电脑上一行行地打出他的名字。他说要赶上她所做的事情其实很简单，但是认为自己住得离她工作的地方这么近反而有点奇怪。过了很久，他才走进图书馆想知道自己是否能看到她，结果她又去爱丁堡出差了。他发现在网上看看她的照片就足够了。他想着如果见着了她要说些什么，要以什么样的方式走向她。过了一天，艾薇开玩笑地问他有没有去过图书馆，他一笑而过让她成熟点，做她这个年纪该做的事情。她知道他在掩饰，但是她还是选择相信他。

五月初的一天，他又犯了个糟糕的错误。银行休假的那个周末他一直待在切尔西的房子里，星期天的时候他抓住了艾薇去健身房的机会。他花了一个小时左右的时间翻看他所有能在网上找到的瑞秋的照片，然后他看了几页在线杂志，脸书主页，然后就开始阅读她发表在网上和各种博客上的文章。看完之后，他关掉艾薇的电脑，然后出去跑了步想要让自己头脑清醒。等他跑完回来的时候，他基本上已经忘得差不多了。直到下午晚些时候，他听见钥匙开门的声音时他才想起自己都做了些什么，他才发现自己忘记清空浏览记录了。在他晚上离开之前他已经没有机会弄了，但是也没有别的办法。他对自己说肯定会没事的，反正她是不会检查的，也不知道自己到底在担心什么。当然艾薇检查了，他上床之后她给他打了好几次电话，她说他最好立刻过去解释一下。

他还是按她的要求过去了，他们激烈地吵了一架。艾薇说他是个跟踪者，她说他必须要想清楚他到底是爱她还是她的教女，还说他难道不能用他自己的电脑做这些恶心的事情吗？他冲着她大喊，说她简直就是疯了，什么叫爱她，他说他根本就没有说过爱她。他只是给了她想要的，这一切只不过都是为了性爱。

听完他的话她便哭了起来，接着，让他吃惊的是居然自己也跟着哭了。他们开了瓶酒，接着又开了一瓶。然后他几乎把所有的事情都告诉了她，包括那些他在图森给她写的电子邮件，还有她的回复。一开始艾薇还拷问他，问他是不是确定把一切都告诉了她，还问他最后到底写了什么才让瑞秋有那样的反应。安东尼说他也记不太清楚了，因为已经过去很久了。但是肯定没有瑞秋理解的那么坏。当他又开始哭的时候，艾薇相信了他说的一切开始安慰他，说其实他不应该这么放在心上的。她告诉他，瑞秋一直很夸张，放假回家的时候都会带着被欺负的悲伤小故事，要不然就是老师对她不好，其实她就是想获得些关注。艾薇抱着他让他都哭出来，她说她知道他与瑞秋越来越疏远了，她也知道他俩其实都是为了性爱。她明白他们的生活不能这样继续纠缠下去了。她说，不管他怎么看，他都

是她的牵挂，她一直都很担心他。他必须自己想明白为什么还是会这样。她说他应该看看自己的一生，看看自己有多么的成功，他应该忘掉在牛津发生的事情。这样他就能获得瑞秋所获得的一切，只是方式不同，地点不同。他应该放下了，然后在这世界上活出自己的精彩。

当他想说其实没有这么严重的时候，她告诉他，其实她知道那天早上他搜索瑞秋相关的东西搜了两个多小时，她说想要看着她教女如此之久的那个人肯定是疯了，然后他们都笑了。他脸上带着笑容，他说他只是嫉妒，但还是有点生气。他告诉艾薇，其实他只是想要瑞秋为所发生的一切向他道个歉，他在图森所做的那些事情其实也是这个目的。他只是希望瑞秋能面对面地告诉他，她能理解所有这些本属于他的机会都变成了她的，这对他来说意味着什么，还有她也认为那年夏天发生的事情其实他们两个都要负些责任。接着他告诉艾薇，他知道他所失去的机会再也回不来了，而且他觉得自己永远也摆脱不了他对所有事情的羞愧感。但是只要瑞秋能跟她说话，意识到他被开除其实她也要负责，那么他也能原谅她一直以来隐瞒他的事情。

艾薇说她完全能理解他，她会帮助他。接下来的一个周末，她把瑞秋约出来吃午饭，然后把事情都告诉了她。她回到安东尼那儿说这事儿完全就是个灾难。瑞秋在餐厅大发雷霆，她问艾薇知不知道他们在谈论的人是个神经病，她还说如果艾薇再提起的话，她就会把他们俩都送到警察局去。艾薇没有意识到与安东尼 在一起让自己看起来像个傻瓜，很明显她也没有意识到他能做什么。艾薇又问他是不是真的把关于他发电子邮件的一切都告诉了她。安东尼回答是，然后提醒她自己也知道瑞秋是个喜欢夸张的人。她向安东尼保证说她会再试试，她说她有办法能把瑞秋带到这里来。他不知道艾薇是如何劝瑞秋的，一天之后她回复说瑞秋正在考虑，她愿意开出些条件然后大家一起坐下来谈。

五月中旬的一个早上，八点时候，安东尼站在英国图书馆的门口，和艾薇一起等着瑞秋的车出现。她肯见安东尼，但是需要艾薇在场。所以她要到这里来接他们两个，然后带他们到她选的地方去。他们不能迟到因为他们约定的这个地方其实不能停车。结果瑞秋才是迟到的那个人，二十分钟过后她到了，这时艾薇已经等得不耐烦了，便去了路边的咖啡吧。她对安东尼说她一会儿便回来，这时她的手机响了，拿起来一看是瑞秋打来的，同时她也听到了车喇叭在疯狂地叫唤，她知道没办法了。她是对的，于是她咖啡也没有拿就沿路跑回去，发现安东尼已经坐在前排了，而且瑞秋非常地生气。她真的很生气，实际上她生气的是她到的时候艾薇不在那儿，也气安东尼上车后居然坐在她旁边。艾薇打开后排的车门上车的时候，瑞秋他们让快点完事，然后忘掉。他们照她的话做，然后站在路边，看到她开着车生气地按着喇叭，飞快地穿行在高峰期的车流当中。

哈利坐在房间对面告诉我这部分的时候是我这次拜访的最后一天。我把手伸进我的夹克口袋，我摸到了那张被塞在瑞秋桌子后面的罚款单。当我从公寓冲出去赶到牛津的那趟火车的时候，这张单据一直就待在我放的地方。哈利向我讲述这照片里描绘的事情的时候，我把它留在了原地。如果瑞秋把这些事情告诉我的话多好，我肯定会保护她的。

那天晚些的时候，安东尼告诉哈利，瑞秋向艾薇道了歉，并且她愿意同大家再见一面。但是在接下来的几天里，她开始有点想要躲避这件事。接着安东尼也不想这样做了，他对艾薇说这事儿看起来像是可笑的秘密行动一样，还是不做了的比较好。那天早上他们看见她在她的车里，就那么一瞬间，他觉得自己还想见她一次。所以第二天他就到图书馆去看她。当她到的时候，他却藏在了她身后的排队的人群中，然后跟着她到了阅览室，在角落里看着她工作。第一次大概只看了十分钟，所以她没有注意到他的存在。他对自己说，过几天再来看一次，估计也不会出什么问题。结果这就成了他的一个习惯，不过也没给他带来任何问题。他说服他的老板相信他在这个月剩下的时间里，早上他都会在家里工作，但他的日记簿上基本上没有什么关于客户会议的记录。

他对哈利说，他每天都去图书馆看着她工作，其实只是为了找回勇气去跟她说话，他觉得自己的行为没什么奇怪的。他已经依靠艾薇足够久了，他有能力自己解决这一切。无论如何他也不明白为什么要瑞秋来制定他们见面的规则。一天，他制订了他自己认为是直截了当的计划来接近她，准备邀请她一起喝杯咖啡，好像这是世界上最正常的事情了。他告诉哈利，他没想她完全防不胜防，而且在公共场合下她也不好发作。但是之后在六月初的一个早上，他浏览了房间几次然后又回来，令他惊讶的是他居然发现了哈利。他虽然看着，但是简直不敢相信自己的眼睛，他看见瑞秋举起她的手，冲着哈利笑。他看见他俩合起他们的书，然后一起走出了房间。

他没对艾薇提起他去图书馆的事情，他是有意要瞒着她的。但是接下来的那个星期，他又看见哈利坐在那儿看着瑞秋，然后他们一起溜出去吃了晚餐。安东尼完全不能控制自己要去幻想他们都做了些什么。

“哈利，这个园丁!”他说:“你能相信吗?”接着他居然对艾薇说出来了，为此他需要解释一下他在图书馆都做了些什么。

“现在你准备怎么做呢?”哈利问他:“关于你和艾薇。”

“我决定我们要再试一试。”安东尼说:“我们肯定要这么做。但是不管我们聊了多少，不管我们从多少不同的角度来看这个问题，我们最后都会被一个问题所困扰。”

“什么问题?”哈利问，他大概猜到了接下来他要听到什么，但是他非常希望自己的预感是错的。

“哈利，我们一直没有解决的问题就是，不管我们多努力，我们都不知道该拿瑞秋怎么办。”

“什么叫你们不知道该拿她怎么办?”

“我们不知道如何才能把她请过来，如何让她同意见我，如何让她愿意向我道歉。”

“我明白了。最后你们是怎么决定的呢?”

“啊。”安东尼趴在厨房的餐桌上朝着哈利，皱着眉头却带着微笑地说:“哈利，这时候我们就想到你了。至少我们希望你能帮我们。”

哈利坐回椅子上，把眼镜推到额头上，双手抱在胸前。安东尼站起来，俯视着哈利说:“你想，哈利，事情其实是这样的。艾薇和我需要你的帮助，”然后他歪着嘴笑:“我们需要你引导瑞秋看到我们希望她看到的一面。我需要你去改变她的主意。”

一开始哈利并不愿意掺和。安东尼说，如果哈利要拒绝的话他完全可以理解。他比任何人都清楚，整件事情其实有点荒谬。但是他和艾薇觉得还是值得一试的，他们觉得哈利可以替他们完成任务，劝说瑞秋同意会面。那天早上他哄骗哈利，使得哈利完全被迷惑了，一会儿是一个渴望解决方法而恳求的男人，一会儿又对整件事情嗤之以鼻。很明显，安东尼被这件事折磨得够惨了，这件事也不全是他造成的。无论如何，他的生活还是会为此而受影响。但是哈利知道，他不能让错的变成对的，眼下除了安东尼自己，其实谁也帮不到他。

考虑到瑞秋，最后他还是同意了。想到瑞秋，如果他没有插手的话，她肯定会输的。虽然安东尼保证他已经忘掉了，其实只是因为他在图书馆看到了哈利，他就觉得可以最后再试一下。哈利被安东尼告诉他的事情深深地干扰了。他不能眼看着安东尼威胁瑞秋说要曝光她剽窃的事情，如果他答应他们的要求，其实对谁都不会造成伤害，至少现在不会，大家都不会想要不圆满的结局。如果可以找一个有效的方法让他从他们的生活中隐去，哈利绝对愿意那么做的。确实，他觉得自己有义务这么做，他觉得自己有责任要来了结这一切:安东尼说得对，瑞秋的职业生涯并没有因为和哈利待在一起而受损。他也知道如果他和哈顿那年夏天查清了事件的关键的话，那么整个故事的结局对安东尼来说就会非常的不一样了。

最后他想，这只是两个成年人关于很久之前发生的事情的谈话而已。在回牛津的火车上，想到事情只是这么简单他反而觉得有些受打击。他的计划很直接：他决定在牛津邀请大家一起吃个晚饭，他来主持。他想得越多，就越觉得这是唯一可行的办法。出租车沿着伍德斯托克街走着，向着他的房子走去。

他决定接下来到伦敦的时候就和瑞秋讨论这事儿。第二天早上他走进学校的时候，他给安东尼寄了一个非常简短的纸条，然后给瑞秋寄了一张明信片说他周一的时候就会回到城里去，比他计划的要早点。如果天气不错她又有时间的话，为什么不和他一起去河边散散步呢。如果他没收到回信的话，他就会在中午的时候在英国图书馆的广场上等她。

“我们去看达利吧。”一见面瑞秋就说，像个孩子一样拉着他夹克的袖子，这让他觉得自己接下来的事有点残忍。

“泰德现代艺术馆正在展出呢。”她一边拉着他的袖子一边说：“你肯定会喜欢的，我保证。”说完她边走开了，直到发现他没有跟上她才停了下来。

“怎么了？”她问：“怎么了？走嘛，柯文特花园、滑铁卢大桥，肯定很美的。来吧哈利，别闹脾气嘛。今天是多么美好的一天呀。”她拉着他穿过广场，他们一直走着，哈利完全不知道如何开始。他们一直说着她想说的东西。到了桥上的时候，他们停下来看两边的风景。

“我一直都不知道我到底喜欢哪边多一些，”她一会儿看看这边，一会儿看看那边说，“我永远也不会知道这个答案了。”

“圣保罗那边，”他说，“肯定是。”接着，他觉得自己不能再拖了，于是他准备开始。

“瑞秋……”

“但是那边总是有很多起重机。”她转过头来说：“我觉得其实不用那么多的，至少不用一直用那么多吧。想想，如果一架起重机都没有的话，那边肯定会很漂亮，是吧。”

“瑞秋……”

“你是对的，”她一边漫不经心地看向西边，一边说：“我总是觉得我更喜欢这边。但这不是太明显了吗？大本钟。是吧，哈利。”她转过来看着他说：“哈利，你怎么什么都不说呢？”她用双手把头发从脸上撩到后面，阳光让她不得不眯起眼睛看着他：“你还好吧？”

“没事，我还好，但是恐怕我得要和你谈谈。”

“什么叫你恐怕？”她说：“怕什么？”她笑了起来，接着说：“谁死了吗，哈利？”他摇头的时候她又笑了，说：“那还有什么事情比这更可怕的？算了吧，拜托别老是阴沉着脸了吧。”

“我的意思是，恐怕你不太想听，仅此而已。”他说：“但是——”他握着她的手臂，把脸转过去面对着南岸。他们沿着桥走着，他不想看着她的眼睛说这些事情。

“我和安东尼谈过了。”他说。她立刻停下了脚步，他转身看见她的脸色瞬间阴沉了下来。

“安东尼？”她看着哈利，好像他真的打了她一样。她说：“你疯了吗，哈利？你觉得你有什么权利……”

“瑞秋，如果你要生气的话，听完我的话再生气也不迟。”

“我确实非常生气，哈利。到底发生了什么事？发生了什么事？”

她站在那儿双臂抱在胸前，生气地看着他，她正准备要说话的时候哈利说：“瑞秋，请放下你的偏见。至少你先听我说。不说别的，我觉得这是你欠我的。”

她看起来很吃惊，但是什么也没说。看到她沉默了，他便接着说。他们又开始沿着桥走，他讲述了他是如何去到安东尼的公寓的。他说他之所以要跟她谈这事儿是因为安东尼要求他这么做的，然后他就把他在那儿知道的所有事情都告诉了她。

他讲故事的时候她什么都没说。故事讲完好一会儿了她才开始说话，但是她说话的声音小得就像是在说悄悄话一样。他们走到了桥的另一边，然后沿着楼梯走下去。他们站在国家大剧院前面的扶手边，看着河面。

“噢，哈利。”她两眼无光地看着流水说。她微微地睁大了眼睛，好像在梦游又好像是见鬼了一般。“我很抱歉。”然后她重重地坐到他们身后的长椅上，双手抱着自己，身体前倾。“我很抱歉。”她又重复了一遍，然后她又沉默了。他站在她身边，等着她开口继续说话。

最后她坐起来说:“我不知道你是否了解我有多感激你对我做的一切。”尽管阳光照射着她，她还是在轻轻地颤抖。“全部。我也不知道你能不能明白你给我的帮助对我来说意味着什么。”

她哭了起来，说话声音越来越小。哈利不得不坐下来挨着她，前倾着身子才能听清她在说什么。“我也不知道我能不能有机会解释我所做的一切，解释那个曾经的我。如果不是你，我就不会……我现在不知道该怎么办了。”

“算了吧，瑞秋。”他说。

“你会原谅我吗，哈利？我是说，你能原谅我吗？”她摇了摇头接着说。

“我当然能原谅你。”她叹了口气，擦了擦眼泪。他伸手到夹克口袋里拿他的手绢。“但是，瑞秋，真的，更重要的是我们拥有现在有的一切。我真的认为你需要考虑一下安东尼的事情，”他一边说着一边把手绢递给她，“只是为了公平而已。”说完他就看见她脸上一闪而过安东尼所说的那种愤怒。

她把他伸过来的手推开，然后在长椅前站着说："公平？这跟公平有什么关系？他就是个神经病，哈利。你觉得他把全部都告诉你了吗？你真的认为他把他邮件里面那些恶心的内容都告诉你了，是吧？"路过的人们开始看着这边，然后又尴尬地走开。

"瑞秋，拜托，你生气了。你现在头脑不是很清醒。坐下来吧。"直到她坐下来他才接着说："安东尼已经很受伤了。你没必要……"

"看在上帝的分上，哈利。"她再一次站起来说道："我们都受伤了，不是吗？谁没受到点伤害呢？上帝啊。但是我们没有像个疯子一样，到处给别人发猥琐的跟踪者发的那种信啊？为什么你没有告诉我你看见他在图书馆监视我呢？为什么？"

"我不觉得——"他说："我不知道，再说我也不确定是他呀。"

但是他可以看见她根本没有在听。他看着她走到栏杆边，靠着栏杆，双手紧握着。他走过去站在她身边，把一只手放到她的背上，但是她立刻就耸肩让他的手滑了下去。

"过去的已经过去了，瑞秋。我们谁都不能改写过去。但是我们可以做的就是弥补。其实他就是想这样，我也觉得我们应该这样做。"

"道歉？上帝啊。你真的认为这就是他想要的？"

"是的，我相信他。我也觉得你会发现对一个过去被认为做错事情的人来说，道歉真的是非常强大的。"

瑞秋笑着摇了摇头，叹了口气推着栏杆。哈利接着说："如果你觉得我已经越界了我道歉，但是，真的，如果你能从我的角度来看待这件事的话我会很高兴的。那天他把我带过去，他告诉我的那些事情完全颠覆了我对过去的认知，从上到下从里到外地颠覆了。如果你觉得听他说话是我背叛了你的话，你也必须要原谅我，瑞秋。如果真的要说是背叛的话，我们都有可能判断错误，你觉得呢?”

“好吧。情感敲诈。我懂。”

“瑞秋，我不是在敲诈你。我只想说我们可以找到一个方法来解决这件事，这样做对你也是有好处的。”

她又叹了口气，然后沉默地站了一会儿，看着水面。当一艘水上的士开过的时候，他想打破沉默便问她有没有坐过水上的士，她说没有，她说她更喜欢走路。他说他也没有坐过，然后她问为什么。哈利抓住这个机会解释他一直都晕船。他告诉她，他小的时候，有一次和父母以及表兄弟姐妹一起出去旅行。他说水面很平静，平静得就像一碟牛奶一样。但是他还是晕船了，所以他们不得不提前返回。那之后的几年他都没有再上过船。他告诉她，唯一的一次就是参加了停泊在泰晤士河边的一个船上舞会，但是他还是晕船了。

“肮脏的英国沿海船。”瑞秋说着。他不明白他在说什么，突然他看到一艘拖船从他们面前开过。

“还带着浓重的盐的味道。”他接着她的话说。他庆幸话题终于转换了，终究一切都可以变好的。

“好吧，哈利。”她说:“你脑子里到底在想什么?”

“我们接着走吗?”

“哦，如果你只是想散步的话，没问题。”她说，他顺着她的笑话笑了一下。他们沿着树下的路走着，伴随这海鸥盘旋的声音，他继续了他的计划。一听到他说的，她立刻就发飙了。他们一边走一边激烈地争吵。直到他意识到他不能劝服她的时

候，他们达成了一个协议。

她说要面谈的话，在场的只能有她和安东尼两个人。哈利不能参与，更不用说艾薇了。在这一点上她非常的坚定:这一切都是安东尼要求的，之前她已经向艾薇赔罪了。如果哈利指的是关于他原谅她的事情的话，她也会和他完成的。艾薇和哈利之所以会参与之中，是因为她和安东尼之前没有试着解决过这事儿。现在她已经明白他们都是好人，他们都是为了她和安东尼好。但是他们真的没有必要旁听他们俩的对话。他妥协了，但还是保留一些自己之前的观点。他说为何不让她和亚历克斯最后一起到贵宾席来吃饭呢？为什么他们不在仲夏夜的时候谈话呢？这样他们就可以一直待着，然后用整个周末的时间来解决问题。这样她也可以择机和安东尼见面。

她一开始不太愿意，当她最后同意的时候，好像只是因为她已经没有力气从这个调和小组中解脱出去了。“好吧，”她说:“为什么不呢?”他们越走越远，哈利问她要如何来安排这次会面，他们什么时候在什么地点见面。她好像不太愿意回答，她说这些跟他没关系。但她后来又告诉他，她之前的自信又回来的，“接下来就是这样的，哈利。给我安东尼的地址吧，我会写信给他，然后立刻沟通此事。星期四晚上亚历克斯和我会与你一起去吃晚餐的，我们肯定会度过一个美好的夜晚。我们都结婚了，让亚历克斯见见你也是应该的。然后安东尼和我会在周末的某个时间见面。”她接着说:“就是这样。但是哈利——”她停下来，手放在他的手臂上看着他，他看见她泪水盈眶了。

“亚历克斯没有必要知道这些。这点你一定要很清楚，你们都要很清楚。我知道我爱他，他也爱我。但是这件事情与他无关，如果他发现了的话他会受到伤害。我也不想告诉他。他给了我我这辈子从没有想过的东西。他给我的一切都是简单纯净，充满爱意的，他以一种我从不知道的方式让我满足。所以如果你真的是为了我好的话，我真的希望你不要把他牵扯进来。”

二十一

当哈利讲述完他和瑞秋那天在河边的谈话时，我突然发现不管在以后我继续听到了一些关于她的我不知道的事，都无所谓了。我知道她是爱我的，我也知道她是如何爱我的这就够了。我开始疯狂地想念她，想着她当时是如此不安地向我隐瞒这一切，只是因为她不想让我受到伤害。在哈利的脑中，他觉得思念一个已经去世的人就像重新陷入了爱河里一样。我发现他只是说他自己而不是在说我，而且他也是在思念他的妻子而不是瑞秋。接下来他要告诉我的内容让我觉得他会读心术，“虽然我们想念着不一样的她，但是心情却是那么的相似。”

“其实我的意思是，亚历克斯，”他把我的沉默看作是我没有理解到他说的:“如果你要问我我们可以以何种方式去爱一个人，我只能说我回答不上来。”接着他也沉默了，我以为他说完了，但是他坚持要继续讲，好像我问了他一个他必须要回答的问题一样，无论如何他都要回答。“我想我必须要说，爱就存在于我们静静的生活中，她和我都是。也可能，是一个需要被理解的问题。”他看向别处，慢慢地说着，仿佛房间里只有他一人。然后我发现他是在自问自答，我花了好久的时间去思考答案。无论我想不想，他都要向我倾诉他对于爱的理解。

“我们一起坐火车去伦敦的时候，她总是让我先上车，这是我的习惯。”他叹了口气说：“她要等我坐好了她才会上车。通常我坐的位置都是面朝我们去的方向，所以你知道，不管车厢有多忙，不管找到我的位置要花多长时间，也不管需要麻烦多少人，她都愿意等。她会在站台周旋几次，当她在外面沿着火车的走向走的时候我在火车里头做着同样的动作。等到她看见我找到座位之后，她就会找离我最近的地方坐下。即便我们没有挨着坐也没关系。她更关心的是我在启程的时候有没有不舒服。有一次我问她这样做是不是很费事，她说一点都不会。其实我不知道要不要相信她。”他边笑着边说：“有一天，我透过车窗玻璃看着她。那时我刚找我的位置，尽管我对面还有两个位子是空的，我可以坐得很舒服，但是我还是请别人把他们的包都移开。我从车窗向她挥手，示意她可以上车了。但那时她还站在站台上，我看到她的时候她还没有看到我。我看到她的嘴唇在动，所以我想她可能是在跟谁说话，但是我看不到对方是谁。结果我发现她是在对她自己说话。接着当她抬起眉毛，双手放到嘴唇上，长长地叹了一口气的时候，我意识到她是在生气。亚历克斯，你明白么，因为挫败而生气。”他又停了下来，好像在等待我的回应一样，但是我也不知道说什么。“我想，”最后他还是接着说：“这就是她爱我的方式吧。所以她要这样向我撒谎，假装一点也不介意我的这点滑稽的习惯。她一次也没有那样说过。现在当我坐火车去伦敦的时候，再也没有人愿意为我做这些了。现在已经没有人假装他们不介意我大大小小的胡言乱语了。”

接着我们两人都静静地坐着，看着炉火。我以为哈利会让我告诉他点我和瑞秋相互深爱的细节，但是他没有。我也不确定如果他真的要求了我会不会讲。但是我觉得我还是会告诉他

一些的，比如早晨我醒来的时候，会发现她在看着我。她微笑着，我从她眼里看见安慰的神情，她会说：“你刚刚去哪儿了，亚历克斯？你在梦里都去了哪儿？”我便把她抱到我的怀里，再次闭上我的眼睛。她说：“没关系，没关系，你现在已经回来了。”然后她自己又会在我的怀里重新入睡。有时睡太久了我不得不叫醒她。这时，好像就是我让我们赖床一样，她说：“起来吧，我们找点儿事做。现在就起来吧，不然时间就都溜走了。”说完她便会起床。

有时候她也会改变主意，我们继续在床上待着，然后我们就会睡眼惺忪地做爱。之后我会把早餐拿到床上，打开遮光板，卧室墙上的和玻璃外面的，所以里外没有太大的区别。我们坐着吃早餐，然后商量着接下来我们要做什么。然后，我们把早餐吃剩下的东西放在地板上，又躺床上继续聊着，聊得更多更久。我们把羽绒被拉到下巴下面，躺着靠在枕头上，蜷缩着靠在一起。“我们就像偷渡者挤到一起取暖一样。”八月末的一个周六她这样说着，她把头放在我的臂弯里，身体贴着我。天气很冷，一阵风吹来把东西都吹得飘了起来，然后又落到地上。除了我们，房间里的东西都在动。

在那样的早晨，我们聊了很多，也聊着我们各自心底的愿望。我们没聊什么重要的事，只是相互分享着无数个转瞬即逝的想法。过去她不怎么说话，但也不是在沉思的样子。她只关心哈利告诉我的那些东西，连她小时候发生的事情都比不上这些。有一次问她和艾薇在一起的长大的日子怎么样，为什么她俩的关系这么紧张的时候，她只说：“我们活得够久了吗？我们对这个世界的了解足够了吗？”那天早上她没解释这个句子是什么意思，也没说是不是她从哪儿借鉴的。说完这话她就转过身去躺在她自己那半边。最后我也转过身躺着，我说我很抱歉我问了不该问的。她转回来冲着我微笑着，她这笑容我还是没有读懂，但是这个笑容让我闭了嘴，不再问更多的问题。

我是从我母亲那儿学到如何解读微笑的。从学校放假回家的第一天，她让我坐下，然后她告诉我她把她所有类型的微笑都取了名字，就像人们给海上或者沙漠上刮过的风取名字一样。她把这些名字一个个地都教给我了，一边讲一边演示各种微笑给我看，直到我明白每一个的意思。她要让我看到她的微笑就知道她的感觉。她说她之所以要教我这些，是为了我放假回家的时候能更明白她一些。她说就像读一本书一样，这样一来我们之前的间隙就会少很多。她说如果我尽力去记这些的话，尽管我们之间还是有隔阂，但是我们也能像河上的船和水波一样那样相互磨合。多年以后，她快要寿终正寝的时候，我还是记得如何分辨她的这些笑容。所以最后她已经连说话的力气都没有的时候也没关系了:我坐在她的身边，握着她的手，她冲着我微笑。我知道她想要对我说什么，于是我告诉她我也是。

我也学会了如何解读瑞秋的笑容。她最喜欢的，最不喜欢的我都知道。我最高兴看到的一种笑容就是想要我“停止”时她的那种不经意流露出的笑容，但是也不是很常见，即使我那样做，她也只是偶尔那么笑一下。那种笑容里面有随着时间流逝沉淀下来的甜蜜，我一看到这种笑容就知道她是相信我的，相信我说的我爱她。“不顾一切?”她会皱着眉头说:“真的不顾一切吗?”

“不顾什么?”我重复着，完全不知道她在说什么。“什么不顾一切?”我笑着，这时她就会露出那种笑容然后上前来吻我，然后说:“没关系，亚历克斯。没什么。我知道你爱我。我知道

你真的爱我。”

我以为不谈过去是我和瑞秋之间的一种相处方式。她经常会时不时地问起我的过去，尽管我觉得如果我们能一起回忆过去我会更幸福。有个周末的早上，当我们在床上躺着消磨时光的时候，我曾经尝试着想告诉她关于罗比的事儿，但是我不知道我该不该说出来。我们吃了些水果，又喝了些咖啡，接着我们又躺了下来。她伸手来抓我的手，把我的手放在她的胸前然后眯上了眼睛。我看着她的胸轻柔地起伏，我的手也跟着起伏。她动之前好一阵儿我俩什么都没有说。她扭动了一下身子让自己躺得更舒服些，头抵着我的脖子，接着又抵着我的肩膀，如此来回反复。一会儿把我的手从她的身下抽出来，一会儿又把我的手像之前一样放在她胸前。

她说:“跟我说点什么吧。”

我问:“什么?”

接着她说:“随便什么，什么都可以。”

“比如呢?”我又问。

“真的，亚历克斯，什么都可以。”她说:“说点什么，给我讲个故事。给我讲点我不知道的，给我讲你之前没告诉过我的事情。”

这时，其实我也不是故意的，我也不知道我在做什么，我发现我自己开始给她讲我和罗比的事情了。我慢慢地，一点一点地把一切都告诉了她，以一种我从没有用过的方式，甚至之前我在学校大家关着灯交换故事的时候也没有讲得这么细致。那天早上，我在床上一直讲着这个故事，瑞秋一个字也没有说。我认为她听得如此仔细是因为她不介意我告诉她这事儿，她不会因此而看扁我。所以我一直接着讲，把我能说的都说了出来。

我讲完故事之后，她还是什么都没有说，我看见我的手在她的胸上有规律地起伏，这均匀的呼吸证明她已经睡着了。一开始我觉得我并不介意。事实上，我真的不介意，但是那天下午她出门之后，我独自站在厨房里泡茶，突然一个念头在我脑子里闪过，她在我一开口的时候说不定就已经睡着了。上帝知道那时刻对我来说是多么的重要，因为我终于把一直埋藏在我心里最深处的秘密告诉了别人，我完全没有意识到其实我的秘密还是只有我一人知晓。

但是哈利问我的事情都跟这些无关，所以我还是一直沉默着，而他还是接着讲他的故事。他和瑞秋见过面后不久，安东尼打来电话说他收到瑞秋的信了，一切都安排好了。但是当哈利问他到底是怎么样的计划时，他一开始很小心，不愿意透露，然后突然就说他要挂电话了。他叫哈利不要担心，一切都会没事的，他再次感谢了他的帮助，接着电话就断了。瑞秋也不愿意告诉哈利接下来会发生什么，哈利对这个模糊不清的会面安排有点儿担心。他担心她会不会遵守她的承诺去见安东尼。其实他对于安东尼再次跟瑞秋联系这事儿也还是有点不舒服的。第一，他对于安东尼所说的他会“着眼于现实”还持有保留意见。第二，在这种情况下，按安东尼的一贯作风，他会用暴力的方式来释放情绪。第三，他说，安东尼是个优柔寡断的人，还有他本来就是个不可靠的人。客观地说他们之前是失败过一次的，所以很有可能会再次失败。如果他在最后一刻决定不出席的话，他自己很可能就是会面失败的原因。这样一来就真的前功尽弃了，也让瑞秋持续地暴露在他的威胁之下，不知道他今后会做些什么事情来让瑞秋颜面扫地。

有一天早上他在惊恐中醒来，他想起瑞秋那天提到安东尼时的情绪的爆发，然后他想她是不是真的反应过度了。如果她的反应并没有过度的话，那他是不是应该开始重视她的那些话呢。为了减轻自己对整件事的顾虑，再加上实在不知道该向谁寻求帮助了，所以一天之后他给艾薇打了电话，之后他们见了面一起聊了这事儿。

他对我说，尽管会面还算不错，但是他还是觉得他自己失败了，他没有很好地传达自己的想法。他说出这些事情的时候艾薇表现得很激动，她说他就是个笨蛋，还说他一直太看重瑞秋了，他低估了她的能力。走到这一步了，她的领域里头已经没有谁能超过她了，他不知道她已经和伍斯特的一个律师结婚了吗，难道不是应该停止像个小狗一样跟在她身后了吗？艾薇说，安东尼只是想让瑞秋道个歉，就是道个歉而已。他早就不喜欢她了，再也不是感情方面的事情了，他真的没有恶意。她说他现在完全就是一个正常人了。“我的意思是，哈利，拜托，他是个搞IT的。”她说:“比起他你能有多正常啊？”他觉得有点愤愤不平，她说她也同意有的时候会被愤怒冲昏了头脑，但是那已经是过去的事情了，难道哈利还不明白吗？

哈利向艾薇解释说，他之所以会担心其实是因为艾薇说的这些都没有事实可以证明，全都是因为那天安东尼在他公寓里的表现，还有他眼中闪烁的那种特别的光芒。但是她放了哈利一马，所以哈利也没再提起。

接着他问，万一他们其中一人最后失去控制了，忘记了他们的决心了呢，他们之前的关系也不会比现在好。他建议说，他和艾薇都在场的话就可以避免这样的事情发生，也没什么坏处。艾薇说哈利管得太多，但是最后她还是妥协了。她一边看着她的日程一边说，她要抽些时间去阿什莫尔的募捐会上看看，到了周末的话她也要像其他人一样去募捐。周四的时候肯定有她可以参加的募捐活动，可以很好地为他打掩护，这样瑞秋就不会因为她在那儿而生气。但是她也不能保证一定能参与进去，但她会尽力。哈利感谢了她，并说他们周末应该保持密切的联系，还问她要了电话号码。

最后，他发现他可以把保留意见放在一边。另外，按照艾薇的观点来说，那些只是他自己对安东尼的评价，而且他也只是听过他的故事而已。而且，他能比瑞秋更加客观地来看待这件事情，也没有像瑞秋那么深地被牵涉到其中。因此，他可以放心，大家就还是执行原来的计划。六月二十七日下午，瑞秋和我开车去牛津，与此同时，安东尼和艾薇也在进行着完全一样的旅行。而我，是我们当中唯一一个对即将到来的事情一无所知的人。

哈利说安东尼又给他打电话的时候是一个星期四下午两点钟左右的时候。电话响的时候他正在他的房间整理考卷。电话声音很嘈杂，安东尼好像是用手机打的。但是哈利听到一串“哔哔”声后电话就断了，他才发现电话是从公用电话打来的。过了一会儿安东尼又打来了，他立刻告诉哈利，他半夜必须要见瑞秋，就在湖边。

“她说我没有别的选择了。去不去随便我。所以我决定去。”

“但是为什么要这么晚，为什么约在那儿?”

“她不想彼得森知道，这就是原因。那两人都很执着。她准备到那儿见我，我的意思是我无所谓。我认为，这一切就要发生了，是吧。这才是重要的。如果我们这样做的话，他是不会知道的。她只需要离开他五分钟左右，这样我们就可以谈话了。”

“在湖边？”哈利说，“你不能第二天在城里见她吗？这样的方式未免太不正式了吧……”

“那是你看到的瑞秋，哈利。总之，没事的。我还多喜欢这样的。就像以前的一样，是吧？”

“那艾薇呢？”哈利问：“你们有没有把你们的计划告诉艾薇？”

“我还没说。我也不会告诉她。我为什么要告诉她呢？”

“你为什么不应该告诉她呢？”

“哈利，在这整件事中，她给我了无限的悲痛。她把她那点小诡计都告诉我了，她准备去博物馆参加什么募捐，这样她就可以看似巧合地去牛津。我是说，我知道她讨厌那些。她经常在抱怨那些事儿。真是个不怎么样的借口。她就是想到周围晃晃，想掌握事情的走向。她倒助了我一臂之力，真不错，但是也只能到此为止。她也不能怎么样，我也不会相信她。我本来也不打算告诉你的，但是我觉得反正瑞秋也要告诉你。现在你知道了，我也轻松了些。我是说，谢谢你。我真的很高兴我和她终于要见面了。”

“没事。”哈利说：“没事，不用谢。我只希望事情能有个了结，真的。”

安东尼笑了，他说他相信无论以何种方式，事情都会解决的。在他挂电话之前，哈利说他希望第二天他们能聊一下，这样他就能知道事情解决了没有。他们约定第二天早上在他学校的办公室里一起喝咖啡。

哈利接着说他的故事，他提醒我他邀请了瑞秋和我去他的房间，让我们可以把行李放在那儿，如果没有带礼服的话还可以借他的。然后在去大学发奖学金之前和他一起喝了一杯红酒。我记得，哈利说那个夏夜我俩都没有穿外套，最后只有瑞秋带了包。她坚持要带着那个包去吃晚餐，直到她去湖边的时候还带着那个包，但是警察却一直没有找到。

哈利说，五点左右的时候，他正在把杯子都拿出来，并检查冰箱里的夏布利酒。这时他决定要让艾薇知道这一切。他不明白为什么安东尼不愿意跟她交流，不愿意告诉她。他觉得这个时候他需要有她的支持。他打她的手机但老是会转接到语音信箱。他看了看钟，发现他还有时间走路去阿什莫尔，然后看能不能在她的公司找到她。他坐在椅子上，写了一张纸条，把安东尼告诉她的都写在了上面。如果她不在办公室的话，他就准备把纸条留给她的秘书。

他在纸条上了还多写了点内容，他说他希望艾薇在结束前能从募捐会离开，溜进学校，然后朝着湖边走，这样她就能监视着安东尼和瑞秋。他又写了附言，把去秘密花园的路线告诉了艾薇，还说哈顿肯定要去贵宾席用餐，所以他肯定不在他的保安室，他建议她在十一点半左右的时候悄悄溜进学校，然后去秘密花园。“他吃晚饭的时候不会锁门，”哈利写道，“他吃完饭后总是要待到很晚喝点咖啡。”所以她很容易就可以把自己隐藏起来，在那儿监视他们。然后神不知鬼不觉地溜出学校。他告诉她说他决定吃过晚饭之后去拿大学奖学金，在那儿看事情的发展。所以，他看见瑞秋离席朝着湖边去的时候，他就给艾薇打了个电话。他走到阿什莫尔，但是他也没有找到她。所以他只有把纸条从她的门缝塞进去，他确定她去募捐会之前会到这儿来放她的东西。

六点过十分左右的时候，他在他的房间里等着我们的到来，他还是有点担心艾薇不能看到那张纸条，然后他又打了她

的手机。这次她的手机开机了，但是却没有人接。这时他听见我们上楼的声音，我们到了之后试了试礼服大小，他给我们倒了夏布利酒，然后这个夜晚就开始了。他没有找到和瑞秋单独说话的机会，有我在场他不敢提起这个话题，因为他已经对她作出了承诺。吃晚饭的时候气氛有点奇怪，他一直在关注她的一举一动。她一直很兴奋，甚至有点紧张，哈利看见她一次又一次地看自己的手表，还看见她在桌子底下偷偷看手机。他还注意到她坚持吃饭的时候要带着她的包，她不愿意把包留在他的房间里。他只能认为这肯定和包里被他偶然发现的东西有关。我们到达的时候，他把包拿到偏房去，想把包里的东西都倒出来，结果一本勃朗宁的书掉了出来。

一切都按照计划进行。这时，他准备吃过晚饭后趁我们不注意的时候偷偷地去老图书馆。我们相互道了别，他说他要回到他的房间去还有点事。我们刚一转过身，他便爬上了螺旋楼梯。他不太确定瑞秋会不会犹豫，看样子我们已经要走出大学了。但是几分钟之后，他站在窗户边看见门卫沿着院子在往下走。他从口袋里拿出电话准备给艾薇打电话，才发现老图书馆这里根本就没有信号。他知道现在还没必要，但是他要独自面对这个小问题还是让他有点烦恼的。所以他只能用他脑子里出现的第一个方法：拿起在他面前桌子上的台灯，开开关关台灯几次。他觉得艾薇可能正抬头看着这图书馆的窗户。其实没有人能在那么远的地方看到他闪灯，但是为了自己能安心，他还是这样做了。

当他看见有灯从秘密花园那边闪烁表示回应的时候，他非常吃惊，那闪烁的灯光看起来是从更高更远的地方来的。更让他吃惊的是，过了一阵他又看到了第二盏灯，这次更近了，他觉得这次肯定是在秘密花园里面了。接着他又有些迷惑，还有些害怕，直到他意识到第一盏灯肯定是他看花了眼，其实是他自己台灯的光在玻璃上的倒影，但是第二盏肯定是艾薇。

远处的灯停止闪烁之后，哈利看到门卫从凉亭边出现，在图书馆下面走着。他看见他站在院子的北入口边，四下环顾了一会儿，沿着入口走之前又抬头看了看钟，最后他的身影消失在六号楼梯口处，开始了他的夜巡工作。现在几乎所有的事情都在按照哈利希望的样子发展，他松了一口气走回到螺旋楼梯，他想着很快所有的事情就都会过去，都会被解决的。

那时，我坐在黑暗的地方打盹儿等着瑞秋，他从我身边走过，然后走到了阳台，想要回到他的房间去拿他自己的东西，还想回房间在窗户那儿看着瑞秋从湖边回来。这时，他听见了她的尖叫声，他知道还是出事了，安东尼和瑞秋肯定打起来了。他被吓得不能动弹，一步也不能移动，也无法思考。然后他看见我跑过，摔倒在楼梯上，他转过头看到一个身影从广场跑上来，跑过我之后便朝着学校大门跑去，他觉得那肯定是艾薇，整个过程不到一分钟。

当哈利觉得他自己恢复过来了的时候，他沿着走廊跌跌撞撞地快走，他想走到门卫那去报告他所看到的一切，然后告诉门卫湖边出了事。但是他走到那儿后却发现没人。然后他想起他看见门卫去巡逻了，那样的话他可能也听见了尖叫，所以他应该已经跑向湖边去看发生了什么。他确定我和门卫两个人是可以阻止他俩打架的，或者别的什么。他想起了哈顿告诉他，在舞会那晚安东尼攻击了茜茜的事，他很担心，他不知道瑞秋能不能像茜茜一样反抗。但是他也不觉得会发生什么严重的事情，因为他想着我很快就会找到瑞秋，我肯定会帮忙的。

这时，哈利告诉我，他发现他有好几种选择。他可以去湖边看发生了什么，有没有什么他可以帮忙的，或者他可以回到他的房间，从窗户那儿看，再者他也可以回家等着。可是艾薇像那样逃跑了他有些生气，因为她肯定看见了些什么。会面出了问题他也很悔恨，他想着我到那儿的时候，瑞秋肯定要向我解释。最后，想到他就算留下来也帮不上谁的忙，他决定还是先回家。他彻底被累坏了，他走向格洛斯特绿色车站去打车的时候，觉得自己连脚也要抬不起来了。他又给艾薇打了一次电话，但是还是只听到铃声一遍一遍地响，没有人接。

晚上他模模糊糊睡去的时候，对于整件事情他更希望自己能在早上就看出些端倪。他觉得很累，他把他的闹钟定得比平时晚了些，但是他也只睡了几个小时。他被一阵持续的敲门声惊醒，他的门铃也一直在响。他从他的床上摔了下来，随意地把睡袍裹在身上，蹒跚地走到卧室的窗户边。当他看到警车停在车道上的时候，他知道瑞秋肯定出事了。突然他觉得眼睛好痛，好像很强烈的光照着他的双眼一样。他还觉得他的胃好像掉到地上去了，摔了个粉碎。当他慢慢地从卧室出来，走到楼下的时候，他知道无论如何自己都要保持清醒，他要想清楚待会儿在答话的时候什么该说什么不该说。这样，他就要自己对事情有个了解，无论发生任何事情，他都要一直坚持他的说法。

他不明白为什么警官不告诉他瑞秋如何了，他们只是说她与一起案件有关，他继续追问的时候他们就不回答了。所以，他也决定就按照他最开始计划的那样回答他们的提问，他会以其人之道还治其人之身，也只告诉他们些皮毛。其实除了他们要在湖边见面以外，他对整个会面的安排一无所知。他当然不会告诉他们艾薇也在那儿，更不会告诉警察他们四个人之间的过去。厨房里的亮光让他不得不闭上了他的眼睛，他宁愿幻想是在跟我说话，也不愿意对着警察带来的录音机说话。他回答得很谨慎，他只是为了遵守和瑞秋之间的约定，不能告诉我一丁点儿关于她和安东尼过去的事情，他可不愿意造成什么误会。在这种情况下，他当然就会说他没有理由认为瑞秋受到了什么严重的伤害，他想其实只是安东尼和瑞秋打架打得比较厉害罢了。

当哈利在描述他这一决定的时候，我真是很难找到合适的词来描述我的感觉。我觉得我最强烈的一种感觉是厌恶感，当中有夹杂着愤怒、震惊、沮丧和悲伤。这些感觉几乎让我肉体焦灼，有几次我都感觉房子好像都在颤动。有那么一个时刻，在一切再次恢复平静之前，当哈利的语言开始扭曲的时候，我觉得我好像是在水下听他说话一样，他的声音开始伴随着轰隆声，扭曲盘旋在我的脑子里。之后他的讲述又变得正常了，我听到他说他要表明立场还是有点困难的，警察一直在问一些很直接的问题。令我觉得受打击的是，他不知道他讲的这些对我的影响多大，他全神贯注地继续着他的讲述，非常急切地想要讲述给我听，因为他终于找到一个听故事的人了。

他接着往下说，声音听起来既冷淡又很冷静。那个晚上，他坐在他的厨房里做着伪证，结束的时候他说因为他们很轻易地接受了他的答案，所以问话完成的时候他觉得没什么不舒服的，他还给他们泡了茶，说他们肯定比他还要累。他们谢绝了他的茶水，当他看见有个警察在对他说的话做记录的时候，他突然觉得他本不应该这样做的。

要给出最初的立场是很容易的，他说，那天早上之后他又被要求去参加访谈，而这次做起来就要困难些了。八点左右，

几个警官到他家里来拜访他，请他去局里一趟，他们说不会耽搁他很久的时间，他们只是例行公事问几个问题。就在去警察局的路上，他们就那么漫不经心地说瑞秋被谋杀了。

二十二

一开始他们把他的证词读给他听，他静静地坐着，大气也不敢出，简直不敢相信这一切。他一边听着一边发现了自己的证词里面有几处不实的地方，他害怕极了。但即使很疑虑，他也知道他要坚持自己的立场。他还是坚持听完了他自己的证词，但他还是在想那几个不实的地方应该怎么样来应对。第一个问题是到底是什么让他决定改变主意，不回他自己房间去拿东西，反而去了图书馆。“一首诗，你是这样说的?”第一个警察问道:“那是一首什么诗呢?”哈利说是的，想也没想就回答了，希望自己没有提到勃朗宁，他觉得光是这样说他就已经露馅了。接着，他们逼问他到为什么他必须要在几乎半夜的时候检查瑞秋提出的问题，为什么不等到第二天早上再来做呢，他真的要有麻烦了。哈利觉得自己的胸前和手臂下都是汗，他希望自己的额头出汗千万不要那么明显。他说瑞秋对他不能立刻就解答她的问题感到很吃惊，这让他觉得很反感。他们在吃晚饭的时候对此有过小小的争吵，她还因此嘲笑他，尽管她知道他一直都是一个对别人的想法很敏感的人。她还不讨喜地说他的记忆力已经大不如前了。在他们的轮番拷问下，他几乎就要投降了。他们问瑞秋关于勃朗宁都提了些什么问题，他完全不知道要说什么。好几次他们问到晚餐时的小争执，但他们没有

细问。

接下来，他就说到了早上放到我们的酒店的那张明信片。“现在我有一名警员正在你的房子里找这张明信片，加德纳先生。”他们说完，便有一个人打断了审问，放了一张纸条在桌子上。“只是，他们找不到你说的那张明信片。你能不能告诉我们你把它放在哪里了？”哈利说那个时候他觉得很不舒服，他在考虑是不是要说其实他写的是一张纸条，写在他在图书馆找到的一张纸上的，在回家的路上就放到我们的酒店了。但是他立刻就发现这样说根本没意义，说了的话他们也会去酒店找。因此他最后只说他很累了，能不能明天早上再问。但他没想到的是，这样也是没什么意义的，因为警察已经看到他了。“但是你找到了你的答案，是吧，加德纳先生。”他们又接着问他。正当哈利在犹豫的时候，他们拿出了之前问话时的带子，放给他看，他听见自己说是的，他找到了答案。接着他们停止了播放，看着他，他不得不否认。现在，他已经考虑得很清楚了，他决定打死也不说自己回忆起来都发生了什么。

如果这些事情都不算太难的话，接下来的这个问题就比较棘手了。警察问他为什么在听见瑞秋的尖叫，看见我跑下楼梯，同时又看见另一个身影之后，他还决定要回家。为什么他不去湖边看看发生了什么？他告诉他们，瑞秋和我已经不是学生了，无论我在晚餐后做了或者没做什么事，比如在学校里跑，或者不在学校里跑，他都管不着。当时那种情况，他觉得那个奔跑的身影完全有可能是一个夜跑者，还有那声尖叫听起来也是从学校外面而不是从里面传来的，但他还是忘了接下来他应该去收拾东西的，因此他就决定回家去，这就是事实。

最后他们还是放他走了，之后他们再也没去打扰他。他猜想是不是他们觉得自己的回答有点带攻击性，是不是他们还是有点怀疑他的故事。他们只是像对待所有被审问的人一样地对待他，这个方法可以分辨一个人到底是无辜的还是犯下了罪行的。

审问结束的时候，他觉得非常地不舒服，他站也站不稳，因为疲劳而觉得有些头晕，还在为刚刚发生的一切感到后怕。之前回答问题的时候他打起了十二分精神，所以当警察告诉他瑞秋已经死了的时候，他表面上只觉得吃惊，其实他感觉身体所有的毛细血管都瞬间收紧，紧得快要爆发出来了。他觉得时间瞬间慢下来，仿佛他们坐的车正在厚厚的油脂上滑行，不能正常地移动。但是他可以从窗外的东西移动的速度上看到，他刚才不是在滑行，现在也不是。他离开警察局的时候觉得心烦意乱，那一刻他在想他是不是在做梦，是不是困在短暂的噩梦里了。回到大学的房间之后，他什么也没做，只是坐在自己的沙发上，还期待着安东尼能够如约来喝一杯咖啡。

最后谁也没有来敲门，也没有人打电话来。时钟指示到了中午的时候，他又给艾薇打了个电话。这次打通了，他问他们能不能见个面，电话里头说不方便。她让他去她阿什莫尔的办公室。当他走在路上的时候，他觉得自己终于要知道到底发生了什么，还有艾薇在秘密花园都看见了什么，因此他觉得有些放松。但是，等他和艾薇见面之后，艾薇说她什么都没看到，原因很简单，因为她根本就没到那儿去。

哈利说，一开始艾薇连一句话都说不完整。他说他看见她从秘密花园跑上来，跑到广场这儿，然后他问为什么之后她不打电话来告诉他都发生了什么，她说她完全不明白他在说什么。

“但是你知道瑞秋的事吧?”他完全被她的回答搞糊涂了。

“我他妈的当然知道。”她几乎是冲他喊着回答道：“亚历克斯在警察局给我打了电话。真是太糟糕了，我居然是从那该死的亚历克斯那儿听到这个消息的。但你知道我之后都做了什么，是吧？”

“不。”哈利说：“我不知道。”

“你难道觉得是那个该死的去辨认她的尸体的，哈利？你知不知道那对我来说有多难！”

“艾薇，对不……”

“我没指望你能知道，上次我去辨认尸体已经是他妈的16年以前的事情了，那是瑞秋的妈妈。天哪，哈利。你真不该问我这些愚蠢的问题，至少不是现在啊。”

“是的。”哈利说。他的呼吸很急促，心脏在胸腔里跳得很快。但是艾薇还没说完。

“除非你获得了有用的信息，比如那个混蛋安东尼现在在哪儿。要不你就滚，让我一个人静静，我会很感激你的。”

“是的。”哈利又说：“你已经告诉我我想知道的了。”

然后他就不知所措地听着，她说她没看见他留在她办公室门下的纸条，她也不知道那之前的一个晚上，或者是事发的那天晚上他联系过她的。她说她不是在洗澡，就是把电话调到静音了，可能她当时正在听募捐会上的演讲。

“坦白地说，”她说：“聚会开始的时候我就想走了，我决定让你们自己去处理这事儿，不论结果如何。”

“不论结果如何？”哈利重复道，他几乎不能相信自己听见的东西。

“算了吧，哈利。你是不是想把发生的一切都怪罪我的头上啊，是吧？事情早就不在我的掌控之中了。再说我从来就没有参与到其中，所以你就别说了。天知道我的伤心已经够多了，你看不出来吗?”他回答说是的，他当然看得出来。但是他还是不明白那天晚上她都做了什么，她没有接他在回家路上打来的电话之后她都做了些什么。

她真的大喊了：“看在上帝的分上，哈利。这真他妈不关你的事。”

“那好，”哈利说：“好。但是我们接下来怎么处理安东尼?”

这时她稍稍冷静了一点，她说她还没有给安东尼打过电话，她觉得现在这样做不是很明智，他也没有给她打电话。按照她的看法，她还是继续等着，哈利也应该等着。哈利回答她说，本来安东尼和他约好了早上见面的，但是他没来，现在他也不知道下一步该怎么做。

“什么都不做，哈利。”她说：“你什么都别做。我们就等着，然后再看事情会怎样发展，就这样。”接着她站起来走到门边，打开门，然后转过身对哈利说：“我很抱歉对你说这些，哈利。但是我觉得你现在还是离开比较好，我是说立刻。她已经死了，这是你和我都改变不了的事实。如果我们继续去调查什么的话，我们也会被牵扯进去。我觉得我们都明白到底发生了什么。我真的觉得我们也没有什么好说的了。你有我的邮箱地址，如果你真的有需要联系我的时候，就发邮件吧。”

在他从阿什莫尔回到伍斯特的路上，哈利一直在消化艾薇告诉他的事情，真的让他觉得事情快要完结了。他回到他的房间里，这一天剩下的时间里他都昏昏沉沉的，他坐沙发上俯瞰着广场，他想着安东尼说不定会出现，虽然知道这儿其实听不到楼梯的脚步声，他还是尖着耳朵希望自己能听见。然后他回到家去睡觉，第二天接着等。他说他一开始并不承认他是在等

安东尼，他告诉自己说这只是一个平凡的星期六而已。通常这天他都会去农贸市场，要不就是走到酒吧去吃个午饭。而这个时候他觉得最好还是回到家去，收拾一下暑假要用的东西。把那些再也用不着的废纸都丢掉，要不就再批改一下最后交上来的一些期末卷子。直到我给他打电话的时候，他才意识到他一直在等待着安东尼的出现。他的心一直“扑通扑通”地跳着，一股肾上腺素从他的胸腔川流而过。他发现如果安东尼来了或者打电话了，他也不知道该跟安东尼说什么，也不知道应该从哪儿开始说起。

门卫告诉他，打电话来的是学校以前的学生，但是没有说名字。当哈利听到电话里传来的是我的而不是安东尼的声音的时候，他有点吃惊，再加上我说我们应该见一面，他更是摸不着头脑。这次会面让他觉得很难受，他说，这算得上是他有生以来最痛苦的一次谈话了。但是，能说的他都说了，谈话还是很顺利地结束了。谈完之后他觉得很疲倦，于是他离开我住的酒店之后就回学校去了。然后他去了高级休息室吃午饭，坐在椅子上两眼无神地盯着空气。不久，桌子就坐满了，他看见哈顿正在他的对面坐下。他点点头，很清楚地传达了他不想谈话的意思。早上他们俩已经谈过了，他们在广场偶遇的时候，哈顿说的话没让他觉得有多惊讶。哈利说，他说话的语调几乎就是在骇人听闻，好像他只是在讲述电视上的神秘谋杀电视剧一样，而不是像说着关于他的学生的事情。

当他等着上下一节课的时候，哈利断断续续地听到哈顿和他旁边的一个大三年级的学生的谈话，他当时就感觉很生气。他准备靠近桌子，告诉哈顿他这样说瑞秋很没有礼貌，应该受到谴责的。但是他突然听到了艾薇的名字，于是他决定先听听再说。谈话是如何开始的他没有听到，但是按照他的理解来看，好像是哈顿刚刚和某个教美术史的同事喝完咖啡过来。这个同事前一晚去参加了阿什莫尔的募捐会，还在那儿看到了艾薇。

“哦，是的。”他听见哈顿对这个大三学生说:“我和她有些小过节。如果你明白的话，她真是个泼妇。”哈利描述说，这个学生张大了眼睛，感到自己接下来会听到什么猛料。接着，轮到哈利瞪大眼睛了，因为哈顿说艾薇很明显去参加了阿什莫尔的聚会，而且待了很久。但是，哈顿说她突然站了起来离开了房间，一起走的还有一个比她年轻的男人。“真没劲啊。”哈顿说:“照我看来，像她这样的，应该就待在这儿，然后和其他的募捐者聊天。但是她好像要做别的事儿，不知道是什么事儿?”哈顿冲着大三学生微笑，尽情享受大家投去的关注目光。

就在这时，哈利发现他其实只有独自面对这个问题，因为安东尼消失得毫无踪迹。如果哈顿说的是真的话，艾薇和安东尼那晚上都去了阿什莫尔的募捐会，他们七点左右就一起离开了，这样他们就都有足够的时间换衣服，然后在午夜前赶到学校。有了这些推测，他肯定艾薇当时在秘密花园里，而且他所看见的那个沿着广场跑上来的身影肯定是她。这样一来，他就有足够多的证据来质问艾薇为什么要向他撒谎了，她到底都隐瞒了些什么。

接下来的几个月里，哈利一遍又一遍地问自己这些问题。那个夏天，有好几次他都觉得自己快要疯了。在牛津的大部分时候他都是一个人，每天在学校废寝忘食地反复思考，思考到底发生了什么，思考接下来他可以做些什么。一开始他想过要联系我的，但是好几次他都不知道该如何告诉我他所知道的。

他猜想我的反应肯定是直接就去警察局，虽然他也很想这么做，但这样一来他就有可能变成嫌疑人，说不定还会因为作伪证而被起诉。他为了保证自己的清白，决定还是不这样做，但即便是这样，他还是有些担心。当警察们开始还原现场的工作的时候，他从房间的窗户那儿看着他们在广场上工作。他说他发现重现的这一幕是在所讲述的故事当中至关重要的一幕，于是他开始时不时地觉得有没有可能整件事都是他自己编出来或者幻想出来的。

天气渐凉的时候他去伦敦旅游了一圈。九月中旬的时候，他强迫自己回到英国图书馆去，强迫自己暂时放下瑞秋的事，他需要让自己的生活稳定下来，因为他觉得恢复之前的日常生活可能是最好的方法。当然，刚回去的时候他遇到了些难题，他被安排去另一间阅读室，他不能在之前他和瑞秋一起工作的那个房间舒服地待着了。有时，他发现自己喜欢穿过犹斯顿路，然后站在安东尼的公寓外面，就站在街对面。在那儿一站就是半小时左右，他希望自己能看到安东尼。但是他什么都没有看到，也没听到他的消息，直到后来接到了一个神秘电话。

那已经是九月的末尾了。他开始觉得越来越不安，因为已经形成一种固定模式了：每个下午的同一个时间，门卫那儿都会转接电话到他的房间，然后说打电话的人不愿意告知姓名。他接起电话之后，只听见从一条很热闹的街上传来的声音，接着几声“哔哔”信号声后，似乎钱用完了时间到了，电话就断了，接着第二天同一时间又打来。他说，他几乎可以完全确定是安东尼打的电话。他发现自己每天都在期待这通电话打来，想着说不定今天安东尼愿意跟他说话。他考虑让警察去跟踪这些电话，但是如果他要这么做的话，他就不得不把一切都告诉警察，而顾虑到他之前作的那些伪证，所以他还是觉得不好。

哈利说，在十月份准备瑞秋的追悼会时，他觉得稍有些慰藉，因为这让他觉得他还是能帮到我的忙。随着选定的日子一天天临近，安东尼还是没有对邀请作出回复，他觉得似乎他再也见不到安东尼了。但是他还是想着说不定安东尼会悄悄地出现。有一天我提到我去拜访，仪式开始之后，我看到有个跟安东尼很像的人溜到教堂后面去了。一开始他还在想我是不是真的看到安东尼了，但是尽管安东尼会做这种厚颜无耻的事，他还是觉得不太可能是安东尼。

无论如何，在那之后，每天下午的电话再没有来过。他竟然有些想念那些电话，想念电话里的那些沉默的时刻。几周的时间过去了，他又开始担心起来，他担心是不是又发生了什么恐怖的事情。这是他一直一来都有的这么一个不怎么具体的想法:安东尼可能是对瑞秋死的那个晚上他所做的事情充满了懊悔，他再也不能忍受自己了，所以他才选择了消失。他说他的担心后来被证实了，几乎所有的猜测都被证实了。

在十一月中旬的时候，他接到了一个从都会区警察厅打来的电话，请他去霍尔本警察局一趟接受一下调查，因为有个人失踪了。一开始他很惊慌，他觉得警察肯定识破了他，而且还发现了他和瑞秋、安东尼两人有联系。但是令他惊奇的是，问话头十分钟过去之后，他发现都会区警察局和牛津郡警察局的这两个案子之间没联系，因此他就觉得好多了，没有那么害怕了。

警官告诉他，安东尼的邻居打电话报警，说有一股很强烈的令人不安的味道从安东尼的公寓里面传出来。而且已经好久没有人看到他在公寓进出了。按着这种案件的一贯处理手段，

首先他们会检查公寓。他们发现公寓是空的，而且已经好久没人住了。接着他们发现，那股味道是从没有清空的厨房垃圾桶里产生的，里面全都是已经腐烂了的垃圾。他们把这案子定义为非紧急案件，然后就开始一些常规检查。他的老板告诉他们说，六月初的时候他就上交了他的请假通知。他的同事也注意到已经很久没有他的消息了;安东尼从未与他们深交，他们还提到说在他走之前，他还请了假去旅行。查看了他的护照之后发现他其实哪里都没有去，护照至少六个月之内都没有用过了。他们推测他可能还在国内，可能在准备他的旅行。几周之后他们联系安东尼的母亲的时候，她告诉他们说六月之后他们就没有联系过了，现在她越来越担心他了。他给她写了封信说他需要些时间单独待待，他知道她有多爱他，但是他还是希望她不要联系他，也不要找他，她不用为他担心，也不要告诉别人他联系过她。她说，他们打来电话的时候她正准备联系警察。然后她不顾安东尼的嘱咐，把信的事情都告诉了他们。

然后警察在桌子对面对着哈利微笑说:“看看这些东西，这个安东尼真是会写信。”说完他递给哈利一个信封。看起来安东尼把这东西留在他公寓的餐桌上了。信是寄到伍斯特给哈利的，信封上贴了邮票。他们打开看了一下就把它归档了，因为里面其实没什么特别的东西。但是，哈利说，最近几个星期，安东尼的妈妈开始给他们被他称之为“欺诈行为”的东西，所以他们又把信拿出来开始重新调查。他们发现了一封寄给哈利的信，所以他们决定要联系一下他，看他能不能帮上他们的忙，不然他们就只好归档了。

警官说，现在这种情况下，他们还没有怀疑谁，也还没有排除谁。安东尼把他的银行账户都关闭了。在英国根本找不到他的踪迹，他们的决定就是现在就对这个案子做个了结，只能把安东尼的消失看作是警察们说的“自发式的”。哈利说他也觉得很奇怪，这个用于失踪人士的术语让他想起他离开教堂的夏夜，晚课已经结束，风琴演奏者即兴创作的音乐声在广场上变得越来越大，那个时候他觉得他就快要哭出来了。他觉得现在就释放自己的情绪有点不明智，他只能咬着舌头忍住眼泪，然后低下头开始读信。

哈利觉得松了一口气，同时又觉得很失望，因为安东尼在信里虽然作出了一些解释，但是也没说什么。信里面一点线索也没有，只是邀请哈利到他的公寓去，然后可以带走任何他喜欢的书，因为安东尼说他要出去旅游一段时间，而且不知道什么时候回来。警察说，很明显是安东尼忘了邮寄出去了，然后哈利向警察表示抱歉，说他帮不上什么忙。这位警官说陪他一起去安东尼的公寓，这样他就可以在安东尼的妈妈下周来收拾东西之前选几本自己喜欢的书带走。哈利和他们就一起朝朱迪街走去，去看他们能在那儿找到些什么。

哈利说，这公寓比他想象的要干净，一点也没有警察所说的那种恶臭了。“已经完全清理干净了，”警察解释道:“你知道，是邻居们过来收拾的。”但是厨房里还是有几只苍蝇在飞。警官打开安东尼书房的房门对哈里说，书都放在里头。哈利说，他看见的情景让他觉得恶心。很明显有几只苍蝇被关到这个房间了，然后它们繁殖出了更多的苍蝇。所以在房子中间大概有三十到四十只苍蝇在空中盘旋，地板上到处都是小小的蓝黑色的尸体。“就像希区柯克电影里的场景一样，”哈利对我说道，“真的非常怪异。”接着，警察挥手驱赶自己头上的苍蝇群，打开房间的窗户，尽力把这些苍蝇都赶出去，然后回到厨

房拿来了垃圾桶和扫帚。哈利站在房间对面，他看见一小本勃朗宁正躺在另一张空桌子中间。这下他意识到，事情就是应该这样发展下去的，安东尼故意让他在警察的陪伴下来这儿找到这本书。这本书就是瑞秋被谋杀那天晚上；他看见从她包里掉出来的那本。

他假装走到书架边，在那儿挑选，镇定地浏览着，好像没什么不正常的事情发生一样。接着他走到书桌边，用他觉得恰到好处漠不关心的语气对警察说："啊，罗伯特·勃朗宁，我一生的挚爱之一啊。"接着他把这本书拿起来，放到他从书架上拿出来的书中间。

直到晚上他坐在回家的火车上的时候，他才把那本书从他的包里拿出来。一打开书就看到《紫质症之爱》，然后他把书拿得近一点，他觉得自己看到在角落，有一点像血渍一样的东西。然后他立马把书拿开，随之而来的就是他的悲伤、害怕和疑虑。

时间一晃就到了十一月中旬，接下来他要给我讲的故事在他脑子里越来越清晰。接下来的两个星期，他考虑了很久要不要联系我，或者要不要直接去警察局，但是最后他决定先请我去牛津，然后告诉我他的故事，借口就是他发现了一些有关瑞秋的东西，他觉得我应该想要拿回去。

"所以，亚历克斯。"他站起来，走到窗户边说，"就是这样。我们已经聊了很久了，我觉得我已经把我所知道的都告诉你了。如果可以，我想开始做一些总结了。"

他开始总结之前，又泡了些茶，还去冰箱拿了些煎饼，然后把他们串成串放在火上。这时我想起了瑞秋，我想到了和她的会面，我真的非常希望她也能在这里，和我一起听哈利即将告诉我的事情。

哈利说尽管有时他看着的这张照片还是让他很迷惑，因为在上面只看到已经不成形的东西一会儿出现一会儿消失。他一开始就知道，真相很可能就是对这次谋杀案最简单的那个解释：那晚安东尼对着瑞秋发了脾气，然后用重物把她打死了，接着又设法逃离了学校；而艾薇在秘密花园里看到了这一切，然后也逃跑了，因为她觉得自己也有罪，所以她不敢承认这事儿。唯一有偏差的地方就是他觉得安东尼很可能一开始就想要杀死瑞秋，艾薇设法帮助了他，这使得她也同样有罪，因此她到现在还不敢承认那天晚上她去过秘密花园。无论她怎样说自己没有去过，对于哈利来说，她确实去过那里已经是一个不争的事实了，因为哈顿说过看见艾薇和一个年轻男子一起离开了阿什莫尔的聚会。几周前他去过朱迪街，他发现是瑞秋那天带在身上的那本勃朗宁，她还带着这本书去了湖边，这就让他肯定了自己的怀疑。很明显，安东尼在她的包里找到了这本书，然后带着它一起回到了伦敦，然后在警察肯定能发现的地方留了封信给哈利。他还是想找到安东尼，因为怀疑是他杀了瑞秋。他知道把这一切告诉警察的后果，所以他一直守着这些秘密。

他说在证实他的这些假设的时候，只遇到了一个障碍，如果他确定在楼梯上从我身边跑过的那个身影是艾薇的话，那么安东尼是如何在杀死瑞秋后立刻就逃离学校的呢？那天安东尼在学校是我和哈利都知道的事情，至少我们都基本上确定他在，因为我们在签到簿上看到了他签名。哈利推测，这件事情的神秘程度已经让警察很混乱了，他们肯定觉得是恶作剧之类的，然后就忽视了这个案件的发展。但是，关于那天晚上他是如何从案发现场离开的真是让哈利想破了头。警察在学校周围

部署了很多警力，相当于学校过去五年所用的总和，他不明白为什么安东尼逃跑的时候没有被发现。当哈利对我说这些的时候，我回想起我给探长建议，除了每次都要提到的那个奔跑的身影和所有入口处的监视器以外，他们可能应该要扩大一下搜索范围。瑞秋死前后四十八小时内，所有在记录上进出过学校的人都被他们盘问过，而且都被排除了嫌疑，因为没有别的出口了。他们是对的，哈利说，学校的围墙很高，而且墙头上都铺有碎玻璃片。除了湖南边沿着水流方向蔓延的墙比较矮以外，真的没有别的出口了。他还去看了几次水流边安东尼可能会选择的逃跑路线。他发现在碰到水之前他要走下去，就必须考虑到在深夜这样做的危险性，他觉得即使安东尼可以把树枝堆起来在道路和墙之间做一个屏障，但这样做风险太大了。

这样一来，剩下的可能性就是安东尼根本就没有到这儿来过，哈利说，在湖边等着瑞秋并把她杀死的人其实是艾薇。但是接着，我们喝第二杯茶的时候，我把门卫说的关于运动场背后的那扇老的大门的话告诉了他，他觉得他终于有了答案。为了更深入地调查这事儿，他要打发我走，于是建议我穿过了鲍勃尔山，又穿过了怀特姆树林，到了阿什莫尔。他说他一整天都待在伦敦就只是一个幌子而已。哈利说，门卫说的事情是对的。这扇大门被关上已经二十多年了，尽管哈利来学校接受他的终身成就奖的时候还在被使用，之后不久，通往那边的路就被改道了。那个时候他也没有多想，也记不得那扇门的具体位置了。当他向门卫确认我已经出去散步了之后，他做的第一件事就是去老图书馆，去查从那时起学校的规划图。

哈利说，到图书馆后他才发现要找到规划图基本是不可能的。很明显门卫对我说的是对的，他说除非一个人自己去那里找，不然他是永远也找不到的。接着他又出了运动场，穿过去走到另一边。他来回走了几次，然后认定了他认为是对的地方，但是他找不到穿过灌木丛的路，什么都没发现。正当他要放弃，考虑着是否离开这里，然后去到园丁的小屋借把斧子，然后把这些灌木都砍掉，随便弄一条路出来的时候。他居然在灌木丛中发现一个空缺的地方，他就顺着走了上去，一边用手尽力保护自己的脸，一边推开灌木。然后踩到了一个硬的东西，他把手从脸上拿下来去看他踩到了什么，然后他看见自己踩着的是一块墙砖。他又朝左边走了些，灌木树枝挂在他背后，扯着他的外套，最后他终于找到了大门。他站在墙面前，脸几乎都堵塞在木头间，一串生锈的链子和锁抵着他的胃让他觉得非常不舒服。他突然意识到，他对于安东尼会这么做的猜测是多么的不合理，而且他自己居然还要来这儿，真是很荒谬:警察能做的就是在门外沿着围墙走一圈，然后站在街上看门。他说他的努力完全没什么意义，简直就是白费力。走在回房间的路上，他拿掉头发上的木枝才发现他的外套已经有好几处被弄破了，他觉得自己居然还像个白痴一样认为自己可以查到别人没有查到的东西。哈利说忘掉这些还有待解答的问题，但是安东尼确实是真的失踪了，因此，他更加确信安东尼是有罪的。根据哈利的猜测，安东尼不是逃到国外去了，就是像哈利预测的自己结束了生命。至于艾薇，他还是不明白为什么她要否认她去过那里，除非她做了安东尼的帮凶。哈利说自从瑞秋死的第二天，在阿什莫尔的时候，她请他离开她的办公室之后，他就再没听到她的消息。然后有一天，在她即将去东京之前，她给哈利打了个电话说她要走了，有些东西想要交给他，可是她认为她不应该把这个东西放在门卫那里，所以她请他过

去博物馆拿。

他挂了电话之后就直接过去了，他想着可能他们还能聊一下，他还可以问她有没有安东尼的消息。但是当他到了博物馆的时候，他发现只有艾薇的秘书在那儿等着他。秘书给了他一个小包，说艾薇没留下什么话。他走回到自己房间，打开包裹看到了装满信和勃朗宁论文的文件夹。他说据他所知，安东尼在卡萨布兰卡舞会的时候给了艾薇这个文件夹，然后她就一直保管着。之后我告诉哈利，在他的这个故事里，我也有我的角色，但是是他所不知道的，我向他描述了我回到伦敦的那天晚上，我按照艾薇的指示找到了这个文件夹，然后派人快递给了她。我们一起讨论了一下，觉得卡萨布兰卡舞会过去了这么多年，艾薇很可能把这些信和论文给了瑞秋，然后很可能从她搬进来那时起，这些东西就一直在我的书架上。我们又讨论了一下这些问题，最后哈利建议说他觉得这些信可能就是艾薇用来劝服瑞秋去和安东尼见面的工具。她把这些文件夹拿给她，如果不是威胁要揭穿她的话，就是让她为自己所做的事觉得愧疚。

哈利说，无论以何种方式，他打开文件夹，阅读里面内容的经历都让他觉得很痛苦，所以他觉得我读起来肯定也是这种感觉。他觉得最好我现在就处理掉这包东西，当然还是要看我怎么处理他告诉我的这些事情。

“什么意思？”我问他，“什么意思，什么叫看我决定怎么做？”

哈利揉了揉他的眼睛，把双臂伸到头上，让自己舒服地躺在沙发上。他说没事儿，他就躺一两分钟。我以为他睡着了的时候，他摇晃着，然后坐起来看着我说：“这就是我的意思，亚历克斯。我告诉你的只是我这个视角的事情，没有别的了。我自己不能决定是要公开这些事情，还是应该继续封存它……”

“你真的觉得这还有必要考虑吗？”我打断他，不敢相信他居然觉得这事儿还有考虑的余地：“你知道你现在是在提议吗？你明白……”

“亚历克斯，”哈利站起来说，“别把我当成傻瓜。我当然明白。我当然知道我这样是在犯罪。我只是觉得这个决定不是直接就可以完成的，至少现在不是。”

“从哪儿看出来的？你从哪儿看出来不是直截了当就可以作决定的？“

“你准备谴责我的话其实很不成熟。这就是我的想法而已，亚历克斯。我觉得太快作决定的话，就会忽略了事件最复杂的地方。你其实有很多选择，你没看到吗？”

“不是的，哈利。实际上我真的觉得我有选的。这事儿没什么特别的。你一直都在对我撒谎。即便是你信里也都充满了谎言。那我现在为什么还要听你的呢？”

“我撒谎了，你是对的。对于这个指控我无法狡辩，我也没有想过要狡辩。那时候做那些事情都是有原因的，我已经向你解释过了。我撒谎是因为我也被人骗了，现在我希望你能越过这些事情来作决定。我不觉得警察来敲我门的时候，我的反应有多高明。相反，我们在一起的最后这几天里，我把我最不堪的事情都告诉了你。在我把你请过来之前，在你让我告诉你这一切之前，这些事情都被我深深地埋藏在心里。我向瑞秋保证过，我会把她的秘密藏在心里，我也确实是这样做的。那晚上我绝无恶意地完成了审问，亚历克斯，这你一定要知道。”

“然后呢？”

“然后既然已经开始了，我就会一直这么做，因为我一个人

被丢在那里，我也找不到别的方法。不要觉得我没有深思熟虑过，我不能让事情有些变化。不要觉得深夜的时候，我没有失眠直到天亮。想着我走过来的每一步，我甚至还在想多年以前他们三个人第一次走过我的门的时候。不要认为我没有想过我走的每一步。

“我有过一系列的判断错误。我不知道什么时候我应该强硬或者严厉，什么时候我应该表现出我的同情。我一直尽力想要公正，亚历克斯。但是我该问问题的时候我没有问，我应该只听瑞秋声音的时候我却听取了别人的意见。那天她想要告诉我的是:她害怕安东尼，而且她完全有理由害怕他。最后，对于执行的这个计划我犹豫了。有一天我在惊恐中醒来，我想对于安东尼这个人我可能看错了，我没有让自己一个人面对这个问题，我去找艾薇寻求帮助，问她对于这个计划有什么意见，很明显又让瑞秋完全失望了。接着，突然在一个仲夏的夜晚，你们俩都出现在我的门口。那天下午我有一种预感事情要超过我的控制范围了，大家都开始放弃了，大家都开始对我有所隐瞒了。但是事情发展得太快了，朝着一个我完全看不懂的方向发展着。我尽力了，亚历克斯。我尽力想掌控事情的发展。我真的尽力了。但是，接下来……”

“接下来怎么了？”

他停顿了一下。

“快说，怎么了？”

“但是接下来一切都太迟了。”他静静地说着，却不敢看着我。

“所以你就开始撒谎了是吧，为了掩盖你自己的罪行。看看现在吧，如何？你要我跟着你一起撒谎吗？”

“那天晚上我对警察撒谎是因为我相信瑞秋还活着，亚历克斯。最多就是受伤了，但至少是活着的。再加上我对她作出过承诺，所以我只能保持沉默来保护她。”

“所以呢？那当他们告诉你事实真相的时候呢？”

哈利没有立刻回答我，他又坐了下去，紧缩在沙发里，感觉好像很冷，双手环抱着自己。他又开始说话，他在每句话之间停顿了很久，我每次都以为他说完了。

“亚历克斯，”他又站起来，双臂把自己抱得似乎更紧了，他接着说：“我请求你原谅我，请你帮助我。我与安东尼之前达成一致的那个计划失败了，而且带来了如此巨大的灾难。我一个人陷入了最极致的绝望之中。我把我的故事告诉你，是希望你会与我分担一下，希望你会和我一起想出接下来该怎么做。所以，这更像是你的责任而不是我的。在这个故事中你几乎没什么重要性，但是你和瑞秋非常相爱，我知道。现在你掌控着瑞秋死亡之谜的关键，如果你要把这些事情告诉那些可能会知道怎么解决这个问题的人，去吧，我不会阻止你的。我现在只是想让你在作决定之前再好好考虑一下。”

我踌躇了一下，我脑子很乱，不知道应该如何回应他的这席话。接着我尽可能保持冷静地说：“我恐怕我还是不能理解你，真的。”

“好吧，亚历克斯。你完全有这个权利。我请你过来之后就知道我这是在冒险。”

他又站了起来，走到窗户边靠着窗户框。我以为他在俯瞰着广场，但是接着灯光闪烁了一下，我看到窗户上哈利的影子，他也在里面看着我。“就像我在一开始说的那样，到底要不要了解这件事是你的选择，你才能决定。我们是不是还要继续装无辜，

我是说艾薇、安东尼和我，或者不管我们三人在瑞秋的案件里扮演了什么样的角色，你得决定是不是要把我们送进监狱。我觉得，我们几乎可以确定是安东尼杀死了她，至于我自己，我觉得继续讲故事已经没什么意义了。猎人追赶野兔的时候，一开始它的气味会非常的新鲜和浓烈，但是它跑得越久，这种味道就会越淡。就算继续这冗长而痛苦的工作，我觉得我们也不能证明他有罪，因为我们根本不知道他在哪儿。”

接着他沉默了一会儿，这时灯光又变了，这让我不能在玻璃上看到他的影子了。

“我们必须要这样做，是吧，亚历克斯，我们要找出点什么，我们要作出判断，这样说不定能对过去作出些补偿。但我们很容易出错。如果我们达到了目的，或许最终发现其实只是为了自己得到慰藉。我真的只希望你在作决定之前能够确定，这事儿不会以另一种方式结束，我们不用寻找其他方法来弥补。当你考虑清楚之后，你可能会同意我说的，我们可以给这个故事画上一个句号，关上这本书，让一切尘埃落定。或者为了让别人知道这个故事，也为了让坏人得到惩罚，你也可以出版它。”

他在窗边转过身来，穿过房间走向我。“如果可以，我的建议是你去好好休息一下，或者出去散个步好好想一想。我也准备这样做，而且我希望你下午会回来，大概三点半左右的时候回来，然后告诉我你的决定。或者，如果你需要更多的时间来考虑清楚的话，也请你能告诉我你思考到哪一步了。再见，亚历克斯。”他一边为我把门打开一边说：“谢谢你愿意听我说了这么多。我非常感激你。”

二十三

我走到楼梯一半的时候，觉得有些晕眩。然后我就摔下去了，我尽可能飞快地抓住栏杆，赶紧坐下，我觉得我简直要晕过去了。我离开哈利的房间，其实一点感觉都没有。我记得我坐在那儿的时候我很想哭，至少我在想着我本应该要做的事情，或者我应该像个小孩儿一样哭泣，真正地大哭一场。我时常幼稚地想，我会不会溺死在自己的泪水中。

我觉得有点麻木，我意识到的时候我已经不觉得晕了。我站起来，走回到我的房间，穿着衣服就上床了。睡了几小时，我才从梦中醒来。我的衣服被汗水浸湿了，我的皮肤也湿漉漉的，我觉得时冷时热的，我觉得整个房间都在旋转。我起床脱掉衣服，然后用毛巾把自己擦干，然后穿上我包里仅存的干净衣服。

我梦到了我的妈妈。这个梦让我觉得我好像站在窗户边一样，我透过窗户看着草地。自从瑞秋被谋杀之后，这是我第一次梦到除了她以外的人。这个梦是在我妈妈死后我经常会做到的一个梦。那时我去到牛津只能和我的父亲待在一起。在梦里，我在空中飘浮着，完全被一个泡泡包围着。这个泡泡有点脆弱，很柔软，虽然不是很透明，但还是可以看穿它。然后我看到另外还有一个泡泡在我的泡泡旁边飘浮着，那个泡泡的质

地看起来跟我的一样，只是比我的稍微大点儿。我发现那个泡泡里头也有人，于是我把脸贴到我的泡泡内壁上，我居然看见了我的妈妈，我看到她的同时她也看到了我。我们飘浮着向对方伸出手去，但是我们触不到对方。尽管我们试了又试，还是不能摸到对方，而且我们越飘越远。我大声地呼唤我的母亲，但是接着她就不见了，我又变成了一个人，仿佛她从来没有出现过一样。

我把我的东西都放包里，环顾了房间一圈，看我有没有落下什么东西。然后三点半的时候我就直接去了哈利的房间。我站着等了一会儿，才看到门框缝里夹着的纸条，是哈利写给我的纸条。纸条上说，他出去散步了，希望我去湖边见他，他有些东西想要给我看。我沿着楼梯走下去，在他说的那天晚上他看见我摔倒的地方停了下来。我抬头看了看老图书馆的窗户，又看看广场，我发现雪已经化得很快了，阳光照射到的地方，一大片的绿色的生机已经开始出现。我想为什么要在湖边见我，而不是在房间里见我呢。突然，一个念头出现在我的脑子里，哈利在一开始寄给我勃朗宁的书的时候就已经计划好了，现在越来越清晰，我觉得好像某人用力把我摇醒了一样，捏着我的肩膀，猛拍我的背。

当然，只有哈利才有这些信息的所有权，他给我的这些信息是他一开始给我讲故事的时候我就知道了的。但我还是要吸收这些信息，我想要知道结局。我觉得我之前没有关注到一个事实，就是他之前讲的很多东西都是不实的，要不就是他自己的一些胡编乱造。哈利亲自告诉我说，他撒每一个谎都是有原因的。他说他要去伦敦，以免我发现他在找我提醒过他的那扇旧门，不过他还是找到了。但是我站在阳台的时候，我想起他试图掩盖那天他所做的事情的时候的紧张感，他把他小时候在特拉法加广场的照片拿给我看分散我的注意力。然后我回想起他说的，在警察面前那样撒谎其实很简单，瑞秋死后的几个月以来他也一直在撒谎。我也想起他在故事结局的时候，向我告白忏悔时候的伶牙俐齿。我想，就是那一刻，在这越来越阴冷的冬天，这时候整个学校都空了，我这时候去瑞秋被杀死的地方见哈利，是不是真的很明智呢？他把他的那一套理论都丢给我，他说安东尼和艾薇那晚都在学校，但是如果他们都不在的话，那么那晚唯一能够杀死瑞秋的人就是哈利了。他告诉我说他已经原谅了瑞秋，他已经能够理解她的举动，但是他也告诉我，当他知道了她如何欺骗的时候他有多生气。即使他说他已经消气了，但肯定还是有点残留的愤怒。他心里还是有些痛苦的，即便是很少，也还是有的。因为他知道她只对他一个人隐瞒了这么多，完全不顾他一直以来的仁慈。

我开始穿过广场，朝着秘密花园下面的小路走去。我一边走向湖边，一边想起他一直都坚定地把自己看作一个故事的旁观者：看着瑞秋在英国图书馆工作；在图书馆的窗户面前监视着；站在阳台上看；在安东尼的公寓外面徘徊。然后又从他自己的房间里开始重建整个谋杀案。我回想起他的这一切表现，看起来有多奇怪：哈利在这整个事件不仅一直都是主角，他还带着自己大喇叭站在镜头外，导演着我们每个人的精彩演出。

接着，我从小路出来走到了草坪上，我就看见了他。他站在湖边背对着我，看着湖面。我走向他站的地方，然后在他背后站了几分钟，尽可能地让自己保持平静。最后他发现了我的存在，他转过身来，我们相互看着对方的眼睛，我意识到其实我们两人都在想着同一件事情:对面站着的这个人是不是就是杀

死瑞秋的凶手。

我微笑着摇了摇我的头，他也冲着我微笑，然后我俩谁都没有说话。

我们保持不动站了一两分钟之后，他轻轻地换了个姿势，指着我们旁边一个被砍掉的树桩。我不解地看着树桩，然后我想起它以前是一棵茂盛的圣栎树。瑞秋和我会在周末的时候到树下来坐坐，一起读读报纸，打打水漂。哈利靠着树桩，用手轻拍这树干，抚摸着它，仿佛在抚摸一匹马的身体一样。他告诉我说这棵树是去年被砍倒的，因为有人发现它树中心已经腐烂了。

天有些昏暗，湖对面的树林里传来斑尾林鸽轻轻的声音，他弯下腰去好像要捡起什么东西一样，我突然又像傻子一样害怕起来，但是接下来我发现他是在指着什么东西，他示意我也弯下去看看这树桩。因为我还穿着大衣和靴子，所以直接跪下去对我来说还简单些。哈利站在我旁边，我努力地想知道他到底想让我看什么。结果除了积雪，别的什么都没有。然后哈利向前走了几步，扫开积雪，让我们看到了一小块血渍，然后上面还刻了字。我读道:“瑞秋的伍斯特。”因为寒冷，我抖了一下。我站起来的时候，我发现一枝玫瑰被种在了圣栎树树桩的周围。这枝玫瑰还沿着树干长出了三个新枝，把自己绕在树干上。我转过去看着哈利，他又微笑了起来。他说那是一枝老玫瑰，去年夏天在院长的花园里找到的。他做了些研究调查，发现这枝花是个变种，现在没有被命名。所以院长要他给这花取个名字。他说他决定把它命名为“瑞秋”，这就是为什么要把它种植在湖边的原因，这样在炎热的夏天那几个月里，这棵寂寞的树就会被蜜蜂所围绕，树桩边还会长满了玫瑰。

那时我们两个都沉默下来，觉得没有什么要说了。我拉起他的手，想要感谢他，说我会考虑他给我说的事情，并给他回信。于是，我再次穿过草地，准备收拾好东西回家。当我走到草地的最高处时，回头望了一眼，就那一眼，我看到了他就正好站在了我们分别的地方，手放在衣服口袋里，帽檐拉得特别低，直直地望着暮色降临的湖面。

二十四

我站在阳台上，看着即将在伦敦着陆的飞机的尾灯，这让我想起我刚回到伦敦的时候。当飞机引擎已经发动，机身开始一点点地离开地面时，我觉得有点紧张，我发现哪里都不是我的归属。现在瑞秋已经走了，我想我接下来的一生都注定要孤独终老，居无定所。

我接到一个电话说我的出租车还有十分钟才到。离开之前我检查了所有的东西，我觉得我应该不会落下什么东西的。尽管最后一刻出现了一点意料之外的事情。想要住到别的地方去是件很简单的事情，所以这周最后的整个上午我都站在美国大使馆里。“这是调查的最后一项。”他们这样说道，意思是他们同意我去到美国的土地上。

我本想赶快去搭我昨晚订的飞机，但是摆在我面前最大的障碍就是我应该怎样处理哈利给我的那些信息。当然，事后想来，我可以说我根本就没有必要为此而犹豫。用他的话来说，我要么就选择去告发他们，要么就原谅他们。即使最后我们在湖边说着永别的时候，我知道，我坐火车回到牛津，迟早都会去警察局，所以我昨天就去了，但是事情其实没那么简单。一开始，我觉得我首先要做的就是把我知道的这些在脑子理出一个顺序，然后我才能讲给别人听。如果我要给别人讲的话，我真的不确定我应该怎样来叙述才好。想好解决方案之前我都不愿意说。然后我决定要毫无保留地，要不然就尽可能地全盘托出，原封不动地讲。我把我的精力放在描述上，尽可能地先屏蔽自己对这件事的感觉，我决定把它们当作我需要整理成论文的素材一样来看待。然后，照着我工作的方式，事情慢慢地开始成形，就像描绘一幅碳素素描一样，线条非常清晰，仿佛是非人类的手画出来的一样。

尽管我做了很多努力，我也很坚持，但是在我的印象中，这个故事还是有空白的地方，所以我自己重现了这个故事很多次。我总觉得事情有些不对，而且还有些我还应看到的事情我却没有看到。然后，到了某一刻的时候，我突然发现用我现在所了解到的信息我根本不会有什么进展，虽然已经不缺少联系了。我把故事拆开来，又尽可能地换着方法把它们放回到一起，但我还是觉得除了已经写下的这个结局以外，真的没什么希望能得到另一个结局了。

我很小心地对待哈利告诉我的这一切。回到牛津后的几个晚上，我都是坐在瑞秋的桌子上，用图、表、时间线把这一切都记录下来。当我做完这一切的时候，打开那个警察寄回给我的箱子，瑞秋原来的东西都在里面，我又再次检查了一遍这些东西，以防万一有些和哈利讲的不一样的东西。

前天我躺下重新拼凑这个故事时，我心中一直都想要抹去的一个想法是，哈利自己是不是也与瑞秋的死有关呢？我一直都感觉有什么东西在看着我做这一切，但无论我怎么看，都无法看到。

有的时候事情就是这样的，当一个人毫不在意，心思完全放在了其他事情上面的时候，问题的答案却在同一时间水落石

出了。这时，人的感觉就像是:一个方形变成了圆形，或者是一个气球突然就松了线，飞向了无尽的空中。不管怎样，当我站在阳台上等着离开的时候，突然觉得有些讽刺，我做了这么多的事情，发现了这么多的事情，并不是因为在我面前的这些材料再加上我的聪明才智而得来的，也不是因为我有什么不一样的吸收材料然后分析材料的能力，而是因为理查德。因为昨天早上我醒来无意间收到的一封理查德邮件的缘故，他还完全不知道这个邮件的重要性，就脱口说出而已。

一收到那个故事，感觉自己又重生了一般，于是离开自己的公寓，坐上去牛津的火车，带着我自己写下的关于哈利说的整个故事，还有那些我准备的表格、图纸、时间线等资料，还有那盒装满瑞秋东西的箱子。我想把这些全部都交给警察，让他们有些头绪，能够今天就开始好好调查。因为可能告诉他们整件事情会花去很长的时间，说不定我午夜的时候才能回来，所以我也没有很急匆匆地赶。不知道为什么要把这一切最后都交给别人时，我却有种心力交瘁的感觉。

理查德在他写给我的邮件中说，他有些事想要告诉我，但之前一直都忘记提起了。语言如此简洁，可以感觉得到他是在按下发送键的最后一秒才想起这个事情，然后写下来的，所以也意味着我不得不跟他谈一次，才能确定他是不是真的跟我说了我认为他想要跟我说的事情。我所有的猜想，哈利说的那个故事，还有他陈述的一些猜想，让我不得不在定罪和宽恕中选择一方。但是理查德给我确认的事情，意味着这一切又都不一样了。

关于哈利在瑞秋死的那晚的角色，关于是否要相信哈利给我讲述的这一切，我始终都持保留意见，最好还是把他的想法就当作是我俩之间的秘密，这样应该会比较公正一些。我想能够找到一个失踪的人如安东尼的可能性如此小，而且每年轨道上运送这么多的人，让我们觉得哈利说安东尼的名字总会出现在曼彻斯特报纸偶尔的悼文上的理论还是挺有道理的。我想哈利也会为他的学员记录上一笔吧，他的妈妈会过来哀悼，我也会写封信给东京的艾薇，告诉她这件事，可能就是这样了。又或者，如果事情没有如此电视剧般的剧情，那如何找到安东尼还真是个问题。因为这些故事曝光了，之后会有些什么样的调查，而且如果这都是些无谓的努力的话，会再次让人心灵受伤和不安的。我想哈利留给我的这个选择怎么看都无法再完整了。

最后，对于我是否应该相信哈利这个问题让我实在无法忍受了，我想还是把他的故事说出来吧。我很确定他一定没有在瑞秋的谋杀案中有所作为。但是根据他描述的场景，仍然还有几个问题有待解答，而且有可能还会出现一些新的问题。我很清楚他的本性是善良的，而且我肯定会说他除了好就只剩好了，真的是这样的。如果哈利因为作伪证而被定罪的话，那一定是太过于关心瑞秋而影响到了他人的生命，所以已经忽略了自己的动机，实在是太想要解决这个事情了。他真不是个会对他人造成伤害的人，至少绝对不会故意去那样做。所以我想一切说他可能与瑞秋的死有关的话，肯定都是在撒谎，也有可能他会被说成是幕后操纵者，那些人只是不知道他处理问题的方法罢了。

我是在听完他的全部道歉后，在回到伦敦的路上有了这种感觉。我想那也是他希望我能感觉到的，还有让我理解为什么他要用那种方式告诉我整个事情。总之，我愿意这样来总结这个事情。也许还会有些其他的角度看待他所做的这一切，哈利

给我展示的是一个公平公正的男人只想要去寻找解决方案，我想这些话他肯定也给自己说过。我不是心理医生，但是前天我正在想哈利试图证明他所描述的一切都可能是错误的判断时用的方法时，我记起在两三年前的一份报纸上我见过，是一个心理学家写的关于一个实验的文章。有个被催眠的男人被送进了一间满是椅子的房间，被告知说房间是空的，要他从一个角落移到另一个角落，于是人们就看到他自己在椅子中选出了一条路线来。当问到他为什么会走这条路线而不直走时，他的解释也是五花八门的：他看到了墙上有一幅很好看的画；他被外面的噪音所影响了。无论是什么，但其实真正的原因是椅子的存在，他才要小心地选出一条路来。

我不责怪哈利给了我一个解释他篡改真相的理由，他和我一样，都是人类。很有可能，他也不知道自己在做什么，对他来说写下自己的故事来让自己忍受自己，也不是很平常的事情。看待哈利这么做的另外一个方法就是，也许他根本就不是出于好心，出于一个人类应有的公正心，或者是想要解决问题的心情。想起他在河岸时给瑞秋说话的方式，还有他所说的逼迫瑞秋同意他的计划，说不定他这么做都是出于愤怒，出于嫉妒，出于罪恶感。因为无法面对自己的错误，所以就给安东尼道歉说，他要瑞秋来代替他做这一切了。这样和我见面可以让他对自己之前做的那些不能挽回的事情感到舒服一些，就像罪犯认罪一般，因为自己是本能地做，却不能阻止这一切的发生，就用这种方法，其实自己还是有罪的，并不比那些人好：错误是因为疏忽而引起的，但并不会因为疏忽就不会被问责。

我还不知道哈利到底是个什么样的人。我只知道我对自己搬去纽约一点儿都没有后悔的情绪，这大概也意味着其实对于再也见不到他，我也没觉得有什么遗憾。但说起他把瑞秋的安全当儿戏这件事情，我想我是不可能原谅他的。

然后便是艾薇了，即使我去警察局的话，对她来说也完全不会有被定罪的危险，尽管之前哈利的推测中把她当作了同谋。我并没有告诉哈利我和她之间在上个星期的对话，我想自己也没有必要这样做，现在我也认为不告诉哈利是对的。当我跟她谈话的时候，我发现她要被定罪的可能性是很小的。我之前用短消息给远在东京的她发邮件说，我已经回到牛津了，但是我还有一些没有解答的问题，这些问题跟她在那个夏季在阿什莫尔博物馆的募集活动有关。然后她才打电话给我，我还没来得及问，她就直接说那个周五晚上，她带着我的衣服行李来我监狱的时候，就已经说得很清楚了：在瑞秋被杀的那天，她在做些什么。她说哈利没有说出事情的原因，而且哈利他也不知道。艾薇说真不明白为什么我必须要知道，但如果我真的很想知道的话，那她也可以说。那天晚上，她是参加了早就安排好的募集活动，但只有开始的二十分钟在场。之后，她遇到了她的一个学生，因为那个学生现在在银行系统混出了名堂，所以就一起聊天去了。后来，那个学生还飞到了日本过了一个周末，回到牛津后，就捐了一大笔钱给博物馆。因为很合得来，所以他俩并没有在晚会上聊天，而是直接去了他的酒店，一起度过了那晚。如果他要接受警察的调查，也不会有什么不开心的，因为有酒店员工作证，他有不在场证明会很快就出来的。

我问，那留言呢？她真的收到了哈利给的留言吗？就是哈利在晚饭前带到她办公室的那张留言。她是不是真的完全没有看到安东尼和瑞秋相约在午夜的湖边见面呢？她回答说没有，她没有看到留言，而且她也不知道这事。当哈利后来跟她说起

这个事情的时候，她想是不是留言放错地方了，要不就是清洁工发现在地板上，以为是垃圾清扫走了。如果都不是的话，那哈利就是在编故事。她继续说自己对整件事情都很生气，她在晚饭前几乎都没有去过办公室，她怀疑哈利做了这件事情。之前是因为从安东尼那儿得到了她所能得到的，才满足他那些幼稚的要求。而瑞秋是如此自私，她想他们应该自己处理。

“但为什么呢?”我问她。为什么她不告诉警察这一切，关于安东尼和瑞秋，还有哈利的这个计划呢?她怎么可以撒手不管，感觉这一切都与她无关呢?那个时候她可能就已经知道一定是安东尼干的了?她打断了我，说，不是这样简单的，真的不是这样简单的。突然尖锐的声音没有了，艾薇用非常镇定，又感觉有些累的声音解释说，当她能够说出这个事情时，她自己也开始恐慌了。她只想到了自己，自己的不在场证明，直到她来到监狱，看到我坐在她对面的床上，就像是一个小男孩，这时她才意识到，她犯了一个多么大的错误，她应该告诉警察这一切的。

接下来的日子里，哈利告诉了她这个计划的所有细节，还说安东尼瞒了她很多事情。但当她自己进行了梳理，发现自己已经无法再还原了，已经不能说出真相来了。总之瑞秋死了的事实已经无法改变了，每当她想到自己要给出另外一份证词，要从事实的角度出发说出真相的时候，她看到的都是因为这样做，自己输得一塌糊涂。她知道安东尼更能够编造故事诓住她，而这就是她的症结所在。当然，她也怀疑过安东尼到底是什么样的男人，但是即使她知道想要回到他们俩以前的关系根本就不可能，简直就是愚蠢到了极点，但也从没想过他会是如此危险的一个人，甚至是如此暴力的一个人。

当我听到她说这一切时，我还真在想要不要告诉她安东尼在纪念活动上所做的事情。关于他伪造唐雷的签名，关于他强暴茜茜的事情，但是最后我还是没有说，想看看艾薇还有些什么想要为自己辩解的，看是否她其实已经知道这些事情了。她与安东尼有过一段如此长的关系，他们关系这么亲密，居然安东尼也没有告诉她，而且也没被她的甜言蜜语迷惑。另外，这个也和哈利所描述的一致，哈利说那天晚上发生的事情是没有告知任何一个人的。我终于看到了一个跟艾薇一样自私的人，居然被忽略了。最后，很明显，她说自己真的不知道，于是我说自己也不知道，也找不到任何理由去说出这件事情。

不管怎样，艾薇最后都知道了，她自己对安东尼的判断是多么的失误。她明白安东尼说出自从他被牛津开除后，是被她控制和干涉生活这句话有多么容易。她想对于安东尼来说，与其说是自己杀了瑞秋，还不如说是因为受了她的控制。所以她害怕了，警察来询问的时候什么都没有说，没有告诉任何一个人真相。

不能说这样她心里就很舒坦了，其实根据她自己说的，她一点都不快乐，她有的时候会怀疑自己的决定，还曾想能不能够再回去，说出真相的可能性有多大，或者是试图想要镇压住自己的恐慌。但那时，东京的工作机会出现了。她给我讲了一些瑞秋的妈妈去世了的那个暑假的事情，验尸报告上并没有说她是在牛津街的那天下午自杀的，但是她一直都认为她是自杀的。当她读到那封瑞秋妈妈留下的信，要艾薇帮助照顾瑞秋的时候，她知道自己没有选择，只能是退出牛津刚刚给她颁发的初级研究奖学金资助，先把自己的事业放至少一两年，等到瑞秋定下来，等到她们的关系稳定下来。所以从没想过自己会生

孩子的人，突然有一天成了一个八岁大孤儿的妈妈。瑞秋妈妈就这样走了，放弃这一切，没有想到对她来说，建立起母女关系有多么困难，而且当时她自己也是孩子。

“当安东尼在六月的某天给我打电话的时候，”她说，“他哭得非常厉害，说自己被开除了。当他告诉我瑞秋在牛津的那个暑假做了些什么，说她有多么放任自己的时候，想到她那样，而我之前为她做了那么多的牺牲，我真的很生气，亚历克斯，我毫不掩饰。”这还没有算上瑞秋对安东尼和茜茜做出的事情，她就那样走开，留着他们两个在那里挣扎，而且第一个想起要写那些威胁信的人其实是她。这时东京的工作机会又出现了，因为瑞秋做的这些事情，让她觉得再也没有理由让瑞秋阻挡自己的事业了，于是她便给了自己一次重新生活的机会，再次决定去东京，让自己的人生尽可能少留些遗憾。

艾薇告诉我这些，我并不惊讶，对她决定不参与哈利在谋杀当晚的计划，对她能够有机会说出真相却没有说的这些行为一点都不惊讶。这些就是我认为她会做的事情。发现在调查瑞秋的死亡中，她并没有何作为时，我也不惊讶。她的本性里有些阴险，她整个人就透露着一副冷酷的样子，让我本能地就不会愿意相信她。但那次她拿着我的衣服到监狱里来看我的时候，我看到了她的脸，那张摘掉了墨镜的脸，从她的眼神里，我读出了悲伤。但是同时，看她在房间的另一边朝我这边看过来的时候，满眼都是怀疑，我知道还有些其他的东西:因为我的悲伤而觉得可怜，甚至能感觉到她很想跟我说她知道失去瑞秋对我意味着什么。

直到我昨天早上读到理查德的邮件，才意识到我没有选择，只能去警察局。其实是瑞秋让我不知道该怎么处理这件事的，我想到如果我去了警察局，对她来说该会是多么大的伤害啊。就算可能性不大，都会因为我去警察局而无限扩大伤害的。我不知道自己能否承受这一切本该是私密的事情却全部公之于众之后所带来的后果。我知道她为自己所维护的尊严都会消失，我确信有很多不像我一样的人，如果知道了发生的这一切，知道了她死背后这一系列的故事，他们一冲动就会完全颠覆原来瑞秋在他们心目中的形象，如果我告诉了他们这一切，我便会毁了瑞秋给世人展现的那个美好的她。

毫无疑问，我对哈利告诉我的这一切，还有瑞秋瞒着我的这一切，都非常震惊，震惊到无法正常说话了。当事情来了的时候，她发现自己被各方力量弄得陷入了非常难耐的境界，被艾薇，被哈利，被安东尼弄得喘不过气来，整个人充满了罪恶感。但她还很怕我要是知道了这一切之后的反应，于是她一直都很怀疑我的爱，不断地问我是否爱她。她一直不给我说，让我觉得很懊恼，其实我知道只要她愿意告诉我，我一定能帮她解决一些问题，为她提供一些保护的。

我还没来得及评判她，我想我也无法评判。因为从哈利的故事中，我看到了完全不一样的她。如果有什么话要说，那就是我非常确定她有多爱我。我想这比哈利告诉我的任何事情都更重要。

当哈利给我讲故事的时候，我不仅感受到了她有多爱我，还感受到了她有多么的紧张。如果我有一刻忘记了这些，我就得再次读一遍艾薇在警局的时候给我的信，来让我回忆起来。在冬天那次去牛津的时候，我带上了那封信；在哈利讲故事的间歇，我不知道自己读了多少遍那封信。我想那封信也会随着我去纽约，尽管我已经都能够背下那些话了，我想这还是会成

为我一辈子珍藏的东西。“亲爱的艾薇，”她写道。我头脑里面总是会浮现出她坐在桌边，开始选笔写信的时候，我都在干些什么呢？我是不是当时也在房间里陪着她呢，是不是知道她正在写我，或者说不定当时我就在外面的阳台上，剪一些花花草草准备做晚饭，所以只要当她抬头的时候，就能看到我，然后再低头继续写。

在爱情中，有些时候，很想要被需要，感觉连占有都已经无法满足自己的欲望，其中一方会觉得无论对方给予多少都无法满足自己想拥有的占有欲。

艾薇，这就是我此刻的感觉，这也是上个星期你问我要嫁给亚历克斯的原因。因为我们已经开始需要对方，我和他，我相信我们会一直都需要彼此的。我不期待你能理解我，我知道你是一个不关心爱的问题的人，也是一个不相信爱会永恒的人。感觉你就只教会了我这些，其他的我都是从亚历克斯身上学到了，从他展现给我的善良中学到了。而且，也让我再也不是从前的我了，再也不是认识他之前的我了，他让我成为了真正的我自己，因为这个，我现在很享受自己拥有的新生活。

亚历克斯非常绅士、温柔、坚强、沉着。他对我来说，无人可替代，他对我的爱是无条件的，从不刁难我，从不怀疑我，感觉他对我做的这一切要用一个词来形容的话，我可能会想到“奉献”。

我这么说，不是说想要你改变对亚历克斯的看法。我告诉你我和亚历克斯互相爱着对方，仅仅是因为我们两个现在的生活就是这样的，我想以后都会是的。

二十五

昨天早上，我像往常一样在大约凌晨五点多的时候就醒了，但是我没有继续睡觉而是直接起了床，我知道我今天走之前必须把事情都完成。趁着放洗澡水的空隙，我给自己泡了一杯咖啡，我带着倦意打开了我的电脑，希望能发现点什么有趣的东西。在最后的这几天里，我都会收到理查德关于工作进度的报表，我到那儿之后我会接着这项工作做下去。他说他之所以要这样做，是让我能很快地跟上进度，但是我也知道他这么做的另外一个原因——可以让他抒发一下对于我要过去的激动之情，这也可以向我表明他现在已经有多么成功了。

当我收件箱的提示框弹出来的时候，我看到他的行事风格还是没什么变化，就算是地震也不会改变他发来的邮件的内容。头两封邮件都是对数小时前大家通过的新条款的总结，附件里是刚刚开始的交易的备忘录。这时我听见了咖啡煮好了的声音，所以剩下的邮件我没有立刻就打开，我准备先弄点吐司，泡个澡之后再过来一边看一边吃早餐。

我打开最后一封邮件的时候，看到开头是附言里头最陈词滥调的句子，而且看起来写得很匆忙，很像理查德的一贯作风，通常这种情况都是他有趣事想要表达但是又没有时间。当我开始读这封邮件的时候，我一下就僵住了，根本不能继续看

他写的这些东西，但是我知道这些东西意义重大。

“附件就是想向你道歉，很抱歉我一直忘了说这事儿。你永远都猜不到上周我见到了谁。你会习惯的，因为这个世界真的是很小……桌子对面的那个英国老人说他不能过来喝结尾辞那杯酒了，他见到了他的女儿，还有他女儿的男朋友，他要赶着去机场。我们开始喝了一个小时左右，他又出现了，看起来非常生气，他说他女儿放了他鸽子。接下来，他喝得烂醉，然后给我讲了这世上最奇怪的一个故事。哎呀，我要走了，露辛达说在尖叫的那些是我的儿子！（你相信吗！）你来之后我再给你讲，你还记得那个女人吗？那个带领我们走向胜利然后又消失回到美国的奇怪女人——克雷格，那家伙的姓是克雷格，但是我记不得她的名字了。什么克雷格。一路平安。再见。”

当我第二遍读完邮件的时候，前几周一直纠缠在我脑子里的各种事件就像多米诺骨牌一样挨个儿摆在我的面前，好像随时都要倒下去了，仿佛有些事情其实我一直都知道，只是我自己没有意识到罢了。之前这些事情一直被埋得很深，现在它们自己显露了出来，在我混乱的思绪中出现。这些事情浮出水面变得清晰，这时它们不再沉睡了，我的整个身体因为惊讶而变得非常迟钝，我把那杯烫咖啡顺着我手倒在我的腿上，我还有澡没有洗完，所以当我想着这些的时候，我的卧室和阳台上到处都是水。

清晰显现的这段记忆是很久之前的了，但是一切还是很清晰的样子。我闭上眼睛还能清楚地看到，我和理查德工作的第二年的一个冬天的早上，一起走在去到大厅平台的楼梯上。我知道我坐在电脑前将要看到什么东西，我感觉得到在我背后有人走进来了，然后往我的脖子里倒了一桶冰。

离吃早餐还有几个小时，我们正在去老图书馆工作的路上，这时离哈顿强加给我们的模拟考试只有十天了。我们走到门卫室边的小亭子的时候碰到了一群参加男子八人单桨赛艇训练的人，因为天气寒冷，他们呼出来的气都变成了蒸汽，他们全都跳上跳下地做着热身运动。理查德走进门卫室去拿什么东西，我听见他们言语粗暴地说他们那该死的舵手要求他们六点钟就要到那儿集合，结果只有舵手自己迟到了。

他们中一个站在人群边缘的人密切地注意着，“她来了，这位美丽的女士，终于他妈的来了。”然后他们都转了过去，我也跟着转身，我们都看着茜茜·克雷格飞快地从广场那边跑过来，身上穿的卫衣的帽子被上下系着紧紧地包着她的头，她的身形小得看起来就像一个少年男孩。然后这些运动员开始唱歌，“当她到来的时候，她会绕过大山前进!”他们慢慢地拍着手打着节拍，这时她又加快了步伐，以一种非常不可思议的速度向着我们猛冲过来，她的身体前倾得很厉害，就像刚刚离开起跑器的短跑运动员。她跑得飞快，一下就跑到了广场顶上，几大步就下完了楼梯。跑到等她的那群人那儿的时候，她立刻就跑到他们中间，丝毫也没有暂停那么一下，然后这一群人就像一个整体开始移动，穿过小门开始他们的跑步训练。我上前走了几步，为他们最后的几个人把着门，我看见他们跑着穿过马路去到格洛斯特绿色车站。这群人长得又高，相互之间又隔得很紧，完全把那个戴帽子的给淹没了。

接着这段记忆继续按照原样往下播放，我记得瑞秋死的那天，警察给我看的那段监控里的连续镜头。他们一遍又一遍地

告诉我哈利关于他看见的那个从广场飞奔上来的黑影的描述，因为我一直坚持我没有看到那个黑影。接着，我还是说我没有看到，他们就一遍又一遍地放这个身影从大门溜出去然后消失在门口的一群学生中间的画面。当我重新回到理查德的邮件的时候，我意识到当我坐在警察局听着他们重复哈利的话和播放那些画面给我看的时候，我感觉我之前在什么地方看到过这种场景，事实上我真的看到过。

我突然发现哈利说的瑞秋死之后几分钟那个从广场跑上来的黑影其实是茜茜，根据理查德邮件里的内容，我还意识到茜茜现在还在某处很好地活着，所以我是有可能找到她的。我在桌边站起来，努力地回想帕丁顿第一班车的发车时间，我决定马上就动身去牛津，到那儿之后直接去警察局。但是我又意识到我应该先跟理查德谈谈，了解一下茜茜的爸爸在那次醉醺醺的谈话中除了说他被他女儿和女儿的男朋友放了鸽子以外还说了些什么，到底这个"最奇怪的故事"有多奇怪呢。

我走回到桌子边，拿起电话拨了理查德的号码，但是接电话的是露辛达。当我问我可以找一下理查德吗，她回答："没问题，亚历克斯。我是说，你好。能听到你的声音真好，但是我这里现在是半夜，我以为你明天再来，你能来了再说吗？"我回答说很抱歉，但是事情很紧急，我能听见她把电话拿开，安慰双胞胎中的一个的声音。她说好的，如果我要坚持的话，她会去叫醒理查德，但是她先得要喂奶，然后才能去叫他。

等待的时候我在网上搜索了一下"茜茜·克雷格"。我想，安东尼在跟踪瑞秋那段时间里对哈利说过，说他在晚上搜不到什么关于茜茜的内容，如果哈利连这也相信了的话，他真的是和艾薇一样太容易相信别人了。要不他就是对互联网一无所知，无法证实安东尼说的话的真假。我有点恨自己，当哈利告诉我这些事情的时候我居然没有发现这一点，我居然没有意识到这是一个如此明显的谎言，这也证明安东尼肯定隐瞒了些事情，隐瞒了一些关于茜茜的事情。搜索完毕之后，我发现除了几条九十年代早期关于伍斯特轮船俱乐部的消息以外，真的没有别的什么了。这个结果让我稍微平息了一点怒气，但我还是满心的疑惑。这时理查德打来了电话，他立刻就解释了为什么我什么都搜索不到。

“是，是，是。茜茜。当然，你是对的。这是她的名字。但是她爸爸好像喊了她一个别的名字。对了，亚历克斯，我说，这可是他妈的半夜啊。实际上露辛达可生气了。好吧，我是说，其实我自己也是很疲惫了。这是过去两星期里我头一次三点之前睡觉啊。”

“但是你确定是同一个人吗？你说的是茜茜吗？你确定那个老头是她爸爸？”

“亚历克斯，你根本就没听我说话，是吧？你还好吗？”

“就回答我的问题就好了。如果不重要的话我还会问你啊？你确定是同一个人？瑞秋的朋友？那个舵手？为什么她爸爸要用别的名字喊她？”

“是的，亚历克斯，是同一个人。但是她现在不叫这个名字了，那个男的肯定他妈的是她爸爸。你能不能直接说重点，我真的很想睡觉啊，我明天也可以谈啊。噢，天哪。这下双胞胎都醒了。等一下。”说完他就离开了电话，我能听见孩子的啼哭声，同时理查德和露辛达听起来好像也在吵架。

他又拿起电话说他必须得挂了，说我知不知道他们两个，在如此的一个夜晚，还要喂奶是一件多么困难的事情。

“哎呀，不。”我说:“我没指望我能知道。我觉得我也不愿意知道，是吧，理查德。至少现在不愿意。”

“哦，天哪，亚历克斯，我很抱歉。但是我们能不能明天再谈啊？你确定你没问题吗？你是不是喝酒了？”

“我没事，理查德。我也没喝酒。我只是需要你的帮助而已。而且我现在就要，不是明天。对不起，我不知道如何解释。事情太复杂了。如果你能为我做一件事，我将会感激不尽，好吗？”

“什么事？”

“相信我。就是这事儿。相信我。我要问你一些问题。我希望你相信我，你要尽力全力回忆起那个男人跟你说的话，这真的非常非常重要。再过一个小时左右，我要把这些都告诉警察。他们会亲自打电话给他，但是我需要确保他们给他打电话的时候知道从何说起。”

理查德什么也没说，我还以为我断线了，他又接着说。

“亚历克斯，你有没有意识到你在做傻事啊？真是个十足的傻瓜。我很抱歉，但是我开始在想为什么我要邀请你过来。我给你做担保的时候，对你的声誉还是很信得过的，你知道吗？”

“然后呢？什么？你是说你不想我过去了？”

“看在上帝的分上。从心理上看，刚刚的行为让你看起来根本没有好转啊。你听听你自己说的。茜茜·克雷格和这些到底有什么关系？”

“相不相信我，你说了算，理查德。但是请尽快作决定，好吗？实际上，我还要去赶火车。”

这个时候他妥协了，他说他不能对我说太多，这个对话对他来说其实没什么意义，对他来说都只是一个在牛津时候认识的同龄人出现的这样一个巧合而已。他能告诉我这一点其实已经足够了，我一个问题接着一个地问他，他就利用他律师的记忆力挖出记忆深处储存的信息来回答我。

他说茜茜的爸爸去见他女儿和女儿的男朋友之后，失望地从机场回来。他一直在找他们，他在路上就给她发了信息，说他碰到了一个她在牛津时候的好朋友，他相信自己能弥补这一切，这样他们就可以趁她还在城里的时候聚在一起。当他到机场的时候，飞机已经着陆了，但没有看见他们，所以他只得回到舞会上接着喝酒。理查德说他简直失望透了，他喝了很多的酒，其实他喝不到这么多的，在那之后他就变得很情绪化了。我打断了理查德问他关于这位茜茜的男朋友的事情，问老头有没有提到这个男的。理查德说有，现在他开始回忆了，老头说这个男朋友是个英国人。理查德说:“我好像记得老头说这个男的名字叫爱德华，要不就是泰德，不然就本杰明或者别的。不对，叫本，哦，不是不是，等等。本·尼迪克特，本·尼迪克特·威尔森还是什么的。不对，不是威尔森，听起来像是个意大利名字。但是可以确定的他是个英国人。”

然后我又问他，老头有没有说他们坐的那班飞机是从哪儿来的。理查德说:“上帝啊，亚历克斯，那老头喝醉了，我也醉了，那时我也是筋疲力尽的。而且我现在比当时还要累。”但是接着他说:“噢，等等，好了，我想起来了。”我说:“看在上帝的分上，从哪儿来的，理查德?”他说是从亚利桑那州图森来的。这样一来我就可以确定，瑞秋死的那天晚上茜茜在那里，而且安东尼和她在一起。

接着我又问他，为什么茜茜的爸爸会对他们取消约会这件事情如此的伤心。他说这就是事情开始变得奇怪的地方，他说

很抱歉他俩当时都醉得不醒了，再加上考虑到我的下一步行动，所以其实他是不怎么愿意继续讲下去的。他说如果我有这么多的问题要问，为什么我不自己打电话给那个老头，他问我要不要那个老头在华盛顿的电话号码，他就是回华盛顿去了的。接着，他又立刻向我道歉，他只是很累了。他说那老头说他和他女儿关系不和好些年了，就是之前她从牛津毕业就回去了，是辍学回去的，这可能是跟毒品有关。接着她自己去了亚利桑那州的什么公社去了，理查德说她是去那儿“治疗”的。很明显在那期间她都不愿意跟她爸爸说话，她把发生在自己身上的事情都归咎于她爸爸。理查德说他觉得机场的那次爽约其实是一次失败的关系协调。她爸爸说自从她愿意和他说话起，他就一直在尽力缓和他们之前的关系。然后理查德回忆说，最后的时候这个老头还说了一些关于自己被指责的事情，他很担心她会被某些狂热的信徒所困。她在亚利桑那州的时候，他一直在派侦探调查她。当侦探跟他说了一些他希望自己永远也不要知道的事情，就是关于他女儿正在交往的英国男朋友的事情的时候，他给他女儿寄了封信，他祈求她回家，但是她写回信说这是她忍耐的极限了，还说他最好不要再想着见她，永远不要。

然后理查德说他不能跟我说别的了，他已经累到无法思考了，他不知道我要带着这些信息去哪儿，但是如果我觉得需要这样做的话，我就应该去警察局，然后把剩下的一切都交给警察去处理。他让我好好地考虑一下，想想茜茜的爸爸是个什么人物，如果我判断错误的话我的工作怎么办。我对他说了谢谢，说我到那儿之后自会解释一切的。而且我肯定是深思熟虑过的，不然他觉得我在牛津的每一天每一分钟都在干什么呢。

他说好吧。我让他替我向露辛达道个歉，他说他会的，让我别担心她。这些日子她是有点急躁，但是她会熬过去的。

我们的谈话结束之后，我穿好衣服，不怎么情愿地拖干净了流满我卧室的洗澡水，然后把我所有的纸、图表、时间线、图解和笔记塞到一个包里，带着从警察退还给我的盒子里拿出来的几样东西就出发了。我走下楼梯，走到新北街上，叫了一辆出租车直奔帕丁顿。

当我到了牛津的时候，我知道自己肯定不能想出所有问题的答案，而且我也不能把杀死瑞秋的人的名字告诉他们，因为还不确认。但我可以确信的是我能告诉他们的东西可以让他们能够解开瑞秋的死亡之谜。当火车驶出车站的时候，我就像瑞秋会建议我的那样，给自己找了张桌子，然后开始认认真真地把事情再想一遍。

我的第一步还是以艾薇的不在场证明是真的为前提，除开这些与茜茜有关的新的信息，然后就是安东尼的故事的影响力，我也猜想哈利对我说的关于他劝瑞秋去参加会面的事情都是真的。我知道这些假设都需要警察的调查来证实，他们很可能会从艾薇和哈利开始，因为他们之前的证词里面有些虚假的成分。警察可以重新调查艾薇的不在场证明，还有哈利告诉我的他那个版本的事情经过，这两部分我基本上插不上手。于是我又把箭头转向安东尼和茜茜，因为我确定他俩当时是在那儿的，我还确定他们肯定在湖边见着了瑞秋，所以我觉得就是这次会面导致了瑞秋的死亡。

我很清楚的是，对于那晚他们到底都扮演了什么角色这件事情我是没有能力想出个准确的结果来的。我也不知道茜茜是不是穿着她的套头衫，只露出一张恶人的脸从广场跑上来，或

者其实她仅仅只是安东尼计划中的帮凶。我意识到，我也不能确定他们那晚犯下的罪行是不是预谋好了的。但是我知道很有可能是他们去了湖边，安东尼说他非常想要那一声抱歉，而且茜茜也想要这么一个抱歉。在这种情况下，气氛如此紧张，我可以看到的是事情很轻易地偏离了预计的轨道，瑞秋很可能说了什么激怒他们的话，然后他们其中一个就袭击了她。

关于安东尼和茜茜离开牛津之后何时又相见的这个问题，我实在找不到一个比较具体的建议给警察：有没有可能是安东尼搬家到亚利桑那州之后偶然发现茜茜也在那里，说不定他们是某一晚在图森酒吧偶遇到的；或者会不会是在卡萨布兰卡舞会之后其实他俩一直都有联系。这样一来，安东尼一开始就搬到了图森，然后茜茜又搬了过去，即使那个夏天发生了不愉快的事情，其实他们之间的友谊只是出了问题，而不是完全破裂了。这些事情都有可能是真的，现在我知道安东尼给哈利讲的那个故事其实只有一半是真的，而且还把任何会牵扯到茜茜的细节都剔了出去。

接下来我想到的就是关于茜茜的名字的问题，理查德非常肯定她爸爸喊了她一个别的名字，所以我在网上搜不到任何关于她的信息。同时我觉得，警察面对的所有这些问题中，这个有可能是最简单的一个，只需要给她爸爸打个电话就可以解决。让我烦心的是我不知道她是不是在伍斯特用了另外一个名字，如果是个昵称我应该会记得才对，但是我不记得她有过昵称。我觉得其实她就是完全改了自己的名字，她现在用的这个名字跟她的过去没有关系，最明显的解释就是“茜茜”这个名字本来就只是个昵称，其实真名叫塞西莉亚，或者爱丽丝，或者别的什么。不管是什么，离开伍斯特的之后她就重新开始用那个名字了。

我把我在哈利那儿听到的故事上做的笔记都展开在火车的桌子上，摆在我面前，还有我画的那些图表。我又看了它们一遍，我在想茜茜离开牛津之后到底都做了些什么，还有她和安东尼之间到底是什么关系。把这些东西读了几遍之后，我脑子里却出现了更多的选择岔路，我这么慎重的思考反而没有任何进展。然后我转念一想，我是不是能够想一下如果是她杀了瑞秋的话，会是出于什么样的动机，要不然，她宽恕了安东尼犯下的错，然后做了安东尼的帮凶。从另一方面看，如果他们去湖边索要道歉的，只是为了搞砸事情的话，那么我不禁要问，一开始她真的觉得有必要这样把瑞秋算计进来吗？

理查德告诉我的关于茜茜爸爸雇侦探调查她的事情让我想起她告诉唐雷的关于她伤疤的来历的事情。我想起他们两个，在海上单独待了好几周，她的伤口开始在绷带下面有些感染，我好奇他到底是怎样的一个男人。接着我想起他来牛津看她的时候，就算是去演讲她都打扮得花枝招展的，现在我明白了他的出席其实就是证明他很为他女儿获得的成绩而骄傲，而且那都是他对她的影响。我试着想象那个六月，她从牛津回家并告诉他说她不会回去了的时候他是什么反应。对我来说这很完美地证明了她对瑞秋怀恨在心，安东尼这一生估计也跟茜茜一样憎恨瑞秋。在那个仲夏的夜晚，当茜茜走出哈顿办公室然后搭飞机回华盛顿的时候，她也丢掉了自己的学位。她曾说过如果她爸爸知道她也参与到这次寄信事件中的话，他估计会杀死她，现在她还断送了本该属于自己的美好的未来。因为安东尼一直都很喜欢瑞秋，所以他对她的感情都是很强烈的。但我还是不明白这些事情是如何让她想杀死瑞秋的念头和安东尼的一

样强烈。

然后我又开始看我从瑞秋的盒子里拿出来的那几样东西，我把它们放在桌子上。这时，我最后一次跟艾薇谈话的时候她说的一些东西又浮现在我的脑海。那时我根本没有注意到，对于我来说就像一个脱口而出的评价一样，有一个一直潜藏在我已经剔除的信息里面，那个评价对瑞秋来说就是诽谤。其实很明显一点就是艾薇对瑞秋到现在为止都一直怀有嫉妒之情，只是她用漂亮的词汇装饰了一下。她说如果我把我的妻子看作是一个圣人的话，其实是看错了的。她还问我有没有发现实际上她只考虑她自己，她活着的时候伤害了很多的人。说到这儿她还补充道："那个可怜的美国女孩儿是真的爱上她了，亚历克斯，这你是知道的，对吧？"我没有回答她。

当然，我一直知道瑞秋和茜茜有过身体接触，舞会那晚我也看见她们在里克酒吧的舞台上相互亲吻。但是如果亲见卡巴莱歌舞，我也是只是听说而已，基本上都是我从理查德、唐雷还有瑞秋在切尔西房子里办的所谓的周末聚会上听来的。然后我脑子里出现的就是哈利和艾薇从不同角度描述的那些只在安东尼的故事里出现过的那些"迷乱的下午时光"。

然后我又想了一下艾薇说的话，我的思绪转到唐雷抱着瑞秋穿过草坪然后把她送到医院，我想起那晚里克酒吧舞台上的瑞秋和茜茜，然后其他的一些画面也出现在我的脑海里。我想起挂在哈利墙上的那幅他们的黑白合照，茜茜的手臂懒懒地搭在瑞秋的肩上。我赶紧检查这些我从警察送回来的盒子里拿出来的东西，我发现了一个我离开公寓时抓起的一个信封，能塞进去的照片我都塞进去了。我浏览着这些照片，我想着我可能会忘记装那张照片了。但我还是发现了它，那张瑞秋在土耳其站在甲板上的照片。

她把这张照片切成了两半，然后这一直锁在她的抽屉里。昨天我坐上火车的时候，仔仔细细地看着站在她身后的那个女人，那个女人头放在瑞秋的肩上，手臂挂在她的胸前，此时我才意识到那太阳帽下冲着我微笑的人正是茜茜。我开始想，她们之间的“友谊”可能比我看到的要深厚得多。我放下照片，开始看这封情书，在伦敦的时候警察两次找到我让我帮助他们从中寻找线索。

我手上的只是个复印件，我一边看着它一边回想起原版是一封航空信，没有贴邮票的信封，连日期、地址，甚至连署名都没有。但是这次我读这封信的时候，我发现不需要这些东西我也可以很清楚地知道，这封信的作者只可能是茜茜。

我们曾谈到爱，你和我，那时我们一起倒在草地上，相互拥抱着。当你说我是你唯一在乎的人的时候，我真的认为你是真心的。昨晚我却发现我错得太离谱了。

像我之前说过的，不论发生任何事情，我永远也不会忘记你。我也觉得你不会忘记我，至少不是永远忘记我。你现在可能觉得有一天你会忘记我，但是我所知道的是:无论你多努力，你始终没有办法忘记我。

那么，再见吧。今天下午我就走，我再也不会回来了。我猜这就是你想要的吧。

信里面的线索分量不是很足，得需要向警察做一些解释才

行。但是对我来说，我完全可以确认这封信出自谁的手笔。是她说话的方式出卖了她的身份，我之所以能抓到文字中她的痕迹，都是因为哈利在讲故事的时候，他说他很注意别人用词造句的方式。“不论发生任何事情”这句话就是我的第一个怀疑点，我一边听着她说话，一边描绘着最初的那个下午，她让另外两个人跟着她说这个童子军的咒语，把他们的秘密都封存在他们这个小圈子里。

“像我之前说过的”这句话也让我觉得就是她的语气。她的声音从纸面上飘起来，音量刚好让我能在火车的汽笛声中听到她的声音。我想起哈利告诉我，卡萨布兰卡舞会的那晚，瑞秋在医院对他说过这些话。哈利说那时他对她的用词方法感到吃惊，还回想起这其实是茜茜的惯用句子，他还发现瑞秋对这个句子的再次利用证明了她们俩的关系已经非常密切了，因为她们都开始这样相互吸收对方的语言了。然后我也听见茜茜在这样说着，她的声音回响着，让我又看到了那年，在她被发现和安东尼在亭子后面打架之后的一个小时左右，瑞秋告诉了哈利他们的所在。我又描绘了一下事后的场景，那晚在哈顿的办公室，当她意识到自己的一切都完了的时候，她用了这个短语，我几乎能感受到她当时的愤怒。我记得哈利告诉我的茜茜对于哈顿最后的警告的回应:“像我之前说过的，你就是个混蛋。”她的美国腔接着说:“那么，再见吧。”然后她便走出了他的小别墅。接着我想起哈利跟我说过，第二天早上，哈顿在他的收件箱里发现了一封她写的信，信里她说她要离开牛津，而且永远不会回来。于是我又读了这封信的最后两行:“那么，再见吧。今天下午我就走，我再也不会回来了。我猜这就是你想要的吧。”我意识到这封信可能是在同一个早上写的，然后她把这封信放在瑞秋的收件箱里，然后就永远地离开牛津了。

窗外的景象发生了变化，火车已经快要到牛津了，我用“广角镜头”又重新读了一遍这封信:

我们曾谈到爱，你和我，那时我们一起倒在草地上，相互拥抱着。当你说我是你唯一在乎的人的时候，我真的认为你是真心的。昨晚我却发现我错得太离谱了。

我想茜茜经历的这些事情很可能就是她提到的“昨晚”发生的事情。我记得哈利向我描述茜茜对瑞秋说的话，还有在亭子后面对安东尼说的话，还有那晚上他俩的打斗。我反复思考她爱上瑞秋这个想法，正如我所见，是真的相爱了，我想她是不是有可能恨她恨到要杀了她，或者成为杀死她的帮凶。这就是她的激情所在，也是她的痛所在，因为知道自己被这个她爱的女人拒绝了，或者是自己会错意了，她以为这个女人也会爱她。

我闭上我的眼睛，看到安东尼把茜茜打倒在地上，然后爬到她身上；我看到茜茜在挣扎，还咬了安东尼的手；我看见她利用唯一可以出声的机会呼喊了瑞秋的名字；我看见瑞秋站在那里看着茜茜被侵犯，听着她呼喊她的名字；我还看到她流着眼泪微笑着说:“加油，小茜。我知道你很享受的。这只是一次做爱而已，这不是你说你想要的吗?”我看到从茜茜躺着的地方可以看到的景象，安东尼的手重新又捏着她的嘴；我看见瑞秋从空地走开，留下茜茜听天由命。我感受到了茜茜那时的感

觉，她被她所爱的人抛弃了。

对我来说，这就够了。当然我还不知道茜茜是不是真的像她自己想的那样深深地爱上了瑞秋，我也不知道瑞秋有没有爱过她。我记得的只有在我问她茜茜离开伍斯特之后，她有没有和茜茜保持联系的时候她奇怪的回答，而且当时我也觉得就这样和茜茜断开联系本身就很奇怪。我只知道，尽管她们之前的关系有些紧张，而且茜茜也还在生气中，如果她爸爸告诉瑞秋的事情是真的话，那股怒气就是没有找到方法去释放的。因此，这么多年以后，不管是不是有意的，她都很有可能通过暴力来表达她的愤怒。

我看向窗外，想着瑞秋，想着茜茜，然后我想到在瑞秋从凉亭那里走开，又在草地上遇到唐雷和哈顿之后，肯定吓得发抖。当哈顿出现在凉亭背后的时候，他们才知道是瑞秋告诉他们的位置所在的。我意识到，就是这一刻，瑞秋对他们施下的咒语已经被彻底打破，令人不解的就是她似乎还对此抱有希望。因为两年来他们在一起的这些时光里如果茜茜和安东尼都爱着瑞秋，如果他们的所作所为都是带着一种希望的话，如果不是非常期望她也能爱他们的话，就在这一刻，他们终于明白自己心中怀着的期望是一件多么愚蠢可笑的事情。

我想着他们去高地那儿，按照她吩咐的到烟草商那里去买金嘴的香烟。我听见瑞秋提出以勃朗宁为借鉴写信这个点子，一开始其他两个人很兴奋地同意了，可是最后这个游戏只剩下安东尼一个人玩了。我又想起舞会之前，茜茜用手臂环抱着瑞秋，我看见她在土耳其的船上也做了同样的动作，接着我又一次地想起了瑞秋忠实的仆人安东尼，为了保护她的名誉还打了理查德的头。接着我发现其实没有别的角度可以让我来看待这些事情了:很多年以后，当哈顿在一个仲夏夜又去到小凉亭的时候，在瑞秋的指引下，他不仅阻止了安东尼和茜茜的打斗，他还把他们从瑞秋的奴役中解救了出来。

当我想着瑞秋从他们身边走过走到草地上的时候，想着哈顿和唐雷也看到了她，然后唐雷就跑去营救她。接着我想起哈利描述的瑞秋的身体是如何地在颤抖，有可能是因为她在呕吐，也有可能是因为她在哭。突然，一切变得很明显，是这封信的问题，她之所以会如此用力一边抽泣一边颤抖都是因为她知道，她的戏份终于结束了，一直以来都被她当作玩笑话的事情居然成为了现实。这样一来，哈利说的，他们四人小组中的每一个人都被她伤害了，但是她也绝不是有意如此。就在这时，我觉得事情变得更加清晰了，我意识到她玩这些游戏根本就是无意的，她只是让无父无母的自己能与周围的世界隔开，她一直把自己困在自己的意识和过往的日子里，她要让自己相信她在那儿遇到的一切都是真的。

即使我知道我认为这些事情不是我所搜集到的信息，也没有按照我想要的方式出现，但这些事情让我可以尽可能地推算出她死的那一晚在湖边到底发生了什么。在这一过程中我所扮演的角色需要严谨地对待这些事实真相，然后整理再传递，这样我就可以让别人开始着手调查了。但是无论我做得多么严谨，我发现我自己还是在想象那晚在湖边会发生的事情。最后，当火车穿过牛津郡的时候，我给自己草拟了一个故事。

故事是这样写的:茜茜可能一直在梧桐树后等着的，安东尼在秘密花园里监视着瑞秋，哈利从老图书馆窗户看见了两次闪灯可能是他们两人在相互打信号，表示瑞秋已经在路上了，这样安东尼就可以在这时从秘密花园溜下去，然后站着等待瑞秋

从下面的通道出现。我一遍又一遍地想这个故事，我想象着他跟她打招呼，然后我想象着他们一边穿过草坪一边说话的画面，瑞秋根本不知道茜茜也在那里。我看见他们走到梧桐树下，安东尼跪在草地上，瑞秋也跪在他旁边，然后茜茜从树影下出现，悄悄地举起了一块石头，向着瑞秋的头砸了第一下。然后我听见了瑞秋的尖叫声，我看见茜茜又对着她的头砸了几下，砸到大概第四下的时候，我看到瑞秋停止了反抗，向前倒去，她的脸直接就接触到了草地。然后我又看见茜茜丢下石头，穿过草地跑了回去，穿过走廊，然后跑到广场上面，她用帽子紧紧地包裹着她的头，然后我在楼梯上摔倒的时候她刚好从我身边跑过。我看见哈利一脸吃惊地站在平台上背对着，我看见安东尼捡起瑞秋的包之后跑着穿过了通向院长花园的桥，穿过运动场，藏在灌木丛中，一直等到门卫弯下腰来看我抱着的瑞秋的头。接着我看见他沿着运动场的边缘走，然后蹑手蹑脚地爬向水管道的边界，接着推开下面的灌木，直接沿着墙滑到了水里，没有留下一点痕迹地溜走了。

火车在牛津站停下，我踏上月台，觉得这里的早上还是要比那边的冷些。我快速地从车站广场走出来，开始朝着山丘走去，我的目的地是圣阿黛特。这些年来，我经常发现，在我工作的大部分内容中，特别是当我在写诉讼相关的东西的时候，当我面对意义非常重大的事件的时候，要不就是当我处理的事务模型非常的密集和复杂好像根本不可能行得通的时候，我都会无意识地变得很关注一些根本不重要的点。我经常认为我之所以会这样做只是因为面对着其他更大的困难的时候，这种行为使我能有掌控感，能让我安心，给予我安慰。

结果，昨天我也是这样做的。当我开始朝着城堡山走去的时候，我又开始回忆理查德信里说的茜茜已经不被叫做茜茜了，她爸爸提到她的时候也是说的一个别的名字。我穿过罗利街，沿着海瑟桥街走到管道的地方，这时我看见伍斯特广场上的树沿着牵道在我右边站立着，我想知道哈利有没有在他的房间里，独自一人坐在炉火边，他是不是也在担心我接下来要做的事情。接下来我想，如果他不在房间里，他又会在哪里，他会和谁在一起。我觉得我应该给他打个电话让他知道我来了，但是我想我应该不会碰到他的，然后我转身向城堡山走去，把伍斯特留在我的身后。

如果我见到他的话，我知道我能很轻松地为自己解释，我可以告诉他是什么导致我要跑这一趟。但我还是不想告诉他，因为我根本不想跟他说话，如果我和他交谈的话，整个过程肯定会非常尴尬。我回想起那次拜访中有过很多次这样的感觉，我开始想我是不是真的每次都是那样的，是不是哈利的一些举动才导致这种尴尬的呢。接着我又想起那晚吃点心的时候我喝了很多，想到他扶着我，带着我穿过广场，我感觉我的脸颊有些发红。当我回想起在广场上，我努力读出墙上的东西来让自己清醒的时候，我意识到那个时候尴尬的气氛完全是我自己造成的。

我猜想这其实是我的潜藏记忆正在浮出水面，我想起了墙上写的东西，这让我联想到了理查德在邮件中提到他醉得记不清茜茜的名字了，但是他提到她的时候说的是“那个领导我们走向胜利的古怪的美国女人”。就在这时，我转向右边的脚步停下了，我又沿着我来时的路走回到了伍斯特街，我还是要去伍斯特。不是我解开了茜茜的姓名之谜，只是我知道应该如何找到她的名字。我的思维已经突然回到了那个下午，我和理查德

站在伊西丝神像旁，跟着大家一起欢呼着，这时她被她的队员们从船上抬下来，扛在肩膀上。昨天我扭头是因为即使我走着的时候，我也能刚好看到她被他们抛向空中，一次比一次高，欢呼声从水面上穿过，还传到高处的运动场那边，整个大学都在用队员们给她取的昵称谈论她，这个名字还被加粗用大写印在了她那天穿的T恤的背后。

我知道这些细节警察们不费吹灰之力就可以调查清楚，但是当我意识到事情在我的掌控中的时候，我心里不由得感觉有一丝满足感，我想把我的这张拼图的最后一块碎片展示给他们看。这就是我要又一次绕回到学校围墙的原因，我小跑步到了伍斯特街，我想要沿着我之前走到广场的路线再走一次。当我到那儿的时候，我对自己说，我可以再看看墙上的东西，然后找出我喝醉时遗漏的地方:我可以读出那个夏天她在队伍里的名字，不管她的名字是什么，都会被写到墙上最顶上那一排。

但是当我走到伍斯特街和博蒙特街的交界处的时候，耳边响起了我以前经常在河边听到的合唱，但是他们的声音很微弱，微弱到我几乎不能把它们赶出我的耳朵。这时候我发现，事情不是我想象的那样。因为现在是冬至期的晚上，大门早就被关了，这样一来我就不能到石板路那里去敲木门了。

我真的被深深地打击了，但我觉得这也是可以理解的。事情已经要接近尾声了，我已经给自己做了标记，我奋力地把想要跑出来的东西关在里面。因为我决心要看到事情的结局，所以我决定停止我的悲伤，完成我的使命。但是我又被打败了，面对着这禁闭着的铁门和铁门外的木门，我抬起我的一只手，然后触摸着冰冷的铁门哭了起来，我真的很希望我已经进到里面去了，而且控制住了在里面等着我的线路，我又看了看我从伦敦带来的东西，这样一来我对瑞秋也算是有所交代了。

我不知道我昨天在大门前待了多久，我只知道最后我不是站着而是跌倒在地上的，我的手脚都已经冷得麻木了。我站起来开始慢慢地折回我来时的路，我朝着城堡山走去，走到玉米市场的时候我转向了右边。我沿着下山的路向警察局走去，我到了那儿之后，几个探长和我一起走进了一个审讯室，然后我们就开始了谈话。一个小时左右过后，他们给伦敦那边打了电话，然后来了更多的探长。当我把哈利和我的故事都讲完之后，我又尽我所能地回答了他们提出的问题。他们看了我带给他们的所有的文件和照片，然后又给其他国家的人打了电话，然后不顾这严冬的寒冷，给伍斯特学院院长打电话要求他开门。

因为我所讲的这些故事，他们昨晚就订了很多机票，我也给自己订了一张。有一男一女已经启程去图森找安东尼和茜茜了，他们还要找茜茜的爸爸雇来一直监视她好些年的那个男人。还有人是正在去东京的路上，艾薇会被邀请去深入谈一谈关于她在她教女的一生中到底扮演了一个什么样的角色，还有关于她的教女的死。她还需要告诉他们，那个年轻的男人给她提供不在场证明的事情。现在，还有一些人应该正在登上飞往华盛顿的飞机，这些人会去调查茜茜的爸爸。几小时以后，一辆火车会从图森出发去曼彻斯特，他们要找安东尼的妈妈。与此同时，还有些警官会到伍斯特里面去给广场墙上的那些名字拍些照片，他们还要去检查学校档案管里面的轮船俱乐部报告里被尊为英雄的茜茜的档案，他们还要去搜索一下湖边的痕迹，还要再一次地测量一下老图书馆的视线范围。然后，在偏南边一点的地方，在伍德斯托克路口，一个衣着朴素的警察会敲开哈利家的房门，那时的他会在充满满足感的睡眠过后打开

他的大门，因为他知道没人知道他手上握着的另一个男人的老婆的死亡之谜。

我完全无法预料，坐在飞机里的那些侦探落地开始他们各自的任务之后，会发现什么样的事实。当我昨天开口跟警察谈话的时候我就知道，我只是把这些事件告诉他们而已，而且我的故事并不比哈利的更真实。毕竟我能提供的只有一些线索和想象空间，但是我越来越清楚地知道，实际上，如果他们到达目的地之后真的查到点什么的话，他们发现的事情可能会很恐怖。我不可避免地设想着，尽管我去拜访过哈利，尽管我做了很多笔记，还有我对事情的梳理归纳以及叙述，所有这些工作都很艰苦。回到伦敦之后，无数个夜晚我都坐在瑞秋的书桌边工作到很晚，我走上阳台看着地平线，看着月亮落进水里;尽管如此，等他们回来以后，我也不能给他们提供更多的信息了。我禁不住想，我的这些故事很有可能会被发现不构成主要线索;那样我就会令瑞秋失望，因为所做的一切统统都失败了。我以一种理论的方式来提供信息，或者搜集一些关于瑞秋之死的判断在理论上可能是对的，但都只是巧合，唯一一点可以用来作为有力证据的就是在那本诗集的其中一页的角落上的污点到底是不是血。

我觉得是血。在佛罗伦斯度蜜月的一个下午，瑞秋绝望地丢下一本小说，然后我问她怎么了。她告诉我说，仅仅建立在巧合上的故事根本不值得一提。我们坐在一家户外咖啡馆里，全然不顾天气的寒冷。如果我记得没错的话，那是在圣洛伦佐露天广场的时候，我们俩都围着围巾，一边读书一边捧着我们的茶，希望这样做可以让我们的手不至于被冻着。

我对她的结论提出了疑问，我要她向我解释一下她说的到底是什么意思，她是怎么用“巧合”这个词的。我提议说，在某种程度上，如果一个人要深究一样东西的出处的话，他会发现在整个历史上，每一点知识都是由于巧合而获得的。我们就这个话题争论了一会儿，并不是很激烈，最后我留意到她说的东西根本就是无稽之谈。英国每个法院的每个案子的输赢，几乎都是建立在一些细小的日常生活中的巧合上的，可以确信的是，大多数的结局都是这样来的。“在小说里可不是，亲爱的。”她一边笑着一边说:“在生活里是这样的。这样的事情经常都会发生，这我知道。但是到文学上的时候就需要有些规则了。这是固定不变的，如果要打破的话，后果只能作者自己承担了。”接着一边笑着一边在包里找另一本书，然后她说她没有别的书可以看了，她建议我们穿过露天广场走到街对面的市场上去看看我们是否能在那儿找点东西来读。“走吧。”我说，我很高兴我们要换地方了，于是我们朝着那一排我们来时经过的二手书店走去。

“如果不建立在巧合上，那会是建立在什么上呢?”早上我躺在房间里，天还没有亮，我问她这个问题是希望她能帮助我让我放慢思考的速度，好让我能进入梦想。

“归根到底，除了巧合，我们还需要继续聊别的什么吗?”她根本就没有仔细听我的问题，于是我不屈不挠地接着说:“可以不谈这个。”

我在黑暗中把我的手伸向她问道:“其实我俩对于其他的东西都一无所知，是吧?”她一直沉默，我以为她会说些什么，但是没有。

我躺着思考了一会儿之后，我觉得如果要把一个事实用更权威的方式来归属的话，单单是因为它是通过某人的独创性而

发现的，或者是通过他们的努力工作得出来的正确的结论，或者是因为他们在工作中所做出的努力就决定的话是很荒谬的，因为相反的情况也时常出现，这个里面就要涉及到一个比较抽象的寻找事实的分级，但是现在我还不能赞成这种说法。有了这样的结论，同时我也知道瑞秋肯定会嘲笑我还在想这个问题，她会告诉我说这就是我只能是一个律师而做不成小说家的原因。最后我终于能够睡着了，我很感激现在的这种情况，还有别人现在正在研究这个故事，他们肯定比我总结得更好。

哈利告诉我说，他的故事我想怎么处理就怎么处理。我很清楚地意识到，昨天我已经把这个故事告诉了警察，所以我现在已经不是所有者了。他们觉得怎么样合适他们就会怎么做，这早就不在我的掌控范围内了。这个故事已经不是我的了，同时我也不确定我到底什么时候拥有过这些故事。无论如何，把这些故事交给别人让我感觉好多了。刚才，我接到一通电话告诉我说车已经到了，于是我最后一次关上我阳台的门，穿过走廊去拿我的行李箱，锁好我的前门然后把钥匙贴在信箱背后，我现在很开心，我终于不用再承受这一切了。

Epilogue

尾声

2008年6月21日
星期六清晨四点

纽约

我还是会每晚在半夜的时候醒来，就像在我之前爱过，然后又失去了他们——那些我所爱之人一样。我沉浸在那刹那的慈悲里，悲伤的人从睡梦中醒来睁开眼睛的一刹那是慈悲的，这种慈悲也极不友好地让他们渐渐地失掉神志。关于过去发生的那些事情，我已经有些不记得了。就像一块被擦得很干净的石头，那一刻，我忘记了我朝着湖边奔跑，我忘记了我停下来想着其实什么都没有发生，我忘记了我当时站在月光里，发现瑞秋站的位置有些奇怪，然后又开始跑。我忘记了我把她的头捧在手里，感受着这份沉重。

然而，当我转身站在黑暗中，伸手想要触摸一点遗失的温暖的时候，我就像那些哀悼的人一样，完全知足了。

我，也像他们一样，只能因为触不到这份温暖而落泪。